AVENTURAS DE HUCKLEBERRY FINN

CLÁSSICOS ZAHAR
em EDIÇÃO DE BOLSO DE LUXO

Mulherzinhas
Louisa May Alcott

Memórias póstumas de Brás Cubas*
Machado de Assis

Persuasão
Jane Austen

O morro dos ventos uivantes
Emily Brontë

Histórias de Sherlock Holmes
Arthur Conan Doyle

Os três mosqueteiros
Alexandre Dumas

Medeia*
Eurípedes

Querida Kitty*
Anne Frank

As confidências de Arsène Lupin*
Maurice Leblanc

Frankenstein
Mary Shelley

Títulos disponíveis também em edição comentada e ilustrada
(exceto os indicados por asterisco)
Veja a lista completa da coleção no site zahar.com.br/classicoszahar

Mark Twain

AVENTURAS DE HUCKLEBERRY FINN

O parceiro de Tom Sawyer

Tradução:
José Roberto O'Shea

Copyright © 2024 by Editora Zahar

Grafia atualizada segundo o Acordo Ortográfico da Língua Portuguesa de 1990, que entrou em vigor no Brasil em 2009.

Título original
Adventures of Huckleberry Finn

Capa e ilustração
Rafael Nobre

Ilustração da p. 46
E.W. Kemble

Revisão
Luíza Côrtes
Thaís Totino Richter

Dados Internacionais de Catalogação na Publicação (CIP)
(Câmara Brasileira do Livro, SP, Brasil)

Twain, Mark, 1835-1910
   Aventuras de Huckleberry Finn : O parceiro de Tom Sawyer / Mark Twain ; tradução José Roberto O'Shea. — 1ª ed. — Rio de Janeiro: Clássicos Zahar, 2024.

   Título original : Adventures of Huckleberry Finn.
   ISBN 978-65-84952-21-8

   1. Ficção norte-americana I. Título.

24-208288   CDD- 813

Índice para catálogo sistemático:
1. Ficção : Literatura norte-americana   813

Cibele Maria Dias - Bibliotecária - CRB-8/9427

Todos os direitos desta edição reservados à
EDITORA SCHWARCZ S.A.
Praça Floriano, 19, sala 3001 — Cinelândia
20031-050 — Rio de Janeiro — RJ
Telefone: (21) 3993-7510
www.companhiadasletras.com.br
facebook.com/editorazahar
instagram.com/editorazahar
x.com/editorazahar

SUMÁRIO

Prefácio, por Toni Morrison 9

Sobre a tradução: O dilema da variedade linguística, por José Roberto O'Shea 29

AVENTURAS DE HUCKLEBERRY FINN

Aviso 47
Explicação 49

1. Civilizando Huck — Srta. Watson — Tom Sawyer à espera 51

2. Os meninos escapam de Jim — O bando de Tom Sawyer — Planos bem-traçados 56

3. Um belo sermão — Graça triunfante — "Uma das mentira de Tom Sawyer" 65

4. Huck e o juiz — Superstição 71

5. O pai de Huck — O progenitor afetuoso — Reforma 76

6. Ele foi procurar o juiz Thatcher — Huck resolve partir — Economia política — Agitando 83

7. À espreita dele — Trancado na cabana — Afundando o corpo — Descansando 93

8. Dormindo na mata — Levantando os mortos — Explorando a ilha — Encontrando Jim — A fuga de Jim — Avisos — "Balaão" 102

9. A caverna — A casa flutuante *118*

10. O achado — O velho Hank Bunker — Disfarçado *124*

11. Huck e a mulher — A busca — Prevaricação — A caminho de Goshen *129*

12. Navegação lenta — Pegando emprestado — Embarcando no vapor encalhado — Os conspiradores — Em busca do barco *141*

13. Escapando do vapor encalhado — O vigia — Afundando *152*

14. Divertimento — O harém — Franceses *160*

15. Huck perde a balsa — No nevoeiro — Huck encontra a balsa — Lixo *167*

16. "Ah, dá um tempo" — O papa-defunto canta — "O filhote da calamidade" — Ambos titubeiam — Davizinho se mete — Depois da batalha — Aventuras de Ed — Algo estranho — O barril mal-assombrado — Atraindo tempestade — O barril persegue — Mortos por raio — Allbright se redime — Ed se enforce — Cobra ou menino? — "Pega ele igual quem pega cobra" — Expectativas — Mentirinha branca — Moeda flutuante — Passando por Cairo — Nadando até a margem *176*

17. Visita noturna — A fazenda no Arkansas — Decoração de interiores — Stephen Dowling Bots — Efusões poéticas *208*

18. Coronel Grangerford — Aristocracia — Rixas entre famílias — O testamento — Recuperando a balsa — A pilha de lenha — Porco e repolho *221*

19. Atracando de dia — Uma teoria astronômica — Encontro religioso pela abstinência — O duque de Bridgewater — Os problemas da realeza *238*

20. Huck explica — Planejando uma campanha — Aproveitando o culto campal — Um pirata no culto campal — O duque como tipógrafo *251*

21. Treino com espada — O solilóquio de Hamlet — Vadiando pela cidade — Uma cidade preguiçosa — O velho Boggs — Morto *264*

22. Sherburn — Assistindo ao circo — Pileque no picadeiro — A emocionante tragédia *279*

23. "Enganação!" — Comparações entre reis — Jim sente saudade *287*

24. Jim em trajes de rei — Pegam um passageiro — Obtendo informação — Dor familiar *295*

25. "São eles?" — Entoando a doxologia — Tudo certinho — Orgias fúnebres — Um mau investimento *304*

26. Um rei devoto — O clero do rei — Ela pediu perdão — Escondido no quarto — Huck pega o dinheiro *315*

27. O enterro — Satisfazendo a curiosidade — Desconfiados de Huck — Venda rápida e lucro pequeno *327*

28. A viagem à Inglaterra — "A besta!" — Mary Jane resolve partir — Huck despedindo-se de Mary Jane — Caxumba — A oposição *337*

29. Contestação de parentesco — O rei explica a perda — Uma questão de caligrafia — Desenterrando o defunto — Huck foge *351*

30. O rei parte pra cima de Huck — Uma briga real — Bem mamados *365*

31. Planos sinistros — Notícias de Jim — Velhas recordações — História furada — Informação valiosa *371*

32. Tranquilo como domingo — Identidade errada — Numa enrascada — Num dilema *384*

33. Ladrão de preto — Hospitalidade do Sul — Longa prece — Piche e penas *393*

34. A cabana ao lado da tina de cinza — Afronta — Escalando o para-raios — Preocupado com bruxas *404*

35. Escapando para valer — Esquemas sombrios — Discriminação no roubo — Buraco profundo *413*

36. O para-raios — Esforçando-se ao máximo — Legado à posteridade — Um número elevado *424*

37. A última camisa — Bestando — Ordem de retirada — O empadão de bruxa *432*

38. O brasão de armas — Um superintendente habilidoso — Glória desagradável — Um assunto choroso *442*

39. Ratos — Animados companheiros de leito — O boneco de palha *453*

40. Pescaria — O comitê de vigilância — Uma corrida animada — Jim recomenda um médico *461*

41. O médico — Tio Silas — Irmã Hotchkiss — Tia Sally aflita *470*

42. Tom Sawyer ferido — O relato do médico — Tom confessa — Tia Polly aparece — "Passa pra cá aquelas cartas" *481*

Último capítulo: Livre da escravidão — Pagando o cativo — Sempre seu, Huck Finn *493*

Cronologia: Vida e obra de Samuel Clemens (Mark Twain) *497*

PREFÁCIO

Toni Morrison[1]

Medo e apreensão são as sensações de que mais me lembro do meu primeiro encontro com *Aventuras de Huckleberry Finn*. Ao contrário da excursão do tipo Ilha do Tesouro empreendida por Tom Sawyer, em nenhum momento da jornada de Huck um final feliz é sinalizado ou garantido. Ler *Huckleberry Finn* como escolha aleatória, sem orientação ou recomendação, foi profundamente perturbador. Minha segunda leitura, sob supervisão de um professor de inglês no ensino médio, não foi menos desconcertante — foi ainda mais. Provocou um sentimento que só posso descrever agora como raiva reprimida, como se a apreciação da obra exigisse minha cumplicidade e sanção de algo vergonhoso. No entanto, as satisfações foram várias: os episódios fascinantes de fuga e de astúcia; o comentário peremptório sobre o comportamento adulto, tão vigilante e negligente; a autoridade da voz de uma criança numa linguagem cinzelada para seu palavreado

---

[1]. Este texto foi originalmente publicado em *Adventures of Huckleberry Finn* (Oxford: Oxford University Press, 1996).

repudiado e inteligência afiada. Uma linguagem libertadora — nada da conversinha infantilizada nem do blá-blá-blá condescendente de tantos livros que constam da "prateleira das crianças". E personagens femininas interessantes: a mulher sagaz que não se deixa enganar pelo ardil de Huck; a jovem cuja tristeza pela venda de escravizados expressa seu lamento diante da separação de uma família, e não diante da perda de privilégios.

No entanto, pela segunda vez, esgueirando-se pelas frestas do prazer, turvando a recompensa da narrativa, refluía minha apreensão inicial, somada agora a um sentimento profundamente desagradável de cumplicidade.

Então, em meados da década de 1950, li o livro novamente — ou meio que li. Na verdade, li a obra sob a óptica de Leslie Fiedler e Lionel Trilling. Exposta à intimidade reverente de Trilling e à familiaridade irreverente de Fiedler, concluí que ambas as críticas me atendiam melhor que o próprio romance, não apenas porque me ajudavam a enxergar muito do que eu desconhecia mas precisamente porque ignoravam ou tornavam banais o que me causava desconforto.

No início dos anos 1980 fiz uma nova leitura de *Huckleberry Finn*, provocada, creio, por pressões devido ao banimento do romance de catálogos de bibliotecas e listas de leituras obrigatórias de escolas públicas. A meu ver, esses esforços baseavam-se numa noção tacanha da ofensa que o uso do termo *"nigger"* por Twain poderia causar nos alunos negros e do efeito corrosivo que poderia produzir nos alunos brancos. Pareceu-me um tipo de censura purista e, ao mesmo tempo, primária, destinada a apaziguar adultos em vez de educar crianças. Amputava-se o problema e aplicava-se um band-aid como tratamento. Uma discussão séria e abrangente do assunto, mediada por um professor competente, decerto teria beneficiado minha turma da oitava série e poupado a todos nós (alguns negros e muitos brancos, estes, em sua maioria, filhos de uma segunda geração de imigrantes) alguma angústia. Xingamentos são uma praga da infância e uma prática aprendida, pronta para ser debatida tão logo constatada. Por mais constrangedor que fosse, para mim, ouvir a infame palavra pronunciada e, portanto, referendada em sala de aula, minha experiência com o epíteto de Jim pouco tinha a ver com a apreensão inicial que o livro me causou. Ler *"nigger"* centenas de vezes era constrangedor, entediante, aborrecido — mas não me abalava. Nessa leitura me senti curiosa sobre a origem da minha inquietação — da sensação de que o perigo persistia depois que a história terminava. Fui fortemente atraída pela combinação assustadora de deleite e perturbação, entrelaçada, qual dedos cruzados, nas páginas. E era significativo que aquele romance que propiciava tamanha satisfação a jovens leitores fosse igualmente um território complexo para estudiosos.

Via de regra, a separação é clara: se uma história que nos agradou quando éramos leitores novatos não se desintegra à medida que envelhecemos, ela conserva seu valor apenas ao ser recontada a outros leitores novatos, ou ao resgatar, no ato da releitura, prazeres irrecuperáveis. Além disso, os livros que críticos acadêmicos consideram edificantes são obras apenas em parte acessíveis às mentes dos jovens leitores. *Aventuras de Huckleberry Finn* consegue desfazer essa separação, e uma das razões é que, além de suscitar reverência, o romance possui a capacidade de transformar suas próprias contradições em complexidades fecundas e de cooperar deliberadamente com a controvérsia por ele próprio incitada. O brilho de *Huckleberry Finn* é *ser* o debate que ele mesmo provoca.

A leitura que fiz na década de 1980, portanto, foi um esforço para espreitar o desconforto, capturá-lo e, com isso, entender a natureza do meu relacionamento conturbado com este clássico norte-americano.

Embora a linguagem — sarcástica, fotográfica, plasticamente auditiva — e o uso estrutural do rio como elemento de controle e caos me pareçam as maiores proezas de *Huckleberry Finn*, grande parte da sua genialidade está na quietude, nos silêncios que o permeiam e lhe conferem uma qualidade porosa que é, alternadamente, taciturna e serena. Tal genialidade reside também nas entradas e saídas da ação; nos atalhos e remansos vistos de relance; nas imagens sutis em que a repetição de uma palavra simples, como "solitário", dobra qual um sino na noite; nos momentos em que nada é dito quando cenas e ocorrências apertam insuportavelmente o coração, sobretudo porque permanecem inarticuladas e forçam um ato da imaginação quase que involuntário. Às vezes, essa quietude, na bela eloquência de uma criança, é de tirar o fôlego: "O céu parece sempre tão fundo quando a gente deita de costa e olha pra ele na luz da lua"; "[...] era quase tudo árvore grande, e cheio de sombra no meio delas. Tinha umas mancha sardenta no chão, aonde a luz entrava pelo meio das folha, e as mancha sardenta balançava um pouco, mostrando que tinha um ventinho lá no alto". Outros momentos, no entanto, constituem meditações assustadoras sobre o isolamento e a morte. Huck registra uma conversa alegre travada entre homens que ele não pode ver, mas cujas vozes viajam sobre a água, vindas de um cais, até onde ele está. Embora especifique o que os homens dizem, é a distância entre ele e os sujeitos, o quanto ele está apartado da camaradagem masculina, que torna a cena memorável. Referências à morte, a encará-la, contemplá-la, são numerosas: "[...] o tal afogado era do tamanho dele [do pai de Huck] [...] mas não viram a cara dele [...] boiando de costa. Pegaram e enterraram ele na beira. [...] Eu bem que sabia que homem afogado não boia de costa, mas de bruço". O gerenciamento emocional da morte é a semente da narrativa: Huck anseia pela morte, foge da sua certeza e a simula. Seus sentimentos mais profundos e menos cômicos sobre sua condição de excluído, alguém "morto" para a sociedade, são interlúdios murmurantes que expressam desespero, solidão, isolamento e desamor. Uma nota plangente de melancolia e pavor surge logo no primeiro capítulo, após Huck resumir a história da sua vida num livro anterior:

Daí sentei numa cadeira perto da janela e tentei pensá em alguma coisa alegre, mas não adiantou nada. Eu me senti tão sozinho que deu vontade de morrê. As estrela brilhava, e as folha gemia na mata com jeito de enterro, e eu escutei uma coruja, lá longe, piando que alguém tinha morrido, e um bacurau e um cachorro ganindo que alguém ia morrê; e o vento queria soprá alguma coisa pra mim, mas eu não entendia o que era, e aquilo fez eu arrepiá todinho. Então, lá no meio da mata, escutei aquele barulho que assombração faz [...]. Senti muita tristeza e muito medo, e me deu vontade de ter uma companhia.

Embora Huck se queixe amargamente de regras e normas, não o vejo fugindo do controle externo, mas do caos externo. Nada na sociedade faz sentido; tudo está ameaçado. Famílias de classe alta, frequentadoras de igrejas e proprietárias de residências elegantes, aniquilam-se numa rixa psicótica, e Huck precisa retirar dois de seus cadáveres da água — um dos quais é um amigo recente, o menino Buck; Huck testemunha o massacre público de um bêbado; ouve os planos perversos de assassinos num barco a vapor encalhado; passa grande parte do livro na companhia de "gente daquela laia [do pai dele]" — os vigaristas e ladrões, o duque e o rei, que sobre ele exercem um poder brutal, como fizera seu pai. Não admira que quando se vê sozinho, seja na segurança da casa da viúva, seja quando se esconde do pai, ele se mostre tão amedrontado e por vezes suicida.

Se o ambiente emocional em que Twain situa seu protagonista é perigoso, a questão principal que o romance coloca é: do que Huck precisa para viver sem medo, melancolia e pensamentos suicidas? A resposta, claro, é: de Jim. Quando está em sociedade — seja ela respeitável ou desviante, rica ou pobre —, Huck se mantém alerta, consternado pelo engodo, pela falta de lógica, pelo medo. Ao se ver só, torna-se depressivo e enxerga a natureza, no mais das vezes, como algo assustador. Mas quando ele e Jim se tornam um único "nós", a ansiedade se desloca para fora, sai de dentro: "[...] nós contemplava a solidão do rio [...] durante mais ou menos uma hora [...] só a pura solidão". O medo incontrolável dá lugar a uma atemporalidade pastoral, idílica, íntima, que prescinde da hierarquia da idade, da condição social ou do controle dos adultos. Nunca me pareceu que, em contraste com as armadilhas e ameaças existentes nas margens, o rio propiciasse tal consolo. O consolo, as propriedades restauradoras pelas quais Huck anseia só são possíveis graças ao afeto ativo e altamente vocal de Jim. É na companhia de Jim que a contemplação apavorante da natureza desaparece, que até as tempestades são belas e sublimes, que a conversa mais autêntica — cômica, contumaz, triste — ocorre. Uma conversa tão livre de mentiras que chega a criar uma aura de serenidade e paz indisponível em quaisquer outros trechos da narrativa.

Por mais agradável que seja esse relacionamento, impregnado da leveza que ambos apreciam e do peso de uma responsabilidade que ambos assumem, ele não pode continuar. Saber que o relacionamento é efêmero, fadado à separação, é (ou costumava ser) algo típico da experiência de amizades de infância entre brancos e negros (incluindo a minha), e o grito de ruptura inevitável é ainda mais angustiante por permanecer emudecido. Todo leitor sabe que, em algum momento, Jim será dispensado sem explicação, que nenhuma fraternidade adulta duradoura haverá de surgir. A expectativa dessa perda pode ter levado Twain à exagerada "menestrelização"[2] de Jim. Por mais previsível e usual que fosse o estereótipo grosseiro dos negros na literatura do século XIX, aqui o retrato de Jim parece inexplicavelmente excessivo e gritante em suas contradições — qual um traje de palhaço mal confeccionado, incapaz de disfarçar o homem que o veste. Os personagens negros criados por Twain foram certamente baseados em pessoas reais. Os comentários e observações feitos por ele em escritos não ficcionais sobre negros "da vida real" estão repletos de referências a ingenuidade, inteligência, criatividade, espirituosidade, amabilidade; nenhum negro é retratado como um perfeito idiota. No entanto, em muitos aspectos, Jim é diferente das pessoas

---

2. Alusão ao *minstrel show*, tipo de espetáculo teatral popular nos Estados Unidos durante o século XIX conhecido por reproduzir e cristalizar estereótipos racistas em que os personagens negros eram representados como pessoas inferiores, ignorantes, preguiçosas, passivas. Nesses espetáculos era comum a prática do blackface, isto é, atores brancos com o rosto pintado de preto, o que imprimia um caráter ainda mais racista às performances. (N. E.)

reais nas quais foi baseado. Pode haver mais de uma razão para tal extravagância. Além de condescender com um leitorado racista, o ato de criar um Jim bufão resolve o problema do "desaparecimento" do personagem, algo que seria inaceitável no final da história, e ajuda a resolver outro problema: como enterrar a figura paterna sob as tintas do menestrel. A prevista transitoriedade da amizade propicia a degradação de Jim (a fim de desviar a tristeza inadvertida de Huck, bem como a nossa, no desenlace do romance), e "menestrelizá-lo" requer e expõe um silêncio forçado sobre o tema da paternidade branca.

As omissões em momentos críticos, que eu antes acreditava serem evasões propositais, até mesmo tropeços ou impaciência do escritor com seu material, começaram a me parecer algo diferente: acessos, fendas, lacunas, convites irresistíveis que sinalizam a possibilidade de significado; redemoinhos implícitos que incentivam o mergulho na correnteza do romance — o verdadeiro lugar onde o escritor captura o leitor. Um excelente exemplo é a maneira como Twain comenta a relação entre o período anterior à Guerra de Secessão, no qual a narrativa se passa, e o período posterior, quando o romance foi escrito. A década de 1880 testemunhou o colapso dos direitos civis dos negros, bem como a publicação de *Huckleberry Finn*. Tal colapso constituiu um esforço para enterrar as questões inflamáveis que Twain levantava em sua obra. A nação, tanto quanto Tom Sawyer, adiava a alforria de Jim num jogo angustiante. As tentativas cíclicas de banir o livro das salas de aula ampliaram o cativeiro de Jim a cada geração de leitores.

Ou consideremos a incapacidade de Huck articular seus verdadeiros sentimentos por Jim a qualquer outra pessoa exceto o leitor. Quando ele "se humilha" em desculpas a Jim por uma brincadeira de mau gosto, não nos é concedido acesso às palavras. Mesmo para Tom, seu outro amigo e único da sua idade, Huck precisa dissimular as emoções. Até chegarmos ao momento da "escolha entre inferno ou céu", Huck só consegue falar do afeto e do respeito que nutre por Jim, e que afloram por toda a narrativa, de modo enviesado, ou cômico, dirigindo-se ao leitor — jamais diretamente a qualquer personagem ou ao próprio Jim. Enquanto este expressa várias vezes seu afeto, a profundidade dos sentimentos de Huck por Jim é ressaltada, marcada e tornada incontestável pelo uso calculado que Twain faz do silêncio. Os silêncios acumulados somam-se e resultam no extremo ato de amor demonstrado por Huck no qual ele aceita pôr em risco a própria alma. Esses silêncios não me parecem mera precisão histórica — o retrato realista de como uma criança branca *responderia* a um escravizado negro; parecem-me constituir soluções técnicas brilhantes para as complexidades da narrativa e, aliás, descrições sumamente proféticas das atuais tratativas entre raças.

Vejamos o vazio que se segue à revelação de Jim como adulto responsável e pai zeloso no capítulo 23. Huck não tem nada a dizer. O capítulo não apresenta conclusão, sendo, simplesmente, interrompido. O trecho, encoberto pelo recurso do dialeto, posicionado auspiciosamente no final do capítulo, erguido, emoldurado, por assim dizer, para ser exibido pela recusa de Huck em comentar, é uma das recordações mais tocantes da literatura norte-americana. Em seguida, na primeira linha do capítulo seguinte, vem uma espécie de "enquanto isso...". O silêncio entre esses dois capítulos retumba. E o trovão é reforçado pela observação de Huck na página anterior: que embora o amor desesperado de Jim pela esposa e pelos filhos "não parece que é natural", Huck acha "que é assim mesmo". Esse comentário é menos fascinante pelo racismo implícito do que por constituir uma defesa diante de um perigo que implica o próprio Huck. Huck jamais viu nem teve um pai terno e zeloso — mas é capaz de sair desse poço de ignorância para julgar o papel de Jim como pai.

Minha interpretação desse comentário e do hiato subsequente à confirmação de que o amor de Jim pela família é "natural" é que a linha de pensamento que a paternidade de Jim desperta não pode ser desenvolvida pelo autor nem pelo protagonista sob risco de desviar o texto para outra história ou desestabilizar o seu centro (que é a aventura de *Huck*, não de Jim). Isso suscitaria sérias especulações sobre a paternidade — em termos de expectativas e desdobramentos. Em primeiro lugar, é difícil não perceber que, à exceção do juiz Thatcher, todos os homens brancos que poderiam servir como figuras paternas para Huck são ridicularizados por sua hipocrisia, corrupção, extrema ignorância e/ou violência. Assim, o "nada a declarar" de Huck acerca da condição de Jim como pai opera tanto como evasão palatável ou crítica ao público leitor branco quanto como mordaça em Huck, a fim de protegê-lo de uma linha de pensamento que nem ele próprio nem Twain podem desenvolver com segurança.

Sendo uma criança vítima de abuso e sem-teto, que foge de um pai violento, Huck não tem condições de refletir sobre a confissão de Jim e seu lamento quanto à própria negligência parental sem com isso desencadear uma crise que nem ele nem o texto seriam capazes de superar. O desejo de Huck por um pai protetor e parceiro confiável é universal, mas ele também precisa de algo mais: um pai que, ao contrário do seu, possa ser controlado. Nenhum homem branco pode desempenhar essas três funções. Se o foragido que Huck encontra na ilha fosse um branco condenado pela Justiça e dotado de instintos paternos protetores, nada disso funcionaria, pois não poderia haver nenhuma garantia de controle, tampouco nenhum jogo de cena em relação a seu livramento final. Só um escravizado negro pode realizar todos os desejos de Huck. O fato de Jim poder ser controlado torna possível, para Huck, sentir-se responsável por ele e diante dele — mas sem o fardo oneroso de dívida vitalícia que uma verdadeira figura paterna exigiria. Para Huck, Jim é um pai de graça. Essa problemática delicada, oculta e turbulenta é, assim, camuflada e exposta por meio de litotes e silêncios, ambos constituindo recursos dramáticos passíveis de cativar atenção.

No que concerne à questão da paternidade, há outros dois exemplos de silêncio: um deles notável por seu calor, o outro por sua frieza glacial. No primeiro, Jim guarda silêncio durante praticamente quatro quintos do livro sobre o fato de ter visto o cadáver do pai de Huck. Parece não haver motivo para essa omissão, exceto o cuidado com o bem-estar emocional do menino. Embora se possa argumentar que saber que a ameaça representada pelo pai já não existia pudesse constituir grande alívio, pode-se, igualmente, argumentar que dissipar tal ameaça seria remover o principal elemento da necessidade de fuga — no caso, da fuga empreendida por Huck. Seja como for, o silêncio em torno da questão persiste, e só descobrimos o motivo no penúltimo parágrafo da história. E ali mesmo transparece a outra lacuna no discurso — fria e arrepiante em sua mudez. Jim diz a Huck que seu dinheiro está seguro porque seu pai está morto. "Tu num lembra daquela casa que desceu boiano no rio, e tinha um homi lá dentro, coberto, e eu entrei lá e descobri ele e num deixei tu entrá? Bão, então, tu pode pegá o teu dinheiro quando tu quisé, porque era ele." Huck nada diz e nada pensa a respeito. A próxima frase, devemos crer, expressa seu pensamento seguinte: "O Tom tá quase bom agora".

Como leitora, fico aliviada em saber que o pai de Huck não é mais uma ameaça ao bem-estar do menino, mas Huck não compartilha do meu alívio. Novamente, a questão é obliterada. O que, afinal, Huck poderia dizer? Que está tão contente quanto eu? Ele não faria isso. A decência impede que ele sinta prazer diante da morte de quem quer que seja. Que se lamenta? Que gostaria que o pai estivesse vivo? Dificilmente. Toda a premissa da fuga, enquanto ele temia a morte e fingia estar morto, haveria de ruir, e a contradição seria inaceitável. Em vez disso, a fenda se expande e convida à reflexão sobre o significado dessa informação há tanto tempo omitida. A essa altura, qualquer comentário, positivo ou negativo, haveria de expor a animosidade entre pai branco e filho branco e prejudicaria o vínculo prevalecente, embora ilícito, entre pai negro e filho branco, já estabelecido.

Esses momentos, tão profundamente concretizados e significativos, tratados com um eufemismo surpreendente ou uma impactante ausência de qualquer comentário, constituem os acessos aos quais já me referi — o convite oferecido por Twain, o convite que não posso recusar.

Antes coloquei a questão: do que Huck precisa para viver sem se desesperar e sem ter pensamentos suicidas? Minha resposta foi: de Jim. De onde advém outra questão: o que seria necessário para Huck viver feliz sem Jim? Esse é o problema que obsta a dissolução do relacionamento entre os dois. A libertação de Jim é postergada, frutificada, imbuída de dor porque sem Jim não há mais livro, não há mais história para contar.

Há um momento em que a separação poderia ter ocorrido, quando Jim, se tivesse desembarcado em Cairo, seguiria seu caminho, deixando Huck viver sozinho as aventuras seguintes. As razões pelas quais eles passam direto pela cidade são: só havia "umas moita aonde amarrá" a balsa, e a balsa se desprende; Huck não consegue se "mexê por quase um minuto"; Huck esquece que tinha atado a canoa, não consegue "fazê quase nada" com as mãos e perde tempo soltando-a; eles são engolidos por "nevoeiro fechado e branco"; e por uma razão que nem o próprio Huck compreende, Jim não faz algo que é costume quando há nevoeiro — bater uma panela para sinalizar sua localização. Durante a separação, Huck se dá conta do cenário "triste e solitário" e procura Jim até se sentir extenuado. Os leitores ficam tão ansiosos quanto Huck para encontrar Jim, mas quando isso acontece, diante da alegria desvairada de Jim, Huck não expressa a sua própria. Em vez disso, Twain introduz a brincadeira cruel que primeiro sabota o alívio obtido e a simpatia que sentimos por Jim e, em seguida, conduz Huck e a nós a uma digna restauração da estatura do escravizado. Uma série de pequenos acidentes impede a saída de Jim do romance, e Huck recebe a dádiva de um pai negro assertivo e amoroso. É diante do pai, não do *nigger*, que ele se "humilha".

Portanto, não haverá "aventuras" sem Jim. O risco é demasiado grande, para Huck e para o romance. Quando chegamos ao desfecho, quando Jim é, finalmente, sofregamente, desnecessariamente, libertado, tornando-se capaz de ser pai dos próprios filhos, Huck corre. Não de volta à cidade — por mais segura que ela seja agora —, mas numa nova fuga, para o "Território". E se houver encrencas no mundo, é certo que Huck, devemos presumir, estará pronto para enfrentá-las: foi submetido a uma educação de primeira linha, em termos de responsabilidade social e individual, e é interessante notar que as lições do seu ativismo crescente, ainda que secreto, começam a ser pontuadas no discurso, não no silêncio; em movimentos em direção à verdade, em vez de mentirinhas.

Quando o rei e o duque leiloam os escravos de Peter Wilks, Huck se comove com a tristeza das sobrinhas de Wilks — que é causada não pela perda dos escravos, mas pela separação da família.

> [...] lá pelo meio-dia, a felicidade das moça recebeu o primeiro solavanco: chegaram uns traficante de preto, e o rei vendeu os preto por um preço bom, com promissória pra três dia, como eles dizia, e lá foram eles — os dois filho rio pra cima, pra Memphis, e a mãe rio pra baixo, pra Orleans. Eu pensei que os coração das pobre mocinha e dos preto ia explodí de tristeza; eles choraram junto, e ficaram de um jeito que meu estômago quase embrulhou só de vê. As moça disseram que nunca nem sonharam de vê a família separada e vendida pra longe da cidade. Eu nunca vou conseguí tirá da lembrança a visão daquelas mocinha coitada e infeliz e dos preto, dependurado uns nos pescoço dos outro e chorando, e acho que eu não ia guentá vê aquilo, e ia dedurá a nossa gangue, se eu não soubesse que a venda não ia valê e

que os preto ia tá de volta em casa depois de uma ou duas semana.

A coisa provocou um baita rebuliço no vilarejo, e muita gente fincou o pé e disse que era escandaloso separá a mãe dos filho daquele jeito.

Mais tarde, quando vê Mary Jane Wilks com "o rosto apoiado nas mão, chorando", Huck sabe o que a perturba antes mesmo de pedir que ela revele do que se trata. E "era os preto — como eu [ele] já esperava". Acho importante notar que Huck está reagindo à separação de pais e filhos. Quando Mary Jane soluça "Ah, meu Deus, meu Deus, e pensar que eles *nunca mais* vão se ver de novo!", Huck reage com tamanha ênfase que deixa escapar uma parte da verdade só para consolá-la: "Mas eles *vai*... e daqui duas semana... e eu *sei* disso!". A consternação de Mary Jane diante das consequências mais grotescas da escravidão catapulta Huck a uma de suas decisões mais amadurecidas e difíceis: abandonar o silêncio e arriscar a verdade.

A mudança, de ativista underground para ativista vocal, marca o outro relacionamento importante de Huck — entre ele e Tom Sawyer, a quem Huck sempre foi subserviente. A colaboração de Huck na desumanização de Jim não é total. É solapada por resmungos constrangidos à medida que a degradação se torna mais indecorosa: "*Esse* não era o plano"; "Não tem *nenhuma* necessidade disso"; "nós vamo se encrencá com a Tia Sally"; "[...] se quisé o meu conselho";

"Pra que a gente qué [...]"; "Caramba! Isso é bobeira, Tom"; "o Jim tá velho demais [...]. Ele não vai durá"; "Quanto tempo vai levá?"; "Agora, *isso* tem sentido". Mas essas objeções não bastam. Nossa apreensão, à medida que acompanhamos a queda livre do pai, é apenas levemente atenuada por nossa satisfação com a liberdade do escravizado alforriado. O silêncio de Tom Sawyer quanto à alforria de Jim é perverso. Tão perverso que o fato de Huck jamais falar ou refletir sobre o regresso à cidade natal para seguir adiante junto com o melhor amigo (dessa vez em segurança e com dinheiro próprio), em vez disso desejando se apartar totalmente da civilização, torna-se mais do que compreensível. Huck não pode ter um relacionamento duradouro com Jim; e se recusa a tê-lo com Tom.

A causa do meu desconforto ao ler este livro impressionante e perturbador agora me parece clara: a resolução precária de três questões que Twain aborda — o isolamento, a solidão e a morbidez de Huck Finn na condição de criança marginalizada; a tristeza desproporcional no cerne do relacionamento entre Huck e Jim; e o silêncio com que o envolvimento (e não a fuga) de Huck com uma sociedade racista é necessariamente conduzido. Ficou também claro que as recompensas que obtive em troca do esforço empreendido para enfrentar o livro foram numerosas. Minha apreensão, despertada pela forma precisa com que Twain representa o medo da morte e do abandono na infância, persiste — e assim deve ser. Foi extremamente gratificante enfrentar a vergonha e a humilhação de Jim a fim de poder, então, reconhecer a tristeza, as implicações trágicas que estão no centro do seu relacionamento com Huck. Minha fúria diante do labirinto de vigarice, do risco de dano pessoal que uma criança branca é forçada a confrontar numa sociedade marcada por questões de raça, é dissipada pelo uso requintado que Twain faz desse mesmo labirinto, desse mesmo risco.

No entanto, a questão maior, o perigo que surge na última página do romance, é se Huck, sem Jim, será capaz de conter esses três monstros ao entrar no "Território". Estará tal espaço, indefinido, tão falsamente imaginado como "aberto", livre de caos social, de morbidez pessoal e de outras complicações morais inerentes à vida adulta e à cidadania? Estará livre não apenas de pais que causam pesadelos, mas também de pais que proporcionam sonhos? Twain não insere Huck em tal espaço. Em vez disso, imagina um reencontro: Huck, Jim e Tom, sobrevoando o Egito num balão.

Durante cem anos, o debate que este romance *é* foi identificado, reidentificado, examinado, combatido e defendido. O que não se pode fazer é descartá-lo. Ele é literatura clássica, o que significa dizer que pulsa, expressa e perdura.

SOBRE A TRADUÇÃO:
O DILEMA DA VARIEDADE LINGUÍSTICA

Sem dúvida, o maior desafio ao se traduzir *Adventures of Huckleberry Finn* decorre do dilema imposto pela reprodução escrita de marcas de oralidade e de variedade linguística — ou, nas palavras da tradutora Rosaura Eichenberg, do "impasse de como reproduzir em português os vários dialetos do original".[1] Tal desafio, porém, não é exclusividade da tradução, mas se impõe igualmente à obra originária. O próprio Samuel Clemens (Mark Twain) demonstra plena consciência dessa questão. No célebre artigo "Fenimore Cooper's Literary Offenses", ele afirma: "Quando os personagens de uma história conversam, a conversa deve soar como uma conversa humana [...] conforme seres humanos conversariam naquelas circunstâncias".[2] E mais: em carta endereçada a Edward Bok, editor do *Ladies' Home Journal*, Clemens admite: "O discurso falado é uma coisa, o discurso escrito é bem diferente. [...] No momento em que uma 'con-

---

1. Rosaura Eichenberg, "Nota da tradutora". In: Mark Twain, *As aventuras de Huckleberry Finn*. Porto Alegre: L&PM, 2011. p. 5.
2. Mark Twain, "Fenimore Cooper's Literary Offenses". *North American Review*, p. 2, jul. 1895.

versa' é impressa, já se reconhece que não é mais aquilo que se ouviu; percebe-se que algo imenso se perdeu. Ou seja, a própria alma [do diálogo]".[3]

Todavia, a preocupação com esse algo imenso a ser perdido, referente à difícil reprodução escrita da oralidade e da variedade linguística, não impediu Clemens de ensaiar a captura das nuanças das diversas vozes usuárias dos sete dialetos mencionados pelo autor na Explicação e que "conversam" em *Huck Finn*. E se essas sete variedades, conforme Paine afirma, "não são sistematicamente mantidas",[4] pode-se deduzir que, valendo-se dos falares dos personagens para construir uma representação crível de determinado lugar e tempo, Clemens busca e alcança, em vez de acuidade dialetológica, um efeito artístico convincente.

Sendo consagrado, na construção de personagens ficcionais, que aquilo que um personagem diz é tão importante quanto o próprio linguajar empregado, e tendo o autor se desviado da norma-padrão e recorrido à variedade linguística como marca registrada da obra originária, a opção por render-se diante da variedade linguística, vertendo dialeto em norma-padrão, não satisfaz na tradução. Mas, antes de avançar com a discussão, convém invocar definições operacionais de alguns conceitos. Norma-padrão, ou português-

---

[3]. Mark Twain, *Mark Twain's Letters*, v. 2. Org. de Albert Bigelow Paine. Nova York/Londres: Harper and Brothers, 1917. p. 504.
[4]. Albert Bigelow Paine, *Mark Twain: A Biography*, v. 2. Nova York/Londres: Harper and Brothers, 1912. p. 794.

-padrão (PP), por exemplo, segundo Marcos Bagno, "é aquele *modelo ideal* de língua que deve ser usado pelas autoridades, pelos órgãos oficiais, pelas pessoas cultas, pelos escritores e jornalistas, aquele que deve ser ensinado na escola" (grifo do original).[5] Contudo, demonstrando entendimento da complexidade desse conceito, o próprio Bagno esclarece que *padrão* é um modelo abstrato, uma espécie de "língua ideal", portanto, não real. Quando se fala de *padrão*, aduz Bagno, não se fala de "uma variedade de língua viva, concreta, palpável [...]. O *padrão* é sempre um modelo, uma referência, uma medida [...] de avaliação".[6]

No clássico estudo *Sociolinguistics: An Introduction to Language and Society*, Peter Trudgill define o conceito de variedade linguística, para ele intercambiável com *dialeto*: "Variações em uso de vocabulário e sintaxe, além de pronúncia, no âmbito de determinado idioma".[7] Sabemos que os idiomas apresentam múltiplos dialetos, que variam não apenas em função de fatores geográficos, mas também socioculturais, políticos, históricos, religiosos, temporais e étnicos. De fato, o português não padrão (PNP) apresenta diferenças em relação ao padrão não somente de acordo com regiões geográficas, mas também de acordo com "classes sociais, faixas

---

5. Marcos Bagno, *A língua de Eulália: Novela sociolinguística*. Edição revista e ampliada. São Paulo: Contexto, 2000. p. 22.
6. Ibid., pp. 158-60.
7. Peter Trudgill, *Sociolinguistics: An Introduction to Language and Society*. Edição revista. Nova York: Penguin, 1984. p. 32.

etárias e níveis de escolarização" dos respectivos falantes, como aponta Bagno.[8]

A fim de não trivializar a questão, convém ressaltar o alerta feito pelo linguista quanto ao conceito de *padrão*. Se, como vimos, a ideia de português-padrão é algo abstrato, a ideia de português não padrão — no singular — é igualmente abstrata. Para Bagno, não existe um português-padrão, de um lado, e um português não padrão, do outro, mas, sim, uma norma ou um padrão abstrato, de um lado, e a língua concreta, com todas as suas variedades, do outro.[9] Seguindo um procedimento adotado por B.J. Epstein em sua recente análise de quinze traduções suecas de *Huckleberry Finn*, variedade linguística, na presente tradução, é entendida como um fenômeno léxico-sintático e fonético, envolvendo palavras, expressões, empregos gramaticais ou pronúncia, utilizados diferente ou exclusivamente por determinados falantes.[10]

Diante dos desafios impostos pela tradução do dialeto, e alicerçada por essas definições operacionais de conceitos relativos à variedade linguística, esta tradução pôde buscar estratégias e soluções respaldadas, epistemologicamente, por noções defendidas por Marco Lucchesi e Raimundo Carvalho, noções que contemplam o ato tradutório

---

8. Marcos Bagno, op. cit., p. 28.
9. Ibid., p. 159.
10. B.J. Epstein, "Translating National History for Children: A Case Study of *Adventures of Huckleberry Finn*", *Ilha do Desterro*, v. 71, n. 1, p. 94, 2018.

como intervenção que transcende a questão da competência linguística. Em *Palavra de escritor — tradutor*, Lucchesi afirma que "a tradução literária [...] não se limita a um espaço reificado de exclusiva competência linguística. Nem se encerra na dinâmica semântica da língua 1 para a língua 2, como se o tradutor fosse apenas um operador neutro".[11] E em um colóquio realizado na Universidade Federal do Ceará, em novembro de 2017, Carvalho criticou a "tradução filológica", que "promete, mas não é capaz de entregar, 'o mesmo'", e defendeu a tradução "como fazer artístico, não como decalque, ou mera equivalência, ou a tentativa de fazer 'o mesmo'". Portanto, apresso-me em apresentar um *caveat*: esta tradução não é obra de um "operador neutro" que pretende reproduzir "o mesmo" número ou "o mesmo" grau de variedade linguística verificado na obra originária. O objetivo maior é construir um *efeito artístico* que não prive o leitor da fruição polifônica dessa obra-prima de Sam Clemens. Para tal, a exemplo do que, conforme vimos, parece ter sido o objetivo do próprio Clemens, a busca é sobretudo por um efeito estético, e não por uma representação de sete dialetos cuja acuidade possa ser verificada e atestada em um laboratório de fonologia, algo que, sob o ponto de vista artístico, seria secundário. Em outras palavras, neste *Huck Finn*, a exemplo do que perseguia Eichenberg em sua tradu-

---

11. Marco Lucchesi, *Palavra de escritor — tradutor*, Andréia Guerini, Karine Simoni e Walter Costa (Orgs.). Florianópolis: Escritório do Livro, 2017. p. 72.

ção, "a representação dos dialetos em português foi inevitavelmente apenas uma aproximação".[12]

Depois de explicitar o objetivo maior desta tradução, e antes de elencar, comentar e ilustrar algumas estratégias aqui adotadas para fazer frente ao desafio da tradução dos dialetos, vale se deter, brevemente, na opção tradutória de um item lexical tão controverso quanto sensível: a palavra "*nigger*". *Aventuras de Huckleberry Finn* registra *nigger*, termo vulgar, grosseiro e derrogatório — inclusive à época —, para definir escravizado ou indivíduo negro de ascendência africana. Em inglês, o epíteto é relativamente recente, visto que o *Oxford English Dictionary* não assinala ocorrências anteriores ao século XVIII. Cumpre lembrar, Clemens nasceu e cresceu no Missouri, estado escravagista, e o emprego que faz do termo no livro reflete o contexto em que o autor foi criado. Na tradução, empregar termos *hoje* politicamente corretos, tais como "afrodescendente", "pardo" ou mesmo "negro", além de constituir anacronismo, seria inverossímil diante da retórica e do contexto dos personagens de *Huck Finn*. A opção por "nego", embora coloquial e distante da norma-padrão, não satisfaz, mesmo porque o termo pode ter conotação carinhosa. "Crioulo", embora dicionarizado como "diz-se de ou qualquer indivíduo negro",[13] tampouco parece promissor, mesmo porque a palavra remete a con-

---

12. Rosaura Eichenberg, op. cit., p. 6.
13. *Dicionário eletrônico Houaiss da língua portuguesa*.

textos culturais brasileiros demasiado específicos, inclusive regionais. E substituir *nigger* pelo uso indiscriminado de "escravo" (conforme o fez John H. Wallace, em sua "adaptação" do romance, após a celeuma causada pela censura levada a cabo em Fairfax, na Virgínia) seria problemático. Primeiro porque, conforme constatamos em alguns episódios do próprio livro, havia à época negros livres, portanto, que não eram escravizados; segundo porque a troca implicaria uma sanitização tão desnecessária quanto empobrecedora, algo semelhante à chamada "bowdlerização" dos textos dramáticos shakespearianos na Inglaterra vitoriana. Diante disso, a opção por "preto" visa preservar um pouco da carga semântica depreciativa contida no termo originário. É importante enfatizar, no entanto, que Huck utiliza o termo por hábito, e não por malícia.

Focando, então, as estratégias, é sabido que diversas têm sido adotadas por tradutores para enfrentar o desafio do dialeto. Epstein arrola e explica dez dessas estratégias: supressão, padronização, substituição, inclusão, explicação, compensação, adaptação, representação gramatical, representação ortográfica e representação lexical.[14] A terceira dessas estratégias — substituição — é infrutífera. Substituir um dialeto identificado na obra originária por outro, geograficamente localizado na cultura de chegada, por exemplo, fazendo com que personagens que sabidamente

---

14. B.J. Epstein, op. cit., p. 94.

habitam as margens do rio Mississippi, no Sul dos Estados Unidos, falem como mineiros, gaúchos ou paraibanos, empregando regionalismos, tais como *ocê*, *chê* ou *cabra da peste*, seria uma distorção empobrecedora da "realidade" ficcional da narrativa.

Se, na tradução, estabelecer variação linguística em função de região não resolve, a noção da existência de traços linguísticos comuns a todas as variedades dialetais não padrão,[15] a correlação entre traços linguísticos e classe social,[16] bem como a noção de "dialeto social"[17] serão úteis, pois priorizam variedade linguística de acordo com a condição sociocultural do falante. Por uma feliz coincidência, consta que, na classificação da variedade linguística observada no Brasil, o principal fator levado em conta pelos pesquisadores tem sido, precisamente, a condição de escolaridade do falante.[18]

Assim, com base no nível de escolaridade dos personagens, na intensidade da variação léxico-sintática observada em suas falas, e considerando a preocupação expressa por Clemens na Explicação — com o equívoco de o leitor supor que todos os personagens do livro falem de maneira idêntica —, a presente tradução dividiu as figuras ficcionais de *Huck Finn* em três grandes grupos:

---

15. Marcos Bagno, op. cit., p. 28.
16. William Labov, *Sociolinguistic Patterns*. Filadélfia: University of Pennsylvania Press, 1973.
17. Peter Trudgill, op. cit., p. 41.
18. Marcos Bagno, op. cit., p. 161.

Grupo 1, marcado por um grau de variação intenso: Jim, demais escravizados, pai de Huck, vigia da barca a vapor, velho Boggs, balseiros, inclusive o trecho conhecido como "Aventuras de Ed", no capítulo 16, à exceção da breve fala do capitão da balsa, que se aproxima da norma-padrão.

Grupo 2, marcado por um grau de variação médio: Huck, Tom e os demais meninos, Buck Grangerford, sra. Judith Loftus, tio Silas e tia Sally, tia Polly, o duque e o rei, estes dois últimos exceto quando representam papéis dramáticos e quando empregam plurais, bem como algumas palavras e expressões cultas, por exemplo, *cavalheiro*, *outrora*, *musa histriônica*.

Grupo 3, marcado por um grau de variação mínimo: srta. Watson, Mary Jane e suas irmãs, Harvey Wilks (o "verdadeiro"), Jack Parker e o amigo, juiz Thatcher e outros juízes, capitão da balsa, coronel Grangerford e a esposa, coronel Sherburn, dr. Robinson, Levi Bell.

Recorrendo, sobretudo, às três últimas estratégias arroladas por Epstein — representação gramatical, representação ortográfica e representação lexical —, a presente tradução tenta captar nuances e diferenças das diversas vozes que "conversam" no livro. Portanto, mais um *caveat*: os solecismos gramaticais, as grafias que divergem de formas dicionarizadas, bem como o léxico não padrão, não denunciam o descuido do tradutor ou do revisor. Antes, são propositadas tentativas de emulação de padrões de fala que possam corresponder aos respectivos níveis socioculturais dos personagens. E se há uma tentativa de emulação da fala, de captar "conversas", não deve surpreender a estratégia favorável à oralidade. Por exemplo, quanto à colocação pronominal, a próclise é preferida, por compactuar com a tendência do português oral no Brasil. Além disso, são ubíquos os marcadores discursivos que vislumbram a presença do falante e do interlocutor no mesmo contexto, por exemplo, no final de frases: *né?*. São também frequentes o emprego de contrações coloquiais, como: *num, numa, pra, pro, tá, tô, tava*, e a mistura dos pronomes pessoais *tu* e *você*. Ainda no quesito oralidade, registra-se o uso de termos ou expressões populares: *tadinho, dá no pé, jeito maneira, pro modo de dizê, enchê a cara, sentá uma paulada, que nem* (igual a) etc.

Mais especificamente, e a título de ilustração, vejamos algumas estratégias adotadas, grupo por grupo, iniciando pelo Grupo 1, o menos letrado. No que diz respeito à representação gramatical, se tanto no português-padrão como no não padrão basta a presença do pronome-sujeito para indicar a pessoa verbal, não deve surpreender a redução das seis formas do verbo conjugado a, frequentemente, apenas duas. Portanto, no Grupo 1, a concordância entre sujeito e verbo assinala, por exemplo, *nós anda/nós andemo, nós come/nós comemo, nós segue/nós seguimo*, bem como o emprego esporádico de *a gente* com verbo na primeira pessoa do plural, sem o "s", *a gente vamo*. Avançando para a questão da representação ortográfica, mais propriamente, embora ainda se tratando de item verbal, o Grupo 1 apresenta a transformação do *nd* em *n*, com gerúndios prescindindo do "d": *voano, achano, ouvino, andano, comeno*. Ainda quanto à representação ortográfica, esse grupo registra a transformação do *lh* em *i*, por exemplo, *trabaio, véio, baraio, muié*. Em se tratando de representação lexical, vejamos exemplos do vocabulário típico desse grupo menos letrado: *homi, táuba, conzinhá, montoera, tanoero, marge, ispeculá, despois, macriação, mendingo, pobrema, propiedade, ôio/zóio* (singular/plural de olho), *sombrancelha, queto, num* (não), *bão, inté, camuça, misera, figo* (fígado), *rasto*.

Vejamos agora o Grupo 2, inicialmente, em termos de representação gramatical, mais uma vez quanto à redução das formas do verbo conjugado. No presente do indicativo, a primeira pessoa do plural aparece sem "s": *nós remamo, nós comemo, nós seguimo*, e a terceira pessoa do plural não flexiona: *eles rema, eles come, eles segue*. No pretérito perfeito, seguindo a forma adotada no presente do indicativo, a primeira pessoa do plural também carece de "s", novamente, *nós remamo, nós comemo, nós seguimo*, o sentido presente ou pretérito sendo elucidado pelo contexto; contudo, a fim de evitar exageros de efeitos acústicos (e estéticos), no mesmo pretérito perfeito, a terceira do plural é flexionada: *eles remaram, eles comeram, eles seguiram*. No pretérito imperfeito do indicativo, a primeira e a terceira pessoa do plural tampouco flexionam: *nós remava, nós comia, nós seguia; eles remava, eles comia, eles seguia*. Finalmente, em se tratando de verbos, os personagens do Grupo 2 flexionam *fazer*, no plural, no sentido de tempo passado: *fazem muitos ano, fazem dois mês*.

Quanto à representação ortográfica, a mais notável será *sivilizá*, visto que, já no segundo parágrafo do livro, ao grafar *sivilize* — verbo rico de significado na narrativa — com "s", Clemens sugere, a um só tempo, a rebeldia e a resistência do seu jovem narrador diante das regras impostas pela civilização. Ainda quanto à representação ortográfica, o linguajar dos personagens do Grupo 2, observando a recomendação do autor, no sentido de evitar falares idênticos entre personagens, desnasaliza as vogais postônicas: *viage*, *bagage*, *bobage*, *corage*, *selvage*. E são muitos os exemplos de representação lexical que ilustram a terminologia desse grupo de variação média, que, afinal, abrange o maior número de falantes: *causo*, *cumprido* e *cumprimento* (longo), *ingnorante*, *cavaleiro* (cavalheiro), *vremelhidão*, *disgrenhado*, *supertição*, *superticioso*, *sastifeito*, *sastifação*, *ólho* (plural de olho), *pertubado*, *exprimentá*, *abistinência*, *adevogado*, *abulicionista*, *disfraçá*, *disfrace*, *ajuntá*, *alumiá*, *parafusá*, *desparafusá*, *putrificá* (petrificar), *compustura*, *previlégio*, *célebro*, *déficite*, *estrovando*, *balbúdia*, *grangrena*, *inrisipela*, *incteriça*, *miningite*, *jirafa*, *loucução*, *buginganga*, *largata*, *endigesto*, *nônima* (anônima).

Antes de passarmos ao Grupo 3, vejamos algumas características comuns ao Grupo 1 e Grupo 2. No que concerne à representação gramatical, vejamos, mais uma vez, a questão dos verbos. Primeiro, os infinitivos aparecem em sua forma fonética, sem as consoantes finais (que, de fato, estão desaparecendo na oralidade do português do Brasil), e com a vogal acentuada: *andá, fazê, fingí*. Registra-se aqui, também, o emprego do infinitivo do verbo *vir* na forma *vim*, primeira pessoa do pretérito perfeito: *pode vim, costumava vim pra cima dele, fala pra ele vim aqui*. O subjuntivo e o condicional são raramente empregados, respectivamente: *que eu ligo* (que eu ligue, ou que eu ligasse), *pra tentá* (que tentasse), e *ia formá* (formaria), *ia vivê* (viveria), *ia seguí* (seguiria). Os verbos reflexivos, tais como *afogar, barbear, incomodar, arrepiar, arrepender, levantar, sentar, misturar, espreguiçar, casar* e *esquecer*, por exemplo, não costumam ser acompanhados do pronome reflexivo *se*, nem dos pronomes oblíquos átonos *me, te, nos, vos*. Aliás, quando esses verbos aparecem na forma reflexiva, o fazem com a primeira pessoa do plural seguida do pronome reflexivo *se*: *nós vamo se divertí muito*. Nos grupos 1 e 2 é igualmente raro o uso de tempos verbais compostos: *fiz* (tinha feito), *chegamo* (tínhamos chegado), *aconteceu* (tinha acontecido). Voltando à questão dos pronomes, em ambos os grupos, os pronomes do sujeito são favorecidos em lugar dos pronomes oblíquos, por exemplo, *com nós* (conosco), e o pronome oblíquo *mim* aparece como sujeito do infinitivo, sempre que vier precedido da preposição *para*: *pra mim andá, pra mim comê, pra mim seguí*. Ainda no que concerne à representação gramatical, nesses dois grupos ocorre o emprego indiscriminado do advérbio *aonde*, mesmo em casos em que *onde* seria a forma culta. E tanto no Grupo 1 como no 2 as chamadas "marcas de plural redundantes" são eliminadas em substantivos e adjetivos,[19] sendo assinaladas apenas pelo "s" no artigo: *as balsa, as coisa, as história.* Já em relação à representação ortográfica, em ambos os grupos é visível a redução do ditongo *ou* em *o: ropa, roba, troxa, tocinho.*

Finalmente, vejamos o Grupo 3, o mais letrado. Sendo o mais próximo à norma-padrão, esse grupo se caracteriza por desvios sutis. Quanto à representação gramatical, o grupo emprega, por exemplo, plurais, e em suas falas os infinitivos aparecem grafados segundo a norma culta. No entanto, embora letrados, os personagens do Grupo 3 apresentam algum desvio da norma-padrão, esporadicamente misturando *tu* e *você*, e, frequentemente, utilizando o pronome do sujeito em lugar do pronome oblíquo após verbos: *viu ela, se levares ele, pegamos eles* etc. Em termos de representação ortográfica, temos aqui algumas das ubíquas marcas discursivas de oralidade, por exemplo, *né*. Já a representação lexical, nesse grupo letrado, não aparece marcada.

Concluindo, nesta tradução a divisão, ou melhor, a gradação dos personagens em três grupos, com especificidades relativas às representações gramatical, ortográfica e lexical, visa preservar a variedade linguística enquanto fator capaz de autenticar a caracterização de Huck, Jim, o pai de Huck, o rei e o duque, a srta. Watson, tia Polly, tia Sally e tio Silas, coronel Sherburn e os demais personagens de *Huck Finn*. Cumpre lembrar que, ao buscar o recurso da variedade dialetal,

---

19. Marcos Bagno, op. cit., pp. 48-52.

a tradução, embora se valendo de preceitos linguísticos, não tem por objetivo precípuo produzir fatos linguísticos sistematicamente verificáveis, mas, sim, efeitos preponderantemente estéticos. Passados mais de cem anos do lançamento de *Aventuras de Huckleberry Finn*, uma ficcionista do Sul dos Estados Unidos, Flannery O'Connor (1925-1964) — pupila de Sam Clemens e mestra no uso de vozes que "conversam" em variedade linguística —, recomenda à jovem escritora Cecil Dawkins, em carta datada de 26 de outubro de 1958: "Quando utilizar dialeto, faça-o com sutileza [...]. Tudo o que se pretende é insinuar. Nunca deixe o dialeto chamar atenção para si [...]. Se a pessoa se preocupa com dialeto — será que o personagem falaria assim ou assado? —, [o personagem] vai soar inautêntico".[20] É certo que, em sua famosa Explicação, Clemens afirma: "As gradações [dialetais] não foram feitas de maneira aleatória, tampouco por palpite, mas meticulosamente, e com orientação e base adequadas e propiciadas por uma familiaridade pessoal com essas diversas formas de falar". Contudo, conforme já vimos, os sete dialetos aludidos por Clemens nessa mesma Explicação, segundo A.B. Paine, não são sistematicamente mantidos. Portanto, é cabível deduzir que, ao promover a polifonia em sua obra-prima, Clemens esteja menos preocupado com acuidade dialetológica do que com a insinuação de

---

20. Flannery O'Connor, *The Habit of Being: Letters of Flannery O'Connor*, seleção e edição de Sally Fitzgerald. Nova York: Vintage, 1979. p. 301.

uma representação crível e um convincente efeito artístico. O mesmo pode ser afirmado acerca desta tradução, ainda que o presente trabalho não resulte de um "operador neutro" que busque entregar "o mesmo".

JOSÉ ROBERTO O'SHEA

José Roberto O'Shea é professor e tradutor. É mestre em Literatura Ocidental (American University) e doutor em Literatura Inglesa e Norte-Americana (UNC-Chapel Hill), com estágios de pós-doutoramento na Inglaterra e nos Estados Unidos. Leciona desde 1990 na Universidade Federal de Santa Catarina, onde atualmente é professor titular voluntário (aposentado), membro permanente do Programa de Pós-Graduação em Inglês e pesquisador do CNPq desde os anos 1990. Tem mais de sessenta traduções publicadas, abrangendo ficção, não ficção, poesia e teatro. Para a Coleção Clássicos Zahar, traduziu *Aladim*, *A Ilha do Tesouro*, *Robinson Crusoé*, *As aventuras de Tom Sawyer* e *Viagens de Gulliver* — e, por estas *Aventuras de Huckleberry Finn*, esteve entre os finalistas do prêmio Jabuti 2020.

AVENTURAS DE HUCKLEBERRY FINN

O parceiro de Tom Sawyer

Local: Vale do Mississippi

Tempo: De quarenta a cinquenta anos atrás

Huckleberry Finn

AVISO

Quem tentar encontrar um motivo nesta narrativa será processado; quem tentar encontrar a moral da história será banido; quem tentar encontrar um enredo será fuzilado.

> POR ORDEM DO AUTOR.
> Por G.G., comandante da artilharia.

EXPLICAÇÃO

Neste livro são utilizados vários dialetos, a saber: o dialeto negro do Missouri; a forma mais extrema do dialeto rural do Sudoeste; o dialeto corrente do "condado de Pike" e quatro variações deste último. As gradações não foram feitas de maneira aleatória, tampouco por palpite, mas meticulosamente, e com orientação e base adequadas e propiciadas por uma familiaridade pessoal com essas diversas formas de falar.

Ofereço esta explicação porque, sem ela, muitos leitores poderiam supor que todos os personagens tentam em vão falar de maneira idêntica.[1]

O AUTOR.

---

1. Nesta tradução, buscamos adaptar as diferentes dicções utilizadas por Samuel Clemens ao nosso contexto linguístico, de forma a reproduzir o efeito desejado pelo autor.

1

VOCÊ NÃO ME CONHECE se não leu um livro chamado *As aventuras de Tom Sawyer*, mas isso não tem importância. O livro foi feito pelo sr. Mark Twain e ele falou a verdade, muitas das vez. Umas coisa ele chutou, mas muitas das vez ele falou a verdade. Isso não é nada. Nunca vi gente que não mente de vez em quando, a não ser a tia Polly, ou a viúva, ou a Mary, quem sabe. A tia Polly — a tia Polly do Tom — e a Mary, e a viúva Douglas, elas todas têm história naquele livro — que é, quase sempre, um livro verdadeiro, com alguns chute, como eu já falei.

Agora, o jeito como o livro acaba é assim: o Tom e eu achamo o dinheiro que os ladrão esconderam na caverna, e o dinheiro fez a gente enricá. Cada um ficou com seis mil dólar — tudo em ouro. Era dinheiro que não acabava mais, quando a gente empilhou. Bom, o juiz Thatcher, ele pegou o dinheiro e aplicou, e a coisa rendeu pra nós um dólar por dia, o ano todo — a gente nem sabia o que fazê com tanto dinheiro. A viúva Douglas, ela me pegou pra criá e encasquetou de me sivilizá, mas foi duro vivê dentro de casa o tempo todo, de pensá na tristeza que era a viúva ser sempre tão certinha e decente; e então, quando não guentei mais, eu dei no pé. Me enfiei nos meus trapo velho e voltei a dormí na minha barrica de açúcar, e me senti livre e sastifeito. Mas o Tom Sawyer, ele me caçou e disse que ia formá uma quadrilha de assaltante, e que eu podia fazê parte dela, se eu voltasse pra viúva e virasse um cara de respeito. Então eu voltei.

A viúva chorou por minha causa e me chamou de ovelha perdida, e me chamou de um monte de outros nome também, mas ela não fez nada daquilo por mal. Ela me enfiou de novo naquelas ropa nova, e eu não parava de suá e suá, e de me sentí todo apertado. Então começou tudo de novo. A viúva tocava o sino pra janta e a gente tinha que chegá na hora. Quando chegava na mesa, a gente não podia começá logo a comê, mas tinha que esperá até a viúva baixá a cabeça e resmungá umas coisa, olhando pra comida, e nem tinha nada de errado com a boia. Qué dizê, nada, a não ser que era tudo cozido separado. Num caldeirão sortido é diferente: as coisa se mistura, e o caldo ensopa tudo, e as coisa fica melhor.

Depois da janta, lá vinha ela com o livro e me ensinava as história de Moisés e os papiru, e eu suava pra aprendê tudo sobre ele; mas logo, logo ela deixou escapá que o Moisés tava mais que morto; então eu não incomodei mais com ele, porque não dou muita bola pra gente morta.

Pouco depois, eu quis fumá e pedi pra viúva deixá. Mas ela não deixou. Falou que era um costume ruim e não era decente, e que eu não devia mais fazê aquilo. Tem gente que é desse jeito mesmo. Fala mal da coisa sem sabê de nada. Ela esquentava a cabeça com o Moisés, que nem era parente dela, e nem tinha serventia pra ninguém, pois já tinha morrido, mas me culpava um montão por eu tá fazendo uma coisa boa. E ela ainda cheirava rapé; mas isso não tinha problema, é claro, porque era coisa dela.

A irmã dela, a srta. Watson, uma solteirona magricela e quatro-olho, tinha acabado de se mudá pra casa dela, e veio pro meu lado com uma cartilha. Ela me trucidou durante uma hora, e aí a viúva mandou ela amolecê um pouco. Eu não ia guentá mais muito tempo. Daí que durante uma hora foi uma chatice mortal, e eu acabei ficando nervoso. A srta. Watson falava "Não põe os pés aí em cima, Huckleberry", e "não fica torto desse jeito, Huckleberry — senta direito"; e logo depois ela falava "Não boceja e espreguiça desse jeito, Huckleberry — por que você não se comporta?". Daí ela falou à beça sobre o lugar ruim, e eu disse que queria ir pra lá. Ela então ficou zangada, mas eu não fiz por mal. Eu só queria ir pra algum lugar; só queria mudá de vida, e não era muito exigente. Ela falou que era ruindade dizê o que eu disse; falou que não dizia uma coisa daquela por nadinha desse mundo; *ela* ia vivê de um jeito que levasse ela pro lugar bom. Pois é, não vi vantage nenhuma de ir pra aonde ela ia, então resolvi que não ia nem tentá. Mas nunca falei nada, porque isso só ia criá causo, e não ia adiantá nada.

Ela se empolgou e falou tudo daquele lugar bom. Disse que lá a gente passava o dia inteiro só tocando harpa e cantando, pra sempre. Daí, não fiquei muito impressionado.

Mas nunca falei nada. Perguntei pra ela se ela achava que o Tom Sawyer ia pra lá, e ela disse que ele não tinha a menor chance. Eu fiquei contente, porque eu queria que nós dois ficasse junto.

A srta. Watson pegou no meu pé, e aquilo ficou chato, e eu me senti sozinho. Logo, logo elas trouxeram os preto pra dentro e fizeram as prece, e então todo mundo foi dormí. Eu subi pro meu quarto com um cotoco de vela e deixei o cotoco em cima da mesa. Daí sentei numa cadeira perto da janela e tentei pensá em alguma coisa alegre, mas não adiantou nada. Eu me senti tão sozinho que deu vontade de morrê. As estrela brilhava, e as folha gemia na mata com jeito de enterro, e eu escutei uma coruja, lá longe, piando que alguém tinha morrido, e um bacurau e um cachorro ganindo que alguém ia morrê; e o vento queria soprá alguma coisa pra mim, mas eu não entendia o que era, e aquilo fez eu arrepiá todinho. Então, lá no meio da mata, escutei aquele barulho que assombração faz quando qué contá alguma coisa que tá pesando na consciência e tá difícil de desembuchá, e por causa disso não consegue descansá na cova e tem que saí penando por aí a noite inteira. Senti muita tristeza e muito medo, e me deu vontade de ter uma companhia. Então uma aranha subiu no meu ombro, e dei um peteleco, e ela caiu na vela; e antes de eu conseguí me mexê, ela enrugou todinha. Ninguém precisava me dizê que aquilo era um baita mau sinal e que ia me dá azar; então fiquei com medo e quase arranquei a ropa do couro. Levantei e dei três volta e fiz o sinal da cruz em cima do peito cada vez; e então amarrei um cacho do meu cabelo com um pedaço de linha, pra espantá as bruxa. Mas não senti confiança. Isso pode até dá certo quando a gente perde uma ferradura que tinha achado, em vez de pendurá ela em cima da porta, mas eu nunca ouvi ninguém dizê que aquilo era jeito de se livrá de azar depois de matá aranha.

Sentei de novo, tremendo todo, e peguei o meu cachimbo, pra dá uma pitada, porque naquela hora a casa tava quieta como a morte, e a viúva não ia sabê. Bom, depois de um tempão, escutei o relógio batê, lá longe na cidade — dim — dom — doze badalada —, e tudo ficou quieto de novo, mais quieto que nunca. Logo depois, escutei um graveto estalá, lá embaixo, no escuro, no meio das árvore — alguma coisa tava se mexendo. Fiquei parado, escutando. Em seguida, ouvi, bem baixinho, lá fora — *"Mim-gau! Mim-gau!"*. Coisa boa! Eu falei: *"Mim-gau! Mim-gau!"*, o mais mansinho que pude, e então apaguei a vela e escapuli pela janela, saindo pelo telhado do galpão. Depois, escorreguei até o chão, e engatinhei pelo meio das árvore e, de certeza, o Tom Sawyer tava lá esperando por mim.

2

NÓS SEGUIMO NA PONTA dos pé por uma trilha entre as árvore até o fundo do jardim da viúva, se abaixando pros galhos não arranhá nossas cabeça. Quando passamo pela cozinha, eu tropecei numa raiz e fiz barulho. Nós se agachamo e ficamo quietinho. O preto da srta. Watson, chamado Jim, tava sentado na porta da cozinha; dava pra vê ele muito bem, porque por detrás dele tinha luz. Ele levantou e espichou o pescoço, por quase um minuto, apurando os ouvido. Então ele disse:

— Quem é que tá aí?

Ele ficou escutando mais um tempo; daí saiu andando na ponta dos pé e parou bem no meio de nós dois; a gente podia até encostá nele, ou quase. Bom, pareceu que durante vários minuto não dava pra ouví nadinha, e nós três ali tão perto. No meu tornozelo deu coceira, mas eu não ia me metê de coçá; e aí a minha orelha deu de coçá; e depois as minhas costa, bem no meio dos ombro. Parecia que eu ia morrê, se não coçasse. Bom, desde aquele dia eu já reparei uma coisa, muitas das vez. Se a gente tá no meio dos grã-fino, ou num enterro, ou tentando pegá no sono sem sono — quando a gente tá em qualquer lugar aonde não dá pra coçá, ora, aí mesmo é que a gente tem coceira pelo corpo todo, em mais de mil lugar. Logo depois, o Jim falou:

— Fala aí... quem é? Cadê tu? Eu que me dane, se num escutei alguma coisa. Bão, já sei o quê é que eu vou fazê. Eu vou é sentá aqui e ficá assuntano inté ouví de novo.

Então ele sentou no chão, entre eu e o Tom. Ele encostou numa árvore e esticou as perna, até que uma perna dele quase tocou na minha. Meu nariz deu de coçá. Coçou até meus ólho enchê de lágrima. Mas eu não ia me metê de coçá. Daí começou a coçá dentro. Depois, danou de coçá embaixo. Eu não sabia mais o que fazê pra ficá parado. A agonia durou uns seis ou sete minuto, mas pareceu muito mais que isso. Então deu coceira em onze lugar diferente. Eu achei que não ia guentá nem mais um minuto, mas trinquei os dente e resolvi tentá. Foi então que o Jim começou a respirá fundo; logo depois ele deu de roncá — e então eu tornei a relaxá.

O Tom, ele fez um sinal pra mim — um barulhinho com a boca —, e a gente saiu engatinhando. Quando a gente se afastou uns três metro, o Tom cochichou pra mim que queria amarrá o Jim na árvore, só de brincadeira; mas eu disse que não; ele podia acordá e fazê barulho, e eles ia descobrí que eu não tava dentro de casa. Então o Tom disse que tinha pouca vela, e que ia entrá na cozinha pra pegá mais. Eu não queria que ele fosse. Falei que o Jim podia acordá e entrá lá também. Mas o Tom quis arriscá; daí a gente entrou na cozinha e pegou três vela, e o Tom deixou cinco centavo na mesa, de pagamento. Então nós saímo pra fora, e eu tava aflito pra escapulí dali, mas o Tom tinha que engatinhá de volta até aonde o Jim tava, e pregá uma peça nele. Eu fiquei esperando, e pareceu demorá um tempão; tava tudo muito quieto, e eu me senti sozinho.

Assim que o Tom voltou, a gente seguiu pela trilha, deu a volta na cerca do jardim e logo, logo chegou no topo do morro que fica do outro lado da casa. O Tom falou que tirou o chapéu da cabeça do Jim e pendurou num galho, bem em cima dele, e que o Jim se mexeu, mas não acordou. Mais tarde, o Jim disse que as bruxa tinha enfeitiçado ele, num transe, e levado ele por todo o estado, e depois deixado ele debaixo das árvore de novo, e tinha dependurado o chapéu dele num galho, só pra mostrá quem que fez tudo aquilo. E na próxima vez que o Jim contou a história, ele falou que elas tinha levado ele até Nova Orleans; e depois, cada vez que ele contava a história, a coisa ia mais e mais longe, até que logo, logo ele falou que elas tinha levado ele pelo mundo inteiro, quase matando ele de cansaço, e que os fundilho dele tava que era só furúnculo de tanto sentá na sela. O Jim ficou besta que só ele, com a história, e nem dava mais bola pros outros preto. Vinha preto de quilômetros de distante, só pra ouví o Jim contá o causo, e nenhum outro preto da região era tão admirado como ele. Tinha preto desconhecido que ficava de boca aberta, olhando pra ele da cabeça aos pé, como se ele fosse um espanto. Os preto ficava sempre falando de bruxa, no escuro, na beira do fogo da cozinha; mas sempre que um preto se metia a tagarelá que sabia tudo dessas coisa, o Jim aparecia e dizia "Hum! O que é que tu sabe de bruxa?", e o preto fechava a matraca e tinha que dá lugar pra ele. O Jim vivia com uma moeda de cinco centavo dependurada num barbante no pescoço e dizia que era um amuleto que o capeta deu na mão dele, e que o capeta falou que ele podia curá qualquer pessoa com aquilo e chamá bruxa, quando bem entendesse, que era só ele falá uma coisinha pro amuleto; mas ele nunca disse que coisinha ele tinha que falá. Vinha preto de toda parte, e eles entregava pro Jim tudo que eles tinha, só pra dá uma olhada naquela moeda de cinco centavo; mas eles não tocava na moeda, porque ela tinha passado na mão do capeta. O Jim não prestou mais pra trabalhá, de tão besta que ficou porque tinha visto o capeta e tinha sido levado pelas bruxa.

Bom, quando eu e o Tom chegamo bem no topo do morro, a gente olhou pro povoado, lá embaixo, e avistou três ou quatro luzinha brilhando, aonde tinha gente doente, quem sabe; e as estrela em cima de nós faiscava muito linda; e lá embaixo, junto do povoado, ficava o rio, mais de um quilômetro de largo, terrível de calmo e grandalhão. Nós descemo o morro e encontramo o Jo Harper, o Ben Rogers e outros dois ou três menino, tudo escondido no velho curtume. Então a gente desatracou um bote e desceu o rio, uns quatro quilômetro, até a grande fenda no barranco e foi pra margem.

Seguimo até uma moita, e o Tom fez todo mundo jurá segredo, e então mostrou pra eles um buraco no barranco, na parte mais fechada da moita. Daí nós acendemo as vela e entramo pra dentro, engatinhando. Depois que a gente avançou uns duzentos metro, apareceu a caverna. O Tom apalpou aqui e ali, e logo passou por debaixo de uma parede aonde ninguém ia percebê que tinha um buraco. Nós entramo por um lugar estreito e chegamo num tipo de salão, tudo molhado e pingando e frio, e ali paramo. O Tom falou:

— Agora, a gente vai formá essa quadrilha de assaltante e chamá ela de Bando do Tom Sawyer. Quem quisé entrá vai ter que fazê um juramento e assiná com sangue.

Todo mundo quis. Então o Tom pegou um papel aonde tava escrito o juramento e leu. O juramento falava que todo menino tinha que ser fiel à quadrilha, e nunca contá nenhum segredo e que, se alguém fizesse alguma coisa contra qualquer menino da quadrilha, o menino que recebesse a ordem pra matá a tal pessoa e a família dela tinha que obedecê, e que não podia comê nem dormí enquanto não matasse a pessoa e marcasse o peito dela com uma cruz, que era a marca da quadrilha. E ninguém que não fosse da quadrilha podia usá a marca, e quem usasse era pra ser processado; e se usasse de novo, era pra ser executado. E se alguém da quadrilha contasse algum segredo, ia ser degolado, ia ter o corpo queimado, as cinza jogada fora e o nome riscado da lista com sangue e nunca mais mencionado pela quadrilha, e o nome desse menino ia ser amaldiçoado e esquecido, pra sempre.

Todo mundo falou que era uma lindeza de juramento, e a gente perguntou pro Tom se aquilo saiu da cabeça dele. Ele disse que só uma parte, mas que o resto era tirado de livros de pirata e livros de ladrão, e que toda quadrilha que prestava tinha aquilo.

Alguns achava que era bom matá as *família* dos menino que contasse os segredo. O Tom falou que era boa ideia; então ele pegou um lápis e escreveu isso também. Daí o Ben Rogers disse:

— E o Huck Finn, ele não tem família... o que tu vai fazê com ele?

— Bom, ele não tem pai? — disse o Tom Sawyer.

— Tem, ele tem pai, mas ninguém sabe aonde ele anda agora. Ele costumava caí de bêbado, no meio dos porco, lá no curtume, mas já tem pra mais de um ano que ninguém vê ele por aqui.

Eles discutiram o assunto e já ia me botá pra fora, dizendo que todo menino tem que ter uma família ou alguém pra podê ser executado, ou não era justo com os outro. Bom, ninguém conseguiu pensá numa solução — todo mundo ficou confuso e de bico calado. Eu tava quase chorando; mas, de repente, pensei num jeito, e então ofereci pra eles a srta. Watson — eles podia matá ela. Todo mundo falou:

— Ah, ela serve, ela serve. Tá bem. O Huck pode entrá.

Então todos enfiaram um alfinete no dedo, pra assiná com sangue, e eu fiz a minha marca no papel.

— Agora — disse o Ben Rogers —, qual vai ser o negócio desse bando?

— Nada, só assalto e assassinato — o Tom disse.

— Mas a gente vai robá o quê? Casa... ou gado... ou...

— Coisa grande! Robá gado e essas coisa não é assalto; é coisa de ladrãozinho — disse o Tom Sawyer. — Nós não somos ladrão de galinha. Isso não tem classe. Nós somos assaltante de estrada. A gente para as diligência e as carroça na estrada, usando máscara, e mata as pessoa e pega os relógio e o dinheiro delas.

— A gente sempre tem que matá o povo?

— Ah, de certeza. É melhor. Tem autor que não pensa assim, mas a maioria acha melhor matá. A não ser alguns que a gente traz aqui pra caverna e fica com eles até eles ser resgatado.

— Resgatado? O que é isso?

— Eu não sei. Mas é isso que eles faz. Eu vi isso nos livro; e então, é claro que é isso que a gente tem que fazê.

— Mas como é que a gente vai fazê, se a gente não sabe o que é?

— Ué! Droga! A gente *tem* que fazê. Já não falei que tá nos livro? Tu qué fazê diferente do que tá nos livro e bagunçá tudo?

— Ah, é muito fácil *falá*, Tom Sawyer, mas como é que esses cara vai ser resgatado, se a gente não sabe como vai fazê? Isso é o que *eu* quero sabê. Então, o que tu *acha* que seja?

— Bom, eu não sei. Mas, quem sabe, se a gente ficá com eles até eles ser resgatado, isso qué dizê que a gente fica com eles até eles morrê?

— Agora, sim, *isso* tem sentido. Isso é resposta. Por que tu não falou isso antes? A gente fica com eles até eles ser resgatado com a morte... e que chateação eles vai ser, também, comendo a nossa comida e sempre tentando fugí.

— Mas que falação, Ben Rogers! Como é que eles vai fugí, se vai ter alguém vigiando eles, pronto pra metê bala neles, se eles mexê um dedo?

— Alguém vigiando. Bom, isso é *bom*. Então alguém vai ter que ficá de vigia a noite toda e nunca dormí, pra vigiá eles. Acho isso uma bobajada. Por que alguém não pega um porrete e resgata eles assim que eles chegá aqui?

— Porque não tá nos livro... é por isso. Agora, Ben Rogers, tu qué fazê as coisa certinha, não qué? A ideia é essa. Tu não acha que o povo que fez os livro sabe o que é certo fazê? Tu acha que *tu* vai podê ensiná alguma coisa pra eles? De jeito maneira. Não, senhor, a gente vai resgatá eles do modo certo.

— Tá bem. Eu não vou esquentá a cabeça; mas digo que isso é bobajada, em todo causo. Fala aí uma coisa... a gente mata mulher, também?

— Bom, Ben Rogers, se eu fosse ingnorante como tu, eu disfarçava. Matá mulher? Não... ninguém nunca viu uma coisa dessa nos livro. Mulher nós trazemo pra caverna e somos sempre educado com elas, e logo, logo elas se apaixona por nós e nunca mais vai querê ir embora.

— Bom, se é assim, eu concordo, mas não faço muita fé. Em pouco tempo, nós vamo é ficá com a caverna tão entupida de mulher e de homem esperando pra ser resgatado, que não vai ter lugar pros assaltante. Mas, vai em frente; não tenho mais nada pra falá.

O pequeno Tommy Barnes tinha pegado no sono e, quando acordaram ele, ele ficou com medo e chorou, e disse que queria ir pra casa, pra perto da mamãe, e que não queria mais ser assaltante.

Daí todo mundo zombou dele e chamou ele de bebê chorão, e ele ficou com raiva e disse que ia direto contá tudo que era segredo. Mas o Tom deu pra ele cinco centavo, pra ele calá o bico, e disse que todo mundo ia pra casa e que a gente ia se encontrá na próxima semana, pra assaltá e matá alguém.

O Ben Rogers disse que não podia saí muito, só nos domingo, e então ele queria começá no outro domingo, mas todo mundo disse que era ruindade fazê aquilo num dia de domingo, e isso pôs um fim na coisa. Todos concordaram em se encontrá e marcá um dia, assim que todo mundo pudesse, e a gente elegeu o Tom Sawyer primeiro capitão e o Jo Harper segundo capitão da quadrilha, e então fomo pra casa.

Subi no galpão e entrei pela minha janela um pouquinho antes do dia raiá. Minhas ropa nova tava toda lambuzada e barrenta, e eu tava morto de cansado.

3

BOM, levei foi um baita sermão da srta. Watson de manhã, por causa das minhas ropa; mas a viúva não deu bronca, e só limpou a lambuzeira e o barro e ficou tão triste que pensei de me comportá melhor por algum tempo, se eu pudesse. Daí a srta. Watson, ela me levou pro quarto e orou, mas não aconteceu nada. Ela disse que era pra mim orá todo dia, e que tudo o que eu pedia eu ia conseguí. Mas não foi assim. Eu bem que tentei. Uma vez eu consegui uma linha de pescá, mas sem anzol. A linha não ia prestá pra nada, sem os anzol. Eu orei, pedindo anzol, três ou quatro vez, mas a coisa não funcionou. Pouco depois, um dia, pedi à srta. Watson pra tentá por mim, mas ela disse que eu era um bobão. Ela nunca me disse por quê, e eu não entendi nada.

Uma vez, sentei no meio da mata e fiquei um tempão pensando nisso. Falei pra mim mesmo: se a pessoa consegue tudo o que pede orando, por que o diácono Winn não consegue de volta o dinheiro que ele perdeu com o negócio da carne de porco? Por que a viúva não consegue de volta a caixinha de rapé de prata que robaram dela? Por que a srta. Watson não engorda? Não, falei pra mim mesmo: isso aí não vale nada. Fui falá com a viúva, e ela disse que o que uma pessoa consegue orando é "dádivas espirituais". Aquilo foi demais pra mim, mas ela me explicou — eu tenho que ajudá os outro, e fazê tudo o que pudé pelos outro, e cuidá deles o tempo todo, e nunca pensá em mim. Isso valia também pra srta. Watson, pelo que entendi. Fui pra mata e fiquei um tempão revirando a coisa na minha cabeça, mas não consegui enxergá nenhuma vantage — a não ser pros outro —, então, no fim das conta, resolvi não esquentá mais com aquilo, e deixá a coisa pra lá. Tinha vez que a viúva me pegava pra falá da Providência, de um jeito que dava até água na boca; mas aí, quem sabe, no outro dia a srta. Watson assumia o comando e descia o malho. Calculei que dava pra vê que tinha duas Providência, e que um pobre coitado tinha uma chance boa com a Providência da viúva, mas se a da srta. Watson pegava ele, ele não tinha jeito de escapá. Pensei bem e resolvi que ia ficá com a da viúva, se é que a Providência me queria; só que não conseguia entendê que vantage isso tinha pra ela, sendo eu tão ingnorante e tão bronco e turrão.

O pai, ninguém tinha visto ele fazia mais de um ano, e isso me deixava sossegado; eu não queria mais vê ele. Ele sempre me surrava quando tava sóbrio e conseguia me pegá, só que eu costumava ficá na mata quase o tempo todo, quando ele aparecia. Bom, foi daí que encontraram ele no rio, afogado, uns vinte quilômetro pra cima da cidade, foi isso que disseram. Pelo menos, eles acharam que era ele; disseram que o tal afogado era do tamanho dele, que tava esfarrapado e tinha um cabelão cumprido — e o pai era bem desse jeito —, mas não viram a cara dele, porque ela ficou tanto tempo de molho dentro d'água que já nem tinha mais jeito de cara. Disseram que ele tava boiando de costa. Pegaram e enterraram ele na beira. Mas não fiquei sossegado muito tempo, porque pensei numa coisa. Eu bem que sabia que homem afogado não boia de costa, mas de bruço. Então logo vi que não era o pai, mas uma mulher vestida de homem. Daí acabou o meu sossego de novo. Entendi que o velho ia aparecê, logo, logo, mesmo eu não querendo que ele aparecesse.

Nós brincamo de assaltante, às vez, durante um mês, e então pedi as conta. Todos os menino pediram. A gente não tinha assaltado ninguém, a gente não tinha matado ninguém, mas só fingido. A gente pulava pra fora da mata e corria atrás de algum condutor de porco e de alguma mulherada numa carroça, levando legume pra feira, mas a gente nunca robou ninguém. O Tom Sawyer chamava os porco de "lingote", e chamava os nabo de "joia", e a gente fazia reunião na caverna, pra discutí o que tinha feito, e quantas pessoa a gente tinha matado e marcado. Mas eu não via vantage nenhuma naquilo. Uma vez o Tom mandou um garoto corrê lá pela cidade com um tição em brasa, que ele chamava de *alerta* (era o sinal pra quadrilha se reuní), e então ele disse que os espião dele tinha trazido a informação secreta que, no outro dia, um bando de negociante espanhol e árabe rico ia acampá lá em Cave Hollow, com duzentos elefante e seiscentos camelo, e mais de mil mula de carga, tudo abarrotado de diamante, e que eles só tinha quatrocentos soldado de guarda, e então a gente ia prepará uma emboscada, como ele chamava, ia matá todo mundo e afaná tudo. Ele falou que a gente tinha que lustrá nossas espada e espingarda, e ficá de tocaia. Ele não perseguia nem mesmo uma carroça de nabo sem lustrá as espada e as espingarda, só que elas não passava de umas ripa e uns cabo de vassoura, e a gente podia esfregá até caí duro, que elas não ia valê nem um tostão furado mais que antes. Eu não acreditava que a gente podia dá uma coça num bando de espanhol e árabe que nem aquele, mas eu queria vê os camelo e os elefante; daí fiquei de tocaia no outro dia, sábado, pra tal da emboscada; e quando ouvimo o comando, saímo correndo do meio da mata e descemo morro pra baixo. Mas não tinha espanhol nem árabe, e não tinha camelo nem elefante. Não era nada, só um piquenique da turminha de catecismo, uma pirralhada. Acabamo com tudo e corremo atrás das criança pela baixada, mas não pegamo nada, só rosquinha e geleia, só o Ben Rogers, que arrumou uma boneca de pano, e o Jo Harper, que pegou um livro de cântico e um folheto; e então a professora avançou e obrigou nós a largá tudo e caí fora. Não vi diamante nenhum, e falei isso pro Tom Sawyer. Ele disse que tinha carradas de diamante lá, e disse que tinha árabe lá, também, e elefante e outras coisa. Eu falei, por que a gente não viu nada, então? Ele falou que, se eu não fosse tão ingnorante e tivesse lido um livro chamado *Dom Quixote*, ia sabê sem perguntá. Ele disse que tudo era na base do encantamento. Disse que tinha muitas centena de soldado lá, e elefante e tesouro, e outras coisa, mas a gente tinha inimigos, que ele chamou de magos, e eles transformaram tudo naquela turminha de catecismo, só de ruindade. Eu disse, tá bem, então a gente tinha que ir atrás dos mago. O Tom Sawyer disse que eu era um cabeça de bagre.

— Ué! — ele disse. — Um mago pode chamá uma montoeira de gênio, e eles ia trucidá nós antes que a gente pudesse piscá os ólho. Eles são alto que nem uma árvore e largo que nem uma igreja.

— Bom — eu disse —, e se a gente pegá alguns gênio pra ajudá *nós*... a gente não pode dá uma coça no tal bando?

— Como é que tu vai pegá os gênio?

— Eu não sei. Como é que *eles* se pega?

— Ué! Eles esfrega uma lâmpada velha de latão, ou um anel de ferro, e então os gênio ataca, com trovão e raio por todo lado e fumaça subindo, e tudo que os mago manda eles fazê, eles faz. Pra eles, não é nada arrancá do chão uma torre de pedra e batê com ela na cabeça de um diretor de escola de catecismo... ou de qualquer outro homem.

— Quem manda eles atacá desse jeito?

— Ué! Quem esfregá a lâmpada ou o anel. Eles pertence a quem esfregá a lâmpada ou o anel, e eles têm que fazê o que a pessoa dizê. Se a pessoa mandá eles construí um palácio com sessenta e cinco quilômetro de cumprido, tudo de diamante, e enchê o palácio com chiclete, ou com o que a pessoa quisé, e buscá a filha de um imperador da China, pra casá, eles têm que obedecê... e ainda têm que fazê tudo antes do sol raiá no outro dia. E mais... eles têm que fazê o palácio valsá por todo lado, no lugar que a gente quisé, tu sabe como é.

— Bom — eu falei —, acho que eles são um bando de cabeça-oca, de não ficá com o palácio pra eles. E tem mais... se eu fosse um deles, eu ia sumí pros cafundó do Judas, antes de largá o que eu tava fazendo pra atendê o chamado de um sujeito que esfregou uma lâmpada velha de latão.

— Mas que falação, Huck Finn! Ué! Tu *tinha* que ir, quando ele esfregasse, querendo ou não querendo.

— O quê? E eu sendo alto que nem uma árvore e largo que nem uma igreja? Então tá bem; eu *ia*, mas juro que eu ia fazê o sujeito trepá na árvore mais alta da região.

— Droga! Não adianta falá contigo, Huck Finn. Tu não sabe de nada mesmo... um cabeça de vento perfeito.

Pensei na coisa durante dois ou três dia, e então resolvi vê se funcionava. Peguei uma lâmpada velha de latão e um anel de ferro e fui pro meio da mata e esfreguei e esfreguei, até suá que nem um índio, e fiquei pensando em construí um palácio pra vendê, mas não adiantou, não apareceu gênio nenhum. Daí eu entendi que aquilo tudo era só uma das mentira do Tom Sawyer. Acho que ele acreditava nos árabe e nos elefante, mas eu já penso diferente. A coisa tinha todo o jeitão de uma turminha de catecismo.

4

BOM, passaram três ou quatro mês, e agora já era inverno mesmo. Fui pra escola, quase sempre, e já sabia soletrá, lê e escrevê um pouco, e sabia a tabuada até seis vez sete é igual a trinta e cinco, e acho que eu não ia passá dali, mesmo que fosse vivê pra sempre. Eu não dou bola pra matemática, de qualquer jeito.

No começo detestei a escola, mas logo, logo arrumei um jeito de guentá. Sempre que ficava muito cansado, eu matava aula, e a coça que eu levava no outro dia fazia bem e animava. Então, quanto mais eu ia pra escola, mais fácil ficava a coisa. Eu tava me acostumando com as regra da viúva, também, e elas já não me amolava tanto. Vivê dentro de casa e dormí numa cama me deixava bastante nervoso, mas, antes do frio chegá, eu escapulia pra dormí na mata, às vez, e isso foi um sossego pra mim. Eu gostava mais dos meus velhos costume, mas tava começando a gostá dos novo, também, um pouquinho. A viúva disse que eu tava indo devagar e sempre, e dando certo. Ela disse que não tinha vergonha de mim.

Um dia de manhã, eu entornei o saleiro na mesa do café. Tentei pegá um pouco do sal, na mesma da hora, pra jogá por cima do ombro esquerdo e espantá o azar, mas a srta. Watson foi mais rápida e me impediu. Ela disse:

— Tira a mão daí, Huckleberry... você tá sempre fazendo lambança!

A viúva me defendeu, mas isso não ia espantá o azar, eu sabia muito bem. Saí da porta pra fora, depois do café, nervoso e tremendo, e pensando aonde é que o azar ia me pegá e o que ia ser. Tinha uns tipo de azar que dava pra gente espantá, mas aquele não; então nem tentei fazê nada, e só toquei em frente, desanimado e de olho vivo.

Desci pelo jardim e subi os degrau que servia de passagem por cima da cerca. Tinha uns pouco centímetro de neve fresca no chão, e eu vi as pegada de alguém. Elas subia lá da pedreira e parava perto dos degrau da cerca, e dali não passava. Era esquisito que elas não entrava pra banda de cá, e só ficava ali. Não entendi. Era muito esquisito, de qualquer jeito. Eu ia tocá em frente, mas antes abaixei pra olhá as pegada. Não reparei nada, de primeiro, mas depois eu vi. Tinha uma cruz no salto da bota esquerda, feita com prego, pra espantá o capeta.

Dei um pulo e desci o morro na maior carreira. Olhei prá trás, algumas vez, mas não vi ninguém. Cheguei na casa do juiz Thatcher mais depressa que pude. Ele falou:

— Ora! Meu garoto, estás esbaforido. Vieste receber os dividendos?

— Não, senhor — eu disse. — Tem algum aí pra mim?

— Ah, sim, os semestrais chegaram ontem à noite. Mais

de cento e cinquenta dólares. Uma bela fortuna pra ti. Sugiro que me permitas aplicar esse dinheiro junto aos seis mil, pois, se levares ele, vais acabar gastando.

— Não, senhor — eu disse. — Não quero gastá. Não quero esse dinheiro... e nem os seis mil. Quero que o senhor fica com o dinheiro; quero dá ele pro senhor... e os seis mil também.

Ele ficou espantado. Parecia que não tinha entendido. Ele falou:

— Ora! Como assim, meu garoto?

Eu falei:

— Não me pergunta nada, por favor. O senhor vai ficá com o dinheiro... não vai?

Ele disse:

— Bem, estou perplexo. Há algum problema?

— Por favor, fica com o dinheiro — eu disse. — E não me pergunta nada... pra mim não ter que pregá mentira.

Ele pensou um pouco, e então disse:

— Ah! Acho que estou entendendo. Queres *vender* o teu patrimônio pra mim... e não doar. Essa é a ideia correta.

Então ele escreveu umas coisa num papel e leu em voz baixa, e falou:

— Pronto... podes ver que aqui diz "por um montante". Isso significa que comprei o teu patrimônio e paguei por ele. Eis aqui um dólar. Agora, podes assinar.

Então eu assinei, e fui embora.

O PRETO QUE ERA da srta. Watson, o Jim, tinha uma bola de pelo do tamanho de um punho, que tiraram do quarto estômago de um boi, e ele costumava fazê magia com ela. Ele dizia que dentro dela tinha um espírito, e que o tal espírito sabia de tudo. Então procurei ele naquela noite e falei que meu pai tinha voltado, porque eu encontrei as pegada dele na neve. O que eu queria sabê era o que ele ia fazê, e ele tinha voltado pra ficá? O Jim pegou a bola de pelo e disse umas coisa pra ela, e depois levantou ela e deixou caí no chão. Ela caiu de madura, e só rolou uns dois centímetro. O Jim deixou ela caí mais uma vez, e mais uma, e a bola ficou do mesmo jeito. Ele ajoelhou e encostou a orelha nela e ficou escutando. Mas não adiantou; ele disse que ela não queria falá. Ele disse que tinha vez que ela só falava na base do dinheiro. Eu disse pra ele que eu tinha uma moeda velha e falsa de vinte e cinco centavo que não prestava porque dava pra vê um pouco do latão debaixo da prata, e que ela não servia mais, mesmo que o latão não aparecesse, porque tava tão ensebada que chegava a escorregá, e isso sempre mostrava que ela era falsa. (Achei melhor não falá nada sobre o dólar que ganhei do juiz.) Eu disse que era dinheiro da pior qualidade, mas, quem sabe, a bola de pelo aceitava, porque vai vê que ela não sabia a diferença. O Jim cheirou, mordeu e esfregou a moeda, e disse que ia arrumá um jeito pra bola achá que era dinheiro do bom. Ele falou que ia rachá uma batata crua no meio e enfiá a moeda e deixá ela lá dentro a noite toda, e na manhã seguinte o latão não ia mais aparecê, e a moeda não ia mais parecê ensebada, e que então qualquer cidadão ia aceitá ela na mesma da hora, e ainda mais uma bola de pelo. Bom, eu já sabia que batata era capaz de fazê aquilo, mas tinha esquecido.

O Jim enfiou a moeda debaixo da bola de pelo e se abaixou pra escutá de novo. Dessa vez ele falou que a bola tava sastifeita. Falou que ela ia dizê toda a minha sorte, se eu quisesse. Eu falei, toca em frente. Então a bola falou pro Jim, e o Jim me contou. Ele disse:

— Teu pai inda num sabe o que é que ele vai fazê. Tem vez que ele acha que vai embora, e tem vez que ele acha que vai ficá. O melhó é ficá queto e deixá o véio seguí o caminho dele. Tem dois anjo voano em volta dele. Um é branco e brilha, o outro é preto. O branco faz ele andá na linha, um pouco, e aí o preto se mete e estraga tudo. A gente inda num sabe qual dos dois vai ficá com ele no fim. Mas com tu vai tudo bem. Tu vai tê muito pobrema na tua vida, e muita sastifação. Tem vez que tu vai sofrê, e tem vez que tu vai ficá doente; mas tu sempre vai sará. Tem duas garota voano em volta de tu na tua vida. Uma é clara e a outra é escura. Uma é rica e a outra é pobre. Tu vai casá com a pobre primeiro e com a rica despois. Fica longe da água, o mais que tu pudé, e num vai corrê risco, porque tá escrito que tu vai sê enforcado.

Quando acendi a minha vela e subi pro meu quarto naquela noite, meu pai tava sentado lá, ele mesmo!

5

EU TINHA FECHADO a porta. Quando virei, tava ele lá. Eu costumava ter medo dele o tempo todo; ele me sovava muito. Achei que tava com medo dele agora, também; mas num minuto eu vi que tava enganado. Foi logo depois da primeira sacudidela, como se diz, quando a minha respiração quase parou — ele chegou sem eu esperá; mas logo depois eu vi que não tava com medo dele, que não tinha nada pra me preocupá.

Ele tava beirando cinquenta, e aparentava mesmo. O cabelo dele era cumprido e disgrenhado e seboso, e caía na cara, e a gente via os ólho dele brilhando como se ele tava por detrás de uns galho de cipó. Era todo preto, nada de grisalho; e do mesmo jeito, também, era as costeleta. Na cara dele não tinha cor, aonde a cara aparecia; era branco; não igual o branco dos outros homem, mas um branco doente, um branco de arrepiá — um branco de rã do brejo, um branco de barriga de peixe. E as ropa dele — só trapo, e mais nada. Ele tava com o tornozelo em cima do joelho da outra perna; a bota daquele pé tava rebentada, e dois dedo saía pra fora, e ele mexia os dedo, às vez. O chapéu tava largado no chão, um troço velho e preto, todo molenga e com a copa afundada, do jeito de uma tampa.

Parei e olhei pra ele; ele ficou sentado, olhando pra mim, com a cadeira um pouco torta pra trás. Botei a vela na mesa. Reparei que a janela tava aberta; então ele tinha subido pelo galpão. Ele ficou me olhando, da cabeça aos pé. Logo, logo ele falou:

— Ropinha engomada... bem engomada. Tu tá se achano o maioral, *né*?

— Pode ser que sim; pode ser que não — eu falei.

— Num me vem com essa tua língua afiada — ele falou. — Tu tá com muita frescura despois que eu fui embora. Eu vou dá um jeitinho em tu, antes de acabá com a tua raça. E agora tu foi educado, também, tão falano; sabe lê e escrevê. Tu se acha melhó que o teu pai agora, né, porque ele num sabe? *Eu* arranco isso do teu couro. Quem falou que tu podia se metê com essas bobajada, hein? Quem falou que tu podia?

— A viúva. Ela que me falou.

— A viúva, é? E quem falou pra viúva que ela podia metê o bedelho em coisa que não é da conta dela?

— Ninguém nunca falou isso pra ela.

— Bão, eu vou ensiná pra ela o que dá se metê. E, escuta aqui, tu vai saí daquela escola, tá ouvino? Eu vou ensiná pra essa gente o que dá fazê um menino se metê a besta com o pai dele e se achá melhó que *ele*. Deixa eu te pegá de palhaçada naquela escola, pra tu vê, tá ouvino? A tua mãe num sabia lê, e também num sabia escrevê, antes *dela* morrê. Ninguém da família sabia, antes *deles* morrê. *Eu* num sei; e aí tu vem se achano desse jeito. Eu num sou homi de aturá essas coisa... tá ouvino? Me fala aí uma coisa... lê aí pra mim escutá.

Peguei um livro e comecei a lê umas coisa sobre o general Washington e as guerra. Depois que li meio minuto, ele deu um tapão no livro e mandou ele voando pelo quarto. Ele falou:

— É verdade. Tu sabe mesmo. Eu fiquei na dúvida quando tu me disse. Agora, escuta aqui: tu para com essa frescura. Eu num vou aturá isso. Eu vou te tocaiá, meu sabidinho; e se eu te pegá perto daquela escola, eu vou te dá uma bela coça. Só falta tu aprendê religião, também. Nunca vi um filho dessa laia.

Ele pegou um pequeno desenho azul e amarelo, de umas vaca e um menino, e disse:

— O que é isso aqui?

— Eles me deram isso porque aprendi bem a lição.

Ele rasgou o desenho, e falou:

— Eu vou te dá coisa melhó... eu vou te dá um belo couro.

E ficou resmungando e rosnando um minuto, e então disse:

— Tu virou um fresquinho todo cheiroso, *num foi*? Cama, lençol, espelho, tapete no chão... e o teu pai tem que dormí com os porco no curtume. Nunca vi um filho dessa laia. Eu vou arrancá essas frescura de tu, antes de acabá com a tua raça. Ué! Essa tua metidice num tem fim... tão falano que tu enricou. Hein? Como é isso?

— Estão mentindo... é isso.

— Escuta aqui... vê bem como tu fala comigo; eu já tô guentano o mais que eu posso, agora... então, num me vem com macriação. Tem só dois dia que eu tô na cidade, e só escuto que tu enricou. Ouvi contá isso rio pra baixo, também. Foi por isso que eu vim. Tu vai me dá esse dinheiro amanhã... eu quero a grana.

— Eu não tenho dinheiro nenhum.

— É mentira. Tá lá com o juiz Thatcher. Pega com ele. Eu quero o dinheiro.

— Eu não tenho dinheiro nenhum, tô falando. Pode perguntá pro juiz Thatcher; ele vai falá a mesma coisa.

— Tá bem. Eu vou perguntá pra ele; e vou fazê ele soltá a grana, também, ou senão eu vou descobrí tudo. Me fala aí uma coisa... quanto tu tem aí no bolso? Me dá.

— Só um dólar, e quero ele pra...

— Num interessa pra quê tu qué o dólar... passa pra cá.

Ele pegou a moeda e mordeu, pra vê se era das boa, e então disse que ia até a cidade comprá uísque; falou que não tinha bebido nada o dia todo. Depois que saiu pelo telhado do galpão, enfiou a cabeça de volta pela janela e me xingou, por causa das minhas frescura e porque eu queria ser melhor que ele; e quando pensei que ele foi embora, ele voltou de novo, e falou pra mim cuidá com a escola, porque ele ia me tocaiá e me sová, se eu não parasse com aquilo.

No outro dia, ele encheu a cara e foi até a casa do juiz Thatcher, e xingou ele e fez de tudo pra ele entregá o dinheiro, mas não conseguiu, e então jurou que ia fazê a lei obrigá ele.

O juiz e a viúva procuraram a justiça, pra vê se o tribunal tirava eu dele e fazia um deles meu guardião; mas era um juiz novo, que tinha acabado de chegá, e ele não conhecia o velho; então ele disse que o tribunal não devia interferí e separá família, se pudesse evitá; disse que preferia não tirá o filho do pai. Daí o juiz Thatcher e a viúva tiveram que desistí do negócio.

Isso deixou o velho todo besta, e ele não parou quieto. Falou que ia me dá um couro, até eu ficá todo roxo, se não arrumasse um dinheiro pra ele. Eu pedi três dólar emprestado pro juiz Thatcher, e meu pai pegou o dinheiro e encheu a cara e saiu cuspindo e xingando e esbravejando e fazendo arruaça; e correu a cidade toda, batendo numa panela de latão, até quase meia-noite; então eles prenderam ele, e no outro dia levaram ele pro tribunal, e prenderam ele de novo, por uma semana. Mas ele falou que *ele* tava sastifeito; falou que era o patrão do filho, e que o filho ia fazê *ele* se dá bem na vida.

Quando ele saiu da prisão, o juiz novo disse que ia fazê dele um homem. Então ele levou meu pai pra dentro da casa dele, e vestiu ele todo limpinho e arrumado, e fez ele tomá café da manhã, almoçá e jantá com a família, e a coisa ficou uma gostosura pro lado dele, pro modo de dizê. E depois da janta o juiz falou pra ele sobre abistinência e essas coisa, até fazê o velho chorá e dizê que era um bobalhão, e que a bobeira tinha estragado a vida dele, mas agora ele ia virá a página e ser um homem pra ninguém se envergonhá, e que era pro juiz ajudá ele, e não humilhá ele. O juiz falou que tinha vontade de abraçá ele, só por causa daquelas palavra; então *ele* chorou, e a esposa dele, ela chorou, e o velho chorou de novo; disse que era um homem que ninguém nunca entendia, antes, e o juiz disse que acreditava nisso. O velho falou que o que um homem que tava no chão queria mais era compreensão; e o juiz falou que era isso mesmo; daí eles choraram de novo. E quando chegou a hora de dormí, o velho levantou e estendeu a mão, e falou:

— Olha pra isso aqui, senhoras e senhores, todos; olha bem... aperta aqui. Isso aqui era a pata de um porco, mas num é mais; é a mão de um homi que começou uma vida nova, e que vai preferí morrê que voltá pra trás. Presta atenção nessas palavra... num vai esquecê o que eu disse. É uma mão limpa agora; pode apertá... sem medo.

Então eles apertaram, um depois do outro, todos, e choraram. A esposa do juiz, ela beijou a mão dele. Então o velho, ele assinou um juramento... fez a marca dele. O juiz falou que era a hora mais sagrada da história, ou qualquer coisa parecida. Daí eles enfiaram o velho num quarto muito lindo, que era o quarto de hóspede, e de noite ele sentiu uma sede desgramada e saiu pelo telhado da varanda e desceu por um poste e trocou o paletó novinho por uma garrafa de uísque barato, e subiu de novo pro quarto e se esbaldou; e perto do dia raiá, ele se arrastou de novo pra fora, bêbado que nem um gambá, rolou pelo telhado da varanda e quebrou o braço esquerdo em dois lugar, e tava quase morto e congelado quando alguém achou ele depois do sol raiá. E quando foram vê o quarto de hóspede, precisaram de um mapa pra navegá lá dentro.

O juiz ele ficou meio magoado. Ele falou que alguém podia reformá o velho com uma espingarda, quem sabe, mas que ele não conhecia nenhum outro jeito.

6

BOM, logo depois o velho já tava correndo solto de novo, e foi atrás do juiz Thatcher, na justiça, pra forçá ele entregá o dinheiro, e foi atrás de mim, também, porque eu não parei de ir na escola. Ele me pegou algumas vez e me bateu, mas continuei indo pra escola, do mesmo jeito, e me esquivava dele, ou corria mais que ele, na maioria das vez. Antes, eu não queria muito ir pra escola, mas agora eu ia, pra fazê raiva no pai. A justiça foi uma coisa demorada; parecia que eles não ia começá nunca; daí, às vez, eu pedia dois ou três dólar emprestado pro juiz e dava pra ele, pra escapá de uma coça. Toda vez que ele ganhava dinheiro, ele enchia a cara; e toda vez que enchia a cara, ele aprontava na cidade; e toda vez que aprontava, ele ia em cana. E tinha tudo a vê... aquele era mesmo o jeito dele.

O pai, ele começou a rondá demais a casa da viúva, e então ela falou pra ele, no fim das conta, que se não parasse de zanzá por lá, ela ia criá o maior causo pra cima dele. Bom, ele não era *doido*? Ele falou que ia mostrá quem era o patrão do Huck Finn. Então, um dia, na primavera, ele me tocaiou e me pegou e me levou num bote rio pra cima uns cinco quilômetro, e atravessou pro lado de Illinois, aonde era só árvore e não tinha casa, só uma velha cabana de tora de madeira, num lugar aonde o mato era tão fechado que a gente só achava a cabana se já sabia aonde ela ficava.

Ele obrigava eu a ficá do lado dele o tempo todo, e eu nunca tinha chance de fugí. A gente morava na cabana velha, e de noite ele sempre trancava a porta e guardava a chave debaixo da cabeça enquanto dormia. Ele tinha uma espingarda, que era robada, acho eu, e a gente pescava e caçava, e era isso que a gente comia. Às vez, ele me trancava dentro da cabana e ia até uma venda, uns cinco quilômetro dali, lá no embarcadouro da balsa, e trocava peixe e caça por uísque e trazia a cana pra casa e enchia a cara e se esbaldava, e me surrava. A viúva, ela acabou descobrindo aonde eu tava e mandou um sujeito pra tentá me buscá, mas o pai enxotou ele com a espingarda, e não demorou muito até eu me acostumá com o lugar, e até gostá de lá, a não ser a parte das coça.

Era uma preguiça boa e gostosa, ficá o dia todo deitado à vontade, fumando e pescando, sem livro e nem estudo. Passou dois mês ou mais, e as minhas ropa ficou que era só trapo e sujeira, e eu não entendia como é que eu gostava da casa da viúva, aonde a gente tinha que se lavá, e comê num prato, e se penteá, e deitá e levantá na hora certa, e ficá sempre enchendo o saco com algum livro e ainda aturá a velha srta. Watson pegando no pé da gente o tempo todo. Eu não queria mais voltá pra lá. Eu parei de praguejá, porque a viúva não gostava, mas agora comecei outra vez, porque o pai não ligava. Tava muito bom lá na mata, de modo geral.

Mas logo, logo o pai ficou jeitoso demais com a vara, e eu não guentei. Eu era só vergão. Ele começou a passá muito tempo fora, e eu ficava trancado. Uma vez ele me trancou e ficou fora três dia. Foi uma solidão medonha. Pensei que ele tinha afogado, e eu nunca mais ia saí dali. Fiquei com medo. Resolvi que ia arrumá um jeito de saí de lá. Eu tinha tentado escapulí da cabana muitas das vez, mas não conseguia achá um jeito. Não tinha janela ali por aonde dava pra passá um cachorro. Não dava pra saí pela chaminé, porque era estreita demais. A porta era de tábua de carvalho, sólida e grossa. O pai cuidava pra não deixá faca, ou qualquer coisa assim, na cabana, quando ele saía; acho que vasculhei o lugar umas cem vez; bom, eu ficava quase o tempo todo vasculhando tudo, porque era quase o único jeito de fazê hora. Mas teve uma vez que achei uma coisa, no fim das conta; achei uma serra velha e enferrujada, sem o cabo; tava enfiada entre uma viga e o forro do telhado. Azeitei ela e botei ela pra trabalhá. Tinha um pelego velho pregado nas tora no fundo da cabana, por detrás da mesa, pra não deixá o vento entrá pelas fresta e apagá a vela. Eu me enfiei por debaixo da mesa, suspendi o pelego e comecei a serrá um pedaço da tora mais baixa, pra abrí um buraco pra mim podê passá. Bom, foi um trabalho pesado e demorado, mas eu já tava quase no fim quando ouvi a espingarda do pai no meio da mata. Eu me livrei das pista do trabalho, arrumei o pelego e escondi a serra, e pouco depois o pai entrou pra dentro.

O pai não tava de bom humor — daí tava daquele jeitão dele mesmo. Falou que foi até a cidade, e que tudo tava dando errado. O adevogado dele disse que achava que ia ganhá a causa e pegá o dinheiro, se o julgamento começasse, mas tinha muitas maneira de adiá aquilo por muito tempo, e o juiz Thatcher sabia fazê a coisa. E ele disse que o povo falava que ia ter outro julgamento, pra me tirá dele e me entregá pra viúva, pra ela ser minha guardiã, e eles achava que dessa vez a viúva ganhava. Isso me pertubou bastante, porque eu não queria mais voltá pra casa da viúva e ficá todo apertado e ser sivilizado, como eles diz. Então o velho deu de xingá, e xingou tudo e todos que passava pela cabeça dele, e depois xingou todo mundo de novo, pra garantí que não tinha pulado ninguém, e depois disso acabou com uma xingação geral, inclusive um monte de gente que ele nem sabia o nome, e chamando essa gente de fulano e beltrano, e continuou xingando.

Ele falou que queria só vê a viúva ficá comigo. Disse que ia ficá de olho vivo e que, se eles tentasse vim pra cima dele com uma palhaçada daquelas, ele sabia de um lugar, uns oito ou dez quilômetro dali, pra me escondê, e que eles podia me caçá até caí duro que não ia achá eu nunca. Isso me deixou bastante nervoso de novo, mas só um minuto; eu achava que não ia ficá por ali até ele ter uma chance de fazê aquilo.

O velho mandou eu ir até no bote apanhá as coisa que ele trouxe. Tinha uma saca de vinte e cinco quilo de fubá, um tocinho de porco defumado, munição, e um garrafão de quatro galão de uísque, e um livro velho e dois jornal pra fazê bucha, e mais um pedaço de corda. Eu fiz uma viage até lá em cima, e voltei e sentei na proa do bote pra descansá. Pensei na coisa toda, e achei que podia caí fora com a espingarda e umas linha de pesca, e me embrenhá no mato, quando fugisse. Meu palpite era não ficá num lugar só, mas corrê a região toda, quase sempre de noite, e caçá e pescá pra vivê, e assim ir pra tão longe que nem o velho nem a viúva ia podê me achá. Resolvi acabá de serrá a tora e ir embora naquela noite, se o pai ficasse bem bêbado, e eu achava que ele ia ficá. Pensei tanto que não reparei quanto tempo passou, até que o velho berrou e perguntou se eu tava dormindo ou tava afogado.

Carreguei tudo até a cabana, e então já tava quase escuro. No que eu preparava a janta, o velho deu um ou dois gole, pra esquentá, e soltou a tramela de novo. Ele encheu a cara lá na cidade e passou a noite toda na sarjeta, e tava uma figura medonha de se vê. Alguém podia até pensá que ele era Adão, porque era barro puro. Quase sempre que o álcool começava a fazê efeito, ele descia o sarrafo no governo. Daquela vez ele falou:

— Chamá isso de governo! Ora, é só olhá e vê como é. Vê só essa lei pronta pra tirá o filho de um homi... o próprio filho do homi, que ele criou com tanta dificuldade e tanto sofrimento e tanta gastança. Pois é, e assim que esse homi acaba de criá o filho, e o filho tá pronto pra trabalhá e começá a fazê alguma coisa pra *ele* e dá um sossego pra ele, a lei pega e vai atrás dele. E eles chama *isso* de governo! E isso num é tudo, não. A lei fica do lado daquele véio, o juiz Thatcher, e ajuda ele tirá os meus bem de mim. É isso o que a lei faz. A lei pega um homi que vale seis mil dólar, ou mais, e prende ele na armadilha duma cabana véia como essa aqui, e deixa ele saí por aí usano ropa que num serve nem pra porco. Eles chama isso de governo! Um homi num tem os direito garantido num governo desse. Tem vez que eu penso que vou logo embora desse país pra sempre. É, e eu *falei* isso pra eles; falei isso na cara do véio Thatcher. Muitos deles me escutou, e eles pode inté repetí o que eu disse. Eu falei, por dois centavo eu ia embora desse país condenado e nunca mais passava nem perto dele. Foi essas as palavra mesmo. Eu falei, olha só pra esse meu chapéu... se é que dá pra chamá isso de chapéu. O topo sobe e o resto desce inté debaixo do queixo, e isso nem é chapéu; inté parece que a minha cabeça tá enfiada no cano duma fornalha. Olha só, eu falei... um chapéu desse pra mim usá... um dos homi mais rico dessa cidade. Ah, se eu pudesse tê os meus direito.

"Ah, é... esse governo é maravilhoso, maravilhoso. Ué! Escuta só. Tinha um negão livre lá, de Ohio, um mulato, quase branco que nem um branco. Ele tava com a camisa mais branca que já se viu, e o chapéu mais limpo; e nenhum homi naquela cidade tem ropa tão fina como a dele; e ele tinha relógio de ouro e corrente, e uma bengala com cabo de prata... o mais pior véio ricaço grisalho do estado. E qué sabê duma coisa? Disseram que ele era professor numa universidade, e que falava tudo o que era língua, e sabia tudo. E isso inda num é o pior. Disseram que ele podia *votá*, quando tava na terra dele. Bão, isso fez eu explodí. Eu pensei, aonde é que esse país vai pará? Era dia de eleição, e eu ia votá, se num tivesse tão bêbado que num consegui chegá lá; mas quando eles falaram pra mim que tinha um estado nesse país aonde deixam aquele negão votá, eu desisti. Falei que nunca mais ia votá. Foi essas as palavra que eu falei; todo mundo ouviu; e o país pode apodrecê, que eu nem ligo... nunca mais vou votá na minha vida. Só vendo o jeitão calmo daquele preto... Ué! Ele num ia deixá eu passá, se eu num tivesse empurrado ele do caminho. Eu falei pro povo, por que esse preto num vai pra um leilão pra sê vendido? É isso que eu quero sabê. E o que tu acha que eles falaram? Ué! Eles falaram que ele só podia sê vendido despois de ficá no estado seis mês, e não tinha seis mês que ele tava lá. Vê só... essa é boa! Eles chama isso de governo, que só pode vendê um preto livre despois que ele ficá seis mês no estado. Aqui, nós temo um governo que se chama de governo, que põe banca de governo, que pensa que é governo, mas que tem que ficá quetinho seis mês, inté podê pegá um preto livre que fica zanzano por aí, um ladrão, um endemoniado, de camisa branca, e..."

O pai continuou desse jeito, e nem deu conta de onde as velhas perna bamba tava levando ele; então ele tropeçou e caiu de cabeça na tina de carne de porco salgada, e ralou feio as duas canela, e o resto da fala dele foi só palavrão — a maior parte foi pro preto e pro governo, só que um pouco foi pra tina, também, no meio da xingação, aqui e ali. Ele pulou pela cabana um tempão, primeiro numa perna e depois na outra, primeiro segurando uma canela e depois a outra, e no final, de repente, largou com o pé esquerdo um sonoro pontapé na tina. Mas não foi uma boa ideia, porque aquela era a bota que tava furada, de onde saía dois dedo pra fora; daí ele deu um uivo de arrepiá os cabelo de qualquer pessoa, e caiu e rolou na poeira, segurando os dedo; e a xingação dele naquela hora ganhou de tudo que ele tinha falado antes. Ele mesmo disse isso, mais tarde. Ele tinha ouvido a xingação do velho Sowberry Hagan nos seus melhores dia, mas disse que ganhava do velho, também; mas eu acho que era exagero, quem sabe.

Depois da janta o pai pegou o garrafão e falou que ali tinha uísque pra dois porre e um *delirium tremen*. Ele sempre falava essa palavra. Calculei que depois de uma hora, mais ou menos, ele ia ficá bêbado de caí, e então eu ia robá a chave, ou abrí um buraco com a serra e dá o fora, uma coisa ou a outra. Ele bebeu, e bebeu, e desabou nas coberta logo, logo; mas a sorte não tava do meu lado. Ele não ferrou no sono, e ficou todo inquieto. Gemeu, e resmungou, e se mexeu de um lado pro outro um tempão. No fim das conta, eu fiquei com tanto sono que tentava, mas não conseguia ficá com os ólho aberto; e então, sem dá conta do que tava fazendo, peguei no sono, e com a vela acesa.

Não sei quanto tempo dormi, mas de repente teve um grito pavoroso, e eu levantei. Era o pai, com uma cara de louco, pulando pra todo lado e gritando alguma coisa sobre cobra. Ele disse que elas tava subindo pelas perna dele; e então ele dava um pulo e um berro, dizendo que uma tinha picado a cara dele — mas eu não vi cobra nenhuma. Ele correu e correu, dando volta dentro da cabana, gritando "Tira ela daqui! Tira ela daqui! Ela tá picando o meu pescoço!". Nunca vi um homem com os ólho tão louco. Em pouco tempo, ele perdeu as força e caiu ofegante; daí ele deu de rolá de um lado pro outro, bem depressa, chutando tudo que tava no caminho, e socando e agarrando o ar com as mão, e berrando que os capeta tava pegando ele. Logo depois, ele cansou e ficou estirado no chão durante algum tempo, quieto e gemendo. Daí ele ficou mais quieto ainda e não fez mais barulho nenhum. Dava pra escutá as coruja e os lobo, lá longe no mato, e o lugar parecia medonho de quieto. Ele ficou estirado num canto. Logo, logo ele apoiou nos cotovelo e ficou escutando, com a cabeça de lado. Ele falou, bem baixinho:

— Vagabundo... vagabundo... vagabundo; são os morto; vagabundo... vagabundo... vagabundo; eles tão vino me pegá; mas eu num vou... Ah, eles tão aqui! Num encosta em mim... não! Tira essas mão... elas tão fria; me larga... Ah, deixa um pobre-diabo em paz!

Então ele ficou de quatro e se arrastou, implorando que deixassem ele em paz, e embrulhou na coberta e rolou pra baixo da mesa velha de pinho, sempre implorando; e então deu de chorá. Dava pra ouví ele debaixo da coberta.

Logo, logo ele rolou pro meu lado e levantou, dando um pulo, com cara de doido, e me viu e veio atrás de mim. Deu várias volta na cabana, correndo atrás de mim, com um canivetão, me chamando de Anjo da Morte e dizendo que ia me matá, pra mim não querê mais pegá ele. Eu implorei, e disse que eu só era o Huck, mas ele riu uma risada *muito* estridente, e rugiu e xingou, e continuou a corrê atrás de mim. Numa hora que eu virei e passei por debaixo do braço dele, ele me agarrou pelo casaco, bem no meio dos ombro, e eu pensei que eu já era; mas iscorreguei pra fora do casaco, ligeiro que nem um raio, e me safei. Ele logo ficou pregado e desabou com as costa contra a porta, e disse que ia descansá um pouco e depois me matá. Ele guardou o canivetão debaixo dele e disse que ia dormí pra recuperá as força, e então a gente ia vê quem era quem.

Daí ele caiu no sono, pouco depois. Logo, logo eu peguei a cadeira velha de ripa e subi nela, o mais devagar que pude, pra não fazê nenhum barulho, e alcancei a espingarda. Enfiei a vareta pelo cano, pra garantí que ela tava carregada, e então botei ela em cima do caixote de nabo, apontada pro pai, e sentei por detrás, esperando ele se mexê. E o tempo passou muito devagar e quieto.

7

— LEVANTA DAÍ! Tu tá fazeno o quê?

Abri os ólho e olhei em volta, tentando entendê aonde eu tava. O sol já tinha raiado, e eu tinha dormido um sono ferrado. O pai tava de pé na minha frente, com uma cara azeda — e enjoada, também. Ele falou:

— O que tu tá fazeno com essa espingarda?

Achei que ele não sabia nada do que tinha feito, então eu disse:

— Alguém tentou entrá aqui dentro, daí eu fiquei vigiando.

— Por que tu num me acordou?

— Bom, eu tentei, mas não consegui; não consegui fazê o senhor se mexê.

— Bão, tá bem. Não fica aí falano o dia todo; vai lá fora vê se tem peixe na linha, pra nós comê agora de manhã. Eu já vou, também.

Ele destrancou a porta, e eu caí fora e subi pela beira do rio. Reparei que tinha uns galho e outras coisa boiando mais pra baixo do rio, e umas casca de árvore; então eu sabia que o rio tava começando a subí. Achei que ia me divertí muito agora, se tivesse na cidade. A cheia de junho sempre me trazia sorte, porque, assim que a cheia começa, lá vem lenha boiando e tora amarrada como balsa — tem vez que vem uma dúzia de tora amarrada; então a gente só precisa pegá e vendê as tora pras madeireira e pras serraria.

Subi pela margem com um olho no pai e o outro no que a cheia podia trazê. Bom, de repente, lá vem uma canoa, uma belezura, com uns quatro metro de cumprimento, boiando depressa que nem um pato. Mergulhei da beira, de cabeça, que nem um sapo, de ropa e tudo, e nadei até a canoa. Eu achava que tinha alguém deitado dentro dela, porque o povo costuma fazê isso pra enganá os troxa, e quando a gente rema no bote e tá quase chegando na canoa, o cara levanta e ri da gente. Mas não foi assim daquela vez. Era uma canoa solta, de certeza, e entrei nela e remei até a margem. Eu pensei, o velho vai ficá feliz quando vê isso — ela vale dez dólar. Mas quando cheguei na margem, o pai ainda não tava lá, e, no que eu levava a canoa por um riachinho, do jeito de uma vala, que era só cipó e galho de chorão, tive outra ideia; pensei em escondê bem ela e, quando fosse fugí, ao invés de saí mata adentro, eu podia descê o rio uns oitenta quilômetro e acampá por lá, pra sempre, e não ter que passá a dificuldade de fugí de a pé.

Eu tava bem perto da cabana, e toda hora achava que tava escutando o velho descendo, mas consegui escondê ela; e então saí e olhei por detrás de uns galho de chorão, e o velho tava lá embaixo, na trilha, apontando a espingarda pra um passarinho. Então ele não tinha visto nada.

Quando ele chegou perto, eu tava cuidando de puxá uma linha de pesca. Ele me xingou um pouco, por eu ser tão molenga, mas falei pra ele que caí dentro do rio e que foi isso que me atrasou. Eu sabia que ele ia vê que eu tava molhado, e que ia começá a fazê pergunta. Pegamo cinco bagre nas linha e fomo pra casa.

Depois do café, quando nós se deitamo pra cochilá, porque nós dois tava pregado, comecei a pensá que se eu desse um jeito de impedí do pai e da viúva me seguí, ia ser mais garantido que confiá na sorte pra conseguí chegá bem longe antes que eles desse pela minha falta; sabe como é, tudo podia acontecê. Bom, de primeiro, eu não tive ideia nenhuma, mas logo, logo o pai levantou um minuto, pra bebê mais uma barrica d'água, e ele disse:

— Na outra vez que um homi ficá rondano aqui tu me acorda, tá ouvino? Aquele homi num veio aqui pra coisa que preste. Eu ia metê bala nele. Na próxima vez tu me acorda, tá ouvino?

Então ele desabou e dormiu de novo — mas o que ele falou me deu a ideia que eu queria. Eu falei pra mim mesmo: agora vou dá um jeito de ninguém querê me seguí.

Lá pelo meio-dia a gente saiu pra fora e seguiu pela margem. O rio tava subindo depressa, e muita madeira passava boiando na cheia. Logo, logo veio o resto de uma balsa — nove tora amarrada. A gente pegou o bote e rebocou ela pra beirada. Depois almoçamo. Qualquer um, menos o pai, tinha ficado até o fim do dia, pra pegá mais coisa, mas não era esse o jeito dele. Nove tora tava bom pra um dia, e ele tinha que ir na mesma da hora até a cidade, pra vendê. Então ele me trancou em casa e pegou o bote e saiu rebocando a balsa, lá pelas três e meia. Calculei que ele não ia voltá naquela noite. Esperei até achá que ele já ia longe, e então peguei a minha serra e voltei a trabalhá na tora. Antes dele chegá do outro lado do rio, eu já tinha passado pelo buraco; ele e a balsa era só um ponto na água, bem longe.

Peguei a saca de fubá e levei até aonde a canoa tava escondida, e afastei os cipó e os galho e botei a saca dentro da canoa; então fiz a mesma coisa com o tocinho de porco; depois com o garrafão de uísque; peguei o café todo e o açúcar que tinha, e a munição; peguei as bucha; peguei o balde e a cuia, uma concha e uma caneca de lata, e a minha serra velha e duas coberta, e a frigideira e o bule. Peguei linha de pescá e fósforo, e outras coisa — tudo que valia um tostão furado. Limpei o lugar. Eu queria um machado, mas não tinha nenhum, só o que tava na pilha de lenha, e eu sabia por que tinha que deixá ele pra trás. Peguei a espingarda, e agora eu tava pronto.

Deixei muitas marca pelo chão, rastejando pra fora do buraco e arrastando tanta tralha. Então tentei dá um jeito do lado de fora, espalhando a terra, pra cobrí minhas marca e a serragem. Depois encaixei de volta o pedaço de tora, e botei duas pedra embaixo e uma do lado, pra firmá no lugar, porque a tora tava abaulada e não encostava no chão. Quem ficava mais ou menos um metro e meio de distante sem sabê que a tora tava serrada, não ia percebê mesmo; e tinha mais: era o fundo da cabana, e não era provável que alguém fosse xeretá por lá.

Até chegá na canoa era só relva; então eu não tinha deixado rasto. Desci pelo caminho, pra vê. Parei na beira e olhei pro outro lado do rio. Tudo certo. Daí peguei a espingarda e entrei um pouco no mato, e tava caçando passarinho, quando vi um porco selvage; os porco logo ficava selvage naquelas baixada, depois que eles fugia das fazenda na campina. Matei o bicho com um tiro e juntei ele com os apetrecho.

Peguei o machado e arrombei a porta — bati pra valê e acabei com ela. Arrastei o porco e levei ele quase até a mesa e meti o machado na goela dele, e estirei ele no chão, pra sangrá — eu digo chão porque *era* chão batido, sem piso. Bom, depois peguei um saco velho e enchi de pedra — o máximo de peso que eu guentava — e arrastei ele, começando aonde tava o porco, porta afora, pelo mato, até o rio e joguei o saco dentro d'água, e ele afundou e sumiu da vista. Dava pra vê, direitinho, que alguma coisa arrastou pelo chão. Eu queria que o Tom Sawyer tivesse ali. Eu sabia que ele ia interessá por um negócio daquele, e ia dá uns retoque bonito. Ninguém inventava mais moda que o Tom Sawyer com uma coisa daquela.

Bom, no fim das conta, arranquei uns fio de cabelo, lambuzei o machado com sangue e grudei os fio nele e taquei o machado num canto. Então peguei o porco e segurei ele junto do meu peito (pro sangue ficá no casaco e não pingá), desci uma boa lonjura da casa, e joguei ele no rio. Aí pensei outra coisa. Então peguei a saca de fubá e a serra velha que tava na canoa e carreguei elas pra dentro de casa. Levei a saca até o lugar aonde ela ficava guardada e rasguei um buraco no fundo, com a serra, pois não tinha nem faca nem garfo na cabana — o pai usava o canivetão pra tudo na hora de cozinhá. Daí carreguei a saca uns cem metro pela relva e pelos chorão, pro lado leste da cabana, até chegá num lago raso que tinha uns oito quilômetro de largo e tava que era só junco — e só pato, também, pode se dizê, na estação. Tinha um charco ou um córrego do outro lado do lago, que seguia por muitos quilômetro, não sei pra onde, mas não era pro rio. O fubá vazou e deixou um rasto leve até o lago. E eu larguei a pedra de amolá do pai bem ali, pra despistá que tinha sido por acaso. Daí amarrei o rasgão da saca com um barbante, pra não vazá mais, e levei a saca e a serra de volta pra canoa.

Já tava quase escuro; então deixei a canoa no rio, debaixo dos galho de uns chorão que caía em cima da margem e esperei a lua aparecê. Fiquei do lado de um chorão e comi alguma coisa, e logo depois deitei dentro da canoa pra pitá um cachimbo e traçá um plano. Eu falei pra mim mesmo, eles vai seguí o rasto daquele saco cheio de pedra até a beira e depois vai dragá o rio, procurando eu. E eles vai seguí a trilha do fubá até o lago e descê o córrego do outro lado, pra encontrá os ladrão que me mataram e robaram as coisa. Eles não vai procurá nada no rio, a não ser o meu cadáver. Eles vai logo cansá disso e não vai mais incomodá comigo. Tudo bem. Eu posso pará e ficá aonde eu quisé. A ilha Jackson já me serve; conheço a ilha muito bem, e ninguém nunca vai lá.

E de noite posso remá até a cidade, espreitá por lá e pegá as coisa que eu quero. Era pra ilha Jackson que eu ia.

Eu tava muito cansado, e antes que me desse conta, peguei no sono. Quando acordei, não sabia aonde tava, no primeiro minuto. Sentei e olhei em volta, meio com medo. Então, lembrei. Parecia que o rio tinha muitos quilômetro de largo. A lua tava tão clara que dava pra contá as tora que descia pelo rio, preta e calminha, centena de metro pra lá da margem. Tudo tava quieto e morto, e parecia que já era tarde, e *tinha cheiro* de ser tarde. Sabe como é — eu não sei as palavra pra explicá.

Dei um belo bocejo e espreguicei, e já ia soltá a canoa e partí quando escutei um barulho longe na água. Fiquei ouvindo. Logo entendi. Era aquele tipo de barulho enjoado e repetido que os remo faz, rangendo nos tolete, quando a noite tá quieta. Espiei pelo meio dos galho do chorão, e lá tava ele — um bote, lá longe na água. Não dava pra vê quantos tinha dentro. Ele veio vindo, e quando chegou perto de mim vi que só tinha um homem nele. Pensei, quem sabe é o pai, mas eu não contava que fosse. Ele passou, na correnteza, e logo, logo subiu a margem pelo remanso, e chegou tão perto que eu podia esticá a espingarda e tocá nele. Bom, *era* o pai, de certeza — e sóbrio, também, pelo jeito como manejava os remo.

Não perdi tempo. Um minuto depois, eu já tava deslizando rio pra baixo, devagar e sempre, na sombra da ribanceira. Desci uns quatro quilômetro, e então entrei uns quinhentos metro ou mais pro meio do rio, porque já tava perto de passá pelo embarcadouro e alguém podia me vê e me chamá. Entrei pelo meio das tora solta e deitei no fundo da canoa e deixei ela boiá. Deitei lá e descansei bem e pitei o meu cachimbo, olhando pro céu, sem uma nuvem sequé. O céu parece sempre tão fundo quando a gente deita de costa e olha pra ele na luz da lua; eu não sabia disso antes. E como a gente escuta longe na água nessas noite! Dava pra ouví o povo falando lá no embarcadouro. Dava pra ouví o que eles dizia, também, cada palavra. Um homem disse que tava chegando o tempo dos dia longo e das noite curta. Outro disse que achava que *essa* não era das curta — e então eles riram, e ele repetiu, e eles riram de novo; daí eles acordaram outro sujeito e disseram isso pra ele, e riram, mas ele não riu; ele deu uma resposta atravessada e disse pra eles deixá ele em paz. O primeiro sujeito disse que ia falá aquilo pra velha dele — ela ia achá muito bom; mas ele disse que aquilo não era nada, comparado com as coisa que ele falava no tempo dele. Ouvi um homem dizê que já era quase três hora, e que ele contava que a luz do dia não ia demorá mais que uma semana pra chegá. Depois disso, a conversa foi ficando cada vez mais longe, mas eu podia escutá o burburinho, e às vez uma risada, também, mas parecia muito longe.

Agora eu tava bem pra baixo do embarcadouro. Levantei e lá tava a ilha Jackson, uns quatro quilômetro rio pra baixo, forrada de árvore e saindo do meio do rio, grandona e escura e pesada, como um barco a vapor sem as luz. Não dava pra vê nenhum sinal da croa que fica na ponta da ilha — agora tava tudo debaixo d'água.

Não demorou muito pra mim chegá lá. Passei voando pela ponta, pois a correnteza tava bem rápida, e então entrei pelo remanso e fui pra margem virada pras banda de Illinois. Levei a canoa até uma entrada, na beira, que eu já conhecia; precisei separá os galho de um chorão pra entrá; e, depois que eu amarrei, ninguém ia podê vê a canoa lá de fora.

Subi e sentei num toco na ponta da ilha e fiquei olhando pro riozão e pra madeira solta, preta, e lá pra cidade, uns cinco quilômetro de distante, aonde dava pra vê três ou quatro luzinha piscando. Uma balsona carregada de madeira vinha de um quilômetro e meio rio pra cima, descendo, com uma lamparina. Fiquei vendo ela descê se arrastando, e quando ela tava quase passando perto de mim, escutei um homem dizê:

— Remos da popa, aí! Proa a estibordo!

Escutei isso com a clareza como se o homem tivesse do meu lado.

O céu já tava meio cinza, agora; então entrei na mata e deitei pra cochilá antes do café.

8

O SOL TAVA TÃO ALTO quando acordei, que calculei que já passava das oito. Fiquei deitado na relva e na sombra fresca, pensando nas coisa e sentindo que tava descansado e bem sossegado e sastifeito. Dava pra vê o sol no meio de um ou dois buraco, mas o resto era quase tudo árvore grande, e cheio de sombra no meio delas. Tinha umas mancha sardenta no chão, aonde a luz entrava pelo meio das folha, e as mancha sardenta balançava um pouco, mostrando que tinha um ventinho lá no alto. Dois esquilo pararam num galho e ficaram matraqueando comigo, meus amigo.

Eu tava muito do preguiçoso e sossegado — não queria levantá e prepará o café. Bom, daí eu tava cochilando de novo quando achei que ouvi um barulho seco de "bum!", longe, rio pra cima. Levantei e apoiei no cotovelo, pra escutá; logo depois, ouvi de novo. Dei um pulo e fui olhá no meio de um buraco nas folha, e vi uma fumaça parada em cima d'água lá longe — quase na altura do embarcadouro. E lá vinha a barca, cheia de gente, flutuando rio pra baixo. Agora eu sabia o que tava acontecendo. "Bum!", e vi uma fumaça branca saindo do lado da barca. Sabe, eles tava disparando o canhão na água, tentando fazê a minha carcaça subí pra tona.

Eu tava esfomeado, mas não ia ser bom pra mim acendê fogo, porque eles podia vê a fumaça. Então fiquei sentado lá, vendo a fumaça do canhão e escutando o bum. Ali, o rio tinha um quilômetro e meio de largo e é sempre bonito de vê numa manhã de verão — então eu tava me divertindo muito vendo eles caçá os meus resto mortal; só me faltava uma coisinha pra comê. Bom, daí lembrei que eles sempre enfia mercúrio dentro de pão e solta o pão boiando, porque o pão sempre vai direto pará no cadáver. Então eu disse, vou ficá de olho vivo, e se aparecê algum pão boiando pra me procurá, eu vou mostrá pra eles como é que faz. Fui pro lado de Illinois, pra vê se dava sorte, e não arrependi. Um pãozão veio descendo, e eu quase peguei ele, com uma vara cumprida, mas meu pé resvalou e ele boiou pra longe. É claro que eu tava aonde a correnteza passava perto da beira — disso eu sabia. E logo, logo veio outro pão, e dessa vez deu certo. Tirei o tampão e sacudi fora a gota de mercúrio, e meti os dente nele. Era "pão de padeiro" — coisa de gente fina — nada dessas broa de milho fuleira.

Arrumei um lugar bom no meio das folha e sentei num toco, pra comê o pão e vê a barca, e muito sastifeito. E então pensei numa coisa. Eu falei pra mim mesmo, acho que a viúva ou o pároco ou alguém orou pra esse pão me achá, e agora ele veio e me achou. Então não tem dúvida que tem coisa aí. Qué dizê, tem alguma coisa quando alguém do tipo da viúva ou do pároco ora, mas pra mim não tem serventia, e acho que só serve pra gente certa.

Acendi o cachimbo e dei uma boa cachimbada e continuei espiando. A barca descia junto com a correnteza, e pensei que ia podê avistá quem tava dentro dela, quando ela passasse, porque ela ia passá perto, no lugar que o pão passou. Quando ela avançou bem na minha direção, apaguei o cachimbo e fui pro lugar aonde eu fisguei o pão, e deitei por detrás de um tronco na margem, numa clareira pequena. Aonde o tronco bifurcava, eu podia espiá.

Logo, logo ela chegou, e passou tão perto que eles podia ter jogado uma prancha e desembarcado. Quase todo mundo tava na barca. O pai, o juiz Thatcher, a Becky Thatcher, o Jo Harper, o Tom Sawyer, e a velha tia Polly, o Sid e a Mary, e muito mais gente. Todo mundo tava falando do assassinato, mas o capitão interrompeu e falou:

— Prestem bem atenção, agora; este é o ponto mais próximo da correnteza, e talvez ele tenha sido arrastado pra beira e ficado preso na vegetação da margem. É o que espero, ao menos.

Já eu não esperava isso. Todo mundo se juntou pra espiá por cima da amurada, quase na minha cara, calado, prestando toda atenção. Eu podia vê eles muito bem, mas eles não podia me vê. Então o capitão gritou:

— Afastem-se!

E o canhão explodiu bem na minha cara, tão forte que me deixou surdo com o barulho e quase cego com a fumaça, e eu pensei que tinha empacotado. Se eles tivesse disparado bala, acho que eles tinha encontrado o defunto que eles tava procurando. Bom, eu vi que não tava ferido, graças a Deus. A barca tocou em frente e sumiu da vista depois da croa da ilha. Eu ainda escutava as explosão, às vez, cada vez mais longe, mas logo, logo, depois de uma hora, não escutei mais nada. A ilha tinha uns cinco quilômetro de cumprimento. Achei que eles tinha chegado na outra ponta e desistido. Mas ainda não tinha, não. Eles deram a volta na ponta da ilha e subiram pelo lado do Missouri, agora navegando a vapor, e disparando o canhão às vez. Atravessei pra banda de lá e fiquei vendo eles. Quando chegaram no fim da ilha, eles pararam de dispará e pegaram a margem do Missouri, de volta pra cidade.

Agora eu sabia que tava safo. Ninguém mais ia vim me caçá. Peguei minha tralha na canoa e fiz um acampamento dos bom no meio do mato. Inventei uma tenda com minhas coberta e deixei minhas coisa embaixo, pra chuva não molhá. Peguei um bagre e abri ele com a serra, e na hora do pôr do sol acendi o fogo e comi a janta. Então joguei uma linha pra pegá uns peixe pro café da manhã.

Quando escureceu, sentei perto do fogo, pitando e sentindo bem sastifeito; mas logo, logo me senti meio sozinho. Então fui sentá na beira d'água pra escutá a correnteza e contá as estrela e vê as madeira boiando e as balsa descendo, e depois fui dormí; não tem jeito melhor de fazê hora quando a gente tá sozinho; a gente não sente que tá sozinho quando dorme, e a coisa logo passa.

E assim foi três dia e três noite. Sem diferença — sempre a mesma coisa. Mas no outro dia eu saí explorando a ilha.

Eu era o dono dela; tudo era meu, pro modo de dizê, e eu queria conhecê ela bem; mas o principal era que eu queria fazê hora. Achei muito morango, madurinho e pronto pra comê; e uva verde, e framboesa verde; e as amora verde tava começando a brotá. Elas todas ia ser muito útil logo, logo, eu pensei.

Bom, saí andando pela mata fechada até achá que não tava longe da ponta da ilha. Levei a espingarda, mas não atirei em nada; era pra minha proteção; e, quem sabe, eu não caçava alguma coisa na volta pro acampamento. Então quase pisei numa cobrona, e ela saiu escorregando pela relva e pelas flor, e eu atrás dela, tentando dá um teco nela. Continuei e, de repente, dei de cara com as cinza de uma fogueira ainda fumaçando.

Meu coração deu um pulo no meio dos pulmão. Não esperei pra vê mais nada; destravei a espingarda e dei meia-volta, na ponta dos pé, o mais depressa que pude. Às vez, eu parava um segundo, no meio da folhagem fechada, e escutava; mas a minha respiração tava tão forte que eu não ouvia mais nada. Fugi mais pra longe um pouco, e então parei pra escutá de novo; e de novo, e de novo; se eu via um toco, já achava que era um homem; se eu pisava num galho e ele estalava, parecia que alguém cortou a minha respiração no meio, e eu fiquei só com a metade, e a metade menor.

Quando cheguei no acampamento, não me senti muito corajoso. O tutano não era muito, e eu falei, não é hora de saí andando por aí. Então levei a minha tralha de volta pra canoa, pra sumí da vista com aquilo, e apaguei o fogo e espalhei as cinza, pra parecê um acampamento velho, do ano passado, e daí trepei numa árvore.

Acho que fiquei trepado na árvore umas duas hora, mas não vi nada. Não escutei nada — só *pensei* que tinha escutado e visto umas mil coisa. Bom, eu não podia ficá lá em cima pra sempre; então, no fim das conta, desci, mas fiquei no meio da mata e de olho vivo o tempo todo. Só consegui comê fruta do mato e a sobra do café.

Quando chegou de noite eu tava esfomeado. Então, quando já tava bem escuro, antes da lua aparecê, peguei a canoa e remei até o lado de Illinois — uns quatrocentos metro de distante. Entrei no mato e preparei uma janta, e já tinha quase resolvido passá a noite lá, quando escutei um *pocotó, pocotó*, e falei pra mim mesmo: tem cavalo vindo aí; logo depois, ouvi umas voz. Levei tudo pra canoa, o mais depressa que pude, e saí me arrastando pelo mato, pra vê se descobria qualquer coisa. Nem tinha chegado muito longe, quando escutei um homem falá:

— É melhor acampá aqui, se a gente pudé achá um lugar bom; os cavalo tão que num guenta mais. Vamo procurá um lugar.

Não esperei; empurrei a canoa e caí fora, remando, de mansinho. Atraquei no lugar de sempre, mas achei melhor dormí na canoa.

Não dormi muito. Não consegui, pois tava de cabeça quente. E toda vez que acordei, achei que alguém tava me agarrando pelo pescoço. Então o sono não prestou pra nada. Logo, logo eu falei pra mim mesmo: não posso vivê desse jeito; vou descobrí quem tá aqui na ilha comigo; se não descobrí, eu vou rebentá. Bom, na mesma da hora eu me senti melhor.

Então eu catei o remo e me afastei da margem um ou dois passo, e deixei a canoa deslizá no meio das sombra. A lua tava brilhando, e fora da sombra tava quase tão claro que parecia dia. Toquei em frente quase uma hora, tudo parado e quieto. Bom, naquela hora, eu já tava quase na ponta da ilha. Uma brisa fresquinha começou a soprá, e aquilo era o mesmo que dizê que a noite tava quase no fim. Manobrei a canoa com o remo e apontei a proa pra margem; então peguei a espingarda e segui até a beirada da mata. Sentei num toco e espiei pelo meio da folhagem. Vi a lua saí de prontidão e as treva começá a cobrí o rio. Logo depois vi uma faixa clara por cima das árvore, e sabia que o dia tava chegando. Então peguei a espingarda e fui quietinho até o lugar aonde eu vi aquela fogueira apagada, parando todo minuto, pra escutá. Mas não dei sorte; não consegui achá o tal lugar. Só que logo depois, de certeza, avistei um foguinho, lá no meio das árvore. Segui na direção dele, com cuidado e devagar. Logo, logo eu tava bem perto e dava pra enxergá, e tinha um homem deitado no chão. Eu quase tive um troço. Ele tava com uma coberta enrolada na cabeça, e a cabeça tava perto do fogo. Fiquei sentado por detrás de uma moita, menos de dois metro dele, com os ólho pregado nele. Já tava começando a ficá cinzento, com a luz do dia, aparecendo agora. Dali a pouco ele bocejou, e espreguiçou e tirou fora a coberta, e era o Jim da srta. Watson! Como eu fiquei feliz de vê ele! Eu falei:

— Oi, Jim! — E pulei de trás da moita.

Ele deu um salto e olhou pra mim, apavorado. Então caiu de joelho, e juntou as mão e disse:

— Num me faz mal... não! Eu nunca fiz mal nenhum pra fantasma. Eu sempre gostei de defunto, e sempre fiz o que pude por eles. Volta pra dentro do rio, que é o teu lugar, e num faz mal nenhum pro véio Jim, que sempre foi teu amigo.

Bom, não demorou muito pra mim convencê ele que eu não tava morto. Fiquei tão feliz de vê o Jim! Agora eu não tava mais sozinho. Eu disse pra ele que não tinha medo que *ele* ia contá pro povo aonde eu tava. Continuei falando, mas ele ficou sentado, olhando pra mim, sem falá nada. Então eu disse:

— Já é dia. Vamo arrumá um café da manhã. Acende aí um foguinho dos bom.

— Que adianta acendê fogo pra conzinhá morango e esses troço? Mas tu tem uma espingarda, num tem? Então nós vai arrumá coisa melhó que morango.

— Morango e esses troço — eu falei. — É disso que tu tá vivendo?

— Eu num arrumei mais nada — ele disse.

— Ué! Desde quando tu tá aqui na ilha, Jim?

— Eu vim pra cá uma noite despois que te mataram.

— O quê! Esse tempo todo?

— É, foi isso mesmo.

— E tu não comeu mais nada que essas bobage?

— Não, não... mais nada.

— Bom, tu deve tá quase morto de fome, não tá?

— Eu acho que eu podia comê um cavalo. Acho que podia mesmo. Desde quando tu tá aqui na ilha?

— Desde a noite que me mataram.

— Não! Ué! E tu tá vivendo do quê? Mas tu tem uma espingarda. Ah, é... tu tem uma espingarda. Isso é bão. Agora, vai matá alguma coisa e eu acendo o fogo.

Então nós fomo até aonde tava a canoa e, no que ele acendia um fogo numa clareira no meio das árvore, eu peguei fubá e tocinho e café, e o bule e a frigideira, e açúcar e a caneca de lata, e o preto ficou todo atrapalhado, porque achou que era tudo feitiçaria. E eu peguei um bagre dos grande, e o Jim limpou ele com a faca dele e fritou ele.

Quando o café da manhã ficou pronto, nós se deitamo na relva e comemo tudo, fumaçando de tão quentinho que tava. O Jim comeu pra valê, porque ele tava quase morto de fome. Então, quando nós ficamo bem cheio, nós se deitamo e ficamo lagarteando.

Logo, logo o Jim falou:

— Mas, escuta aqui, Huck, quem foi que eles mataram naquela cabana, se num era tu?

Daí eu contei tudo pra ele, e ele falou que eu tinha sido esperto. Ele disse que o Tom Sawyer não ia pensá num plano melhor que o meu. Então eu falei:

— O que tu tá fazendo aqui, Jim? E como foi que tu veio pará aqui?

Ele ficou meio sem jeito, e não disse nada por um minuto. Então falou:

— Vai vê que é melhó num contá.

— Por quê, Jim?

— Bão, eu tenho os meu motivo. Mas tu num vai me entregá, se eu te contá, vai, Huck?

— Eu que me dane, se fizé isso, Jim.

— Bão, eu acredito em tu, Huck. Eu... eu *fugi*.

— Jim!

— Mas, vê bem, tu falou que num ia contá... tu sabe que tu falou que num ia contá, Huck.

— Bom, eu falei. Eu falei que não ia, e vou guentá firme. Palavra de *índio*. O povo vai me chamá de abulicionista chulé e vai me desprezá porque eu fiquei de bico calado... mas não interessa. Eu não vou te entregá e, de qualquer jeito, eu nem vou voltá pra lá. Então, agora conta tudo.

— Bão, vê só... foi assim. A véia senhorita, a srta. Watson... ela pega no meu pé o tempo todo, e me trata nos casco, mas ela sempre falou que num ia me vendê lá pra Orleans. Mas eu vi que nesses último tempo tinha um traficante de preto visitano muito a casa, e dei de ficá nervoso. Bão, uma noite eu rastejei até a porta, bem tarde, e a porta num tava bem fechada, e escutei a véia senhorita dizê pra viúva que ia me vendê lá pra Orleans, que ela num queria, mas que podia arrumá oitocentos dólar por mim, e que era um tantão de dinheiro que ela num podia resistí. A viúva, ela tentou fazê ela falá que num ia fazê aquilo, mas eu num esperei pra ouví o resto. Caí fora, rapidinho, vou te falá.

"Meti sebo nas canela morro pra baixo e queria robá um bote na beira do rio, lá pra cima da cidade, mas tinha gente lá; daí eu se escondi na véia oficina do tanoero, na beira do rio, pra esperá o povo todo ir embora. Bão, fiquei lá a noite toda. Tinha gente lá em volta o tempo todo. Ali pelas seis da manhã, começou a passá uns bote, e ali pelas oito ou nove, em tudo que era bote que passava, eu ouvia falá que o teu pai foi inté a cidade pra contá que te mataram. Os último bote tava que era só dama e cavaleiro ino vê o lugar. Às vez eles parava na marge e descansava antes de atravessá pro outro lado; daí, pelo falatório, eu fiquei sabeno tudo da morte. Fiquei muito triste que te mataram, Huck, mas agora num tô mais.

"Passei o dia todo deitado debaixo de umas lasca de madeira. Me deu fome, mas num fiquei com medo, porque sabia que a véia senhorita e a viúva ia pro culto logo despois do café, e que elas ia ficá por lá o dia todo, e elas sabe que eu saio com o gado quando o dia amanhece, então elas num ia esperá me vê por ali, e então elas só ia sentí a minha falta despois de escurecê, de noite. Os outro empregado num ia sentí a minha falta, porque eles metia sebo na canela e fazia feriado assim que as véia saía.

"Bão, quando ficou escuro, eu subi a estrada do rio e andei uns três quilômetro, pra mais, inté aonde num tinha mais casa nenhuma. Eu já sabia o que ia fazê. Tu sabe, se eu tentava fugí de pé, os cachorro seguia meu rasto; se eu robava um bote pra atravessá pro outro lado, eles dava falta do bote, tu sabe, e eles ia sabê aonde eu tinha saltado do outro lado e aonde achá o meu rasto. Então, eu falei, é de uma balsa que eu tenho precisão; balsa *num deixa* rasto.

"Logo despois, eu vi uma luz desceno pela ponta; então entrei no rio e agarrei um toco na minha frente, e nadei inté pra lá do meio do rio, pra me enfiá no meio das tora boiano, e fiquei com a cabeça baixa, e nadei contra a correnteza inté que a balsa chegou perto. Daí nadei inté a popa dela e agarrei ela. Ficou nublado e bem escuro por um tempo. Daí eu subi e deitei no meio das táuba. Os homi tava tudo lá no meio, perto da lamparina. O rio tava subino e a correnteza tava boa; então eu pensei que lá pelas quatro da manhã eu ia tá uns quarenta quilômetro rio pra baixo, e então eu ia pulá dentro do rio, pouco antes de amanhecê, e ia nadá pra marge e me enfiá no mato, do lado de Illinois.

"Mas num dei sorte. Quando nós tava quase na ponta da ilha, um homi veio chegano com a lamparina. Eu vi que num adiantava esperá, e pulei dentro do rio e nadei pra ilha. Bão, eu achava que podia entrá em qualquer lugar, mas num podia... barranco muito alto. Eu já tava quase na outra ponta da ilha, na hora que achei um lugar bão. Entrei no mato e resolvi que num ia mais se metê com balsa, por causa daquelas lamparina. Eu tinha um cachimbo e fumo e fósforo debaixo do meu chapéu, e num tinha molhado, então tava bão."

— E daí tu não comeu nem carne nem pão esse tempo todo? Por que tu não pegou umas tartaruga?

— Como é que eu ia pegá elas? Num dá pra chegá e pegá elas; e o quê eu ia tacá nelas, uma pedra? Como é que eu ia fazê isso de noite? Eu é que num ia dá as cara, na beirada do rio, na luz do dia.

— Bom, isso é. Tu tinha que ficá na mata o tempo todo, é claro. Tu ouviu eles disparando o canhão?

— Ah, ouvi. Eu sabia que eles tava procurano tu. Eu vi eles passá por aqui; espiei eles no meio das moita.

Apareceu uns filhote de pássaro, voando a um ou dois metro, e depois pousando. O Jim disse que era sinal de chuva. Ele falou que era sinal, quando pintinho da galinha voava daquele jeito, e então ele achava que era a mesma coisa com outros filhote. Eu ia pegá uns, mas o Jim não deixou. Ele falou que era morte. Disse que o pai dele tava muito doente, uma vez, e que alguém pegou um passarinho, e a avó dele disse que o pai dele ia morrê, e ele morreu.

E o Jim falou que a gente não deve contá quantas coisa vai cozinhá pra janta, porque isso dá azar. Igual quando a gente sacode a toalha de mesa depois que o sol se põe. E ele falou que se um homem que tem uma colmeia morre, as abelha têm que ficá sabendo da morte antes do sol nascê no outro dia, senão as abelha enfraquece e para de trabalhá e morre tudo. O Jim falou que abelha não pica idiota; mas eu não acreditei, porque eu tinha tentado muitas das vez, e elas nunca me picava.

Eu já tinha escutado algumas dessas coisa antes, mas não todas. O Jim conhecia tudo o que era sinal. Ele disse que sabia quase tudo. Eu disse que parecia que tudo que era sinal era de azar, e então perguntei pra ele se não tinha sinal de sorte. Ele falou:

— Muito pouco... e eles *num têm* serventia pra ninguém. Pra quê a gente qué sabê se vai tê sorte? Pra escapá dela? — E ele disse: — Se alguém tem braço peludo e peito peludo é sinal que vai enricá. Bão, um sinal desse tem serventia, porque só vai acontecê muito despois. Tu sabe, vai que a pessoa tem que ficá pobre um tempão, antes de enricá, e vai que a pessoa desanima e se mata, se num sabe do sinal que um dia vai enricá.

— Tu tem braço peludo e peito peludo, Jim?

— Pra quê perguntá isso? Tu num tá veno que eu tenho?

— Bom, tu é rico?

— Não, mas eu já fui rico uma vez, e vou sê rico de novo. Uma vez, eu tive catorze dólar, mas me meti a ispeculá e me ferrei.

— Com o quê tu ispeculou, Jim?

— Bão, primeiro eu mexi com o mercado.

— Que tipo de mercado?

— Ué! Mercado de gado. Boi e vaca, tu sabe. Eu apliquei dez dólar numa vaca. Mas eu é que num vou mais arriscá dinheiro no mercado. A vaca acabou morreno na minha mão.

— Então tu perdeu os dez dólar.

— Não, num perdi tudo, não. Só perdi uns nove. Eu vendi o couro e o sebo por um dólar e dez centavo.

— Ainda sobrou cinco dólar e dez centavo. Tu ispeculou mais?

— Ispeculei. Tu sabe aquele preto perneta que é do véio patrão Bradish? Bão, ele abriu um banco, e disse que quem aplicava um dólar ia ganhá mais quatro dólar no fim do ano. Bão, a negada toda entrou nessa, mas nenhum deles tinha muito. Só eu tinha muito. Então eu queria ganhá mais de quatro dólar e falei que, se eu num ia ganhá, eu mesmo ia abrí um banco. Bão, é claro que o preto queria eu fora do negócio, porque ele falou que num tinha negócio pra dois banco, e então ele falou que eu podia aplicá meus cinco dólar e que ele pagava trinta e cinco no fim do ano.

"Daí eu fiz isso. Despois eu calculei de aplicá os trinta e cinco dólar, na mesma da hora, pra coisa seguí andano. Tinha um preto chamado Bob que tinha achado um casco de madeira e o dono dele num sabia; então eu comprei o casco e disse pra ele pegá os trinta e cinco dólar no fim do ano, mas alguém robou a barca naquela noite, e no outro dia o preto perneta disse que o banco dele tava quebrado. Então nenhum de nós ganhou dinheiro nenhum."

— O que tu fez com os dez centavo, Jim?

— Bão, eu ia gastá, mas tive um sonho, e o sonho me falou pra mim dá os dez centavo pra um preto chamado Balaão... o povo chama ele de Burro de Balaão, de apelido, porque ele é uma besta, tu sabe. Mas ele é sortudo, o povo diz, e eu num tive sorte. O sonho falou pra mim deixá o Balaão aplicá os dez centavo, que ele ia fazê o dinheiro rendê. Bão, o Balaão pegou o dinheiro, e quando ele tava na igreja ele escutou o pastor dizê que quem dá pros pobre empresta pra Deus, e recebe de volta cem vez mais. Então o Balaão pegou e deu os dez centavo pros pobre, e ficou queto, esperano pra vê o que ia acontecê.

— Bom, o que aconteceu, Jim?

— Nunca aconteceu nada. Nunca mais consegui recebê aquele dinheiro, de jeito maneira; e o Balaão também não. Eu num vou mais emprestá dinheiro sem vê a garantia. Vai recebê o dinheiro de volta cem vez, diz o pastor! Se eu pegava de volta os *dez centavo*, eu já ficava quite, e sastifeito.

— Bom, tá bem, Jim, de um jeito ou de outro, se tu vai mesmo enricá de novo qualquer hora dessa.

— É... e eu tô rico agora, pensano bem. Sou dono de mim, e tô valeno oitocentos dólar. Quem dera eu tê esse dinheiro; eu num ia precisá de mais nada.

9

EU QUERIA DÁ UMA OLHADA num lugar bem no meio da ilha, que eu vi quando tava explorando; então nós fomo, e logo chegamo lá, porque a ilha tinha só uns cinco quilômetro de cumprimento e uns quatrocentos metro de larga.

O lugar era um morro, ou um monte, com uns doze metro de altura. A gente penou pra chegá no topo, pois as lomba era muito escarpada e o mato muito fechado. Andamo o topo do morro todo, e logo, logo encontramo um cavernão na rocha, quase no ponto mais alto, no lado virado pra Illinois. A caverna era do tamanho de duas ou três sala ajuntada, e dava pro Jim ficá de pé dentro dela. Era friozinho lá dentro. O Jim queria levá nossas tralha lá pra dentro, na mesma da hora, mas eu disse que não ia ser bom ficá subindo e descendo o morro o tempo todo.

O Jim falou que se a gente escondesse a canoa num lugar bom e guardasse toda a tralha na caverna, a gente podia corrê pra lá, se alguém chegasse na ilha, e que eles nunca ia achá nós sem cachorro. E mais, ele disse que aqueles filhote de pássaro avisaram que ia chovê, e eu ia querê que as coisa ficasse tudo molhada?

Então nós voltamo e pegamo a canoa e remamo até a altura da caverna, e carregamo toda a tralha lá pra cima. Daí procuramo um lugar perto, pra escondê a canoa no meio dos chorão. Pegamo uns peixe nas linha e jogamo elas de volta, e começamo a prepará a janta.

A boca da caverna era tão grande que dava pra entrá com um barril, e de um lado da entrada tinha no chão um montinho com a parte de cima achatada, que era bom pra acendê fogo. Então nós acendemo o fogo ali e cozinhamo a janta.

Espalhamo as coberta no chão, pra serví de tapete, e comemo a janta lá dentro. Guardamo todas as coisa bem à mão, no fundo da caverna. Logo depois ficou escuro e começou a trovejá e relampejá; então os filhote de pássaro tava certo. Na mesma da hora, começou a chovê, e choveu com toda fúria, e eu nunca vi o vento soprá daquele jeito. Foi uma daquelas tempestade típica de verão. Tava tão escuro que lá fora ficou um breu, e muito lindo; e a chuva desceu tão pesada que as árvore ali perto parecia turva e cheia de teia de aranha; e vinha um pé de vento que dobrava as árvore e mostrava as costa pálida das folha; e depois vinha uma rajada de rasgá, e os galho sacudia os braço como se tivesse tudo doido; e depois, quando tava mais breu que nunca... *flash!* brilhava tudo que nem a glória, e num segundo dava pra vê os topo das árvore mergulhando, lá longe na tempestade, centenas de metro pra lá do que a gente conseguia vê antes; um segundo depois, de novo, tudo escuro que nem o pecado, e agora a gente ouvia o trovão, com aquela explosão medonha, e ainda roncando, resmungando, rolando céu pra baixo, na direção das profundeza do mundo, como uns barril vazio rolando pela escada, aonde a escada é cumprida e eles quica um montão, você sabe como é.

— Jim, isso aqui tá bonito — eu falei. — Eu não queria tá em nenhum outro lugar a não ser esse aqui. Passa aí mais um bocado de peixe e um pedaço dessa broa de milho quentinha.

— Bão, tu num ia tá aqui, se num fosse por causa do Jim. Tu ia tá lá embaixo no mato, sem janta e quase afogano, também; ia mesmo, meu garoto. As galinha sabe quando vai chovê, e os pássaro também sabe, menino.

O rio continuou subindo e subindo mais uns dez ou doze dia, até que no fim alagou as margem. A água chegou quase um metro nos ponto mais baixo da ilha e na margem de Illinois. Naquele lado o rio ficou com muitos quilômetro de largo, mas no lado do Missouri era a mesma velha distância — oitocentos metro — porque a margem do Missouri era só um paredão de ribanceira.

De dia nós remamo a ilha toda na canoa. Tava bem friozinho e sombrio no meio da mata, mesmo quando o sol ardia lá fora. Nós sanzamo entre as árvore, e tinha vez que os cipó era tanto que a gente precisava voltá pra trás e achá outro caminho. Bom, em tudo que era árvore velha e tombada a gente via coelho, e cobra, essas coisa; e depois que a ilha tava alagada um ou dois dia, os bicho ficou tão manso, de tanta fome, que dava pra remá pertinho e tocá neles, se nós quisesse; mas não dava pra tocá nas cobra e nas tartaruga... elas escorregava pra dentro d'água. O morro aonde ficava a nossa caverna tava que era só bicho. Nós podia ter muitos animal de estimação, se nós quisesse.

Teve uma noite que nós catamo um resto de balsa de madeira — prancha de pinho, das boa. Ela tinha uns três metro e meio de larga e uns quatro e meio ou cinco metro de cumprimento, e o piso ficava uns quinze centímetro pra cima d'água, um piso sólido e plano. Tinha vez que nós via tora serrada descê o rio na luz do dia, mas nós deixava elas passá; nós não dava as cara na luz do dia.

Outra noite, quando nós tava na ponta da ilha, pouco antes do sol raiá, lá veio descendo uma casa de madeira, pelo lado oeste. Tinha dois pavimento, e tava toda torta. Nós remamo e entramo nela — subimo por uma janela do andar de cima. Mas ainda tava escuro demais pra enxergá, então nós amarramo a canoa e ficamo dentro dela, pra esperá a luz do dia.

A luz começou a aparecê antes de nós chegá na ponta da ilha. Então nós olhamo pela janela. Dava pra vê uma cama, e uma mesa, e duas cadeira velha, e um monte de tralha espalhada pelo chão; e tinha ropa dependurada na parede. Tinha uma coisa estirada no chão, lá no canto, que parecia um homem. Então o Jim falou:

— Ei! Moço!

Mas a coisa não se mexeu. Então eu gritei de novo, e então o Jim falou:

— Esse homi num tá dormino... ele tá é morto. Fica queto aqui... eu vou lá vê.

Ele foi e se abaixou e olhou, e disse:

— É um defunto. É isso mesmo; e tá pelado. Levou um tiro nas costa. Acho que ele tá morto tem uns dois ou três dia. Pode vim, Huck, mas num olha pra cara dele... tá medonha demais.

Eu não olhei pra ele, de jeito nenhum. O Jim jogou uns trapo velho em cima dele, mas nem precisava; eu não queria vê ele. Tinha um monte de carta de baralho, velha e sebosa, espalhada pelo chão, e muitas garrafa velha de uísque, e umas máscara de pano preto; e nas parede tinha uns garrancho e uns desenho dos mais ingnorante, feito com carvão. Tinha dois vestido de chita, velho e sujo, e uma touca de sol, e umas ropa íntima de mulher dependurada na parede, e umas ropa de homem, também. Nós levamo tudo pra dentro da canoa; podia ter alguma serventia. No chão tinha um chapéu velho de palha, de menino; eu peguei o chapéu, também. E tinha uma mamadeira suja de leite, tapada com um trapo, pra um bebê podê chupá. Nós ia pegá a mamadeira, mas ela tava quebrada. Tinha uma arca velha e surrada e um baú velho de crina com as dobradiça quebrada. Os dois tava aberto, mas não tinha nada de valor dentro deles. Do jeito que as coisa tava espalhada, nós calculamo que eles tinha ido embora às pressa e não deu pra levá a maior parte das tralha deles.

Pegamo uma lamparina velha de lata, e um facão de açougueiro, sem cabo, e um canivete novinho que valia dois centavo em qualquer loja, e um monte de vela de sebo, e um castiçal de latão, e uma cuia, e uma caneca de latão, e tiramo da cama uma colcha velha de retalho, toda esfarrapada, e um estojinho com agulha e alfinete, e cera de abelha e botão e linha e essas coisarada, e pegamo uma machadinha e uns prego, e uma linha de pesca da grossura do meu dedo mindinho, com uns anzol enorme, uma pele de veado enrolada, e uma coleira de couro pra cachorro, e uma ferradura, e uns frasco de remédio sem etiqueta; e na hora que a gente tava indo embora, eu achei uma escova bem boa pra escová pelo de cavalo, e o Jim, ele achou um arco velho de rabeca e uma perna de pau. As correia tava rebentada mas, fora isso, a perna ainda tava boa, só que era cumprida demais pra mim e curta demais pro Jim, e nós não achamo a outra, por mais que revirasse tudo.

E então, no fim das conta, o carregamento foi bom. Na hora de caí fora, nós tava uns quatrocentos metro pra baixo da ilha, e já era dia claro; então eu fiz o Jim deitá na canoa e se cobrí com a colcha, porque se ele sentasse, o povo, de longe, ia vê que ele era preto. Remei pra margem de Illinois e acabei descendo o rio quase uns oitocentos metro, até chegá lá. Depois subi pelo remanso da beirada, sem nenhum problema, e sem vê ninguém. Chegamo em casa são e salvo.

10

DEPOIS DO CAFÉ, eu queria falá do tal defunto e imaginá de que jeito tinham matado ele, mas o Jim não queria. Ele disse que ia dá azar; e, além disso, ele falou que ele podia vim assombrá nós; ele disse que era mais certo um homem que não foi enterrado ficá penando do que um que tava plantado e quieto. Isso me pareceu certo; daí eu não falei mais nada; mas não consegui pará de pensá no causo e querê sabê quem matou o sujeito, e por que mataram ele.

Vasculhamo as ropa que pegamo, e encontramo oito dólar em moeda de prata costurada dentro do forro de um velho casacão de lã. O Jim falou que achava que quem tava naquela casa tinha robado o casaco, porque se eles soubesse que o dinheiro tava ali, eles não tinha deixado lá. Eu disse que achava que eles tinha matado ele; mas o Jim não queria falá no assunto. Eu disse:

— Agora, tu acha que dá azar; mas o que tu falou quando eu trouxe aquela pele de cobra que eu achei no topo do morro anteontem? Tu disse que era o pior azar do mundo encostá a mão em pele de cobra. Bom, olha só o teu azar! Nós ajuntamo toda essa tralha e mais oito dólar. Quem dera a gente ter azar que nem esse todo dia, Jim.

— Deixa pra lá, meu garoto, deixa pra lá. Num fica besta demais. Tá vino. Eu te falo, tá vino.

E veio mesmo. Nós tivemo essa conversa numa terça-feira. Bom, na sexta, depois da janta, nós se deitamo na relva, na parte de cima do morro, e acabou o nosso fumo. Eu fui até a caverna pegá mais e dei de cara com uma cascavel lá dentro. Eu matei ela, e enrolei ela e deixei em cima da coberta do Jim, pro lado dos pé, parecendo que tava viva, achando que nós ia se divertí muito, quando o Jim desse com ela ali. Bom, de noite eu esqueci da cobra, e quando o Jim deitou na coberta e eu acendi uma lamparina, o parceiro da cobra tava lá e picou ele.

Ele deu um pulo, gritando, e a primeira coisa que a luz mostrou foi o peçonhento todo enrolado e pronto pra dá outro bote. Eu acabei com ele num segundo, com um pedaço de pau, e o Jim agarrou o garrafão de uísque do pai e bebeu firme.

Ele tava descalço, e a cobra picou ele bem no calcanhar. Isso é o que dá ser um bobão e não lembrá que aonde a gente deixa uma cobra morta o parceiro sempre vai lá e enrola nela. O Jim me falou pra cortá a cabeça da cobra e jogá fora, e depois arrancá a pele e tostá um pedaço. Eu fiz isso, e ele comeu e falou que isso ia ajudá a curá ele. Ele me fez cortá os chocalho da cascavel e amarrá em volta dos pulso dele. Disse que isso também ajudava. Então eu saí de mansinho e atirei as cobra longe, no meio dos arbusto, porque eu não podia deixá o Jim descobrí que era tudo culpa minha.

O Jim mamou e mamou no garrafão, e às vez ele perdia a cabeça e estrebuchava e berrava; mas sempre que acalmava, ele mamava de novo no garrafão. O pé dele inchou e ficou bem grande, e a perna também; mas logo, logo ele começou a ficá bêbado, e então eu achei que ele tava bem; mas eu preferia ser picado por cobra que pelo uísque do pai.

O Jim ficou arreado quatro dia e quatro noite. Então o inchaço sumiu e ele voltou a andá. Eu resolvi nunca mais encostá a mão em pele de cobra, agora que eu vi o que acontecia. O Jim disse que achava que eu ia acreditá nele na próxima vez. E falou que encostá a mão em pele de cobra chamava tanto azar que era capaz que nós ainda não tinha chegado no fim. Ele disse que preferia vê a lua nova por cima do ombro esquerdo mil vez que encostá a mão em pele de cobra. Bom, eu tava começando a sentí a mesma coisa, só que eu sempre achei que olhá pra lua nova por cima do ombro esquerdo é uma das coisa mais desleixada e tonta que alguém pode fazê. O velho Hank Bunker fez isso uma vez, e ainda encheu a boca pra contá, e, menos de dois ano depois, ele encheu foi a cara e despencou da torre de fabrico de bala de chumbo, e se esborrachou de um jeito que ficou meio achatado, pro modo de dizê; pra entrá no caixão tiveram que enfiá ele, de lado, entre duas porta de celeiro, e desse jeito ele foi enterrado, é o que o povo fala, mas eu não vi. O pai é que me contou. Mas, em todo causo, isso é o que dá olhá pra lua desse modo, que nem um bobão.

Bom, os dia passaram, e o rio voltou pra dentro das margem; e uma das primeira coisa que nós fizemo foi pelá um coelho pra usá de isca num dos anzolzão, e pegamo um bagre do tamanho de um homem, com mais de um metro e oitenta de cumprimento e pesando mais de noventa quilo. Não conseguimo tirá o peixe pra fora, é claro; ele ia jogá nós lá em Illinois. Ficamo sentado vendo ele pulá e se estrebuchá até afogá. Encontramo um botão de bronze dentro do estômago dele, e uma bola redonda, e um monte de porcaria. Abrimo a bola com uma machadada, e dentro da bola tinha um carretel de linha. O Jim falou que tinha um tempão que aquilo tava dentro do peixe, pra ficá cobertinho daquele jeito, igual uma bola. Foi o maior peixe pescado no Mississippi, eu acho. O Jim disse que nunca tinha visto um maior. Um peixe daquele valia um bom dinheiro na cidade. Eles vende aquele tipo de peixe por quilo no mercado; todo mundo compra; a carne é branca que nem neve e frita bem.

Na manhã seguinte, falei que tudo tava ficando parado e chato, e eu queria um pouco de animação, de qualquer jeito. Eu disse que queria escapulí até a beira do rio e descobrí o que tava acontecendo. O Jim gostou da ideia, mas falou pra mim ir no escuro e prestá atenção. Daí ele pensou um pouco e disse, eu não podia vestí aquelas ropa velha e me disfraçá de menina? Também era uma boa ideia. Então nós encurtamo um dos vestido de chita, e eu enrolei as perna da minha calça até o joelho e me meti no vestido. O Jim apertou ele por detrás com os anzol, e ficou bem assentado. Eu enfiei a touca de sol na cabeça e amarrei ela debaixo do queixo, e quem visse a minha cara ia achá que ela tava enfiada num cano de fornalha. O Jim disse que ninguém ia me conhecê, nem na luz do dia. Eu treinei o dia todo, pra pegá o jeito da coisa, e logo, logo eu tava muito bem, só que o Jim falou que eu não tava andando igual menina, e que eu tinha que pará de levantá o vestido pra enfiá as mão nos bolso da calça. Eu escutei ele, e melhorei.

Subi pela margem de Illinois na canoa logo depois de escurecê.

Rumei pra cidade, que ficava logo pra baixo do embarcadouro, e a correnteza me levou pra ponta da cidade. Atraquei e saí andando pela beira do rio. Vi uma luz acesa dentro de um casebre aonde ninguém vivia tinha muito tempo, e quis sabê quem tava morando lá. Cheguei perto e espiei pela janela. Tinha uma mulher de uns quarenta ano lá dentro, tricotando do lado de uma vela que tava em cima de uma mesa de pinho. Eu não conhecia a cara dela; era alguém de fora, porque não tinha cara naquela cidade que eu não conhecia. Agora, isso foi uma sorte, porque eu tava fraquejando; tava ficando com medo de ter vindo; alguém podia conhecê a minha voz e me achá. Mas se aquela mulher tinha passado dois dia naquela cidadezinha, ela já podia me contá tudo o que eu precisava sabê; então bati na porta, e prestei atenção pra não esquecê que eu era uma menina.

11

— PODE ENTRÁ — disse a mulher, e eu entrei. Ela falou: — Pega aí uma cadeira.

Eu peguei. Ela me olhou da cabeça aos pé, com uns olhinho brilhante, e disse:

— Qual será o teu nome?

— Sarah Williams.

— Aonde é que você mora? Nessa vizinhança?

— Não, dona. Em Hookerville, uns onze quilômetro pra baixo. Eu andei de lá até aqui e tô morta de cansada.

— Com fome, também, eu faço ideia. Vou arrumá alguma coisa.

— Não, dona, eu não tô com fome. Eu tava com tanta fome que tive que pará uns três quilômetro pra baixo daqui, numa fazenda; daí eu não tô mais com fome. Por isso eu cheguei tão tarde. A minha mãe tá doente, e sem dinheiro e tudo, e eu vim falá com o meu tio Abner Moore. Ele mora lá do outro lado da cidade, ela me falou. Eu nunca vi ele. A senhora conhece ele?

— Não, mas eu ainda não conheço todo mundo. Não tem nem duas semana que eu moro aqui. O outro lado da cidade fica longe. É melhor você passá a noite aqui. Tira a touca.

— Não — eu disse —, acho que vou descansá um pouco, e continuá em frente. Eu não tenho medo do escuro.

Ela disse que não ia deixá eu continuá sozinha, mas que o marido dela ia chegá dentro de uma hora e meia, mais ou meno, e ela ia mandá ele ir comigo. Então desandou a falá do marido e dos parente rio pra cima, e dos parente rio pra baixo, e que eles antes era bem melhor de vida, e que eles não sabia que tinha sido errado procurá a nossa cidade, em vez de ficá aonde eles tava — e mais isso, e mais aquilo, até que *eu* fiquei com medo de ter errado de procurá ela pra descobrí o que tava acontecendo na cidade; mas logo, logo ela começou a falá do meu pai e do assassinato, e então eu deixei ela tagarelá à vontade. Ela contou que eu e o Tom Sawyer achamo seis mil dólar (só que ela disse que era dez) e falou do meu pai e da boa bisca que ele era, e da boa bisca que eu era, e no fim ela chegou na parte que eu fui assassinado, e eu falei:

— Quem matou ele? Nós escutamo falá muito desse acontecido, lá em Hookerville, mas não sabemo quem foi que matou o Huck Finn.

— Bom, e acho que tem muita gente *aqui* que gostaria de sabê quem matou ele. Tem gente que acha que foi o próprio velho Finn.

— Não... é mesmo?

— A maioria do povo achou isso no começo. Ele nem sabe como chegou perto de ser linchado. Mas, naquela mesma noite, o povo mudou de ideia e achou que tinha sido um preto foragido chamado Jim.

— Ué, *ele...*

Parei. Achei melhor ficá quieto. Ela continuou, e nem notou que eu tinha falado.

— O preto fugiu na mesma noite que o Huck Finn foi morto. Então tem recompensa pela captura dele... trezentos dólar. E tem recompensa pelo velho Finn, também... duzentos dólar. Sabe, ele veio até a cidade na manhã depois do assassinato e contou tudo, e foi junto na busca que fizeram de barca, mas logo depois ele pegou e sumiu. Antes de anoitecê, eles queria linchá ele, mas ele tinha ido embora, sabe? Bom, no outro dia eles descobriram que o preto tinha ido embora; descobriram que ele não era visto desde as dez hora na noite do assassinato. Então botaram a culpa nele, sabe, e no meio disso tudo, no outro dia, o velho Finn voltou e foi choramingá pro juiz Thatcher, pedindo dinheiro pra caçá o preto por todo Illinois. O juiz deu um pouco de dinheiro pra ele, e naquela mesma noite ele se embebedou e ficou perambulando até depois da meia-noite com dois estranho muito do mal-encarado, e depois foi embora com eles. Bom, depois disso ele não voltou mais, e eles não estão contando que ele vai voltá até que essa coisa toda seja meio que esquecida, porque o povo acha agora que ele matou o filho e arrumou um jeito pra todo mundo pensá que foram os assaltante, pra ele podê pegá o dinheiro do Huck sem se incomodá por muito tempo com um processo na justiça. O povo diz que ele é bem capaz de fazê uma coisa dessa. Ah, ele é ladino, eu acho. Se não voltá aqui durante um ano, ele escapa. Ninguém pode prová nada contra ele, sabe; vai tá tudo calmo, e ele vai podê pegá o dinheiro do Huck com a maior facilidade.

— É, acho que sim, dona. Não vejo nada pra impedí isso. Todo mundo já parou de pensá que foi o preto que matou?

— Ah, não, nem todo mundo. Muita gente pensa que foi ele. Mas eles vai logo pegá o preto e, quem sabe, eles não arranca a coisa dele.

— Ué! Eles ainda estão atrás dele?

— Bom, você é bobinha, né? Tem trezentos dólar por aí todo dia, pra alguém pegá? Tem gente que acha que esse preto não tá muito longe daqui. Eu sou uma... mas não falei pra ninguém. Um desses dia eu tava conversando com um casal de velho que mora aí do lado na cabana de madeira, e no meio da conversa eles falaram que quase ninguém vai naquela ilha lá embaixo, que eles chama de ilha Jackson. Ninguém mora lá?, eu perguntei. Não, ninguém, eles disseram. Eu não falei mais nada, mas fiquei pensando. Eu tinha quase certeza que vi fumaça lá, na parte de cima da ilha, um ou dois dia antes; então eu falei pra mim mesma, aquele preto deve tá escondido lá; em todo causo, eu pensei, vale a pena fazê uma busca por lá. Mas não vi mais fumaça; então acho que ele já foi embora, se é que era ele; mas meu marido vai dá uma olhada... ele e um outro sujeito. Ele tava rio pra cima, mas voltou hoje, e eu contei pra ele logo que ele chegou, já tem duas hora.

Fiquei tão pertubado que não conseguia pará quieto. Eu tinha que fazê alguma coisa com as mão; então peguei uma agulha em cima da mesa e dei de enfiá uma linha nela. Minhas mão tremia, e eu não tava conseguindo. Quando a mulher parou de falá, eu levantei os ólho, e ela tava me olhando, toda curiosa e rindo um pouquinho. Eu botei a agulha e a linha em cima da mesa e fingi que tava interessado — e tava mesmo — e falei:

— Trezentos dólar é uma bolada de dinheiro. Quem dera que a minha mãe ganhasse esse dinheiro. O marido da senhora vai lá hoje de noite?

— Ah, vai. Ele foi até a cidade com o sujeito que eu te falei, pra arrumá um barco e vê se eles pega emprestado mais uma arma. Eles vai depois da meia-noite.

— Eles não ia enxergá melhor se esperasse até o dia clareá?

— Ia, sim. E o preto não ia enxergá melhor, também? Depois da meia-noite ele vai tá dormindo, e eles pode rodeá a mata e caçá a fogueira dele melhor no escuro, se é que ele fez fogueira.

— Eu não pensei nisso.

A mulher continuou a olhá pra mim, toda curiosa, e eu não me senti nadinha à vontade. Logo depois, ela falou:

— Como é mesmo o teu nome, querida?

— M... Mary Williams.

Eu achei que não tinha falado Mary antes, então não levantei os ólho; achei que tinha falado Sarah; daí eu senti que tava meio encurralado, e fiquei com medo de dá alguma pista. Eu queria que a mulher falasse alguma outra coisa; quanto mais ela ficava quieta, mais pertubado eu ficava. Mas então ela falou:

— Querida, eu acho que você disse que era Sarah, logo que chegou, não foi?

— Ah, foi, dona. Sarah Mary Williams. Sarah é o meu primeiro nome. Uns me chama de Sarah, outros me chama de Mary.

— Ah, então é assim?

— É, dona.

Eu me senti melhor, mas queria caí fora de lá, de qualquer jeito. Ainda não conseguia levantá os ólho.

Bom, a mulher deu de falá dos tempo difícil que eles tava passando, e da vida pobre que eles vivia, e dos rato que corria solto como se fosse os dono da casa, e disso e daquilo, e então eu sosseguei de novo. Ela tinha razão sobre os rato. Às vez, dava pra vê um botá o focinho pra fora de um buraco no canto. Ela disse que tinha que ter alguma coisa perto, pra tacá neles, quando tava sozinha, ou eles não deixava ela em paz. Ela me mostrou uma barra de chumbo, torcida que nem um nó, e falou que era boa de pontaria, quase sempre, mas tinha machucado o braço um ou dois dia atrás, e não sabia se ia conseguí acertá agora. Mesmo assim, ela esperou uma chance e logo mandou chumbo num rato, mas a barra não chegou nem perto, e ela disse "Ai!" — o braço doeu muito. Então ela falou pra mim esperá o próximo. Eu queria caí fora antes do velho voltá, mas é claro que não me entreguei. Peguei o troço e mandei no primeiro rato que mostrou o focinho, e se ele tivesse ficado aonde tava, tinha virado um rato bem doente. Ela disse que a tacada tinha sido de primeira linha e achava que eu ia pegá o próximo. Ela foi buscá a barra de chumbo e trouxe ela de volta, mais um novelo de linha, pra mim ajudá ela. Eu levantei as duas mão e ela ajeitou o novelo, e continuou falando dos problema dela e do marido. Mas parou a falação pra dizê:

— Fica de olho nos rato. É melhor você ficá com a barra no colo, perto da mão.

Então ela largou a barra no meu colo, direto, e eu apertei as perna pra segurá o chumbo e ela continuou falando. Mas foi só mais um minuto. Daí ela tirou o novelo das minha mão e olhou bem na minha cara, mas com bondade, e disse:

— Vamo, vamo... qual é o teu nome de verdade?
— Co... como, dona?
— Qual é o teu nome de verdade? É Bill, ou Tom, ou Bob? Qual é?

Acho que eu tava tremendo como uma vara, e mal sabia o que ia fazê. Mas eu falei:

— Por favô, não zomba de uma pobre menina como eu, dona. Se eu estivé atrapalhando aqui, eu...

— Não, não vai, não. Senta e fica aí mesmo. Eu não vou te fazê mal, e também não vou te entregá. Você pode me contá o teu segredo, e confiá em mim. Eu sei guardá segredo; e tem mais, eu vou te ajudá. E o meu velho também vai, se você quisé. Sabe, dá pra vê que você é algum aprendiz fugido... só isso. Isso não é nada. Não tem mal nenhum nisso. Você foi judiado, e decidiu dá no pé. Deus te abençoe, criança; eu não vou te entregá. Agora, conta tudo pra mim... seja um bom menino.

Então eu disse que não adiantava mais querê enganá, e que eu ia abrí o coração e contá tudo pra ela, mas que ela não podia esquecê da promessa. Daí eu contei pra ela que meu pai e minha mãe tinha morrido, e que a justiça me entregou pra ser aprendiz de um fazendeiro velho e malvado que morava uns cinquenta quilômetro pra dentro da beira do rio, e que ele judiou tanto de mim que eu não guentei mais; ele precisou viajá uns dia, e eu aproveitei pra robá umas ropa velha da filha dele e caí fora, e levei três noite pra andá os cinquenta quilômetro; eu viajava de noite, e ficava escondido e dormia de dia, e o saco de pão e carne que eu trouxe de casa durou o caminho todo, e não faltou comida. Eu falei que acreditava que o meu tio Abner Moore ia cuidá de mim, e foi por isso que rumei ali pra cidade de Goshen.

— Goshen, criança? Isso aqui não é Goshen. É Saint Petersburg. Goshen fica a uns dezesseis quilômetro rio pra cima. Quem te falou que aqui era Goshen?

— Ué! Um homem que eu encontrei hoje quando raiou o dia, bem na hora que eu ia entrá no mato pra dormí. Ele falou que aonde a estrada dividia eu tinha que pegá a da direita e que, oito quilômetro depois, eu ia dá em Goshen.

— Ele tava bêbado, eu acho. Ele te falou exatamente a coisa errada.

— Bom, ele parecia que tava bêbado mesmo, mas agora não interessa. Eu preciso tocá em frente. Vou dá em Goshen antes do sol raiá.

— Espera um minutinho. Eu vou te prepará um lanche. Você pode precisá.

Então ela preparou um lanche, e disse:

— Me fala aí uma coisa... quando uma vaca tá deitada, que parte dela levanta primeiro? Responde logo, agora... não vai pará pra pensá. Que parte levanta primeiro?

— A parte de trás, dona.

— Bom, e um cavalo?

— A parte da frente, dona.

— De que lado de uma árvore cresce mais musgo?

— Do lado norte.

— Se quinze vaca tão pastando na lomba do morro, quantas delas come com a cabeça virada na mesma direção?

— Todas quinze, dona.

— Bom, acho que você *morou* mesmo numa fazenda. Pensei que você tava querendo me fazê de boba de novo. Agora, qual é o teu nome de verdade?

— George Peters, dona.

— Bom, agora lembra, George. Não vai esquecê e me dizê que é Elexander, antes de ir embora, e querê se safá dizendo que é George Elexander, quando eu te pegá. E não chega perto de mulher com essa chita velha. Você arremeda menina muito mal, mas pode enganá homem, quem sabe. Deus te abençoe, criança, mas quando você enfiá linha numa agulha, não vai segurá a linha pra enfiá a agulha nela; segura a agulha e enfia a linha... é assim que mulher costuma fazê; mas homem sempre faz do outro jeito. E quando tacá um troço num rato, ou seja lá no que for, fica na ponta do pé, e levanta a mão por cima da cabeça, do jeito mais torto que você pudé, e erra o alvo do rato uns dois metro. Taca com o braço duro e esticado, como se tivesse um eixo pra fazê o braço girá... que nem uma garota; não usa o punho e o cotovelo, com o braço do lado do corpo, que nem um garoto. E presta atenção: quando uma menina tenta pegá alguma coisa no colo, ela afasta os joelho; ela não ajunta os joelho, como você fez quando pegou aquela barra de chumbo. Ora! Eu vi que você era um menino quando você enfiou a agulha na linha, e inventei as outra coisa só pra ter certeza. Agora, vai logo procurá teu tio, Sarah Mary Williams George Elexander Peters, e se você se metê em alguma enrascada, manda avisá à sra. Judith Loftus, que sou eu, e eu vou fazê o que pudé pra te livrá. Segue pela estrada do rio, o tempo todo, e da próxima vez que saí por aí andando, leva sapato e meia contigo. A estrada do rio é cheia de pedra, e teus pé vai ficá em petição de miséria quando você chegá em Goshen, eu acho.

Subi andando pela margem uns cinquenta metro, e então dei meia-volta e esgueirei até aonde tava a minha canoa, um bom pedaço pra baixo da casa. Pulei dentro da canoa e saí depressa. Subi a correnteza até a altura da ponta da ilha, e então comecei a travessia. Tirei fora a touca, porque agora eu não queria nenhum tipo de antolho. Quando eu tava lá pelo meio, escutei o relógio começá as badalada; então, parei e prestei atenção; o som corria fraco por cima d'água, mas bem claro — onze. Quando cheguei na ponta da ilha, nem parei pra respirá, e eu tava sem fôlego, mas embrenhei direto no meio das árvore, até aonde ficava o meu antigo acampamento, e acendi um fogo bem bom lá, num lugar alto e seco.

Depois pulei na canoa e remei pro lugar aonde nós tava, uns dois quilômetro e meio pra baixo dali, o mais ligeiro que pude. Atraquei e atravessei o mato e subi o morro e entrei na caverna. Lá tava o Jim, deitado no chão, dormindo a sono solto. Acordei ele e disse:

— Levanta e vamo embora, Jim! Não podemos perdê nem um minuto. Eles tão vindo atrás de nós!

O Jim não perguntou nada, ele não falou nem uma palavra, mas o jeito que ele trabalhou na meia hora seguinte mostrou o tanto que ele tava com medo. No fim de meia hora, tudo que nós tinha no mundo tava na nossa balsa, e ela já tava prontinha pra ser empurrada pra fora da toca no meio dos chorão aonde ela tava escondida. Primeiro, nós apagamo o fogo dentro da caverna, e depois não acendemo vela nenhuma do lado de fora.

Levei a canoa um pouco mais pra longe da beira do rio e dei uma espiada, mas, se tinha barco por ali, eu não vi, porque estrela e sombra não clareia bem. Então nós pegamo a balsa e empurramo ela pela sombra, passamo pela ponta da ilha quietinho, sem falá nada.

12

JÁ DEVIA SER QUASE uma da madrugada quando nós finalmente saímo da ilha, e parecia que a balsa tava seguindo devagar demais. Se aparecesse um barco, nós ia passá pra canoa e fugí pra margem de Illinois; e ainda bem que não apareceu barco nenhum, porque nós não lembramo de levá a espingarda pra canoa, nem a linha de pescá, e nem nada pra comê. Nós tava apurado demais pra pensá em tanta coisa. E não era boa ideia levá *tudo* pra balsa.

Se aqueles homem tinha vindo até a ilha, eu achava que eles tinha encontrado o fogo que eu acendi e que eles ia ficá assuntando a noite toda, esperando o Jim. De qualquer jeito, eles não chegaram perto de nós, e se o fogo que eu acendi não enganou eles, então não era culpa minha. Eu fui o mais esperto que pude pra enganá eles.

Quando o dia começou a clareá, nós atracamo numa croa branca, bem numa curvona do lado de Illinois, e cortamo uns galho de choupo-branco, com a machadinha, e cobrimo a balsa, pra parecê que tinha acontecido um deslizamento ali no barranco. Uma croa branca é um banco de areia coberto de choupo-branco tão cerrado que nem os dente de um restelo.

Era montanha do lado do Missouri e mata fechada do lado de Illinois, e naquele ponto o canal descia pela margem do Missouri; então nós não tinha medo de alguém esbarrá com a gente. Ficamo lá o dia todo, vendo as balsa e os barco a vapor descê pela margem do Missouri, e os vapor que subia, lutando contra o riozão lá no meio. Contei pro Jim a bobajada da conversa que tive com aquela mulher, e o Jim falou que ela era das esperta, e se ela viesse atrás de nós, *ela* é que não ia ficá parada vigiando fogueira — não, senhor, ela ia pegá um cachorro. Bom, eu disse, então por que ela não falou pro marido pegá um cachorro? O Jim disse que apostava que ela tinha pensado nisso perto da hora dos homem saí, e ele achava que eles tinha subido até a cidade pra arrumá um cachorro, e assim perderam muito tempo, senão nós não tava ali, naquela croa, já quase trinta quilômetro pra baixo do povoado — não, de jeito maneira, nós ia era tá lá naquela cidade de novo. Então falei que pouco me lixava com o motivo que eles não tinha pegado nós; o que importava era que não pegaram.

Quando começou a ficá escuro, nós esticamo as cabeça pra fora da moita de choupo-branco e olhamo pra cima, e pra baixo, e pro outro lado; nada à vista; daí o Jim pegou algumas das tora da balsa e fez uma tenda das boa, pra protegê nós do sol quente e da chuva, e mantê seca as nossas coisa. Ele fez um chão pra tenda, uns trinta centímetro pra cima do nível da balsa, e as coberta e os apetrecho ficaram longe do alcance das onda que os barco a vapor fazia. Bem no meio da tenda nós fizemo um batente de barro, com uns treze ou quinze centímetro de altura, cercadinho, pra podê ficá firme; isso era aonde nós ia acendê o fogo, se o tempo ficasse chuvoso ou frio; a tenda não ia deixá o fogo aparecê. E fizemo mais um leme, também, porque algum deles podia quebrá num tronco ou essas coisa. Arranjamo um pau forcado pra pendurá a lamparina velha, porque nós tinha que acendê a lamparina, sempre que via um vapor descendo o rio, pra não ser atropelado; mas não precisava acendê ela por causa de vapor subindo o rio, a não ser que nós estivesse no que eles chama de "travessa", porque o rio ainda tava bem alto, e as margem mais baixa tava debaixo d'água; então os barco que subia o rio não precisava pegá o canal, e preferia água mais mansa.

Na segunda noite, nós descemo o rio durante umas sete ou oito hora, com uma correnteza que avançava mais de seis quilômetro por hora. Nós pescamo e conversamo, e às vez nós dava uma nadada, pra espantá o sono. Era meio sério, descê o riozão calmo, deitado de costa e olhando pras estrela, e nós nunca tinha vontade de falá alto, e ria pouco, só umas risadinha. Encontramo tempo muito bom, de modo geral, e nada aconteceu com nós naquela noite, nem na outra, nem na outra.

Toda noite nós passava por algumas cidade, umas no topo das lomba escura, nada mais que um canteiro de luz brilhante; não dava pra vê nenhuma casa. Na quinta noite, passamo por Saint Louis, e parecia que o mundo todo tava aceso. Em Saint Petersburg, o povo dizia que tinha vinte ou trinta mil pessoa em Saint Louis, mas nunca acreditei até vê aquela belezura de reflexo de luz às duas hora de uma madrugada tranquila. Não ouvimo nenhum som; todo mundo tava dormindo.

Agora, toda noite eu escapulia pra margem, lá pelas dez hora, em algum povoado, e comprava dez ou quinze centavo de fubá ou tocinho ou qualquer outra coisa pra comê; e às vez eu pegava e levava uma galinha que não tava muito à vontade no poleiro. O pai sempre falava, pega uma galinha sempre que tu tivé uma oportunidade, porque se a gente não quisé ela, vai encontrá quem qué, e uma boa ação ninguém esquece. Nunca vi o pai não querê a galinha pra ele, mas ele sempre falava isso, mesmo assim.

De madrugada, antes da luz do dia, eu escapulia pelos milharal e pegava emprestada uma melancia, ou um melão, ou uma abóbora, ou um pouco de milho verde, essas coisa. O pai sempre falava que não fazia mal pegá coisa emprestada, se a gente tinha intenção de pagá, algum dia; mas a viúva disse que isso era só uma palavra boa pra robo, e ninguém decente fazia uma coisa dessa. O Jim falou que achava que a viúva tinha um pouco de razão e o pai tinha um pouco de razão; então o melhor jeito era nós escolhê duas ou três coisa da lista e dizê que não ia mais pegá aquelas coisa emprestada — mas ele achava que não fazia mal pegá as outra. Então nós conversamo uma noite toda, descendo o rio, tentando decidí se nós ia se livrá das melancia, dos melão, dos cantalupo, ou não sei do quê mais. Perto do dia raiá, nós resolvemo bem a coisa toda, e decidimo desistí das maçã--do-mato e dos caqui. Antes disso, nós não tava se sentindo muito bem, mas agora ficou tudo certo. Eu fiquei contente com a solução, porque maçã-do-mato não é muito bom e os caqui só ia madurá dali a uns dois ou três mês.

Às vez, nós matava um marreco que acordava cedo demais de manhã, ou que não ia dormí cedo de noite. Pensando bem, nossa vida era pra lá de boa.

Na quinta noite, pra baixo de Saint Louis, teve uma baita tempestade depois da meia-noite, com muito trovão e raio, e a chuva desceu que nem lençol pesado. Nós ficamo debaixo da tenda e deixamo a balsa por conta dela mesma. Quando o relâmpago espocava, nós via pela frente um riozão reto, e um barranco alto e que era só pedra dos dois lado. Dali a pouco, eu falei:

— *Ei*, Jim, olha lá!

Era um barco a vapor que tinha rebentado numa pedra. Nós tava descendo direto pro barco. O relâmpago mostrava ele muito bem. Tava adernado, com uma parte do convés pra cima da água, e dava pra vê direitinho os cabo que prendia a chaminé, e dava pra vê também uma cadeira de ripa do lado do sino, com um chapéu velho de aba caída dependurado no espaldar, quando a luz espocava.

Bom, nós no meio da noite, e mais a tempestade, e tudo tão misterioso, eu senti o que qualquer outro garoto ia sentí, quando vi aquele barco destroçado, tão triste e sozinho, lá no meio do rio. Eu queria subí no barco e xeretá um pouco, e vê o que tinha lá. Então eu falei:

— Vamo pará a balsa nele, Jim.

Mas o Jim foi do contra, de primeiro. Ele falou:

— Eu é que num quero metê o bedelho em barco encalhado. A gente tamo queto e ino muito bem, e é melhó deixá a coisa queta, como diz o livro bão. É bem certo que tem algum vigia naqueles destroço.

— Vigia é a vovozinha! — eu falei. — Não tem nada pra vigiá, a não ser a cabine da tripulação e a cabine do piloto; e tu acha que alguém vai arriscá a vida por causa de uma cabine de tripulação e uma cabine de piloto numa noite dessa, quando o barco pode rachá no meio e descê o rio qualquer minuto?

O Jim não tinha o quê falá; daí ele nem abriu a boca.

— E tem mais — eu disse —, nós podemo pegá emprestado alguma coisa que preste, lá na cabine do piloto. Charuto, eu *aposto*... daqueles que custa cinco centavo cada, em dinheiro vivo. Todo capitão de vapor é rico, e eles ganha sessenta dólar por mês, e não estão nem aí pra preço, tu sabe, quando querem uma coisa. Enfia uma vela no bolso; não vou sossegá, Jim, enquanto nós não vasculhá esse barco. Tu acha que o Tom Sawyer ia deixá escapá uma coisa dessa? De jeito maneira, não deixava, não. Ele ia chamá isso de aventura... é isso que ele ia dizê; e ia subí nesse barco encalhado, nem que fosse a última coisa que ia fazê na vida. E ele não ia fazê a coisa com estilo? Não ia inventá um monte de moda? Ora!

Ele ia parecê até o Cristóvão Colombo descobrindo o Vosso Reino. Quem dera que o Tom *tivesse* aqui.

O Jim, ele resmungou um pouco, mas acabou concordando. Ele disse que nós não devia falá mais que o necessário, e só devia falá baixo. O relâmpago alumiou pra nós o barco encalhado de novo, bem na horinha certa, e nós agarramo a grua de estibordo e amarramo a balsa ali.

Naquele ponto o convés tava bem alto. Nós descemo, se esgueirando até bombordo, no escuro, na direção da cabine do piloto, pisando devagar e com cuidado, e abrindo os braço pra evitá os cabo, pois tava tão escuro que nós não via eles. Logo chegamo na parte da frente da claraboia, e subimo nela; e o próximo passo deixou nós na porta da cabine do piloto, que tava aberta e, puxa vida, lá no fundo do corredor nós enxergamo uma luz! E no mesmo instante nós achamo que tava ouvindo umas voz baixa lá dentro!

O Jim cochichou e disse que tava pra lá de enjoado, e falou pra mim caí fora com ele. Eu disse, tá bem, e já ia voltá pra balsa; mas bem naquela horinha eu escutei uma voz chorosa dizê:

— Ah, por favor, meus camarada, eu juro que não vou abrí o bico!

Outra voz disse, bem alto:

— É mentira, Jim Turner. Tu já fez isso antes. Tu sempre qué mais que a tua parte, e sempre ficou com mais, jurando que se não ficasse, ia abrí o bico. Mas essa foi a última vez que tu disse isso. Tu é o pior, o mais safado dos pilantra dessa região.

A essa altura o Jim já tinha sumido pra balsa. Eu tava fervendo de curiosidade, e falei pra mim mesmo: o Tom Sawyer não ia dá pra trás agora, e então eu também não vou; vou descobrí o que tá acontecendo aqui. Daí fiquei de quatro, no corredor estreito, e avancei no escuro, até que só tinha uma cabine entre eu e a saleta da cabine do piloto. Então, lá dentro, eu vi um homem estirado no chão e com os pé e as mão amarrada, e dois homem de pé em cima dele, e um deles segurando uma lamparina fraca, e o outro uma pistola. Esse tava com a pistola apontada pra cabeça do homem no chão, e falou:

— Eu *bem* que queria! E devia mesmo, seu gambá nojento!

O homem no chão se encolheu todo e falou:

— Ah, por favor, não faz isso, Bill... não vou abrí o bico.

E toda vez que ele dizia isso, o homem da lamparina ria e falava:

— *Não vai mesmo!* Tu nunca falou nada mais verdadeiro, pode ter certeza.

E uma vez ele falou:

— Escuta só ele implorá! E se nós não tivesse dominado e amarrado ele, ele matava nós dois. E *por quê*? Por nada. Só porque nós defendemo os nossos *direito*... só por isso. Mas eu digo que tu não vai ameaçá mais ninguém, Jim Turner. *Guarda* essa pistola, Bill.

O Bill falou:

— Eu não, Jake Packard. Acho melhor matá ele... ele não matou o velho Hatfield do mesmo jeito... e ele não merece?

— Mas eu *não quero* matá ele, e tenho os meus motivo.

— Deus te abençoe por essas palavra, Jake Packard! Nunca vou esquecê de tu, enquanto vida eu tivé! — disse o homem no chão, meio que se debulhando.

O Packard não prestou a menor atenção, mas dependurou a lamparina num prego e veio pro meu lado, ali no escuro, e fez um sinal, pra chamá o Bill. Eu rastejei pra trás, o mais depressa que pude, uns dois metro, mas o barco tava tão inclinado que não deu pra mim ser muito ligeiro; então, pra não ser atropelado e apanhado, eu engatinhei pra dentro de uma cabine na parte que tava pra cima. Eles vieram tateando no escuro e, quando o Packard chegou na cabine que eu tava, ele disse:

— Aqui... entra aqui.

E ele entrou, e o Bill veio atrás. Mas antes que eles entrasse, eu já tava no beliche de cima, encurralado, arrependido de ter vindo. Então eles ficaram ali, com as mão apoiada na grade do beliche, conversando. Eu não via eles, mas dava pra sabê aonde eles tava, e qual a distância, por causa do uísque que eles tava bebendo. Ainda bem que eu não bebia uísque, mas não ia fazê muita diferença, de um jeito ou de outro; eles não ia conseguí me tocaiá, porque eu não tava respirando. Eu tava apavorado. E além disso, *não dava* pra respirá e escutá aquela conversa. Eles conversava baixinho e sério. O Bill queria matá o Turner. Ele falou:

— Ele disse que ia abrí o bico, e vai mesmo. Se nós entregá pra ele os nosso quinhão *agora*, não vai fazê diferença nehuma, depois dessa briga, e do jeito que nós tratamo ele. Tu pode ter certeza disso como que um dia tu vai morrê: ele vai entregá nós; agora escuta o que *eu* tô dizendo. Acho melhor acabá logo com o sofrimento dele.

— Eu também acho — disse o Packard, baixinho.

— Maldição! Eu comecei a pensá que tu não queria. Bom, então, tá bem. Vamo acabá logo com isso.

— Espera um minuto; eu ainda não acabei de falá. Escuta. Metê bala é bom, mas tem um jeito mais quieto, se a coisa *tem* que ser feita. O que eu falo é *o seguinte*: num tem sentido buscá a corda da forca, se a gente pode conseguí o que qué de um jeito bom e que, ao mesmo tempo, num tem risco nenhum. Né mesmo?

— Claro que sim. Mas como é que tu vai fazê dessa vez?

— Bom, a minha ideia é a seguinte: vamo vasculhá tudo e pegá qualquer coisa que escapou de nós aí nas cabine, e vamo pra margem e escondê a muamba. Então, ficamo esperando. Eu digo que não vai levá nem duas hora pra esse vapor rachá e descê o rio pra baixo. Tá entendendo? Ele vai afogá, e ninguém vai ser culpado, só ele mesmo. Eu acho isso muito melhor que matá ele. Não sou a favor de matá um homem, se tivé outro jeito; não é de bom senso, não é de boa moral. Né mesmo?

— É... acho que tu tá certo. Mas e se o vapor *não* rachá e *não* descê o rio pra baixo?

— Bom, nós podemo esperá as duas hora e vê, não podemo?

— Tá bem, então. Vamo lá.

Daí eles saíram, e eu dei no pé, suando frio e avançando pelo barco. Tava escuro como breu lá, mas eu falei, num cochicho rouco:

— Jim! — e ele respondeu, do lado do meu cotovelo, com um meio gemido, e eu disse: — Corre, Jim, não temo tempo pra ficá de bobeira e gemendo; ali dentro tem um bando de assassino, e se nós não pegá o bote deles e soltá ele rio pra baixo, pra eles não conseguí saí desse vapor encalhado, um deles vai ficá no maior apuro. Mas se nós achá o bote, nós vamos metê *todos eles* no maior apuro... porque o xerife vai pegá eles. Corre... depressa! Eu procuro a bombordo, tu a estibordo. Prepara a balsa, e...

— Ai meu senhor, senhor! *Balsa?* Num tem mais balsa coisa nenhuma; ela soltou e foi embora! E nós fiquemo aqui!

13

BOM, eu prendi a respiração e quase desmaiei. Tava preso num vapor encalhado com um bando daquele! Mas não era hora de ficá choramingando. Agora, nós *tinha* que achá aquele bote — tinha que achá ele pra nós. Então nós descemo se tremendo todo, por estibordo, e a coisa foi lenta — pareceu demorá uma semana até a gente chegá na popa. Nem sinal do bote. O Jim disse que achava que não ia conseguí andá mais — o medo era tanto que ele tava quase sem força, ele falou. Mas eu disse vamo lá, se nós ficá nesse vapor encalhado, a encrenca vai ser grande, de certeza. Então, nós tocamo em frente de novo. Seguimo na direção da popa, perto da cabine da tripulação, e depois tateamo por cima da claraboia, se agarrando de abertura em abertura, porque a beira da claraboia tava dentro d'água. Quando chegamo bem perto da porta do corredor que dava na cabine do piloto, lá tava o bote, de certeza! Eu mal conseguia vê ele. Nunca me senti tão agradecido! Dali um instante eu já ia entrá nele, mas, naquele momento, a porta abriu. Um dos homem espichou a cabeça pra fora, meio metro de onde eu tava, e eu pensei que tinha chegado o meu fim; mas ele enfiou de novo a cabeça pra dentro e disse:

— Esconde essa maldita lamparina, Bill!

Ele jogou um saco qualquer dentro do bote e depois entrou nele, e sentou. Era o Packard. Então o Bill, *ele* saiu e entrou no bote. O Packard falou, baixinho:

— Tudo pronto... vamo embora!

Eu mal podia segurá nas abertura da claraboia, de tão fraco. Mas o Bill disse:

— Espera aí... tu não revistou ele?

— Não. Tu não revistou?

— Não. Então ele ainda tá com a parte dele do dinheiro.

— Bom, então, vamo lá... não adianta levá a muamba e deixá o dinheiro.

— Fala aí uma coisa... ele não vai desconfiá dos nossos plano?

— Vai vê que não. Mas nós temo que pegá o dinheiro, de qualquer jeito. Vamo lá.

Daí eles saíram do bote e entraram pra dentro.

A porta bateu, porque tava do lado adernado, e em meio segundo eu tava dentro do bote, e o Jim entrou, tropeçando, logo atrás de mim. Peguei a minha faca e cortei o cabo, e lá fomo nós!

Nem tocamo nos remo, e não falamo nem cochichamo, a gente mal respirava. Deslizamo depressa, num silêncio de morte, passando pela ponta da caixa da roda, e passando pela popa; então, depois de um ou dois segundo, nós já tava uns cem metro pra baixo do vapor encalhado, e a escuridão engoliu ele, tudo que era sinal dele, e nós tava safo, e sabia disso.

Quando nós tava uns trezentos ou quatrocentos metro rio pra baixo, nós vimo a lamparina aparecê que nem uma fagulha na porta da cabine da tripulação, um segundo, e aquilo era o mesmo que dizê que os pilantra deram falta do bote e começaram a entendê que eles tava na mesma encrenca que o Jim Turner.

Então o Jim pegou os remo, e nós partimo pra buscá a nossa balsa. Agora, pela primeira vez, eu comecei a me preocupá com os sujeito — acho que não tive tempo pra isso antes. Comecei a pensá que era terrível, mesmo pra uns assassino, se vê num apuro daquele. Eu falei pra mim: quem sabe um dia eu mesmo ainda não viro assassino, e então *eu* ia gostá de uma situação como aquela? Daí eu falei pro Jim:

— Vamo atracá uns cem metro antes ou depois da primeira luz que a gente avistá, num lugar bom pra escondê tu e o bote, e então eu vou e invento alguma lorota, e arrumo alguém pra ir atrás daquele bando e safá eles daquela encrenca, pra eles ser enforcado quando chegá a hora deles.

Mas a ideia não vingou, porque a tempestade voltou logo, e dessa vez mais pior que nunca. A chuva desabou, e não tinha luz nenhuma; todo mundo na cama, acho eu. Nós rolamo rio pra baixo, procurando qualquer luz e procurando a nossa balsa. Depois de muito tempo a chuva diminuiu, mas as nuvem ficaram, e os raio continuaram espocando, e logo,

logo um relâmpago alumiou pra nós uma coisa preta lá na frente, boiando, e nós rumamo pra ela.

Era a balsa, e nós ficamo muito feliz de embarcá nela de novo. E nós avistamo uma luz, agora, lá embaixo, à direita, na margem. Então eu falei que ia seguí pra lá. O bote tava que era só muamba que o bando tinha robado do vapor. Nós carregamo e empilhamo a muamba na balsa, e eu falei pro Jim flutuá rio pra baixo, e acendê uma luz quando achasse que já tinha descido uns três quilômetro, e ficá com ela acesa até eu chegá; então peguei nos remo e rumei pra tal luz. No que eu chegava mais perto, outras três ou quatro luzinha apareceram — na lomba de um morro. Era um povoado. Cheguei pro lado da margem, pra cima da luz, e levantei os remo e deixei o bote flutuá. Quando passei, vi que era uma lamparina dependurada no mastro da bandeira de uma barca de casco duplo. Tava tudo num silêncio de morte, ninguém se mexia. Deslizei por debaixo da popa, amarrei o bote e subi na barca. Procurei o vigia, perguntando pra mim mesmo aonde ele dormia, e logo, logo achei ele sentado no toco de amarrá os cabo, curvado pra frente, com a cabeça baixa entre os joelho. Dei duas ou três cutucada no ombro dele, e caí no choro.

Ele levantou, meio assustado, mas quando viu que era só eu, bocejou e espreguiçou, e então disse:

— Oi, o que foi? Num chora, menino. Qual é o pobrema?

Eu falei:

— O pai, e a mãe, e a minha mana, e...

E então abri o berreiro. Ele disse:

— Maldição! *Num* fica desse jeito; nós tudo temo nossos pobrema, e esse teu vai acabá bem. O que aconteceu com eles?

— Eles estão... eles estão... o senhor é o vigia desse barco?

— Sou — ele falou, com um jeito meio besta —, sou o capitão, e o dono, e o mestre, e o piloto, e o vigia, e o chefe dos marujo; e às vez sou a carga e os passageiro. Num sou rico que nem o véio Jim Hornback, e num posso sê tão mão-aberta e bonzinho pro Tom, pro Dick e pro Harry, como ele é, e distribuí dinheiro do jeito que ele faz; mas já falei pra ele muitas das vez que num troco de lugar com ele, porque, eu digo, vida de marujo é a vida melhó pra mim, e eu que me dane, se *eu* ia querê morá três quilômetro longe da cidade, aonde nunca acontece nada, nem pela dinheirama dele, e nem por mais grana ainda. Eu digo...

Eu interrompi ele e falei:

— Eles estão na maior enrascada, e...

— Eles *quem*?

— Ué! O pai, a mãe, e a minha mana, e a srta. Hooker; e se o senhor pudé levá a sua barca até lá...

— Até lá aonde? Aonde é que eles tão?

— No vapor encalhado.

— Que vapor encalhado?

— Ué! Só tem um.

— O quê! Tu num tá falano do *Walter Scott*?

— Tô.

— Minha nossa! O que eles tão fazeno *lá*, pelo amor de Deus?

— Bom, eles não foram lá porque quiseram.

— Aposto que não! Ora! Deus do céu! Eles num vai tê a menor chance, se num saí de lá logo! Ora! Como é que eles foi se metê numa encrenca dessa?

— Foi fácil. A srta. Hooker tava fazendo uma visita, lá pra cima na cidade...

— Sei, em Booth's Landing... continua.

— Ela tava fazendo uma visita, lá em Booth's Landing, e logo que anoiteceu ela e a preta que trabalha pra ela foram cruzá o rio na balsa de levá cavalo, pra passá a noite na casa de uma amiga dela, dona Não-sei-das-quanta, esqueci o nome, e perderam o leme, e rodopiaram e desceram o rio, de popa, uns três quilômetro e engancharam no vapor encalhado, e o barqueiro e a preta e os cavalo se perderam, mas a srta. Hooker, ela agarrou e subiu no vapor. Bom, mais ou menos uma hora depois de escurecê, nós tava descendo o rio na nossa barca, e tava tão escuro que nós só vimo o vapor quando nós já tava bem em cima dele; e então *nós* enganchamo nele. Mas todos se safamo, a não ser o Bill Whipple... e, que pena, ele *era* a melhor das criatura! Eu queria ter ido no lugar dele, queria mesmo.

— Meu garoto! Isso é a coisa mais doida que eu já ouvi contá. E *então* o que que vocês fizeram?

— Bom, nós gritamo e acenamo, mas o rio é tão largo lá, que nós não conseguimo fazê ninguém ouví. Daí o pai falou que alguém tinha que ir até a margem, pra conseguí alguma ajuda. Eu era o único que sabia nadá; então eu me joguei, e a srta. Hooker, ela disse que se eu não arrumá ajuda logo, era pra mim vim aqui e procurá o tio dela, que ele dava um jeito. Eu dei na margem um quilômetro e meio pra baixo daqui, e saí batendo cabeça, tentando achá alguém pra fazê alguma coisa, mas eles falaram "O quê! Numa noite dessa, e numa correnteza dessa? Não vai dá; tenta falá lá na balsa a vapor". Agora, se o senhor for, e...

— Pelas barba do profeta! Eu *até que ia*, e eu que me dane, se eu num vou mesmo; mas quem diacho vai me *pagá*? Tu acha que o teu pai...

— Ué! *Isso* já tá certo. A srta. Hooker, ela me falou, *com todas as letra*, que o tio dela, o tal de Hornback...

— Céus e inferno! *Ele* é o tio dela? Olha aqui, toca direto na direção daquela luz ali na frente, e vira pro lado do oeste quando chegá lá, e uns quatrocentos metro depois tu vai dá na taverna; fala pra eles te levá depressa até a casa do Jim Hornback, e ele vai pagá a conta. E num perde tempo por aí, porque ele vai querê sabê das notícia. Fala pra ele que eu vou salvá a sobrinha dele antes dele chegá na cidade. Agora, vai ligeiro; eu vou logo ali, acordá meu maquinista.

Eu parti na direção da luz, mas assim que ele foi embora, voltei e entrei no bote e então segui acompanhando a margem, pelo remanso, uns seiscentos metro, e me escondi no meio de uns barco de madeira, porque eu não ia sossegá até vê a balsa a vapor zarpá. Mas, no fim das conta, eu tava sentindo muito bem, por causa do trabalhão que tive pra ajudá aquele bando, porque muita gente não ia fazê a mesma coisa. Quem dera a viúva sabê disso. Achei que ela ia ter orgulho de mim por ajudá aqueles pilantra, porque pilantra e caloteiro são os tipo que mais interessa pra viúva e pra tudo que é gente boa.

Bom, logo depois, na sombra e no escuro, lá veio o vapor que tava encalhado, deslizando rio pra baixo! Um calafrio correu pelo meu corpo, e eu parti na direção dele. O vapor tava bem afundado, e num minuto eu vi que não tinha muita chance de ter gente viva lá dentro. Remei em volta e chamei, mas ninguém respondeu; tudo um silêncio de morte. Eu fiquei um pouco triste por causa do bando, mas não muito, porque pensei que se eles podia guentá o tranco, eu também podia.

Então lá veio a balsa a vapor; daí eu seguí pro meio do rio, descendo atravessado na correnteza; quando achei que tava fora do alcance da vista, levantei os remo e olhei pra trás, e vi a balsa farejando os destroço, pra achá os resto da srta. Hooker, porque o capitão sabia que o tio dela, o tal Hornback, ia querê eles; e então, logo depois a balsa desistiu e rumou pra margem, e eu cuidei de remá e seguí ligeiro rio pra baixo.

Achei que demorou um tempão até a luz do Jim aparecê e, quando apareceu, dava a impressão que tava mil quilômetro de distante. Quando cheguei lá, o céu já tava ficando meio cinza pro lado do leste; daí nós rumamo pra uma ilha e escondemo a nossa balsa, e afundamo o bote, e deitamo e dormimo que nem gente morta.

14

POUCO DEPOIS QUE ACORDAMO, a gente revirou a muamba que o bando tinha robado do vapor encalhado e achamo umas bota, umas coberta e ropa, e mais um montão de coisa, e muitos livro, e uma luneta e três caixa de charuto. Nós nunca tinha sido tão rico assim na vida, nem ele, nem eu. Os charuto era do bom. Nós ficamo a tarde inteira na mata, descansando, conversando, eu lendo livro e me divertindo pra valê. Contei pro Jim tudo o que aconteceu dentro do vapor encalhado e na barca também; e falei que esse tipo de coisa era aventura, mas ele disse que não queria mais aventura. Ele falou que, quando eu fui pra cabine da tripulação e ele arrastou de volta pra pegá a balsa e viu que ela tinha sumido, ele quase morreu, porque achou que era o fim *dele*, de um jeito ou de outro, pois se ele não escapasse, ia afogá; e causo se salvasse, quem salvasse ele, pra recebê a recompensa, ia mandá ele de volta pra casa, e daí a srta. Watson ia vendê ele pro Sul, de certeza. Bom, ele tinha razão; ele quase sempre tinha razão; ele tinha uma cabeça fora do comum, pra um preto.

Eu li um monte pro Jim sobre rei, e duque, e conde e essas coisa, e sobre as ropa espalhafatosa que eles usava e como eles aparenta fineza, e que eles se chamava de vossa majestade, e vossa graça, e vossa senhoria, e não sei mais o quê, em vez de senhor, e os ólho do Jim esbugalharam e ele ficou interessado. Ele disse:

— Eu num sabia que existia tantos deles assim. Eu nunca ouvi falá deles, quase, só do véio rei Solomão, a num sê se tu contá os rei do baraio. Quanto que ganha um rei?

— Ganha? — eu disse. — Ué! Eles ganha mil dólar por mês, se tivé vontade; eles pode ter o quanto eles quisé; tudo é deles.

— Isso é muito bão! E o que eles têm que fazê, Huck?

— Eles não têm que fazê *nada*! Ué! Que pergunta é essa? Eles só fica à toa por aí.

— Não... é mesmo?

— Claro que é. Eles só fica sentado por aí. A não ser, quem sabe, quando tem guerra; daí eles vai pra guerra. Mas no resto do tempo eles só fica à toa, ou caçando com os falcão deles... só caçando com os falcão e... ssshhh!... ouviu esse barulho?

Nós demo um pulo e fomo espiá, mas não era nada, só as batida da roda de um vapor, lá embaixo, contornando a ponta; então nós voltamo.

— É — eu falei —, e, afora isso, quando a coisa fica meio parada, eles implica com o parlamento; e se o povo não anda na linha, o rei corta as cabeça deles. Mas, na maioria das vez, eles fica no harém.

— No quê?

— No harém.

— O que é esse harém?

— O lugar aonde o rei guarda as esposa. Tu nunca ouviu falá do harém? Salomão tinha um; ele tinha quase um milhão de esposa.

— Ué! É... é isso mesmo; eu... eu esqueci. Um harém é uma pensão, eu acho. Deve sê a maior zoeira no quarto das criança. E eu acho que as esposa deve arengá muito; e isso deve aumentá a zoada. Inda dizem que o Solomão foi o homi mais sabido que já viveu. Eu num acredito nisso. Porque é assim: um homi sabido ia lá querê vivê no meio de uma barulheira dessa o tempo todo? Não... claro que não. Um homi sabido ia construí uma fábrica de caldeira, pra podê *fechá* a fábrica de caldeira quando ele quisesse silêncio.

— Bom, mas ele *foi* o homem mais sábio, de qualquer jeito, porque a própria viúva me contou.

— Num interessa o que a viúva falou, ele *num foi* nada de sabido. Ele fez as coisa mais esquisita que eu já vi na minha vida. Tu sabe daquele menino que ele ia cortá no meio?

— Sei; a viúva me contou.

— *Bão*, e então! Aquilo num foi a ideia mais doida desse mundo? Pensa um minuto. Esse toco aí... é uma das muié; agora, tu... tu é a outra muié; eu sou o Solomão; e essa nota de um dólar aqui é a criança. Vocês duas qué a nota. O que é que eu faço? Eu saio perguntano pros vizinho pra sabê *de quem* é a nota, pra dá ela pra dona certa, inteirinha, do jeito que qualquer pessoa sabida ia fazê? Não... eu pego e corto a nota *no meio*, e dou uma metade pra tu e a outra metade pra outra muié. Era isso que o Solomão ia fazê com a criança. Agora, eu te pergunto: qual a serventia da metade da nota? Num dá pra comprá nada com ela. E qual a serventia da metade da criança? Eu num ia dá bola nem pra um milhão delas.

— Espera aí, Jim; tu errou o alvo... que se dane! Tu ficou uns mil quilômetro longe do alvo.

— Quem? Eu? Que isso! Num vem falá pra *mim* dos teus alvo. Eu acho que sei quando uma coisa tá certa; e num tá certo fazê uma coisa dessa. A briga num era por causa da metade da criança; a briga era por causa da criança inteira; e o homi que acha que pode resolvê uma briga por causa de uma criança inteira com a metade de uma criança num sabe nem que é pra entrá pra dentro de casa quando tá choveno. Nem me fala desse Solomão, Huck; eu já conheço ele até de costa.

— Mas eu te digo, tu errou o alvo.

— Que se dane o alvo! Eu acho que o que eu sei eu sei. E, pode sabê, o alvo *de verdade* é mais longe... é mais pra baixo. Tem a vê com o jeito que o Solomão foi criado. Pega um homi que só tem um ou dois filho: esse homi vai querê desperdiçá filho? Não, num vai; num pode se dá esse luxo. *Ele* sabe dá valor pros filho. Mas pega um homi que tem cinco milhão de criança correno dentro de casa, e aí é outra coisa. *Esse* é capaz de cortá uma criança no meio, que nem um gato. Ele tem criança sobrano. Uma criança ou duas, mais ou meno, num ia fazê diferença pro Solomão, ora bolas!

Nunca vi um preto como aquele. Se ele metia uma ideia na cabeça, não tinha como tirá ela de lá. Nunca vi um preto falá tão mal do Salomão como ele. Então comecei a falá de outros rei, e deixei o Salomão de lado. Falei do Luís XVI, que cortaram a cabeça dele, na França, um tempão atrás, e do filhinho dele, o golfinho, que era pra ser rei, mas eles pegaram e enfiaram ele na cadeia, e tem gente que diz que ele morreu lá dentro.

— Tadinho.

— Mas tem gente que diz que ele escapou e fugiu pra América.

— Isso é bão! Mas ele vai ficá muito sozinho... aqui num tem rei, tem, Huck?

— Não.

— Daí ele num vai se dá bem por aqui. O que é que ele vai fazê?

— Bom, eu não sei. Alguns entra pra polícia, e alguns ensina o povo a falá francês.

— Ué, Huck! Os francês num fala do mesmo jeito que a gente?

— *Não*, Jim; você não ia entendê nada que eles fala... nem uma palavrinha.

— Bão, agora, eu que me dane! Como é que é isso?

— *Eu* não sei, mas é assim. Aprendi um pouco da bobajada deles num livro. Imagina que um sujeito chega pra você e diz: *Palê vu françé*... o que você ia achá?

— Eu num ia achá nada; eu sentava era uma paulada na cabeça dele. Qué dizê... se ele num fosse branco. Eu num ia deixá preto nenhum me xingá desse jeito.

— Ora! Ele não tá te xingando de nada. Só tá dizendo: tu fala francês?

— Bão, então, por que ele num *diz* isso?

— Ué! Ele *tá* dizendo. É o jeito que *um francês* diz isso.

— Bão, é um jeito danado de ridículo, e num quero mais ouví falá nisso. Num tem pé nem cabeça.

— Olha aqui, Jim, um gato fala do jeito que a gente fala?

— Não, um gato não.

— Bom, e uma vaca?

— Não, uma vaca também não.

— Um gato fala do jeito de uma vaca, ou uma vaca fala do jeito de um gato?

— Não, num fala.

— É natural e certo cada um falá de um jeito, né?

— Claro.

— E não é natural e certo um gato e uma vaca falá diferente *da gente*?

— Ué! Claro que é.

— Bom, então, por que não é natural e certo um *francês* falá diferente da gente? Agora, me responde isso.

— Gato é homi, Huck?

— Não.

— Bão, então, num tem pé nem cabeça um gato falá como homi. Vaca é homi? E vaca é gato?

— Não, não é nem uma coisa nem a outra.

— Bão, então ela num tem que se metê de falá como um nem como o outro. Francês é homi?

— É.

— *Bão!* Então eu que me dane! Por que ele num *fala* que nem homi? Agora, *tu* me responde isso!

Eu vi que não adiantava gastá palavra — não dá pra ensiná um preto a debatê. Então eu desisti.

15

A GENTE CALCULAVA QUE em mais três noite ia chegá em Cairo, no sul de Illinois, no lugar do encontro com o rio Ohio, e era isso o que a gente queria. Nós ia vendê a balsa e embarcá num vapor e subí o Ohio, pelos estado livre, e então se livrá de qualquer encrenca.

Bom, na segunda noite começou a baixá um nevoeiro, e nós fomo atracá numa croa, porque não ia adiantá querê continuá no nevoeiro; mas quando eu peguei a canoa e remei na frente, levando a corda, não tinha nada a não ser umas moita aonde amarrá. Enrolei a corda numa delas, logo na beirada do barranco, mas a correnteza tava forte e a balsa puxou com tanta força que arrancou a moita pela raiz e foi embora. Eu vi o nevoeiro fechando e fiquei tão zonzo e apavorado que acho que não consegui me mexê por quase um minuto — e não tinha nem sinal da balsa; não dava pra vê vinte metro na frente. Pulei na canoa e fui pra popa e agarrei o remo e dei uma remada. Mas a canoa não saiu do lugar. Levantei e tentei desamarrá ela, mas eu tava tão nervoso e minhas mão tremia tanto que eu não conseguia fazê quase nada com elas.

Assim que pude, parti atrás da balsa, firme e forte, descendo pela croa. No que segui por ali, tudo bem, mas a croa não tinha nem sessenta metro de cumprimento, e no instante que eu voei pela ponta dela, entrei no meio do nevoeiro fechado e branco, e sabia tão bem pra aonde eu tava indo tanto quanto um defunto.

Eu pensei: não adianta remá; a primeira coisa que vai acontecê é eu batê na margem ou numa croa ou qualquer coisa assim; é melhor eu ficá quieto e flutuá, mas é uma coisa muito nervosa ter que ficá com as mão parada numa hora daquela. Dei um grito e fiquei escutando. Lá embaixo, em algum lugar, escutei um grito e me animei. Fui depressa na direção do grito, prestando atenção pra escutá de novo. Na próxima vez que escutei, notei que eu não tava indo pro lado do grito, mas pra direita. E na próxima vez, eu tava indo pra esquerda — e também não tava chegando perto, porque eu tava era dando volta, pra um lado e pro outro, e o grito sempre bem na minha frente.

Eu queria que o idiota batesse uma panela, e que batesse o tempo todo, mas ele não batia, e era o silêncio no meio de um grito e do outro que tava me atrapalhando. Bom, remei em frente e pouco depois escutei o grito *atrás* de mim. Eu tava bem enrolado, agora. Aquele grito era de outra pessoa, ou então eu tava andando pra trás.

Guardei o remo. Escutei o grito de novo; ainda tava atrás de mim, mas num lugar diferente; vinha chegando mais perto, e mudando de lugar, e eu respondia sempre, até que logo, logo ele tava de novo na minha frente e eu sabia que a correnteza tinha virado a proa na canoa rio pra baixo e agora eu tava certo, se é que era o Jim, e não algum outro balseiro gritando. Não dava pra reconhecê voz nenhuma no nevoeiro, pois nada parece natural nem tem som natural num nevoeiro.

Os grito continuaram, e num minuto eu desci do lado de uma ribanceira cheia de fantasma fumacento de árvore enorme, e a correnteza me jogou pra esquerda e desceu pelo meio de uns galho meio afundado que rugia, de tão ligeira que a água corria no meio deles.

Dentro de um ou dois segundo, tava tudo branco e parado de novo. Fiquei bem quieto, então, escutando meu coração batê, e acho que prendi a respiração enquanto ele batia cem vez.

Desisti, então. Eu já sabia qual era o problema. Aquela ribanceira era uma ilha, e o Jim desceu do outro lado. Não era croa nenhuma que a gente pudesse rodeá em dez minuto. As árvore ali era do tamanho de árvore de ilha mesmo; vai vê que ela tinha uns oito ou nove quilômetro de cumprimento, e mais de oitocentos metro de larga.

Fiquei quieto, de orelha em pé, uns quinze minuto, eu calculo. A canoa tava flutuando rio pra baixo, claro, uns seis ou oito quilômetro por hora, mas a gente nunca acha isso. Não, a gente *sente* que tá parado na água e, se a gente avista um galho dentro d'água, a gente não pensa que é *a gente* que tá indo rápido; a gente prende a respiração e pensa: Puxa!

Como esse galho tá correndo! Se você não acha que é triste e solitário ficá num nevoeiro daquele jeito, sozinho, de noite, exprimenta fazê isso uma vez — você vai vê só.

Depois, durante mais ou menos meia hora, às vez, eu dava um grito; no fim das conta, escutei uma resposta bem longe, e tentei seguí pra lá, mas não consegui chegá, e logo vi que tinha me enfiado num labirinto de croa, porque eu via sinal delas dos dois lado, tinha vez que eu via só um canal estreito entre elas; e tinha algumas que nem dava pra vê, mas eu sabia que elas tava lá, porque eu ouvia o barulho da correnteza passando pelos arbusto velho e morto e pelo lixo que tinha nas margem. Bom, não demorou pra mim perdê as pista dos grito, lá no meio das croa, e só tentei seguí eles pouco tempo, de todo jeito, porque era pior que seguí fogo-fátuo. Ninguém nunca viu um som desviá daquele jeito e mudá de lugar tão ligeiro e tantas vez.

Tive que empurrá a canoa com firmeza pra fora da margem, quatro ou cinco vez, pra não batê nas croa do rio; daí eu calculei que a balsa devia tá esbarrando na margem, às vez, senão ela já ia tá bem mais pra frente, e não ia dá pra ouví coisa nenhuma — ela tava flutuando um pouco mais depressa que eu.

Bom, logo, logo parecia que eu tava de novo no meio do rio, mas eu não ouvia o menor sinal dos grito. Achei que o Jim tinha ficado preso nuns galho afundado, quem sabe, e que tinha se ferrado. Eu tava bem cansado; então deitei na canoa e disse que não ia mais me estressá. Eu não queria dormí, é claro, mas eu tava com tanto sono que não consegui evitá; então pensei em tirá só um cochilinho.

Mas acho que foi mais que um cochilinho, pois quando acordei as estrela tava brilhando, o nevoeiro tinha ido embora, e eu descia rodopiando numa curvona do rio, com a popa pra frente. De primeiro, não sabia aonde tava; pensei que tava sonhando, e quando as coisa começaram a voltá pra mim, elas parecia nebulosa, saindo da última semana.

O rio ali era um monstro de grande, com árvores alta e fechada nas duas margem, uma parede sólida, pelo que eu podia enxergá na luz das estrela. Olhei rio pra baixo e vi um ponto preto na água. Toquei pra lá, mas quando cheguei perto era só duas tora serrada e amarrada. Então avistei outro ponto, e saí atrás; e então outro, e dessa vez acertei. Era a balsa.

Quando cheguei lá, o Jim tava sentado nela, com a cabeça baixa entre os joelho, dormindo, o braço direito por cima do leme. O remo tava quebrado, e a balsa tava toda suja de mato e galho e terra. Então a coisa tinha sido feia.

Amarrei a canoa e deitei na balsa, perto dos pé do Jim, e comecei a bocejá e espreguiçá, cutucando ele com os punho. E falei:

— Oi, Jim, eu peguei no sono? Por que tu não me acordou?

— Deus do céu! É tu, Huck? E tu num tá morto? Tu num afogou... tu tá de volta? É bão demais pra sê verdade, meu menino, é bão demais pra sê verdade. Deixa eu olhá pra tu, menino, deixa eu tocá em tu. Não, tu num tá morto! Tu tá de volta, o mesmo Huck de sempre... o mesmo Huck de sempre, graças a Deus!

— O que deu em tu, Jim? Tu andou bebendo?

— Bebeno? Eu bebeno? Eu lá tive jeito de ficá bebeno?

— Bom, então, por que tu tá dizendo essas doidice?

— Que doidice que eu tô dizeno?

— *Que doidice?* Ué! Tu não tá falando que eu voltei, e tudo isso, como se eu tivesse ido embora?

— Huck... Huck Finn, olha aqui dentro dos meus zóio; olha nos meus zóio. Tu *num foi* embora?

— Fui embora? Ué! Do que tu tá falando? *Eu* não fui embora pra lugar nenhum. Pra aonde é que eu ia?

— Bão, olha aqui, patrão, tem alguma coisa errada, tem sim. Eu sou *eu*, ou *quem* sou eu? Eu tô aqui, ou *aonde* é que eu tô? Agora, é isso que eu quero sabê.

— Bom, eu acho que tu tá aqui, dá pra vê bem, mas acho que tu é um bobão e um cabeça-oca, Jim.

— Eu sou, eu sou? Bão, me responde isso: tu num levou a corda na canoa, pra amarrá nós na croa?

— Não, não levei. Que croa? Eu não vi croa nenhuma.

— Tu num viu croa nenhuma? Olha aqui... a corda num soltou e a balsa num zuniu rio pra baixo, e tu num ficou pra trás, na canoa e no nevoeiro?

— Que nevoeiro?

— Ué! O *nevoeiro*. O nevoeiro que baixou a noite toda. E tu num gritou, e eu num gritei, até que nós fiquemo perdido nas croa, e um de nós se perdeu e o outro se perdeu também, porque num sabia aonde tava? E eu num esbarrei em muitas daquelas croa e num passei um baita apuro e quase afoguei? Agora, num foi assim, patrão... num foi? Me responde isso.

— Bom, isso tudo tá demais pra mim, Jim. Eu não vi nevoeiro nenhum, nem croa, nem apuro, nem nada. Eu tava aqui conversando com tu a noite toda, até tu pegá no sono, uns dez minuto atrás, e acho que eu fiz a mesma coisa. Não deu tempo pra tu ficá bêbado, então é claro que tu sonhou.

— Danação! Como é que eu vou sonhá tudo isso em dez minuto?

— Bom, ora bolas! Tu sonhou, porque nada disso aconteceu.

— Mas Huck, tá tudo tão claro pra mim como...

— Não interessa se tá claro; não aconteceu nada. Eu sei, porque fiquei aqui o tempo todo.

O Jim não falou nada por uns cinco minuto, mas ficou parado, pensando no causo. Então ele disse:

— Bão, então eu acho que eu sonhei mesmo, Huck; mas eu que me dane se num foi o sonho mais desgramado que eu já vi. E nunca tive um sonho que me deixou tão pregado como esse.

— Ah, bom, isso tá certo, porque um sonho deixa o corpo da gente pregado, às vez. Mas esse foi um sonho dos bom... conta tudo pra mim, Jim.

Então o Jim pegou e me contou a coisa toda, todinha, do jeito que aconteceu, só que ele embelezou bastante. Então ele falou que precisava pensá e "interpetrá" o sonho, porque era um aviso. Ele disse que a primeira croa era um homem que ia querê ajudá nós, mas a correnteza era outro homem, que ia tentá afastá nós dele. Os grito era tudo aviso que ia chegá pra nós, às vez, e se a gente não fizesse força pra entendê eles, eles ia trazê azar, ao invés de espantá azar. As outra croa era encrenca que nós ia se metê, com gente briguenta e todo tipo de gente ruim, mas se nós ficasse quieto, e não batesse boca e não irritasse eles, nós ía se safá e saí do nevoeiro e chegá no riozão aberto, aonde ficava os estados livre, e não ia ter mais confusão.

Tinha ficado nublado e escuro logo depois que eu embarquei na balsa, mas agora tava clareando de novo.

— Ah, bom, tá tudo bem interpretado, até agora, Jim — eu disse. — Mas o que significa *estas coisa aqui*?

Era o mato e a sujeirada na balsa, e o remo quebrado. Agora, dava pra vê tudo muito bem.

O Jim olhou pra sujeirada, e então olhou pra mim, e de volta pra sujeirada. O sonho tinha tomado conta da cabeça dele de tal jeito que ele não conseguia se livrá e devolvê cada fato ao seu devido lugar. Mas assim que as coisa se endireitaram, ele olhou pra mim com firmeza, sem sorrir, e disse:

— O que elas significa? Eu vou te contá. Quando eu fiquei pregado por causa da lida e dos grito pra te chamá e peguei no sono, meu coração tava quase rebentado porque tu tinha sumido, e eu nem liguei mais pra mim nem pra balsa. E quando eu acordei e vi que tu tava de volta, são e salvo, veio as lágrima e eu podia caí de joelho e beijá teus pé, de tão agradecido. E tu só quis sabê de fazê o véio Jim de bobo, falano uma mentira. Essas coisa aí é *lixo*; e lixo é gente que enfia sujeira na cabeça dos amigo e humilha eles.

Então ele levantou, devagar, e foi até a tenda e entrou pra dentro, sem dizê mais nada. Mas aquilo já era muito. Aquilo fez eu me sentí tão malvado que eu quase *beijei* os pé dele, pra ele retirá o que tinha falado.

Demorou quinze minuto até eu tomá corage e se humilhá pra um preto — mas eu fui, e nunca arrependi. Nunca mais preguei nenhuma peça nele, e não tinha pregado aquela, se eu soubesse que ele ia ficá daquele jeito.

16

NÓS DORMIMO QUASE o dia todo e partimo de noite, logo depois que passou uma balsa monstruosa de cumprida, tão cumprida que demorou pra passá que nem uma procissão. Ela tinha quatro remo grande em cada uma das ponta, então nós calculamo que levava uns trinta homem, bem podia ser. Tinha cinco tenda grande, uma separada da outra, e uma fogueira no meio, e um mastro em cada ponta. Esbanjava estilo. Ser balseiro numa balsa daquela era *coisa à beça*.

Descemo até uma curvona, e a noite ficou nublada e quente. O rio ali era bem largo e cercado de mata fechada dos dois lado; quase nunca dava pra vê uma brecha, nem uma luz. Nós conversamo sobre Cairo, e se perguntamo se ia dá pra reconhecê a cidade quando chegasse lá. Eu disse que achava que não, porque eu ouvi contá que lá não tinha mais que umas doze casa, e se elas não tivesse acesa, como é que nós ia sabê que tava passando por uma cidade? O Jim falou que se os dois riozão ajuntava lá, isso já dava pra sabê. Mas eu disse que nós podia achá que tava passando pelo pé de uma ilha e voltando pro mesmo rio velho. Isso pertubou o Jim — e eu também. Então a pergunta era a seguinte: fazê o quê? Eu falei, remá até a margem na primeira vez que aparecê uma luz e dizê que o pai tava descendo o rio, numa barca com coisa pra vendê, e que ele ainda era verde no negócio e queria sabê a distância até Cairo. O Jim achou que a ideia era boa, então nós ficamo pitando e esperando.

Mas você sabe que gente moça não consegue ficá esperando quando tá impaciente pra descobrí alguma coisa. Nós debatemo a questão e logo, logo o Jim disse que a noite tava tão escura que não era arriscado nadá até a balsona, subí a bordo e ficá escutando — eles ia falá sobre Cairo, porque eles ia querê desembarcá lá e caí na farra, quem sabe, ou então eles ia mandá uns bote até a margem, pra comprá uísque, ou carne fresca, ou qualquer coisa assim. O Jim tinha uma cabeça das boa, pra um preto; ele quase sempre pensava num plano bom, quando a gente precisava de um plano.

Eu levantei, tirei a ropa e pulei no rio, e nadei direto na direção da luz da balsa. Logo, logo, quando cheguei perto dela, diminuí as braçada e segui devagar e com cuidado. Mas tava tudo bem — ninguém nos remo. Então nadei do lado da balsa até chegá quase na altura da fogueira, no meio, e subi a bordo e cheguei meio de mansinho e me meti no meio de umas pilha de telha, a favor do vento. Tinha treze homem lá — eles tava fazendo a guarda no convés, é claro. E era um bando muito do mal-encarado. Eles tinha um garrafão, e canecas de lata, e o garrafão não parava quieto. Um sujeito tava cantando — berrando, pro modo de dizê; e a canção não era das boa — não pra sala de visita, pelo meno. Ele berrava pelo nariz, e segurava a última palavra de cada verso um tempão. Quando ele acabou, todos deram meio que um grito de guerra de índio, e então cantaram outra canção. Começava assim:

> Tinha u'a muié na nossa vila,
> Na nossa vila ela vivia,
> Gostava muito do marido,
> Mas outro homi ela queria.

> Vamo cantá, la, ri, ri, li,
> La, ri, ri, li, la, ri, ri, lia,
> Gostava muito do marido,
> Mas outro homi ela queria.

E por aí afora — catorze verso. A coisa era meio pobre, e quando o sujeito ia começá o próximo verso, um deles falou que aquilo era modinha de fazê vaca batê as bota; e outro falou "Ah, dá um tempo". E outro falou pra ele vê se eles tava lá na esquina. Eles zombaram dele até que ele deu um pulo e largou de xingá todo mundo, e disse que podia socá qualquer ladrão do bando.

Eles já ia partí pra cima dele, quando o mais fortão deles todo pulou e disse:

— Fica frio aí, senhores. Deixa ele comigo; ele é o meu petisco.

Então ele deu três pulo e tocou com um calcanhar no outro, em cada pulo. Jogou longe um casaco de camuça cheio de franja e disse:

— Fica aí inté eu acabá de comê o figo dele. — E jogou o chapéu no chão, cheio de fita, e disse: — Fica aí inté essa miséra acabá.

Daí ele pulou e tocou com os calcanhar de novo e gritou:

— Urra! Eu sou o véio queixo-de-ferro, osso-de-bronze, barriga-de-cobre, papa-defunto dos inferno do Arkansas! Olha pra eu! Eu sou o homi que o povo chama de Morte Súbita e Desolação Total! Concebido pelo furacão, amaldiçoado pelo terremoto, meio-irmão da cólera, contraparente da varíola, por parte de mãe! Olha pra eu! Eu como dezenove jacaré e bebo um barril de uísque no café, quando tô bão, e um alqueire de cascavel e um defunto quando tô doente! Eu racho as pedra eterna com os zóio, e calo a boca do trovão quando eu falo! Urra! Arreda e abre espaço pra minha força! Sangue é minha bebida, e gemido de moribundo é música pros meus ouvido! Olha pra eu, senhores! E fica frio e segura a respiração, porque eu agora vou é acabá com tudo!

O tempo todo que dizia isso, ele sacudia a cabeça e fazia cara de ódio, e dava umas volta, enrolando as manga da camisa, e o tempo todo se empertigava e esmurrava o peito, e dizia "Olha pra eu, senhores!". No fim das conta, ele deu um pulo, tocou os calcanhar três vez e berrou:

— Urra! Eu sou o filhote mais condenado dum gato selvage!

Então o sujeito que tinha começado a briga baixou a aba do chapéu velho por cima do olho direito; daí ele envergou e, com as costa contraída e o traseiro empinado pra trás, e sacudindo os punho, deu três voltinha, estufando o peito e todo esbaforido. Daí ele se empertigou e deu um pulo e tocou os calcanhar três vez, antes de pisá de novo no chão (isso fez todo mundo batê palma), e começou a gritá assim:

— Urra! Baixa a cabeça e abre a roda, pois tá chegano o reino da desgraceira! Me segura na terra, porque eu tô sentino as força chegano! Urra! Eu sou o filho do pecado; *num deixa* eu começá! Vidro esfumaçado, aqui, pra todo mundo! Num olha pra eu de ôio nu, senhores! Quando quero brincá, eu uso os meridiano de longitude e os paralelo de latitude pra fazê arrastão, e pesco baleia no Atlântico! Eu coço a cabeça com raio e minha cantiga de niná é o trovão! Quando tô com frio, eu calo a boca do golfo do México e tomo banho nele; quando tô com calor, eu me abano com uma tempestade tropical; quando tô com sede, estico o braço e chupo uma nuvem até ela secá que nem esponja; quando saio faminto pela terra, a fome segue meu rasto! Urra! Baixa a cabeça e abre a roda! Eu ponho a mão na cara do Sol e faço noite na Terra; eu mordo um pedaço da Lua e apresso as estação; quando eu me sacudo, desabo montanha! Olha pra eu com lente... *não* de ôio nu! Eu sou o homi de coração de pedra e víscera de ferro! Massacre de comunidade afastada é o passatempo das minhas hora de preguiça; destruição de nação é o negócio sério da minha vida! A grandeza sem fim do grande deserto americano é meu terreno baldio, e eu enterro meus morto na minha propiedade!

Ele pulou e bateu os calcanhar três vez no ar (todo mundo bateu palma pra ele de novo) e, assim que tocou no chão, ele gritou:

— Urra! Baixa a cabeça e abre a roda, porque o filhote da calamidade tá chegano!

Então o outro voltou a estufá o peito e se esbaforí — o primeiro, o que eles chamava de Bob; depois, o Filhote da Calamidade fez de novo a parte dele, mais inchado que nunca; daí os dois atuaram ao mesmo tempo, estufando o peito, um rodeando em volta do outro e quase socando a cara do outro, e urrando e matracando igual índio; então o Bob xingou o Filhote, e o Filhote xingou ele de volta; depois, o Bob xingou ele de um monte de coisa mais pior, e o Filhote veio pra cima dele com o pior dos palavrório que existe; depois, o Bob arrancou o chapéu da cabeça do Filhote, e o Filhote catou o chapéu e chutou o chapéu de fita do Bob pra quase dois metro de distante; o Bob foi e pegou o chapéu e falou, tá bem, a coisa ainda não tinha acabado, porque ele era homem que nunca esquecia e nunca perdoava, e então o Filhote que abrisse os ólho, pois ia chegá a hora, enquanto vida ele tivesse, que o Filhote ia ter que pagá com o sangue do próprio corpo. O Filhote disse que nenhum homem tava mais ansioso pra essa hora chegá, e ele queria avisá pro Bob, *agora*, pra nunca mais cruzá na frente dele, porque ele não ia sossegá enquanto não chafurdasse no sangue dele, porque era essa a natureza dele, mesmo que ele poupasse o outro agora, com dó da família dele, se era mesmo que ele tinha família.

Os dois começaram a se afastar, cada um numa direção, rosnando e sacudindo a cabeça e falando do que ia fazê, mas um baixote de bigode preto pulou e disse:

— Volta aqui, seus covarde de uma figa, que eu acabo com vocês dois!

E foi isso que ele fez. Ele agarrou os dois, e sacudiu eles pra lá e pra cá, enfiou as bota neles, jogou eles no chão de um jeito que eles nem conseguia mais levantá. Ora! Em menos de dois minuto eles tava implorando igual dois cachorro — e o resto da turma gritava e ria e batia palma o tempo todo, e berrava "Vamo lá, Papa-Defunto" e "Ei! Avança nele, Filhote da Calamidade!". "Dá neles, Davizinho!"

Bom, foi um entrevero perfeito. O Bob e o Filhote tava de nariz vermelho e olho roxo quando a coisa acabou. O Davizinho fez os dois admití que eles era ordinário e covarde, e que eles não era digno de comê com cachorro nem bebê com preto; daí o Bob e o Filhote trocaram um aperto de mão, bem sério, e disseram que um sempre respeitou o outro e que tava todos dois disposto a esquecê o causo. Daí eles lavaram a cara no rio e, bem naquela hora, alguém gritou uma ordem de travessia, e alguns deles foram pegá os remo da proa, e outros foram manejá os remo da popa.

Eu continuei parado e esperei quinze minuto, e dei uma pitadinha num cachimbo que um deles deixou perto de mim; então a travessia acabou, e eles voltaram e beberam uma rodada e deram de conversá e cantá de novo.

Depois pegaram uma rabeca velha, e um deles tocou, e outro bateu as mão e os pé, no tempo do sapateado, e o resto se soltaram na maior pulação. Eles não ia conseguí mantê aquele ritmo muito tempo ainda, sem perdê o fôlego, daí logo, logo se acomodaram em volta do garrafão de novo.

Cantaram "Viva, viva! Vida de balseiro é pra mim!", num coro empolgado, e começaram a conversá sobre as várias raça de porco, e os costume de cada raça; e depois sobre mulher e os costume de cada uma; e depois sobre a melhor maneira de apagá incêndio em casa que tava pegando fogo; e depois sobre o que fazê com os índio; e depois sobre o que um rei tem que fazê, e quanto que um rei ganha; e depois sobre o que fazê pra dois gato brigá; e depois sobre o que fazê quando um homem estrebucha; e depois sobre a diferença entre rio de água clara e de água barrenta. O sujeito chamado Ed falou que as água barrenta do Mississippi era mais saudável pra bebê que as água clara do Ohio; disse que se a gente deixá parado um litro da água amarela do Mississippi, a gente fica com um ou dois centímetro de lama no fundo, dependendo do estado do rio, e então a água não ficava nada melhor que a do Ohio — o certo era conservá a água mexida; e quando o rio tava baixo, o certo era ter lama sempre à mão, pra acrescentá e deixá a água do jeito que tinha de ser.

O Filhote da Calamidade falou que era isso mesmo; disse que tinha sustança na lama, e que um homem que bebia água do Mississippi podia cultivá milho no estômago, se quisesse. Ele disse:

— É só a gente olhá pros cemitério; isso já diz tudo. As árvore não cresce nada num cemitério de Cincinnati; mas num cemitério de Saint Louis elas cresce pra mais de vinte metro. Tudo tem a vê com a água que o povo bebeu antes de esticá as canela. Defunto de Cincinnati não aduba a terra.

E disseram que a água do Ohio não gosta de misturá com a água do Mississippi. O Ed falou que se a gente pegá o Mississippi na cheia com o Ohio na vazante, a gente vai vê uma faixa larga de água clara descendo pelo lado leste do Mississippi, uns dezesseis quilômetro ou mais, e no instante que a gente se afasta uns quatrocento metro da margem e cruza a faixa, a água é grossa e amarela até o outro lado.

Então eles conversaram sobre o jeito de evitá mofo em tabaco, e depois falaram de assombração e contaram muita coisa que o povo tinha visto; mas o Ed disse:

— Por que vocês não conta alguma coisa que vocês mesmo viram? Então deixa eu contá. Tem uns cinco ano, eu tava numa balsa do tamanho dessa aqui, e bem perto daqui a noite tava clara e enluarada, e eu tava de vigia e cuidando do remo da proa a estibordo, e um dos meu parceiro era um sujeito chamado Dick Allbright, e ele chegou até aonde eu tava, na proa... bocejando e espreguiçando, ele... abaixou na beirada da balsa pra lavá a cara no rio, e veio sentá do meu lado e pegou o cachimbo, e tinha acabado de enchê ele, quando olhou pra cima e falou:

"'Ué! Olha lá!', ele falou. 'Aquilo não é a casa do Buck Miller, lá naquela curva?'

"'É', eu disse. 'É, sim... por quê?'

"Ele baixou o cachimbo e apoiou a cabeça na mão, e falou:

"'Achei que nós tava mais pra baixo.'

"Eu disse:

"'Eu também achei, quando saí da guarda.' Nós ficava de vigia seis hora e depois descansava seis hora. 'Mas o pessoal me falou', eu disse, 'que parecia que a balsa mal tava se mexeno, na última hora', eu disse. Ele deu um meio gemido, e disse:

"'Já vi uma balsa fazê isso, bem aqui', ele disse. 'Acho que a correnteza inté parou pra cima dessa curva nos últimos dois ano', ele disse.

"Bão, ele levantou uma ou duas vez, e olhou pra frente e em volta, por cima da água. Isso fez eu fazê a mesma coisa. A gente sempre faz o que a gente vê os outro fazeno, mesmo que num tenha muita explicação. Pouco depois, eu vi uma coisa preta boiano na água, bem longe, a estibordo, e vino por detrás de nós. Eu vi que ele também tava olhano. Eu disse:

"'Que é aquilo?'

"Ele falou, meio irritado:

"'Num é nada... só um véio barril vazio.'

"'Um barril vazio!', eu disse. 'Ora!', eu falei, 'uma luneta é bobage comparada com *teus* zóio! Como tu pode sabê que é um barril vazio?'"

"Ele disse:

"'Eu num sei; acho que num é um barril, mas pensei que podia sê', ele disse.

"'É', eu disse. 'Pode sê mesmo, e pode sê qualquer outra coisa, também; num dá pra sabê nada, numa lonjura dessa', eu falei.

"Nós num tinha mais nada pra fazê, então ficamo só espiano. Logo, logo eu disse:

"'Ué! Olha lá, Dick Allbright, aquela coisa tá chegano mais pra perto da gente, eu acho.'

"Ele não falou nada. A coisa foi chegano e chegano, e eu pensei que era um cachorro já no fim das força. Bão, nós fizemo a travessia, e a coisa passou boiano bem no reflexo da lua e, eu juro, *era* um barril. Eu disse:

"'Dick Allbright, o que te fez achá que aquilo era um barril, quando aquilo tava oitocentos metro de distante?', eu falei.

"Ele falou:

"'Num sei.'

"Eu falei:

"'Pode me falá, Dick Allbright.'

"Ele falou:

"'Bão, eu sabia que era um barril; eu já vi aquilo antes; muita gente já viu; o povo diz que é um barril mal-assombrado.'

"Eu chamei os outro vigia; eles vieram, e eu contei pra eles o que o Dick tinha falado. O barril boiou até bem perto de nós, e parou. Ficou uns seis metro de distante. Alguns queria trazê ele pra bordo, mas o resto num queria. O Dick Allbright falou que ele deu azar pra algumas balsa que se meteram com ele. O capitão da guarda falou que num acreditava. Ele disse que o barril chegou perto de nós porque tava numa corrente melhor que a nossa. Ele disse que logo, logo ele ia embora.

"Daí nós começamo a falá de outras coisa, e cantamo, e depois dançamo, e depois o capitão da guarda pediu mais uma canção. Mas agora tava ficano nublado, e o barril continuava lá, parado no mesmo lugar, e a canção num esquentou ninguém, de todo jeito; então eles nem acabaram de cantá, e ninguém bateu palma; a cantoria foi e parou, e ninguém falou nada por um minuto. Daí todo mundo falou ao mesmo tempo, e um sujeito fez uma piada, mas num adiantou; ninguém riu, e nem mesmo o sujeito que fez a piada riu, o que num é comum. Nós todos ficamo lá, tristonho, olhano pro barril, e foi um nervoso e uma pasmaceira só. Bão, meu senhor, o tempo fechou, preto e parado, e o vento começou a gemê, e despois o raio começou a brincá e o trovão a resmungá. E pouco despois veio uma baita tempestade, e no meio da tempestade um homi que tava correno pra proa tropeçou e caiu e torceu o tornozelo, e teve que ficá de cama. Isso fez o pessoal sacudí a cabeça. E toda vez que vinha um relâmpago, lá tava o barril, com umas luzinha azul piscano em volta. Nós fiquemo o tempo todo vigiano o barril. Mas logo, logo, perto do amanhecê, ele foi embora. E quando o dia clareou a gente num viu mais ele, e ninguém reclamou.

"Mas na outra noite, lá pelas nove e meia, no que o pessoal cantava e se divertia, ele tornou a voltá, e parou no véio poleiro a estibordo. A diversão acabou. Todo mundo ficou sério; ninguém abriu a boca; ninguém queria fazê nada, a num sê sentá de cara fechada e espiá o barril. E começou a ficá nublado de novo. Quando a guarda trocou, os vigia de folga ficaram acordado, ao invés de dormí. A tempestade rasgou e rugiu a noite toda, e no meio dela outro homi tropeçou e torceu o tornozelo, e teve que ficá fora de combate. O barril sumiu perto do sol raiá, e ninguém viu ele ir embora.

"Naquele dia todo mundo ficou sóbrio e mudo. Eu num tô falano de sóbrio porque deixou a bebida em paz — num é isso. Eles ficaram queto e até beberam mais que o normal — num beberam junto, mas cada um foi pra um canto e bebeu sozinho.

"Despois que escureceu, a guarda que tava de folga num foi dormí; ninguém cantou, ninguém conversou; e o pessoal nem se espalhou; eles amontoaram na proa e ficaram lá por duas hora, parado, olhano sempre na mesma direção, e soltano um suspiro de vez em quando. E daí lá veio o barril de novo. E ele voltou pro mesmo lugar. E ficou lá a noite toda; ninguém foi dormí. A tempestade voltou, despois da meia-noite. Ficou muito escuro; a chuva despencou, granizo também; o trovão estrondou e rugiu e urrou; o vento soprou que nem um furacão; e o relâmpago cobria tudo com uns grande lençol de luz, e mostrava a balsa inteira, como se fosse dia; e o rio se batia, branco que nem leite, quilômetros, inté aonde a vista alcançava, e lá tava o tal do barril, dançano, o mesmo de sempre. O capitão deu ordem pra guarda pegá os remo da popa pra uma travessia, mas ninguém foi — já chegava um de tornozelo torcido, eles disseram. Eles num queria nem ir inté a popa. Então, naquele momento o céu abriu, com um estrondo, e um raio matou dois homi na guarda da popa, e alejou mais dois. Alejou eles, como? Vocês qué sabê? Ué, *torceu o tornozelo deles*!

"O barril foi embora no escuro, no meio de um relâmpago e outro, perto do amanhecê. Bão, ninguém comeu nadinha naquele café da manhã. Despois os homi vadiaram, formano dupla ou trinca, e conversaram em voz baixa. Mas ninguém queria fazê dupla com o Dick Allbright. Todo mundo apertava a mão dele com frieza. Se ele chegasse aonde os homi tava, eles separava e afastava. Ninguém queria remá com ele. O capitão mandou levá todos os bote pro convés da balsa, do lado da tenda dele, e num deixou que os defunto fosse levado pra marge pra ser enterrado lá; ele achava que qualquer homi que desembarcasse num ia voltá; e ele tava certo.

"Despois que anoiteceu, dava pra vê muito bem que ia tê encrenca, se aquele barril voltasse; corria o maior cochicho. Muitos queria matá o Dick Allbright, porque ele viu o tal barril em outras viage, e isso num tinha cara boa. Alguns queria desembarcá ele. Alguns disseram, vamo tudo desembarcá, se o barril aparecê de novo.

"Esse cochicho ainda tava aconteceno, o pessoal amontoado na proa pra vê o barril, quando eis que ele apareceu de novo! Lá veio ele, devagar e sempre, e voltou pro mesmo lugar. Dava pra ouví uma mosca. Daí, o capitão apareceu e disse:

"'Rapazes, vocês parem de se comportar como crianças e idiotas; não quero esse barril nos seguindo até Nova Orleans, e *vocês* também não querem isso; bom, então, qual é a melhor maneira de deter esse barril? Vamos queimá-lo... é isso. Vou trazê-lo a bordo', ele disse. E antes de alguém dizê uma palavra, ele se jogou dentro do rio.

"Ele nadou até o barril e, quando ele voltou, empurrano o barril pra balsa, o pessoal ficou de lado. Mas o véio trouxe ele pra bordo e rebentou a tampa, e tinha um neném lá dentro! Sim, senhor, um neném peladinho. O neném era do Dick Allbright; ele reconheceu e disse:

"'É', ele disse, curvado em cima do neném, 'é o meu próprio e chorado filho, meu pobre e falecido Charles William Allbright', disse ele, pois sabia enrolá a língua nas palavra mais cruel do idioma, quando ele queria, e exibí elas pra gente sem o menor receio. Sim, ele disse que morava na parte de cima daquela curva, e uma noite ele sufocou o filho, que tava chorano, sem intenção de matá — o que devia sê mentira — e daí ele ficou com medo e enterrou a criança num barril, antes da esposa voltá pra casa, e foi embora, pegou a estrada pro norte e virou balseiro; e aquele era o terceiro ano que o barril seguia ele. Ele disse que o azar sempre começava brando e continuava inté quatro homi morrê, e despois disso o barril num voltava mais. Ele pediu pro pessoal guentá só mais uma noite — e falou um monte de coisa —, mas ninguém guentava mais. Eles foram pegá um bote pra levá ele pra marge e linchá ele, mas o homi agarrou o neném e pulou da balsa, abraçado com ele e chorano, e nós nunca mais vimo ele na vida, pobre alma sofrida, e nem vimo o Charles William."

— *Quem* tava chorano? — disse o Bob. — O Allbright ou o neném?

— Ué! O Allbright, é claro; eu num falei pra vocês que o neném tava morto? Tava morto tinha três ano... como é que ele ia chorá?

— Bão, num interessa como é que ele ia chorá... como é que ele ficou conservado todo aquele tempo? — disse o Davizinho. — Agora, me responde isso.

— Eu num sei como é que foi! — disse o Ed. — Mas foi assim mesmo... é tudo o que eu sei.

— Fala aí uma coisa... o que eles fizeram com o barril? — disse o Filhote.

— Ué! Eles jogaram o barril no rio, e ele afundou que nem uma barra de chumbo.

— Edward, a criança dava aparência de tê sido sufocada? — falou um.

— Ela tinha risca no cabelo? — falou outro.

— Qual era a marca do barril, Eddy? — disse um sujeito que eles chamava de Bill.

— Tu tem aí a papelada com os dado, Edmund? — disse o Jimmy.

— Fala aí uma coisa, Edwin, tu foi um dos homi que o raio fulminou? — disse o Davizinho.

— Ele? Ah, não, ele foi os dois! — disse o Bob. Daí todo mundo caiu na gargalhada.

— Fala aí uma coisa, Edward, tu num acha melhor tomá um remedinho? Tu num tá com uma cara muito boa... num tá se sentindo fraco? — disse o Filhote.

— Ora! Vamo lá, Eddy — disse o Jimmy —, mostra pra nós. Tu deve tê guardado um pedaço daquele barril, pra prová essa história. Mostra pra nós o buraco do barril... *mostra*... e vamo acreditá em tu.

— Fala aí uma coisa, pessoal — disse o Bill —, vamo dividí a coisa. Nós somo em treze. Eu engulo um treze avo da história, se vocês engolí o resto.

O Ed levantou zangado e disse que eles todos podia ir pra um lugar que ele mandou furioso, e daí saiu andando pro lado da popa, praguejando em voz baixa, e todo mundo gritando e debochando dele, e rindo tão alto que dava pra escutá eles pra mais de um quilômetro.

— Pessoal, vamo comemorá isso com uma melancia — disse o Filhote, e veio apalpando no escuro, no meio das pilha de telha aonde eu tava escondido, e encostou em mim. Eu tava quente e macio e pelado; então ele falou "Ôpa!" e deu um pulo pra trás.

— Pega aí uma lamparina ou um tição, pessoal... tem uma cobra aqui do tamanho de uma vaca!

Então eles correram até aonde eu tava, com uma lamparina, e se amontoaram e olharam pra mim.

— Sai daí, seu mendingo! — falou um.

— Quem é tu? — falou outro.

— O que tu qué aqui? Fala logo, ou vai sê jogado dentro do rio.

— Pega ele igual quem pega cobra, pessoal. Pega ele pelos calcanhar.

Eu dei de implorá, e saí arrastando pelo meio deles, tremendo. Eles me olharam de cima a baixo, tudo curioso, e o Filhote da Calamidade disse:

— Um ladrão condenado! Alguém aí dá uma mão e vamo jogá ele no rio!

— Não — disse o Big Bob —, vamo pegá a lata de tinta e pintá ele de azul-celeste, da cabeça aos pé, e *então* jogá ele no rio!

— Boa! Isso mesmo. Vai buscá a tinta, Jimmy.

Quando a tinta chegou e o Bob pegou o pincel e já ia começá o serviço, com os outro rindo e esfregando as mão, eu caí no choro, e isso mexeu com o Davizinho, e ele falou:

— Pra trás! Ele não passa de um menino. Eu vou pintá o homem que triscá nele!

Então eu olhei em volta, e alguns resmungaram e rosnaram, e o Bob pôs a lata de tinta no chão, e ninguém pegou ela.

— Vem aqui pra perto do fogo, e vamo vê o que tu veio fazê aqui — disse o Davizinho. — Agora, senta aí e desembucha. Faz quanto tempo que tu tá a bordo aqui?

— Nem mais que quinze segundo, moço — eu falei.

— Como é que tu secou tão ligeiro?

— Eu não sei, moço. Comigo é sempre assim, quase.

— Ah, é mesmo, né? Como é o teu nome?

Eu não ia falá o meu nome. Eu não sabia o que falá, então eu só falei:

— Charles William Allbright, moço.

Daí eles caíram na gargalhada — todo mundo, e eu fiquei bem contente de ter falado aquilo, porque, quem sabe, rindo, eles ia melhorá de humor.

Quando eles acabaram de rí, o Davizinho falou:

— Essa não vai dá, Charles William. Tu num não pode tê crescido desse jeito em cinco ano, e tu era um neném quando saiu do barril, sabe, e ainda por cima tava morto. Vamo, agora, fala a verdade, e ninguém vai te fazê mal, se tu num tivé metido em nenhuma encrenca. Como é o teu nome?

— Aleck Hopkins, moço. Aleck James Hopkins.

— Bom, Aleck, de onde tu vem?

— De uma barca que vende coisa. Ela tá amarrada lá pra cima da curva. Eu nasci nela. O pai vende coisa, rio pra cima e rio pra baixo, a vida toda; ele falou pra mim nadá até aqui, porque, quando vocês passaram pela gente, ele falou que queria pedí pra alguém aqui falá com um tal sr. Jonas Turner, em Cairo, e dizê pra ele...

— Ah, essa não!

— É, moço; é verdade verdadeira; o pai falou...

— Ah, é a vovozinha!

Todos riram, e eu tentei falá de novo, mas eles interromperam.

— Agora, olha aqui — disse o Davizinho —, tu tá com medo, e por isso tá falano doidice. Agora, falano sério, tu mora numa barca, ou é mentira?

— Moro, moço, numa barca que vende coisa. Ela tá amarrada lá pra cima na curva. Mas eu não nasci nela. É a nossa primeira viage.

— Agora, sim! Pra quê tu veio a bordo, aqui? Pra robá?

— Não, moço, não vim não. Foi só pra andá de balsa. Tudo que é garoto faz isso.

— Bão, eu sei disso. Mas por que tu se escondeu?

— Tem vez que eles bota os garoto pra fora.

— Bota mesmo. Eles pode robá alguma coisa. Olha aqui, se a gente deixá tu ir embora dessa vez, tu vai ficá longe dessas encrenca daqui pra frente?

— Vou, sim, patrão. O senhor vai vê.

— Tá bem, então. Tu tá perto da marge. Pode pulá fora, e num vai mais fazê papel de bobo, desse jeito. Cai fora, garoto, outros balseiro ia te surrá inté tu ficá todo roxo!

Eu não esperei pra beijá ninguém na despedida, e pulei no rio e nadei pra margem. Quando logo, logo o Jim apareceu, a balsona já tava fora da vista, pra baixo da curva. Eu nadei e subi na balsa, e fiquei bem contente de voltá pra casa.

Não tinha nada pra fazê, agora, só ficá de olho vivo, esperando a cidade, pra não passá por ela sem vê. O Jim falou que tinha certeza que ia vê, porque ele ia ser um homem livre no instante que visse a cidade, mas se ela passasse, ele ia ficá em território escravo e adeus liberdade. A todo momento, ele dava um pulo e dizia:

— Olha lá ela!

Mas não era. Era fogo-fátuo, ou vagalume; então ele sentava de novo, e ficava vigiando, igual antes. O Jim disse que tava tremendo todo, e meio com febre, porque tava tão perto da liberdade. Bom, eu vou dizê, eu também tava tremendo todo, e meio com febre, só de ouví ele falá, porque comecei a botá na cabeça que ele *tava* quase livre — e quem ia ser o culpado? Ué! *Eu.* Eu não conseguia tirá isso da minha consciência, de jeito maneira. A coisa começou a me pertubá tanto que eu não sossegava; eu não parava quieto num lugar. Eu não tinha dado conta do que eu tava fazendo. Mas agora, sim; e a coisa me perseguia, e me queimava cada vez mais. Tentei me convencê que a culpa não era *minha*, porque não fui *eu* que tirou o Jim da dona legítima dele. Mas não adiantou; a consciência vinha e dizia, toda hora: "Mas tu sabia que ele tava fugindo pra liberdade, e tu podia remá até a margem e contá pra alguém". Aí é que a coisa doía. Eu não conseguia escapá disso, de jeito nenhum. A consciência me dizia: "O que a pobre da srta. Watson te fez, pra tu vê o preto dela fugí, bem diante dos teus ólho, e não dizê nem uma palavra? O que aquela pobre velha te fez, pra tu tratá ela tão mal? Ora! Ela tentou te ensiná coisa do livro dela, tentou te ensiná bons modo, tentou ser boa pra tu de todo jeito que ela podia. Foi *isso* que ela fez".

Eu comecei a sentí tão malvado e miserável que queria quase tá morto. Dei de andá pra cima e pra baixo na balsa, me xingando, e o Jim andava pra cima e pra baixo no sentido contrário. Nenhum de nós conseguia sossegá. Toda vez que ele fazia uma dancinha e dizia "Olha, Cairo!", a coisa me atravessava como um tiro, e eu pensava que se *era* Cairo, eu ia morrê de tão infeliz.

O Jim ficou falando em voz alta o tempo todo, enquanto eu falava pra mim mesmo. Ele disse que a primeira coisa que ia fazê quando chegasse num estado livre era economizá e nunca gastá nem um centavo, e quando tivesse a quantia certa ia comprá a esposa, que era de uma fazenda perto da casa da srta. Watson; e então os dois ia trabalhá pra comprá os dois filho, e se o dono não quisesse vendê, eles ia arrumá um abulicionista pra robá eles.

Quase congelei quando escutei essa conversa. Ele nunca ia se atrevê a falá uma coisa daquela antes na vida. Vê só a diferença nele, na horinha que achou que tava quase livre. Era bem como dizia o velho ditado: "Dá um dedo pra um preto e ele vai querê o braço". Eu pensei, é isso o que dá eu não pensá direito. Vê só esse preto, que eu tinha ajudado a fugí, tendo a cara de pau de dizê que ia robá os filho — os filho que pertencia a um homem que eu nem conhecia; um homem que nunca tinha feito mal nenhum pra mim.

Fiquei triste quando ouvi o Jim falá daquele jeito; aquilo rebaixava ele. Minha consciência começou a pesá mais que nunca, até que eu disse pra ela: "Me deixa... ainda dá tempo...

vou remá até a margem, na primeira luz que aparecê, e entregá ele". Então eu fiquei calmo, e feliz e leve que nem uma pluma, na mesma da hora. Todos os meus problema sumiram. Fiquei esperando uma luz, e quase cantarolando pra mim mesmo. Logo, logo uma apareceu. O Jim gritou:

— Tamo safo, Huck, safo! Pula e bate os calcanhar, olha lá a nossa Cairo, no fim das conta; eu sei que é ela!

Eu falei:

— Vou pegá a canoa pra vê, Jim. Vai vê que não é, tu sabe.

Ele deu um pulo e preparou a canoa, e ajeitou o casaco velho dele no fundo, pra mim sentá em cima, e me deu o remo, e na hora que eu parti, ele falou:

— Daqui a pouco eu vou tá gritano de alegria, e vou dizê, é tudo por causa do Huck; sou um homi livre e nunca ia sê livre se num fosse o Huck; foi o Huck que fez isso. O Jim nunca vai esquecê de tu, Huck; tu é o melhó amigo que o Jim teve na vida; e tu é o único amigo que o véio Jim tem agora.

Eu já tava remando, e todo afogueado pra entregá ele, mas quando ele falou aquilo, pareceu que o meu tutano tinha ido todo embora. Daí eu toquei em frente, mas devagar, e já nem sabia de certeza se queria ou não queria continuá. Quando eu tava uns cinquenta metro adiante, o Jim falou:

— Lá vai ele, o véio e sincero Huck; o único cavaleiro branco que manteve a palavra com o véio Jim.

Bom, o meu estômago embrulhou. Mas eu disse, eu *tenho* que fazê isso — não *posso* saí fora. Bem naquele momento apareceu um bote com dois homem armado; eles pararam e eu parei. Um deles falou:

— O que é aquilo lá?

— O resto de uma balsa — eu falei.

— Você tá vindo dela?

— Tô, sim senhor.

— Tem algum homem nela?

— Só um, moço.

— Bom, cinco pretos fugiram na noite passada, lá de cima, da cabeça da curva. Esse homem aí é branco ou preto?

Eu não respondi na mesma hora. Tentei, mas as palavra não saíram. Tentei, um ou dois segundo, criá corage e desembuchá, mas não fui macho — não tive a corage nem de um coelho. Vi que tava fraquejando; daí desisti de tentá, e disse:

— É branco.

— Acho que vamos conferir.

— Eu bem que queria — eu disse —, porque é o pai que tá lá, e quem sabe os senhores me ajuda a rebocá a balsa até a margem, lá pra aquela luz. Ele tá doente... e a mãe também, e a Mary Ann.

— Ah, que diacho! Estamos com pressa, menino. Mas acho que temos que ir lá. Vai... pega aí o teu remo, e vamos logo.

Peguei firme no meu remo, e eles nos deles. Depois que nós demo uma ou duas remada, eu falei:

— O pai vai ficá muito agradecido, já vou logo dizendo. Todo mundo vai embora, quando eu peço ajuda pra rebocá a balsa pra margem, e eu não consigo sozinho.

— Bom, isso é uma ruindade dos infernos. Estranho, também. Fala aí uma coisa, menino, o que tem de errado com o teu pai?

— É a... bom... é a... bom, não é nada de mais.

Eles pararam de remá. Só faltava um pouquinho até a balsa, agora. Um deles disse:

— Menino, isso é mentira. O que tem *de errado* com o teu pai? Responde certo, agora, que vai ser melhor pra você.

— Eu vou falá, moço, eu vou, juro... mas não vai embora, por favor. É a... a... é só os senhores chegá mais perto, que eu jogo a corda, e nem vai precisá chegá perto da balsa... por favor.

— Pra trás com o bote, John, pra trás com o bote! — falou um. Eles recuaram. — Fica longe, menino... fica a bombordo. Que droga! Eu acho que o vento já soprou a coisa em cima da gente. O teu pai tá com varíola, e você sabe disso muito bem. Por que não falou logo? Você quer espalhar varíola por todo canto?

— Bom — eu disse, já me debulhando —, eu falei isso pra todo mundo, mas aí eles foram embora e deixaram nós pra trás.

— Pobre-diabo, isso aí é verdade. Nós sentimos muito, mas... ora bolas! Não queremos pegar varíola, você entende. Olha aqui, eu vou dizer o que você deve fazer. Não vai tentar atracar sozinho, pois você vai se arrebentar todo. Segue flutuando mais uns trinta quilômetros, até chegar num povoado na margem esquerda. O sol já vai ter nascido, e quando você pedir ajuda, fala que a tua família tá toda de cama, com calafrio e febre. Não vai ser bobo de novo, e deixar o povo desconfiar do problema. Agora, a gente tá te fazendo uma bondade; então fica longe de nós uns trinta quilômetros, como um bom menino. Não adianta atracar naquela luz ali... aquilo é só um depósito de madeira. Fala aí uma coisa, eu imagino que o teu pai seja pobre, e sou obrigado a dizer que ele tá com um baita azar. Aqui... eu vou colocar uma moeda de ouro de vinte dólares neste toco, e você pega quando ele passar boiando. Eu me sinto muito mal de deixar você pra trás, mas vou dizer... não dá pra brincar com varíola, você entende?

— Um instante, Parker — disse o outro homem —, toma vinte pra colocar no toco por mim. Adeus, menino, faz o que o sr. Parker disse, e tudo vai dar certo pra você.

— Isso mesmo, meu garoto... adeus, adeus. Se você encontrar algum preto fujão, pede ajuda e pega ele, que você ainda pode ganhar algum dinheiro.

— Adeus, moço — eu disse —, não vou deixá nenhum preto fujão escapá, se dependê de mim.

Eles foram embora, e eu subi na balsa, sentindo que era um sujeito ruim e ordinário, porque eu sabia muito bem que tinha feito coisa errada, e vi que não adiantava eu querê aprendê a coisa certa; pau que *nasce* torto, não tem jeito, morre torto — na hora que a coisa aperta, não tem nada pra segurá a pessoa e mantê ela na linha; e então ela desvia. Daí eu pensei um minuto e falei pra mim mesmo: espera aí — e se você fizesse o certo e entregasse o Jim; você ia sentí melhor que agora? Não, eu disse, eu ia sentí mal — eu ia sentí do mesmo jeito. Bom, então, eu disse, do que adianta aprendê a fazê o certo, se é pura encrenca fazê o certo e encrenca nenhuma fazê o errado, e o resultado é o mesmo? Fiquei travado. Não sabia a resposta. Então resolvi não esquentá mais com aquilo e daquele momento em diante fazê sempre o que tinha mais serventia na hora.

Entrei na tenda; o Jim não tava lá. Procurei em volta; ele não tava em lugar nenhum. Eu falei:

— Jim!

— Tô aqui, Huck. Eles já sumiu da vista? Num fala alto.

Ele tava dentro do rio, debaixo do leme, só com o nariz pra fora. Eu falei que eles já tinha sumido da vista, e que ele podia subí na balsa. Ele disse:

— Eu fiquei escutano a conversa, e pulei no rio e ia escapulí pra marge, se eles viesse inté a balsa. E eu ia nadá de volta pra balsa, depois que eles fosse embora. Mas, por Deus! Como é que tu enganou eles, Huck? Foi a *melhó* tramoia que eu já vi! Vou te contá, menino, acho que tu salvou o véio Jim... o véio Jim num vai esquecê tu por conta disso, meu menino.

Então nós falamo do dinheiro. Era uma ajuda e tanto, vinte dólar pra cada um. O Jim disse que agora a gente podia comprá passagem de convés num vapor, e que aquele dinheiro levava nós até aonde nós queria ir nos estados livre. Ele disse que mais trinta quilômetro não era muito pra balsa, mas ele queria já ter chegado lá.

Perto da hora do sol raiá nós atracamo, e o Jim cuidou muito bem de escondê a balsa. Daí ele trabalhou o dia todo, empacotando as coisa dentro de umas troxa e ajeitando pra abandoná a balsa.

Naquela noite, lá pelas dez, nós avistamo as luzinha de uma cidade, lá embaixo numa curva à esquerda.

Eu saí na canoa, pra perguntá. Em pouco tempo encontrei um homem num bote no meio do rio, soltando uma linha de pesca. Cheguei perto dele e disse:

— Moço, aquela cidade é Cairo?

— Cairo? Não. Você só pode ser um grande idiota.

— Que cidade é aquela, moço?

— Se você qué sabê, vai descobrí. Se ficá aqui me enchendo o saco por mais meio minuto, vai ganhá uma coisa que não vai querê.

Remei de volta pra balsa. O Jim ficou muito desanimado, mas eu disse, tá bem, Cairo vai ser a próxima cidade, eu achava.

Passamo por outra cidade antes do sol nascê, e eu ia até lá; mas a ribanceira era alta, e então não fui. Não tinha ribanceira alta em Cairo, o Jim disse. Eu tinha esquecido isso. Paramo e passamo o dia numa croa perto da margem esquerda. Eu comecei a desconfiá de alguma coisa. E o Jim também. Eu disse:

— Vai vê que nós passamo por Cairo no nevoeiro daquela noite.

Ele disse:

— Num vamo nem falá nisso, Huck. Os pobre dos preto num pode tê sorte. Eu sempre achei que aquela pele de cobra num acabou de fazê o estrago dela.

— Quem dera nunca ter visto aquela pele de cobra, Jim... quem dera nunca ter posto meus ólho nela.

— Num foi culpa tua, Huck; tu num sabia. Num vai se culpá por isso.

Quando o dia clareou, lá tava as água clara do Ohio perto da margem, de certeza, mas pra fora tava o velho Barrento! Então Cairo já era.

Nós discutimo o assunto. Não adiantava ir pra margem; não ia dá pra subí a corrente com a balsa, claro. Não tinha outro jeito, senão esperá anoitecê, e subí de volta, na canoa, e arriscá. Então nós dormimo o dia todo, no meio das moita de choupo, pra descansá e se preparár pro trabalho, mas, de noitinha, quando voltamo até a balsa, a canoa tinha sumido!

Por um bom tempo nós não falamo nem uma palavra. A gente não tinha o que falá. Nós dois sabia muito bem que aquilo era mais obra da pele de cascavel, então o que adiantava ficá falando? Só ia parecê que nós tava procurando algum culpado, e isso ia acabá trazendo mais azar — e cada vez mais, até a gente sabê que tinha que calá a boca.

Logo, logo nós conversamo sobre o que era melhor fazê, e resolvemo que o único jeito era continuá a descê na balsa até podê comprá uma canoa pra voltá. Nós não ia pegá uma emprestada, quando não tivesse ninguém perto, que nem o pai fazia, pois alguém podia vim atrás de nós.

Então nós tocamo em frente, na balsa, depois que escureceu.

Quem ainda não acredita que é bobeira mexê com pele de cobra, depois de tudo que aquela pele de cobra aprontou pra nós, vai acreditá agora, se continuá lendo e vendo o que mais ela aprontou.

O lugar de comprá canoa ficava perto das balsa atracada nas margem. Mas nós não vimo balsa nenhuma atracada; daí nós seguimo mais de três hora. Bom, a noite ficou cinzenta e bem fechada, o que, em termos de ruindade, só perde pra nevoeiro. Não dava pra sabê o traço do rio, e não dava pra enxergá longe. Já era bem tarde, e tudo tava quieto, quando apareceu um vapor subindo o rio. Nós acendemo a lamparina e achamo que ele ia vê a gente. Os barco que subia o rio não costumava chegá perto de nós; eles seguia os banco de areia e procurava as água calma por debaixo dos recife, mas, em noites como aquela, eles enfrentava e subia pelo canal, de cara pro riozão.

Dava pra ouví as batida dele, avançando, mas nós só vimo ele quando ele já tava em cima. Ele veio bem na nossa direção. Muitas das vez eles faz isso, pra chegá o mais perto possível sem esbarrá; tem vez que a roda arranca o pedaço de um remo, e então o piloto bota a cabeça pra fora e dá risada, achando que é muito esperto. Bom, ele veio vindo, e nós dissemo que ele ia tirá fininho de nós, mas não parecia que ele ia mudá de rumo. Era um vaporzão, e tava vindo depressa, parecendo uma nuvem negra, cercada de vagalume; e de repente ele veio pra cima, grandalhão e assustador, com uma fileira de porta de fornalha escancarada, brilhando que nem uns dente em brasa, e a proa que era um monstro, bem em cima da gente. Ouvimo um grito e um toque de sino, pra estancá a máquina, um monte de xingamento e um apito do vapor — e no que o Jim pulou fora, de um lado, e eu, do outro, o barco quebrou a nossa balsa no meio.

Eu mergulhei — e quis tocá no fundo, pois uma roda de mais de oito metro tinha que passá por cima de mim, e eu queria que ela tivesse bastante espaço. Eu sempre conseguia ficá um minuto debaixo d'água; daquela vez acho que fiquei debaixo d'água um minuto e meio. Então subi mais que ligeiro pra superfície, pois tava quase explodindo. Saí com o corpo pra fora, até os sovaco, e espirrei água pelo nariz, meio sem fôlego. É claro que tinha uma correnteza braba, e é claro que o vapor ligou a máquina de novo dez segundo depois de ter desligado, pois eles pouco se lixava pros balseiro; daí o barco agora já subia o rio, sumindo da vista no meio da noite escura, mas eu ainda podia escutá o barulho dele.

Chamei o Jim uma dúzia de vez, mas não tive resposta; então agarrei uma tábua que encostou em mim no que eu tava "fazendo água", e nadei pra margem, empurrando a tábua na minha frente. Mas deu pra vê que a corrente seguia pra margem esquerda, o que queria dizê que eu tava num ponto de travessia; daí mudei de rumo e segui pra lá.

Era uma daquelas travessia cumprida e enviesada, de três quilômetro; por isso demorei um tempão pra cruzá pro outro lado. Mas cheguei são e salvo e subi no barranco. Só dava pra vê o que tava em volta, mas eu segui por um terreno difícil uns quatrocentos metro ou mais, e então, quando menos esperava, dei com um velho cabanão de madeira. Eu ia passá de fininho, mas uma cachorrada pulou e veio uivando e latindo pra cima de mim; e eu sabia que não podia mexê nem um dedo.

17

MEIO MINUTO DEPOIS alguém falou de uma janela, sem espichá a cabeça pra fora, e disse:

— Parem com isso, rapazes! Quem tá aí?

Eu disse:

— Sou eu.

— Eu quem?

— George Jackson, moço.

— O que você quer?

— Nada, moço. Eu só quero tocá em frente, mas os cachorro não deixa.

— O que você pretende, rondando por aqui a essa hora da noite... hein?

— Eu não tava rondando, moço; eu caí de um barco a vapor.

— Ah, caiu, né? Acende uma luz aí, alguém. Como é mesmo o teu nome?

— George Jackson, moço. Eu sou só um garoto.

— Olha aqui; se você tá falando a verdade, não precisa ter medo... ninguém vai te fazer mal. Mas nem tenta se mexer; fica bem aí onde você tá. Levantem, Bob e Tom, acordem, alguém aí, e peguem as espingardas. George Jackson, tem alguém contigo?

— Não, senhor, ninguém.

Ouvi gente se mexendo dentro de casa; então, vi uma luz. O homem gritou:

— Cuidado com essa luz, Betsy, sua velha tola... você não tem juízo? Bota ela no chão, atrás da porta da frente. Bob, quando você e o Tom estiverem prontos, vão pros seus lugares.

— Tudo pronto.

— Agora, George Jackson, você conhece os Shepherdson?

— Não, senhor... nunca ouvi falá.

— Bom, pode ser que sim, e pode ser que não. Agora, tudo pronto. Pode vir, George Jackson. E cuidado, nada de pressa... vem bem devagar. Se tem alguém com você, que fique pra trás... se aparecer, vai levar bala. Pode vir, agora. Vem devagar; empurra a porta, você mesmo... só uma fresta, pra você poder passar, tá ouvindo?

Não apressei; nem podia, mesmo que eu quisesse. Dei um passo de cada vez, e não tinha nenhum barulho, só que achei que dava pra ouví o meu coração. Os cachorro tava tão quieto quanto os humano, mas os bicho me seguia de perto. Quando cheguei nos três degrau de madeira, escutei eles destrancando, tirando a barra e o ferrolho da porta. Encostei a mão na porta e empurrei ela, um pouco, e um pouco mais, até que alguém falou:

— Pronto... já chega... enfia a cabeça pra dentro.

Eu enfiei, mas achava que eles ia arrancá ela fora.

A vela tava no chão, e lá tava eles todos, olhando pra mim, e eu pra eles, uns quinze segundo. Três homem grandalhão, com as espingarda apontada pra mim, o que me fez tremê, vou te contá; o mais velho, grisalho e com uns sessenta ano, os outro dois com trinta ano ou mais — todos forte e bonitão — e uma senhora meiga e grisalha, e por detrás dela duas moça que não dava pra mim vê direito. O velho falou:

— Pronto... acho que tá tudo bem. Entra.

Assim que eu entrei, o velho cavaleiro, ele trancou a porta, voltou com a barra e passou o ferrolho, e disse pros rapaz entrá com as espingarda, e eles entraram num salão que tinha um tapete novo, feito de retalho no chão, e se ajuntaram num canto que ficava fora da reta das janela da frente — e não tinha nenhuma janela dos lado. Eles pegaram a vela e me olharam de cima a baixo, e todos falaram:

— Ora! Ele *não é* Shepherdson... não, ele não tem nada de Shepherdson.

Então o velho disse que esperava que eu não incomodasse de ser revistado, pra vê se eu não tinha arma, porque ele não ia fazê aquilo por mal — era só pra ter certeza. Daí ele não meteu a mão nos meus bolso, mas só apalpou por fora, e disse que tava tudo bem. Ele falou pra mim ficá calmo e sossegado, e pra contá tudo a meu respeito; mas a velha disse:

— Ora! Meu Deus, Saul! O pobrezinho tá todo molhado; e você não acha que ele pode tá com fome?

— É verdade, Raquel... eu esqueci.

Então a velha disse:

— Betsy — (essa era a preta) —, vai depressa arrumar alguma coisa pra ele comer, o mais ligeiro que você puder, pobrezinho; e uma de vocês duas vai acordar o Buck e contar pra ele... Ah, olha ele aí. Buck, pega esse estranhozinho e tira essa roupa molhada dele e veste ele com alguma roupa seca tua.

O Buck parecia que tinha a mesma idade que eu — uns treze ou catorze —, só que ele era um pouco maior que eu. Ele tava usando só um camisão, e os cabelo tava todo despenteado. Ele apareceu bocejando e esfregando o punho nos ólho, e com a outra mão arrastava uma espingarda. Ele disse:

— Não tem nenhum Shepherdson por aí?

Eles disseram, não, foi um alarme falso.

— Bom — ele falou —, se tivesse, eu acho que eu pegava um.

Todos riram, e o Bob falou:

— Ora! Buck, eles podia até escalpelá nós, do jeito que você foi mole pra aparecê.

— Bom, ninguém foi me chamá, e isso não tá certo. Eu sempre fico pra trás e nunca vejo as coisa acontecê.

— Deixa pra lá, Buck, meu menino — falou o velho —, você ainda vai ver muita coisa acontecê, tudo tem a sua hora; nem se preocupe com isso. Agora vai, e faz o que a tua mãe mandou.

Quando subimo pro quarto dele, ele me deu uma camisa de pano grosso e uma jaqueta e uma calça dele, e eu vesti.

No que eu vestia, ele perguntou como era o meu nome, mas, antes de eu falá, ele começou a falá de um passarinho azul e de um coelhinho que ele pegou no mato dois dia antes, e me perguntou aonde o Moisés ficou depois que a vela apagou. Eu disse que não sabia; eu nunca tinha ouvido essa antes, de jeito maneira.

— Bom, adivinha — ele falou.

— Como é que eu vou adivinhá — falei eu —, se nunca ouvi essa antes.

— Mas tu pode adivinhá, num pode? É bem fácil.

— *Qual* vela? — eu falei.

— Ué! Qualquer vela — ele falou.

— Eu não sei aonde ele ficou — falei eu. — Aonde é que ele ficou?

— Ué! Ficou no *escuro*! Foi lá que ele ficou!

— Bom, se tu sabia aonde ele tava, por que tu me perguntou?

— Ué! Ora bolas! É uma charada, tu não percebeu? Fala aí uma coisa, quanto tempo tu vai ficá por aqui? Tu tem que ficá aqui pra sempre. Nós podemo se divertí um montão... não tem escola agora. Tu tem cachorro? Eu tenho... e ele pula no rio pra buscá pedaço de pau que a gente joga. Tu gosta de se penteá nos domingo e dessas bobajada toda? Pode sabê que eu não gosto, mas a minha mãe me obriga. Que se dane essa calça velha; eu devia vestí ela, mas não quero; tá quente demais. Tu já tá pronto? Bom... vamo, amigo véio.

Broa de milho fria, carne em conserva fria, manteiga e leite desnatado — era isso que eles tinha pra me esperá lá embaixo, e eu nunca comi nada melhor que aquilo antes na minha vida. O Buck e a mãe dele e todos os outro tava pitando cachimbo de sabugo de milho, a não ser a preta, que tinha sumido, e as duas moça. Todo mundo fumava e falava, e eu comia e falava. As duas moça tava embrulhada em colcha de retalho, com os cabelo solto nas costa. Todos me fazia pergunta, e eu contei que o pai e eu e o resto da minha família morava num sítio no sul do Arkansas, e que a minha irmã Mary Ann fugiu pra casá e ninguém mais ouviu falá dela, e que o Bill saiu atrás deles e ninguém mais teve notícia, e que o Tom e o Mort morreram, e que daí não sobrou ninguém, só o pai e eu, e que ele ficou que era osso puro, por causa dos problema dele; daí, quando ele morreu, eu peguei o que tinha sobrado, porque o sítio não era nosso, e subi o rio, com uma passagem de convés, e caí do barco; e foi assim que acabei indo pará ali. Daí eles disseram que eu podia ter ali um lar, o tanto de tempo que eu quisesse. Então já era quase dia, e todo mundo foi dormí, e eu fui dormí com o Buck, e quando acordei, droga, tinha esquecido o meu nome. Então fiquei deitado, mais ou menos uma hora, tentando lembrá, e quando o Buck acordou, eu disse:

— Tu sabe soletrá, Buck?
— Sei — ele disse.
— Aposto que tu não sabe soletrá o meu nome — eu disse.
— Aposto o que tu quisé apostá que eu sei — ele disse.

— Tá bem — eu disse. — Toca em frente.

— G-o-r-g-e J-a-x-o-n... pronto — ele disse.

— Bom — eu disse —, você conseguiu, mas eu achava que não ia conseguí. Não é um nome moleza de soletrá... de cara, sem pensá bem.

Anotei o nome, escondido, porque depois alguém podia pedi *pra mim* soletrá, e então eu queria soltá a língua e soletrá como se tivesse mais que acostumado com o nome.

Era uma família muito boa, e uma casa muito boa, também. Eu nunca tinha visto uma casa na zona rural tão boa e com tanto estilo. Não tinha ferrolho de ferro, nem de madeira, com correia de couro, na porta da frente, mas uma maçaneta de bronze, que girava, igual nas casa da cidade. Não tinha cama na sala, nem sinal de cama, e um monte de sala na cidade tem cama. Tinha uma lareira grande, com chão de tijolo, e eles conservava os tijolo sempre limpo e vermelho, jogando água neles e esfregando com outro tijolo; tinha vez que eles lavava os tijolo com uma tinta vermelha e aguada que eles chama de marrom-espanhol, que nem na cidade. A lareira tinha uma grelha de bronze pra sustentá as tora. Tinha um relógio no meio do console da lareira, com a vista de uma cidade pintada na parte de baixo do vidro, e um círculo bem no meio, pra parecê o sol, e dava pra vê o pêndulo balançando por detrás. Era lindo ouví aquele relógio fazendo tique-taque, e quando aparecia algum mascate pra limpá e arrumá o relógio, ele dava de batê cento e cinquenta vez antes de pará. Eles não vendia aquele relógio por dinheiro nenhum.

Bom, tinha dois papagaio, grandão e esquisito, um de cada lado do relógio, feito de alguma coisa parecida com gesso e pintado com umas cor forte. Do lado de um papagaio tinha um gato de louça, e mais um cachorro de louça do lado do outro, e quando a gente apertava, eles guinchava, mas não abria a boca, nem mudava de cara, nem parecia interessado. Eles guinchava por debaixo. Tinha dois leque de pena de peru selvage aberto por detrás dessas coisa. Em cima de uma mesa no meio da sala tinha uma cesta de louça, bem linda, com maçã e laranja e pêssego e uva empilhada, mais vermelha e mais amarela e mais bonita que as verdadeira, mas elas não era de verdade, porque dava pra vê a argila branca, ou qualquer coisa assim, numas lasca quebrada.

A mesa tinha uma toalha feita de um encerado muito bonito, pintado com uma águia vermelha e azul e de asas aberta, e uma barra desenhada em toda a volta. Tinha vindo lá da Filadélfia, eles falaram. Tinha também uns livro, empilhado certinho, em cada canto da mesa. Um era uma Bíblia grandona, cheia de desenho. Outro era *O peregrino*, que falava de um homem que abandonou a família, mas o livro não dizia por quê. Eu li muito esse livro, às vez. As frase era interessante, mas difícil. Outro era *A oferta da amizade*, cheio de coisa bonita e poesia, mas eu não li a poesia. Outro tinha os discurso do Henry Clay, e outro tinha as dica de medicina do dr. Gunn, que dizia tudo o que fazê se alguém tava doente ou morto. Tinha um livro de hinos religioso e muitos outro. E tinha cadeiras de ripa, também, e em estado perfeito — não afundada no meio e rebentada, que nem cesta velha.

Eles tinha quadros dependurado nas parede — principalmente do Washington e do Lafayette, de batalha, da Highland Mary, e tinha um chamado "A assinatura da declaração". Tinha uns que eles chamava de creiom, que uma das filha que já tava morta fez quando tinha só quinze ano. Esses era diferente de todos os quadro que eu vi antes, mais escuro que os outro. Um era de uma mulher com um vestido preto justo, cintado debaixo dos sovaco, com umas bola que nem repolho no meio das manga, e uma touca preta com um véu preto, e os tornozelo fino e branco trançado com uma fita preta, e umas sapatilha preta, parecendo uns cinzel, e ela tava toda pensativa, com o cotovelo direito apoiado num túmulo, debaixo de um chorão, e com a outra mão estendida do lado do corpo, segurando um lenço branco e uma bolsinha, e embaixo do quadro dizia *Jamais haverei de rever-te, ai de mim*. Outro era de uma moça com os cabelo puxado pro topo da cabeça, fazendo um coque preso num pente que parecia as costa de uma cadeira, e ela tava chorando e segurando um lenço, e na outra mão tinha um passarinho morto, de papo pro ar, e debaixo do quadro dizia *Jamais haverei de ouvir teu belo gorjeio, ai de mim*. Tinha outro aonde uma moça olhava pra lua de uma janela, e as lágrima escorria pelo rosto dela, e ela tinha na mão uma carta aberta, com um ponto de lacre preto aparecendo na beirada, e ela apertava contra a boca um medalhão preso numa corrente, e debaixo do quadro dizia *E foste embora, sim, foste embora, ai de mim*. Esses quadro era tudo bonito, eu acho, mas não gostei muito deles, porque sempre que eu tava meio triste, eles me dava calafrio. Todo mundo tinha saudade dela, porque ela tinha muitos outro quadro pra fazê, e, pelo que ela tinha feito, dava pra vê o tanto que eles tinha perdido. Mas eu calculei que, em vista daquela disposição dela, ela tava se divertindo mais no cemitério. Ela tava trabalhando no que eles falaram que era o melhor dos quadro, quando ficou doente, e todo dia e toda noite ela orava pra vivê até acabá o quadro, mas não deu sorte. Era o quadro de uma moça com um vestido branco e cumprido, de pé no parapeito de uma ponte, pronta pra pulá, com o cabelo solto nas costa e olhando pra lua, com as lágrima escorrendo pelo rosto, e com dois braço cruzado no peito, dois braço esticado pra frente, e mais dois levantado na direção da lua — e a ideia era vê qual dos par de braço ficava melhor, e então apagá os outro, mas, como eu já falei, ela morreu antes de resolvê, e agora eles tinha dependurado o quadro em cima da cabeceira da cama dela, e nos aniversário dela eles dependurava flor no quadro. No resto do ano ele ficava escondido por detrás de uma cortininha. A moça do quadro até que tinha uma cara bonita e meiga, mas era tanto braço que, pra mim, fazia ela lembrá uma aranha.

Essa moça, quando tava viva, tinha um caderno aonde ela colava os obituário e os acidente e os causo de doença, tudo recortado do jornal *Presbyterian Observer*, e depois ela escrevia sobre tudo isso os poema que saía da cabeça dela. Era poesia das boa. Aqui o que ela escreveu sobre um menino chamado Stephen Dowling Bots, que caiu dentro de um poço e afogou:

ODE A STEPHEN DOWLING BOTS, FALECIDO

E o jovem Stephen ficou doente,
    E foi por isso que morreu?
E houve triste coração e mente,
    E algum enlutado gemeu?

Não; esse não foi o destino
    De Stephen Dowling Bots, o jovem;
Coração triste chorou o menino,
    Mas não p'lo que doenças envolvem.

Coqueluche não acabou com ele,
    Nem sarampo, cheio de pinta;
Tais doenças não afetaram aquele
    Stephen Bots cuja vida foi extinta.

O desprezo do amor não atacou
    O rapaz de cabelo cacheado,
E a dor de estômago não pegou
    Stephen Bots que não foi mal-amado.

Ah, não. Ouve bem, co' olhar tristonho,
    Enquanto eu narro a sina do moço.
Sua alma partiu do mundo enfadonho,
    Quando ele caiu dentro de um poço.

Tiraram e esvaziaram ele todo;
    Que pena, foi tarde demais;
Seu espírito subiu a rodo
    Pro reino dos bons e leais.

Se a Emmeline Grangerford podia escrevê poesia dessa qualidade antes de completá catorze anos, não dava nem pra imaginá o que ela ia fazê depois. O Buck disse que ela abria a boca e saía poesia como nada nesse mundo. Ela nunca precisava pará pra pensá. Ele disse que ela largava um verso, e se não achasse nada pra rimá, ela riscava aquele verso e largava outro, e tocava em frente. Ela não era exigente; escrevia sobre qualquer coisa que a gente pedisse, desde que fosse triste. Toda vez que um homem morria, ou uma mulher morria, ou uma criança morria, ela chegava com um "tributo", antes do defunto esfriá. Ela chamava mesmo de tributo. Os vizinho dizia que primeiro era o médico, depois a Emmeline e depois o coveiro — o coveiro só chegou na frente da Emmeline uma vez, e aí ela custou pra achá uma rima pro nome do defunto, que era Whistler. Ela nunca mais foi a mesma, depois daquilo; ela nunca reclamava, mas meio que definhou e depois não viveu muito tempo. Pobrezinha, muitas das vez eu me obriguei de subí até o quartinho que era dela e peguei o velho caderno dela pra lê um pouco, quando os desenho dela me pertubava e eu entristecia um pouco por causa dela. Eu gostei de toda aquela família, até dos morto, e não ia deixá nada se metê no meio de nós. A coitada da Emmeline escreveu poesia sobre gente morta quando ela tava viva, e não parecia certo não ter ninguém pra escrevê sobre ela, agora que ela tinha batido as bota; então eu suei pra escrevê um ou dois verso, mas não consegui, não teve jeito. Eles deixava o quarto da Emmeline sempre arrumado e bonito e tudo do jeitinho que ela gostava quando tava viva, e ninguém nunca dormia lá. Era a própria velha que cuidava do quarto, mesmo com toda aquela negada, e ela costurava bastante lá e lia a Bíblia lá, muitas das vez.

Bom, como eu tava falando sobre a sala, nas janela tinha umas cortina muito linda: branca, e com uns desenho pintado, de castelo com trepadeira nas parede, e gado vindo bebê água. Tinha um pianinho velho, também, cheio de lata dentro dele, eu acho, e nada era tão bom como ouví as moça cantá "Quebrou-se o último elo" e tocá "A batalha de Praga". As parede de todos os cômodo tinha reboco, e a maioria tinha tapete no chão, e a casa toda era caiada por fora.

Era duas casa geminada, e o espaço no meio delas era coberto e tinha piso, e tinha vez que a mesa era arrumada ali, no meio do dia, e era um lugar fresco, gostoso. Nada podia ser melhor que aquilo. E a comida era tão boa, e que fartura!

18

O CORONEL GRANGERFORD era um cavaleiro, sabe. Era um cavaleiro, da cabeça aos pé, e a família dele também. Era bem-nascido, como se diz, e isso vale tanto pra um homem como pra um cavalo, como a viúva Douglas falava, e ninguém nunca negou que ela era da aristocracia fina da nossa cidade; e o pai também sempre falava isso, só que ele não valia mais que um bagre. O coronel Grangerford era bem alto e bem esbelto, e tinha uma pele morena-pálida, sem qualquer sinal de vremelhidão; ele barbeava todo dia de manhã, raspando toda aquela cara magra, e tinha os lábio mais fino que já se viu, e as narina mais fina que já se viu, e um nariz empinado, e sombrancelha grossa, e os ólho mais preto que já se viu, tão afundado que parecia que ele tava olhando pra gente de dentro de duas caverna, pro modo de dizê. A testa dele era grande, e o cabelo era preto e liso, e caía pelos ombro. As mão dele era cumprida e magra, e cada dia da vida ele vestia uma camisa limpa e um terno completo feito de um linho tão branco que chegava a doê nos ólho; e nos domingo ele usava um fraque azul com botão de metal. Ele andava com uma bengala de mogno, com cabo de prata. Com ele não tinha frescura, nadinha, e ele nunca falava alto. Ele era sempre gentileza pura — a gente sentia isso, sabe, e a gente confiava. Tinha vez que ele sorria, e era bom de vê, mas quando ele se empertigava que nem um mastro de bandeira, e o relâmpago faiscava por debaixo daquelas sombrancelha, a gente queria primeiro trepá numa árvore, pra depois vê o que aconteceu. Ele nunca precisava pedí pra ninguém ter bons modo — todo mundo sempre tinha bons modo aonde ele tava. E todo mundo gostava de ter ele por perto; ele era um raio de sol, quase sempre — eu quero dizê que ele fazia parecê que o tempo tava bom. Quando ele virava o tempo, a coisa ficava preta meio minuto, e só; não acontecia mais nada de errado por uma semana.

Quando ele e a velha descia de manhã, a família toda levantava das cadeira e dava bom-dia, e ninguém sentava enquanto eles não sentava. Daí o Tom e o Bob ia até o aparador aonde ficava as garrafa e servia um copo de licor de erva e oferecia pra ele, e ele segurava o copo e esperava até que as dose do Tom e do Bob fosse servida, e então os dois fazia uma mesura e dizia "Nosso respeito pro senhor e pra senhora", e *eles* fazia a menor mesura desse mundo e dizia obrigado, e então eles bebia, os três, e o Bob e o Tom botava nos copo deles uma colher de água por cima do açúcar e um tico de uísque ou aguardente de maçã e oferecia pra mim e pro Buck, e nós também brindava os velho.

O Bob era o primeiro, e o Tom vinha depois dele. Uns homem alto, bonitão, de ombro largo e pele morena, e cabelo preto cumprido e ólho escuro. Eles vestia linho branco da cabeça aos pé, igual o velho cavaleiro, e usava chapéu-panamá de aba larga.

E tinha também a srta. Charlotte, com vinte e cinco ano, e era alta e briosa e importante, mas boazinha que só ela, quando não tava irritada; mas quando tava, ela tinha um olhar que fazia a gente murchá na mesma da hora, igual o pai dela. Ela era linda.

E a irmã dela também, a srta. Sophia, mas de um jeito diferente. Ela era calma e meiga, igual uma pombinha, e só tinha vinte ano.

Cada pessoa tinha o seu próprio preto — o Buck, também. O meu preto só vivia na moleza, porque eu não tava acostumado a ter alguém fazendo as coisa pra mim, mas o do Buck tava quase sempre a mil por hora.

Essa era a família toda, agora, mas antes tinha mais — três filho, que foram assassinado, e a Emmeline, que morreu.

O velho cavaleiro tinha muitas fazenda, e mais de uma centena de preto. Tinha vez que vinha um monte de gente, tudo de cavalo, de quinze ou vinte quilômetro de distante, e ficava cinco ou seis dia, e tinha muito passeio por lá e pelo rio, e muita dança e piquenique nos bosque, de dia, e baile na casa, de noite. A maioria daquela gente era aparentada da família. Os homem trazia suas espingarda. Era uma gente bonita e de qualidade, vou dizê.

Tinha um outro clã da aristocracia lá — cinco ou seis família — a maioria com o sobrenome de Shepherdson. Eles era tão grã-fino, e bem-nascido, e rico e importante como a tribo dos Grangerford. Os Shepherdson e os Grangerford usava o mesmo cais pros vapor, e o cais ficava uns três quilômetro pra cima da nossa casa; então tinha vez, quando eu ia lá com o nosso pessoal, que eu via muitos Shepherdson, com seus cavalo muito lindo.

Um dia o Buck e eu tava no meio do mato, caçando, quando ouvimo um cavalo. Nós tava atravessando a estrada. O Buck falou:

— Rápido! Pula dentro do mato!

Nós pulamo e então ficamo espiando pelas folha. Logo depois um moço muito bonito apareceu galopando pela estrada, cavalgando com facilidade e parecendo um soldado. Ele tava com a espingarda apoiada no cabeçote da sela. Eu já tinha visto ele. Era o moço Harney Shepherdson. Escutei a espingarda do Buck dispará bem no meu ouvido, e o chapéu do Harney voou longe. Ele pegou a espingarda e veio direto pro lugar aonde nós tava escondido. Mas nós não ficamo esperando. Saímo correndo pelo mato. A mata não era fechada, daí eu olhei por cima do ombro, pra escapá da bala, e duas vez eu vi o Harney mirá no Buck; e então ele foi embora pelo mesmo caminho que veio — pra pegá o chapéu, eu acho, mas não deu pra mim vê. Nós só paramo de corrê quando chegamo em casa. Os ólho do velho cavaleiro brilharam, um minuto — foi de prazer, eu calculei —, e daí a cara dele ficou mais calma, e ele falou, com sangue-frio:

— Não gosto dessa coisa de atirar por detrás de moita. Por que você não foi pra estrada, meu garoto?

— Os Shepherdson não ia fazê isso, pai. Eles sempre tenta levá vantage.

A srta. Charlotte, ela ficou de cabeça levantada, que nem uma rainha, enquanto o Buck contava a história dele, e as narina dela abria e os ólho faiscava. Os dois rapaz ficaram de cara amarrada, mas não falaram nada. A srta. Sophia, ela ficou pálida, mas a cor voltou quando ela ficou sabendo que o moço não foi ferido.

Assim que consegui levá o Buck até os alçapão de guardá milho, que ficava debaixo das árvore, eu falei:

— Tu queria matá ele, Buck?

— Bom, claro que queria.

— O que ele fez pra tu?

— Ele? Ele nunca me fez nada.

— Bom, então pra que tu queria matá ele?

— Ué! Por nada... é só por causa da rixa.

— O que é uma rixa?

— Ué! Aonde tu cresceu? Tu não sabe o que é uma rixa?

— Nunca ouvi falá... me diz.

— Bom — o Buck falou —, uma rixa é assim. Um homem briga com outro homem e mata ele; daí o irmão desse homem vai e mata *ele*; daí os outro irmão, dos dois lado, começa a se pegá, e os *primo* também se mete... e logo, logo todo mundo se mata, e aí não tem mais rixa. Mas é meio devagar, e demora um tempão.

— Essa aí já vem de muito tempo, Buck?

— Bom, eu *acho*! Começou tem trinta ano, ou por aí. Teve uma encrenca e um causo na justiça, e um sujeito perdeu o causo; daí ele pegou e atirou no sujeito que ganhou o causo... o que ele tinha que fazê, é claro. Qualquer um ia fazê isso.

— Qual foi a encrenca, Buck? Terra?

— É bem capaz, eu acho... não sei.

— Bom, quem atirou? Foi um Grangerford ou um Shepherdson?

— Meu Deus! Como é que *eu* vou sabê? Já faz muito tempo.

— Ninguém sabe?

— Ah, sim, o pai sabe, eu acho, e alguns dos mais velho, mas eles não sabe, agora, por que a briga começou.

— Muita gente já morreu, Buck?

— Sim... já teve muito enterro. Mas eles não mata sempre. O pai tem umas bala no corpo, mas ele não importa, porque ele nem pensa muito nisso. O Bob já foi retalhado com um punhal, e o Tom já foi ferido uma ou duas vez.

— Alguém foi assassinado esse ano, Buck?

— Foi... nós tivemo um e eles tiveram um. Uns três mês atrás, meu primo, o Bud, de catorze ano, tava cavalgando pela mata, do outro lado do rio, e desarmado, o que foi uma maldita besteira; num lugar isolado, ele ouviu um cavalo chegando por detrás e viu o velho Baldy Shepherdson no encalço dele, de arma em punho, e os cabelo branco voando no vento; em vez de pulá fora e se metê no mato, o Bud achou que podia ganhá dele na corrida; daí eles seguiram quase cabeça com cabeça, por oito quilômetro ou mais, o velho chegando cada vez mais perto; daí, no fim das conta, o Bud viu que não adiantava mais, e parou e virou de frente, pra ter os buraco das bala na frente, sabe, e o velho pegou e atirou nele. Mas ele num teve muita chance de gozá a sorte, porque dentro de uma semana o nosso pessoal acabou com *ele*.

— Eu acho que o velho era um covarde, Buck.

— Eu *não acho* que ele era covarde. De jeito maneira. Não tem covarde no meio daqueles Shepherdson... nem unzinho. E também não tem covarde no meio dos Grangerford. Ora! Um dia, aquele velho guentou firme numa briga contra três Grangerford, meia hora, e saiu vencedor. Eles tava tudo de cavalo; ele desmontou e ficou por detrás de uma pilha de lenha, e deixou o cavalo na frente, pra protegê ele das bala, mas os Grangerford não desmontaram e ficaram cercando o velho, e mandando bala nele, e ele mandando bala neles. Ele e o cavalo voltaram pra casa vazando e alejado, mas os Grangerford tiveram que ser *carregado* pra casa — e um deles tava morto, e o outro morreu um dia depois. Não, senhor, quem quisé caçá covarde num deve perdê tempo no meio dos Shepherdson, porque eles não gera *ninguém* dessa laia.

No domingo seguinte, fomos todos à igreja, uns cinco quilômetro de distante, todo mundo de cavalo. Os homem levaram suas espingarda, e o Buck também, e ficaram com elas entre os joelho, ou à mão, encostadas na parede. Os Shepherdson fizeram a mesma coisa. A pregação foi das mais fraca — tudo sobre amor fraterno e essas coisa cansativa, mas todo mundo disse que foi um bom sermão, e eles conversaram sobre o sermão no caminho de casa, e falaram tanta coisa séria sobre fé e boas ação, e graça irresistível, e pré-predestinação, e não sei mais o quê, que eu acho que aquele domingo foi um dos pior que eu tive na minha vida.

Mais ou menos uma hora depois do almoço, todo mundo tava cochilando, alguns nas cadeira, outros nos quarto, e a coisa ficou bem chata. O Buck e um cachorro tava estirado na relva, no sol, os dois ferrado no sono. Eu subi pro nosso quarto e pensei em tirá um cochilo também. Encontrei a meiga srta. Sophia de pé na porta do quarto dela, que ficava do lado do nosso, e ela me levou pro quarto dela e fechou a porta devagarinho, e perguntou se eu gostava dela, e eu falei que gostava, e ela perguntou se eu podia fazê uma coisa pra ela e não contá pra ninguém, e eu falei que podia. Então ela disse que tinha esquecido o Testamento dela num banco da igreja, entre dois livro, e será que eu podia saí quietinho e ir buscá o Testamento dela, e não contá nada pra ninguém? Eu falei que podia. Então eu escapuli e subi pela estrada, e não tinha ninguém na igreja, a não ser um ou dois porco, porque não tinha tranca na porta, e porco gosta de deitá em chão de madeira no verão, porque é fresco. Se você prestá atenção, a maioria do povo só vai na igreja quando tem que ir, mas com porco é diferente.

Eu falei pra mim mesmo, nisso aí tem coisa — não é normal uma moça ficá tão agitada por causa de um Testamento; então dei uma sacudida no livro e logo caiu um pedacinho de papel com "Duas e meia" escrito com lápis.

Eu revirei o livro, mas não achei mais nada. Não entendi bulufa; daí eu enfiei o papel de volta no livro e, quando cheguei em casa e subi as escada, lá tava a srta. Sophia na frente da porta esperando por mim. Ela me puxou pra dentro e fechou a porta, e então procurou no Testamento até encontrá o papel, e assim que leu o papel ela ficou feliz; e antes de pensá, ela me agarrou e me deu um abraço, e falou que eu era o melhor menino do mundo, e pra mim não contá pra ninguém. Ela corou, um minuto, e os ólho dela brilharam e isso fez ela ficá muito linda. Eu fiquei bem espantado, mas, quando recuperei o fôlego, perguntei pra ela o que era aquele papel, e ela perguntou se eu tinha lido, e eu falei que não, e ela perguntou se eu sabia lê coisa escrita, e eu falei "não, só letra solta", e então ela disse que o papel não era nada, só um marcador de livro, e que eu agora podia ir brincá.

Eu desci até o rio, pensando naquela coisa toda, e logo reparei que o preto que cuidava de mim tava me seguindo. Quando a gente ficou fora da vista da casa, ele olhou pra trás e em volta, um segundo, e daí veio correndo e falou:

— Seu George, se o senhor descê inté o brejo, eu mostro pro senhor uma montoera de cobra-d'água.

Eu pensei, isso é muito estranho; ele já disse isso ontem. Ele deve sabê que ninguém gosta de cobra-d'água a ponto de saí procurando por aí. O que será que ele qué, em todo causo? Então eu disse:

— Tá bem, corre na frente.

Eu segui ele uns oitocentos metro; depois ele se meteu pelo brejo e avançou com água batendo no tornozelo mais uns oitocentos metro. Chegamo num pedaço de terra batida que tava seco e cheio de árvore e arbusto e cipó, e ele falou:

— Pode entrá aí dentro, só uns passo, seu George, é aí que elas tá. Eu já vi elas; num quero vê de novo.

Então ele foi embora, e logo depois as árvore esconderam ele. Eu embrenhei pelo lugar e cheguei numa clareira pequena, do tamanho de um quarto, cheia de cipó, e encontrei um homem deitado e dormindo — e por Deus! Era o meu velho Jim!

Acordei ele e achei que ia ser uma baita surpresa, pra ele, me vê de novo, mas não foi. Ele quase chorou, de tão feliz, mas não ficou admirado. Ele falou que nadou atrás de mim naquela noite e ouviu todos os meus grito, mas não teve corage de respondê, porque não queria que alguém pegasse *ele* e levasse ele de volta pra escravidão. Ele disse:

— Eu tava meio machucado e num dava pra nadá ligeiro; daí eu fiquei bem longe de tu, no final; quando tu chegou na marge eu achei que podia te alcançá sem precisá gritá, mas quando vi aquela casa, segui devagar. Eu tava longe demais pra ouví o que eles tava te dizeno... fiquei com medo dos cachorro... mas quando tudo ficou queto de novo, eu sabia que tu tava dentro da casa, daí eu rumei pro mato pra esperá o dia. De manhã cedo, apareceu uns preto, indo pra lavoura, e eles me ajudou e me mostrou esse lugar aqui, aonde os cachorro num consegue me farejá por causa da água, e eles traz coisa pra mim comê toda noite, e me conta o que tá aconteceno com tu.

— Por que tu não falou pro meu Jack me trazê aqui antes, Jim?

— Bão, num adiantava te atazaná, Huck, até nós podê fazê alguma coisa... mas agora nós tamo bem. Andei comprano umas panela e comida, sempre que dava, e dei um jeito na balsa, de noite, quando...

— *Que balsa*, Jim?

— A nossa véia balsa.

— Tu tá me dizendo que a nossa velha balsa não ficou toda rebentada?

— Não, num ficou. Ela ficou bem estragada... uma ponta dela... mas num teve grande dano, só as nossas tralha que foi quase tudo perdido. Se nós num mergulhasse tão fundo e num nadasse tão longe debaixo d'água, e se a noite num tivesse tão escura, e nós num tivesse tão apavorado, e num fosse uns cabeça-oca, pro modo de dizê, nós tinha visto a balsa. Mas foi até bão nós não vê, porque agora ela tá ajeitada, quase nova, e nós agora temo uma montoera de coisa nova, pra compensá o que perdemo.

— Ué! Como tu conseguiu a balsa de novo, Jim? Tu pegou ela?

— Como é que eu ia pegá ela, e eu no meio do mato? Não, uns preto achou ela presa nuns galho, ali numa curva, e eles escondeu ela num riacho, no meio dos chorão, e foi tanta falação de quem era o dono dela, que eu logo acabei ouvino a história; daí eu resolvi o pobrema, dizeno que ela num era de nenhum deles, mas tua e minha; e perguntei se eles ia ficá com a propiedade de um rapazinho branco, e levá umas boa chibatada? Daí eu dei dez centavo pra cada um, e eles ficou muito sastifeito, e queria que mais balsa aparecesse pra enricá eles de novo. Eles tão seno muito bão pra eu, esses preto, e tudo que eu quero eles faz; eu num preciso pedí duas vez, meu menino. Aquele Jack é um preto dos bão, e muito esperto.

— É mesmo. Ele nunca me falou que tu tava aqui; ele falou que era pra mim vim, que ele ia me mostrá uma montoeira de cobra-d'água. Se acontecê alguma coisa, *ele* não tem nada a vê com isso. Ele pode dizê que nunca viu nós junto, e é verdade.

Eu não quero falá muito do dia seguinte. Acho que vou resumí a coisa. Acordei quando o sol tava raiando, e já ia virá de lado e dormí de novo quando dei conta que tudo tava quieto demais — não dava pra escutá barulho de ninguém. Não era normal. Depois eu reparei que o Buck tinha levantado e saído. Bom, levantei, curioso, e desci a escada — ninguém por lá, tudo quieto que nem um cemitério. A mesma coisa lá fora; eu pensei, o que será isso? Perto da pilha de lenha encontrei o meu Jack, e falei:

— O que tá acontecendo?

Ele falou:

— O senhor num sabe, seu George?

— Não — eu falei —, não sei.

— Bão, então, a srta. Sophia fugiu! Fugiu mesmo. Fugiu no meio da noite... ninguém sabe que hora... fugiu pra casá com o moço Harney Shepherdson, sabe... pelo meno, é o que eles acha que foi. A família ficou sabeno faz meia hora... ou mais um pouco... e posso dizê que eles num perdeu tempo. Foi uma correria de arma e cavalo que *o senhor* nunca viu! As muié foi chamá a parentada, e o véio Saul e os rapaz pegou as arma e seguiu de cavalo pela estrada do rio, pra tentá pegá o moço e matá ele, antes dele cruzá o rio com a srta. Sophia. Eu acho que o tempo vai esquentá.

— O Buck saiu sem me acordá.

— Bão, eu acho que *saiu mesmo*! Eles num ia metê o senhor nisso. O patrãozinho Buck, ele carregou a espingarda e disse que ia matá um Shepherdson, ou então morrê. Bão, vai tê muitos dele por lá, eu calculo, e o senhor pode apostá que ele mata um, se pudé.

Eu corri pela estrada do rio o mais ligeiro que pude. Logo, logo comecei a escutá tiro bem longe. Quando avistei o depósito de tora e a pilha de lenha aonde os vapor atraca, me enfiei por debaixo das árvore e dos arbusto até chegá num lugar bom, e daí trepei no galho bifurcado de um choupo que tava fora do alcance deles e fiquei espiando. Tinha uma pilha de madeira de um metro e meio de altura, um pouco adiante do choupo, e primeiro eu ia escondê ali atrás, mas acho que tive mais sorte não indo.

Tinha quatro ou cinco sujeito rondando de cavalo num espaço aberto na frente do depósito de tora, xingando e gritando, e tentando pegá dois garoto que tava por detrás da pilha de lenha, do lado do cais aonde os vapor atracava — mas eles não conseguia chegá perto. Toda vez que um deles vinha pelo lado da pilha que dava pro rio era recebido com bala. Os dois garoto tava agachado por detrás da pilha, um de costa pro outro, pra podê vigiá os dois lado.

Logo, logo os sujeito pararam de rondá e gritá e dirigiram os cavalo pro depósito de tora; então um dos menino ficou de pé e disparou um tiro certeiro por cima da pilha de lenha, e derrubou da sela um dos sujeito. Os outro pularam fora dos cavalo e pegaram o ferido e levaram ele pra dentro do depósito; naquele instante, os dois menino saíram correndo. Eles correram a metade do caminho até a árvore aonde eu tava, antes que os homem visse. Daí os homem viram eles, e pularam nos cavalo e saíram atrás deles. Eles ganharam terreno, mas não adiantou, os garoto já ia longe; os dois chegaram na pilha de lenha que tava diante do meu choupo e esconderam atrás, e daí ficaram de novo em posição de vantage. Um dos garoto era o Buck, e o outro era um rapaz magricela com uns dezenove ano.

Os homem xingaram por algum tempo, e então foram embora. Assim que eles sumiram da vista, eu chamei o Buck. De primeiro, ele não reconheceu a minha voz, saindo do meio da árvore. Ele ficou muito admirado. Ele falou pra mim ficá de olho vivo e avisá quando os homem aparecesse de novo; falou que eles tava aprontando alguma diabrura —

eles não ia demorá a voltá. Eu queria descê da árvore, mas não tinha corage. O Buck começou a gritá e xingá, e falou que ele e o primo Joe (era o outro rapaz) ainda ia se vingá daquele dia. Ele falou que o pai dele e os dois irmão tinha sido morto, mais dois ou três dos inimigo. Falou que os Shepherdson tinha tocaiado eles. O Buck disse que o pai e os irmão devia ter esperado pelos parente — os Shepherdson era forte demais pra eles sozinho. Perguntei o que tinha acontecido com o moço Harney Shepherdson e a srta. Sophia. Ele disse que eles tinha atravessado o rio e tava salvo. Fiquei feliz por causa disso, mas o jeito do Buck, xingando porque não conseguiu matá o Harney naquele dia quando atirou nele, eu nunca ouvi uma coisa daquela.

De repente, bang! bang! bang! — três ou quatro espingarda; os sujeito deram a volta pelo mato e vieram por detrás, sem os cavalo! Os garoto pularam no rio — os dois ferido — e, no que eles descia nadando na correnteza, os homem corria pela margem atirando neles e gritando "Vamo matá eles, vamo matá eles!". Aquilo embrulhou tanto o meu estômago que eu quase caí da árvore. Eu não vou contá *tudo* o que aconteceu — isso ia embrulhá o meu estômago de novo. Eu nem tinha vindo pra margem naquela noite, se era pra vê aquelas coisa. Eu nunca vou esquecê aquilo — muitas das vez eu sonho com aquilo tudo.

Fiquei trepado na árvore até começá a escurecê, com medo de descê. Tinha hora que eu escutava tiro longe na mata, e duas vez eu vi uns pequeno bando de homem galopando pelo depósito de tora, tudo armado; daí calculei que a encrenca ainda continuava. Fiquei bem desanimado; então resolvi nunca mais chegá perto daquela casa de novo, porque achei que a culpa era minha, de um jeito ou de outro. Calculei que aquele pedaço de papel dizia que era pra srta. Sophia encontrá o Harney em algum lugar às duas e meia pra fugí; e achei que eu devia ter falado pro pai dela daquele papel e do jeito estranho que ela tava, e então vai vê que ele tinha trancado ela e aquela tremenda trapalhada não tinha acontecido.

Quando desci da árvore, rastejei pela beira do rio, e encontrei os dois corpo estirado no remanso da água, e arrastei eles até a margem; então cobri o rosto deles e fui embora o mais depressa que pude. Chorei um pouco quando tava cobrindo o rosto do Buck, porque ele foi muito bom pra mim.

Tinha acabado de escurecê, agora. Não cheguei nem perto da casa; atravessei pela mata e fui direto pro brejo. O Jim não tava na ilha dele; daí eu corri pro riacho e embrenhei pelos chorão, doido pra pulá na balsa e saí daquele lugar medonho — a balsa tinha sumido! Pelas alma! Que medo! Fiquei sem respirá quase um minuto. Então larguei um berro. Uma voz menos de dez metro distante de mim falou:

— Deus do céu! É tu, meu menino? Num faz zoada.

Era a voz do Jim — nada teve um som tão bom pra mim antes. Corri pela margem e pulei pra bordo, e o Jim, ele me pegou e me abraçou; ele ficou muito contente de me vê. Ele disse:

— Deus te abençoe, meu menino; eu tinha toda certeza que tu tava morto de novo. O Jack passou por aqui; ele falou que achava que tu tinha levado bala, porque tu num voltou mais pra casa; daí, agorinha mesmo, eu tava levano a balsa pra boca do riacho, pra aprontá pra ir embora, assim que o Jack voltasse pra me dá certeza que tu *tava* morto. Deus! Eu tô muito feliz que tu voltou de novo, meu menino!

Eu disse:

— Tá bem... tá muito bom; eles não vai me achá, e vai pensá que me mataram e que eu saí boiando rio pra baixo... tem uma coisa lá em cima que vai ajudá eles a pensá isso... então, não perde tempo, Jim, empurra essa balsa pro meio das água o mais ligeiro que tu pudé.

Eu só fiquei sossegado quando a balsa tava uns três quilômetro pra baixo e no meio do Mississippi. Então nós dependuramo a nossa lamparina sinalizadora e calculamo que agora nós tava livre e seguro outra vez. Eu não tinha comido nadinha desde ontem; daí o Jim, ele pegou uns bolinho de milho e leite sem nata, e carne de porco e repolho, e verdura — não tem nada melhor nesse mundo, quando isso tá cozido no ponto — e, enquanto eu comia, nós conversamo e se divertimo. Eu fiquei mais que contente de saí de perto das rixa, e o Jim de saí de perto do brejo. Nós dissemo que não tinha casa melhor que uma balsa, no fim das conta. Outros lugar parece apertado e sufocante, mas uma balsa não. A gente sente muito livre e sossegado e à vontade numa balsa.

19

PASSARAM DOIS OU TRÊS DIA e noite; acho que posso dizê que voaram, de tão quieto e tranquilo e gostoso que tava. Era assim que nós passava o tempo. O rio lá era um monstro de grande — às vez, tinha quase quatro quilômetro de largo; a gente viajava de noite, e atracava e escondia de dia; quando a noite tava indo embora, nós parava e atracava — quase sempre no remanso de uma croa, e então nós cortava uns galho de choupo e de chorão e usava eles pra escondê a balsa. Daí nós lançava as linha de pesca. Depois nós pulava no rio e nadava, pra se lavá e se refrescá; então nós sentava na areia, aonde a água batia no joelho, e esperava o dia clareá. Nenhum barulho — tudo parado —, como se o mundo inteiro tivesse dormindo, só mesmo os sapo-boi coaxando, quem sabe. A primeira coisa pra vê, olhando longe por cima da água, era uma linha meio escura — a mata do outro lado; não dava pra vê mais nada; depois, um ponto pálido no céu; depois, mais palidez, espalhando; depois, o rio clareava, lá longe, e já não era preto, mas cinza; dava pra vê uns pontinho escuro boiando, bem longe — era as barcaça que fazia comércio, e essas coisa; e uns traço preto e cumprido — as balsa; tinha vez que dava pra escutá um remo rangendo;

ou umas voz misturada, de tão quieto que tava, e o som ia longe; e logo, logo dava pra vê um traço na água e a gente sabia, pelo jeito do traço, que ali tinha um tronco na correnteza que batia nele e fazia ele ficá daquele jeito; e dava pra vê a névoa desenrolando da água, e o leste começando a ficá vermelho, e o rio também, e dava pra vê uma cabana de tora na beirada da mata, lá em cima, do outro lado do rio, algum depósito de madeira, quase certo, empilhado por uns pilantra com tanto buraco entre as tora que dava pra passá um cachorro; daí vinha de longe uma brisa amena e abanava a gente, bem fria e fresquinha, e boa de cheirá, por causa do mato e das flor; mas tinha vez que não era assim, porque alguém deixava peixe morto na margem, peixe-agulha, ou algum outro, e eles fede muito; e então a gente tinha o dia todo pela frente, e tudo sorrindo debaixo do sol, e a passarada cantando!

Um pouco de fumaça, agora, não dava pra ser percebido; daí nós tirava uns peixe da linha e preparava um café da manhã quentinho. E depois nós contemplava a solidão do rio, e ficava na maior preguiça, e logo, logo a preguiça virava sono. Mais tarde era acordá e espiá, pra vê o que tinha acordado nós, e quem sabe vê um vapor bufando rio pra cima, tão longe do outro lado que não dava pra vê nada, só mesmo se a roda era na popa ou no lado; então, durante mais ou meno uma hora, não tinha nada pra ouví e nada pra vê — só a pura solidão. Depois a gente via uma balsa deslizando, bem longe, e talvez algum idiota rachando lenha, porque é o que eles costuma fazê numa balsa; dava pra vê o machado brilhá e baixá — não dava pra ouví nada; dava pra vê o machado subí de novo e, quando ele tava pra cima da cabeça do sujeito, aí é que a gente ouvia o *ca-chum!* — demorava todo aquele tempo pro barulho chegá por cima da água. Então assim nós passava o dia, meio na preguiça, escutando o silêncio. Uma vez teve um nevoeiro grosso, e as balsa e as coisa passava batendo panela, pra não ser atropelada pelos barco a vapor. Uma barcaça ou balsa passou tão perto que deu pra escutá eles falando e xingando e rindo — deu pra escutá direitinho; mas não vimo nem sinal deles; aquilo dava até arrepio; era como espírito fazendo das sua em pleno ar. O Jim falou que acreditava que era tudo espírito, mas eu disse:

— Não, um espírito não ia xingá... "maldição, esse maldito nevoeiro".

Assim que caía a noite, nós partia; depois que nós levava a balsa até o meio do rio, nós deixava ela em paz, e ela flutuava pra onde a correnteza queria levá; então nós acendia os cachimbo, e dependurava as perna dentro da água e conversava sobre todo tipo de coisa — nós ficava sempre pelado, dia e noite, quando os mosquito deixava — as ropa nova que a família do Buck fez pra mim era boa demais pra ser confortável, e além disso eu não dava mesmo muita bola pra ropa.

Tinha vez que o rio inteiro era nosso um tempão. Mais pra longe ficava as margem e as ilha, do outro lado da água, e às vez tinha uma centelha — uma vela na janela de uma cabana — e tinha vez que dava pra vê na água uma centelha ou duas —

numa balsa ou numa barcaça, sabe; e tinha vez que dava pra ouví uma rabeca ou uma canção vindo de algum barco. É bom demais vivê numa balsa. Nós tinha o céu, lá em cima, todo salpicado de estrela, e nós deitava de costa pra olhá pra elas e debatê se elas tinha sido feita, ou só aparecido — o Jim pensava que elas tinha sido feita, mas eu achava que elas tinha acontecido; eu calculava que ia demorá demais pra *fazê* tanta estrela. O Jim falou que a lua podia ter *botado* elas; bom, isso parecia até certo, então eu não falei nada, porque eu tinha visto um sapo botá quase o mesmo tantão; daí é claro que era possível. Nós costumava contemplá as estrela cadente, também, e vê elas riscando o céu. O Jim achava que elas tinha ficado podre e foram expulsa do ninho.

Uma ou duas vez por noite, nós via um vapor deslizando no escuro, e às vez ele arrotava um mundo de fagulha pela chaminé, e elas chovia dentro do rio, uma belezura; daí ele dobrava uma curva e as luz piscava e a barulheira acabava e o rio ficava quieto de novo; e logo, logo as onda feita por ele chegava até nós, um bom tempo depois que ele tinha sumido, e sacudia a balsa um pouco, e depois disso não dava pra ouví nada mais, nem sei quanto tempo, a não ser, quem sabe, sapo e essas coisa.

Depois da meia-noite o povo nas margem ia dormí, e então por duas ou três hora as margem ficava preta — nada de centelha nas janela das cabana. Aquelas centelha era o nosso relógio — a primeira que aparecia de novo era sinal que a manhã tava chegando; então nós procurava um lugar pra se escondê e atracá, na mesma da hora.

Numa madrugada, perto do sol raiá, eu achei uma canoa e atravessei uma corredeira até a margem — era só uns duzentos metro — e remei um quilômetro e meio subindo um riacho num bosque de cipreste, pra vê se achava umas frutinha vermelha. Bem na hora que eu tava passando por um lugar aonde um baixio servia pro gado cruzá o riacho, lá veio dois homem correndo a toda. Eu pensei que eu tava perdido, pois sempre que tinha alguém correndo atrás de alguém eu achava que esse alguém era *eu* — ou, quem sabe, o Jim. Eu tava preste a caí fora bem depressa, mas eles tava bem perto de mim e gritaram e imploraram pra mim salvá a vida deles — disseram que não fizeram nada, e que os dois tava sendo perseguido — disseram que tinha um bando de homem e cachorro vindo atrás. Eles queria pulá na canoa, mas eu falei:

— Não pula, não. Ainda não tô ouvindo cachorro nem cavalo; vocês têm tempo de avançá pelos arbusto e subí um pouco o riacho; daí vocês pode entrá na água e andá até a canoa e subí... isso vai confundí o faro dos cachorro.

Eles fizeram isso e, assim que subiram a bordo, eu zarpei pra nossa croa, e em cinco ou dez minuto nós ouvimo os cachorro e os homem, ao longe, gritando. Ouvimo eles chegando perto do riacho, mas não dava pra vê; parecia que eles tinha parado e revirado um pouco o lugar; daí, no que nós se afastava mais e mais, mal dava pra ouví eles; depois que deixamo pra trás um quilômetro e meio de mata e chegamo no rio, ficou tudo quieto, e nós remamo até a croa e se escondemo no meio dos choupo e se safamo.

Um dos sujeito tava com uns setenta ano, ou mais, e era careca e tinha costeleta grisalha. Ele usava um chapéu velho e desabado, e uma camisa de lã azul toda sebosa, e uma calça de brim velha e rota, enfiada nas bota de cano alto, e suspensórios tricotado à mão — não, era só um. Ele trazia dependurado no braço um casacão velho, de brim azul, com uma botão cintilante de metal, e os dois levava uma maleta gorda feita de pano de tapete, toda esfarrapada.

O outro sujeito tinha uns trinta ano e tava vestido do mesmo jeito desmazelado. Depois do café nós ficamo sossegado e conversamo, e a primeira coisa que saiu foi que os dois camarada não se conhecia.

— Qual foi a encrenca que você se meteu? — disse o careca pro outro sujeito.

— Bom, eu tava vendendo um produto pra tirá tártaro de dente... e tira mesmo, mas em geral tira o esmalte junto também..., mas fiquei por lá uma noite além do que devia, e tava caindo fora quando encontrei o senhor na trilha, do lado de cá do vilarejo, e o senhor me disse que eles tava vindo, e me implorou pra mim ajudá a safá o senhor. Então eu disse que também tava encrencado e que ia escapulí *com* o senhor. Essa é a história toda... e a sua?

— Bom, eu tava lá conduzindo um encontrozinho religioso pela defesa da abistinência tinha mais ou meno uma semana, e virei o xodó das mulheres, velhas e jovens, porque eu tava complicando a vida dos pinguços, *vou te contá*, e pegando cinco ou seis dólares toda noite... dez centavos por cabeça, criança e preto era de graça... e o negócio não parava de crescê; foi quando, de algum jeito, começou a circulá, ontem de noite, um boato que eu era chegado na minha garrafa, às escondidas. Um preto me acordou hoje de manhã e falou que o povo tava se reunindo na surdina, com cachorro e cavalo, e que eles ia logo chegá e me dá uma meia hora de vantage, pra depois me caçá, se eles conseguisse; e se me pegasse, eles ia me besuntá de piche e pena e me desfilá amarrado num pau, de certeza. Eu não esperei pra tomá café... perdi a fome.

— Meu velho — disse o mais jovem —, eu penso que a gente podia fazê uma dupla; o que o senhor acha?

— Eu não sou contra. Qual é a tua linha de trabalho... principal?

— Tipógrafo ambulante, por ofício; lido um pouco com medicamento patenteado; ator de teatro... tragédia, sabe; mexo com hipnose e frenologia, quando tenho uma chance; dou aula de geografia cantada na escola, pra variá; embromo uma palestra, às vezes... ah, eu faço muita coisa... qualquer coisa que aparecê; então, pra mim, não é trabalho. Qual é o seu ramo?

— Já pratiquei muita medicina no meu tempo. Imposição das mãos é o meu forte... pra câncer, e paralisia e essas coisas; e sei ler a sorte muito bem, quando tenho alguém pra descobrí os fatos pra mim. Faço pregação, também, e conduzo encontros religiosos e trabalho missionário por aí.

Ninguém disse nada durante algum tempo; daí o mais moço deu um suspiro e falou:

— Ai de mim!

— Do que você tá se lamentando? — disse o careca.

— De pensá que vivi pra chegá nesse ponto, e ser humilhado com esse tipo de companhia — e começou a enxugá o canto do olho com um trapo.

— Você que se dane! A companhia não tá à tua altura? — disse o careca, muito insolente e orgulhoso.

— Sim, *está* à minha altura; é o que eu mereço, pois quem me rebaixou, quando eu tava lá em cima? *Eu mesmo.* Não culpo *os senhores*, cavalheiros... longe disso; não culpo ninguém. Eu mereço tudo isso. Que o mundo cruel faça o seu pior; uma coisa eu sei... tem uma cova em algum lugar pra mim. O mundo pode seguí em frente como sempre e tirá tudo de mim... entes queridos, bens, tudo... mas não pode me tirá isso. Algum dia eu vou deitá dentro dela e esquecê tudo, e o meu pobre coração partido vai descansá — e ele continuou enxugando os ólho.

— Que se dane o teu pobre coração partido! — disse o careca. — Por que você tá empurrando o teu pobre coração partido pra cima *da gente*? *Nós* não fizemo nada.

— Não, eu sei que os senhores não fizeram. Não tô culpando os senhores, cavalheiros. Eu é que me rebaixei... sim, eu mesmo. Está certo que eu sofra... totalmente certo... não vou choramingá.

— Se rebaixou por quê? De onde você despencou?

— Ah, os senhores não iam acreditá em mim; o mundo nunca acredita... deixa pra lá... não importa. O segredo do meu nascimento...

— O segredo do teu nascimento? Você quer dizê que...

— Cavalheiros — disse o moço, muito solene —, eu vou revelá o segredo, pois sinto que posso confiá nos senhores. Por direito, sou um duque!

Os ólho do Jim esbugalharam quando ele ouviu isso, e acho que os meu também. Daí o careca disse:

— Não! Você tá falando sério?

— Sim. Meu bisavô, o filho mais velho do duque de Bridgewater, veio fugido pra esse país, lá pelo fim do século passado, pra respirá o ar puro da liberdade; casou aqui e morreu, deixando um filho, e o pai dele morreu na mesma época. E o segundo filho do finado duque se apropriou do título e dos bens... o duque legítimo, ainda na infância, foi ignorado. Eu sou descendente direto daquela criança... eu sou o legítimo duque de Bridgewater, e aqui tô, infeliz, arrancado da minha elevada condição, caçado por homens, desprezado pelo mundo cruel, maltrapilho, acabado, com o coração partido, e humilhado na companhia de criminosos numa balsa!

O Jim teve muita pena dele, e eu também. Nós tentamo consolá ele, mas ele falou que não adiantava, que não tinha consolo; falou que se nós resolvesse reconhecê ele, isso ia fazê mais bem pra ele que qualquer outra coisa; então nós dissemo que nós reconhecia, se ele ensinasse pra nós o que fazê. Ele disse que nós tinha que se curvá, quando falasse com ele, e dizê "Vossa Graça", ou "Meu Senhor", ou "Vossa Senhoria"... e que ele não se importava se nós chamasse ele só de "Bridgewater", porque ele disse que isso era um título, e não um nome, e um de nós tinha que serví ele na hora da janta, e fazê qualquer coisinha que ele queria.

Bom, isso era fácil; daí nós fizemo direitinho. Na hora da janta o Jim ficou de prontidão e serviu ele, e disse "Vossa Senhoria vai querê um pouco disso, ou um pouco daquilo?", e essas coisa, e dava pra vê que isso deixou ele sastifeito.

Mas o velho ficou quieto logo, logo — não tinha muito pra dizê, e não parecia muito sossegado com aquele paparico todo em volta do duque. Parecia que ele tava com alguma coisa na cabeça. Então, mais pro fim da tarde, ele falou:

— Olha aqui, Bilgewater — ele disse —, eu tenho muita pena de você, mas tu não é a única pessoa que teve esse tipo de problema.

— Não?

— Não, não é. Você não é a única pessoa que despencou injustamente de uma alta posição.

— Ai de mim!

— Não, você não é a única pessoa que tem um segredo sobre o nascimento.

E, céus! *Ele* começou a chorá.

— Espera aí! O que o senhor qué dizê?

— Bilgewater, posso confiá em você? — disse o velho, ainda soluçando um pouco.

— Até a mais amarga morte! — Ele pegou a mão do velho e apertou, e disse: — O segredo da tua identidade: fala!

— Bilgewater, eu sou o finado Delfim!

Pode apostá que o Jim e eu arregalamo os ólho, dessa vez. Então o duque falou:

— O senhor é o quê?

— É, meu amigo, é bem verdade... teus ólho estão olhando agora mesmo pro pobre Delfim desaparecido, Luís XVII, filho do Luís XVI e da Mari Antoneta.

— O senhor! Na sua idade! Não! O senhor deve ser o finado Carlos Magno; o senhor deve ter uns seiscentos ou setecentos anos, pelo meno.

— Os problemas é que me deixaram assim, Bilgewater; os problemas é que me deixaram assim; os problemas causaram esses cabelos brancos e essa calvície prematura. Sim, cavalheiros, os senhores estão vendo, de brim azul e maltrapilho, o errante, exilado, massacrado e sofrido legítimo rei da França.

Bom, ele chorou e falou tanto, que o Jim e eu não sabia direito o que fazê; nós ficamo tão triste — e também tão feliz e orgulhoso dele está com nós. Daí nós sentamo, que nem com o duque antes, e tentamo consolá *ele.* Mas ele falou que não adiantava; só mesmo morrê e acabá com aquilo tudo podia ajudá ele, só que ele falou também que tinha vez que ele sentia mais calmo e melhor por algum tempo, quando o povo tratava ele de acordo com os direito dele, e ajoelhava pra falá com ele, e chamava ele de "Vossa Majestade", e servia ele primeiro nas refeição e não sentava na presença dele enquanto ele não mandava. Então o Jim e eu passamo a tratá ele de "Majestade", e fazê isso e aquilo e aquilo outro pra ele, e ficá de pé até ele mandá nós sentá. Isso fez muito bem pra ele, e ele ficou alegre e sossegado. Mas o duque ficou meio azedo com ele, e não parecia nem um pouco sastifeito com o rumo das coisa; assim mesmo, o rei foi muito bonzinho pra ele, e disse que o bisavô do duque e todos os outro duque de Bilgewater era muito querido do pai *dele* e tinha sempre autorização pra ir até o palácio, mas o duque ficou irritado um bom tempo, até que o rei disse:

— Tudo indica que nós vamo ter que ficá junto um maldito tempão nessa balsa, Bilgewater, e então que adianta você ficá azedo? Isso só vai fazê as coisas pior. Não é minha culpa eu não ter nascido duque, não é tua culpa você não ter nascido rei... então que adianta esquentá a cabeça? Tenta tirá o melhor proveito das coisas que aparece, é o que eu digo... é o meu lema. Não tá ruim essa nossa situação aqui... comida farta e vida boa... vamos, dê cá a tua mão, duque, e vamos todos ser amigo.

O duque fez isso, e o Jim e eu ficamo bem feliz de vê aquilo. Todo o mal-estar foi embora, e nós sentimo muito bem, porque ia ser um negócio terrível ter desavença na balsa, pois o que se qué, mais que de tudo, numa balsa, é todo mundo sastifeito e com bom sentimento uns com os outro.

Eu não demorei muito pra concluí que aqueles mentiroso não era nem rei nem duque, de jeito maneira, mas só uns reles vagabundo e caloteiro. Mas nunca falei nada, nunca dei a entendê; guardei a coisa pra mim; é o melhor jeito; daí a gente não tem briga, e nem se mete em confusão. Se eles queria nós chamando eles de rei e duque, eu não ia discordá, se era pra garantí a paz na família; e não adiantava contá pro Jim; daí não contei. Se eu não aprendi mais nada com o pai, eu aprendi, pelo menos, que o melhor jeito de lidá com gente da laia dele é deixá eles fazê as coisa do jeito deles.

20

ELES PERGUNTARAM pra gente um monte de coisa; queria sabê por que nós cobria a balsa daquele jeito, e atracava de dia, em vez de navegá — o Jim era um preto foragido? Eu disse:

— Deus do céu! Um preto foragido ia corrê pro *Sul*?

Não, eles concordaram que não. Eu tinha que explicá as coisa de algum jeito; daí eu falei:

— A minha família tava morando no condado de Pike, no Missouri, aonde eu nasci. E todo mundo morreu, a não ser eu e o pai e o meu irmão Ike. O pai resolveu separá de nós e descê pro Sul pra morá com o tio Ben, que tem um sitiozinho na beira do rio, uns setenta quilômetro pra baixo de Orleans. O pai era bem pobre e tinha umas dívida; daí quando ele acabou de pagá tudo, não sobrou nada, só dezesseis dólar e o nosso preto, o Jim. Aquilo não dava pra levá nós até dois mil duzentos e cinquenta quilômetro, nem mesmo com passagem barata de convés. Bom, um dia, quando o rio subiu, o pai deu sorte; ele pegou essa balsa aqui; então nós resolvemo descê até Orleans nela. A sorte do pai não durou muito; um vapor atropelou o canto da proa da balsa uma noite, e nós tudo caímo na água e mergulhamo por debaixo da roda; o

Jim e eu voltamo pra cima, mas o pai tava bêbado, e o Ike só tinha quatro ano; daí eles nunca voltaram pra cima. Bom, nos dias seguinte nós tivemo muito problema, porque chegava gente de bote pra tentá tirá o Jim de mim, dizendo que ele era um preto foragido. Agora, nós não viajamo mais de dia; de noite, o povo não incomoda.

O duque disse:

— Me deixem quieto pra mim arrumá um jeito da gente navegá de dia, se a gente quisé. Eu vou pensá na coisa... vou inventá um plano pra dá um jeito nisso. Vamo deixá assim por hoje, porque é claro que nós não queremo passá por aquele vilarejo de dia... pode não ser bom pra saúde.

Quando a noite foi chegando, começou a escurecê e ameaçá chuva; os raio pipocava por todo lado, baixo no céu, e as folha começava a balançá — a coisa ia ficá bem feia, era fácil prevê. Então o duque e o rei deram uma espiada na nossa tenda, pra vê como era as cama. A minha cama era só um colchão de palha — melhor que a do Jim, que era um colchão de casca de milho; sempre tem umas espiga dentro de colchão de casca de milho, e quando a gente se vira, as espiga seca faz barulho, como se nós tivesse rolando em cima de uma pilha de folha seca; o chiado é tão alto que a gente acorda. Bom, o duque resolveu que ia ficá com a minha cama, mas o rei não concordou. Ele falou:

— Eu esperava que a diferença de título ia sugerí pra você que um colchão de palha de milho não serve pra mim dormí. Vossa Senhoria pode ficá com o colchão de casca de milho.

O Jim e eu suamo frio de novo, um minuto, com medo de ter mais confusão entre eles; daí nós ficamo bem contente quando o duque falou:

— É o meu destino ser sempre pisado na lama pelo calcanhar de ferro da opressão. A desgraça quebrou o meu espírito outrora altivo; eu cedo, eu me rendo; é o meu destino. Estou sozinho no mundo... que eu sofra; eu guento.

Nós partimo assim que ficou bem escuro. O rei mandou nós ficá bem longe, no meio do rio, e só acendê luz depois de passá muito além do vilarejo. Logo, logo nós avistamo uma porção de luzinha — era o vilarejo, sabe — e deslizamo ao largo dele, uns oitocentos metro de distante, sem problema. Quando chegamo uns mil e duzentos metro mais pra baixo, dependuramo nossa lamparina sinalizadora, e lá pelas dez hora deu de chovê e ventá e trovejá, com raio e tudo; então o rei mandou nós dois ficá de vigia até o tempo melhorá; daí ele e o duque enfiaram dentro da tenda e acomodaram pra passá a noite. Era a minha vigia, até a meia-noite, mas eu não ia dormí, mesmo que tivesse cama, porque não é todo dia da semana que a gente vê uma tempestade daquela, de jeito maneira. Santas alma! Como o vento urrava! E cada segundo ou dois aparecia um clarão que alumiava a espuma das marola uns oitocentos metro em volta de nós, e dava pra vê as ilha meio enevoada na chuva, e as árvore debatendo na ventania; então vinha um *crac-bum! bum! rum-rum-rum-bum-bum-bum-bum* — e o trovão ribombava e resmungava lá longe, e tudo ficava quieto — e então *crac*, e lá vinha outro relâmpago e outro socão. Tinha vez que as onda quase me jogava pra fora da balsa, mas eu não tava usando ropa nenhuma, e não tinha importância. Não tivemo nenhum problema com tronco debaixo d'água; os relâmpago era tão claro e constante que dava pra vê os tronco muito antes, e jogá a proa da balsa pra um lado ou pro outro, e escapá deles.

A minha vigia era a do meio, sabe, mas eu tava com muito sono quando a hora chegou; daí o Jim, ele disse que ia ficá no meu lugar na primeira metade do turno; ele era sempre muito bom, com essas coisa, o Jim. Eu rastejei pra dentro da tenda, mas o rei e o duque tava com as perna tão esparramada que não tinha lugar pra mim; então fiquei do lado de fora — não incomodei com a chuva, porque tava calor, e as onda já não tava tão alta, agora. Só que lá pelas duas da madrugada elas voltaram a subí, e o Jim ia me chamá, mas mudou de ideia, porque achou que elas ainda não tava alta a ponto de causá estrago; mas ele tava enganado, porque de repente veio um ondão e me arrastou pra fora da balsa. O Jim quase morreu de rí. Também, não tinha preto de riso mais solto que ele.

Eu assumi a vigia, e o Jim, ele deitou e roncou pra valê; e logo, logo a tempestade foi passando e acabou de vez, e quando apareceu a primeira luz numa cabana, eu acordei ele, e nós empurramo a balsa pra passá o dia num esconderijo.

O rei pegou um baralho velho e roto, depois do café, e ele e o duque jogaram um pouco de pôquer, a cinco centavo cada rodada. Daí eles cansaram de jogá, e resolveram que ia "planejá uma campanha", como eles falaram. O duque revirou a maleta dele e pegou uma porção de cartaz impresso e começou a lê em voz alta. Um cartaz dizia que "O célebre dr. Armand de Montalban, de Paris" ia dá uma "palestra sobre a Ciência da Frenologia", em tal e tal lugar, em tal dia de tal mês, com ingresso a dez centavo, e ia "distribuir mapas de personalidade a vinte e cinco centavos cada". O duque disse que era *ele*. Em outro cartaz ele era o "mundialmente famoso trágico shakespeariano, Garrick, o Jovem, egresso de Drury Lane, em Londres". Em outros cartaz, ele tinha muitos outro nome e fazia outras proeza, como descobrí água e ouro com uma "varinha mágica", como "afastar feitiço de bruxa", e essas coisa. Logo, logo ele falou:

— Mas a musa histriônica é a mais querida. Já pisou no tablado, Realeza?

— Não — disse o rei.

— Então, vai pisá, antes de ficá três dias mais velho, Grandeza Decadente — disse o duque. — Na primeira cidadezinha das boas que aparecê, nós vamo alugá um salão e representá a luta de espada de *Ricardo III* e a cena do balcão de *Romeu e Julieta*. O que o senhor acha?

— Eu entro, até as orelhas, em qualquer coisa que pague, Bilgewater, mas, sabe, eu não sei nada sobre teatro, e nunca vi muito disso. Eu era muito pequeno quando papai trazia peças pro palácio. Você acha que consegue me ensiná?

— Fácil!

— Tá bem. Eu tô me coçando pra fazê alguma coisa nova, em todo causo. Vamo começá agorinha mesmo.

Então o duque contou pra ele tudo sobre quem era o Romeu e quem era a Julieta e disse que tava acostumado a ser o Romeu, então o rei podia ser a Julieta.

— Mas se a Julieta é uma mocinha, duque, a minha cabeça pelada e as minhas costeletas grisalhas vão parecê muito estranhas nela, quem sabe.

— Não, não se preocupe... esses jecas da roça nunca vão pensá nisso. Além disso, o senhor vai usá um figurino, sabe, e isso faz toda a diferença do mundo; a Julieta tá num balcão, contemplando o luar, antes de ir pra cama, e ela tá de camisola e com uma touca de dormí pregueada. Olha aqui os figurinos para os papéis.

Ele tirou duas ou três ropa feita de morim de cortina, e disse que era armadura medieval pro Ricardo III e pro outro camarada, e uma camisola cumprida de algodão branco, e uma touca cheia de prega, pra combiná. O rei ficou sastifeito; daí o duque pegou o livro e leu os papel, do jeito mais exagerado e importante que podia, dando umas passada larga e gesticulando, ao mesmo tempo, pra mostrá como a coisa tinha que ser feita; então ele deu o livro pro rei e disse pra ele decorá as fala dele.

Tinha uma cidadezinha das boa uns cinco quilômetro pra baixo da curva, e depois do almoço o duque falou que tinha pensado num jeito de navegá na luz do dia sem ter perigo pro Jim; daí ele disse que ia até a cidade pra arranjá umas coisa. O rei falou que também ia, pra vê se ele não podia arrumá alguma coisinha. Nós tava sem café, então o Jim disse que era melhor eu ir junto com eles na canoa pra pegá um pouco.

Quando chegamo lá, não tinha ninguém; as rua tava vazia e morta e parada, igual um domingo. Nós encontramo um preto doente pegando sol num quintal, e ele falou que todo mundo que não era moço demais nem tava doente demais nem era velho demais tinha ido pra um culto campal, uns três quilômetro pra dentro da mata. O rei perguntou aonde era e resolveu se aproveitá do culto campal e arrancá de lá o que pudesse, e eu podia ir junto.

O duque disse que tava atrás de uma tipografia. Nós achamo, uma lojinha de nada, em cima de uma carpintaria — os carpinteiro e os tipógrafo tinha tudo ido pro culto, e as porta não tava trancada. O lugar tava sujo e apinhado, e em todas as parede tinha mancha de tinta, e cartaz com desenho de cavalo e preto foragido. O duque tirou o paletó e disse que, pra ele, tava tudo bem, agora. Então eu e o rei se mandamo pro culto campal.

Chegamo lá em meia hora, pingando, porque o dia tava terrível de quente. Tinha bem umas mil pessoa, e elas tinha vindo de mais de trinta quilômetro em volta. A mata tava cheia de parelha e carroça, amarrada por toda parte, os cavalo comendo nas gamela das carroça e batendo as pata pra afastá as mosca. Tinha umas barraca armada com vara e coberta com galho, aonde tinha limonada e biscoito de gengibre pra vendê, e melancia e milho verde empilhado e essas coisa.

A pregação tava acontecendo naquele mesmo tipo de barraca, só que essas era maior e tinha um mundaréu de gente. Os banco era feito de tronco serrado, com buraco no lado arredondado, pra enfiá os toco que servia de pé. Não tinha encosto. Os pregador ficava numas plataforma alta, numa das ponta das barraca. As mulher tava usando touca de sol, e umas usava vestido simples de linho misturado com lã, outras só de algodão, e algumas das mais moça usava vestido de morim. Alguns dos rapaz tava descalço, e tinha criança sem ropa nenhuma, só uma camisa de linho grosso. Tinha velha tricotando e tinha jovem flertando às escondida.

Na primeira barraca que nós chegamo, o pregador tava regendo um hino. Ele leu dois verso, todo mundo cantou, e foi até emocionante ouví, de tanta gente que tinha, e eles cantaram de um jeito bem empolgado; daí ele leu mais dois verso, pra eles cantá — e assim foi. O povo animou cada vez mais, e cantou cada vez mais alto, e perto do fim, alguns começaram a gemê, e alguns começaram a gritá. Então o pregador começou a falá, e começou bem sério, e virou primeiro pra um lado da plataforma, e depois pro outro, e depois curvou por cima da plataforma, sacudindo os braço e o corpo o tempo todo, e gritando as palavra com toda força; às vez, ele levantava e abria a Bíblia, e meio que passava ela por aqui e por ali, berrando:

— É a serpente insolente no deserto! Olhem pra ela e vivam!

E o povo gritava "Glória!... Aaa*amém!*". E ele então continuou, e o povo gemendo e gritando amém.

— Ah, venham pro banco dos que choram! Venham, os negro de pecado! (*amém!*) Venham, os doente e dorido! (*amém!*) Venham, os manco e alejado, e os cego! (*amém!*) Venham, os pobre e necessitado, os afundado na vergonha! (*aaaamém!*) Venham, todos os que estão cansado, e sujo e sofrendo!... venham os de espírito quebrado! Venham com o coração arrependido! Venham com seus farrapo e seu pecado e sua imundícia! As água que lava são gratuita, a porta do céu tá aberta... Ah, entrem e descansem! (*Aaaamém! Glória, glória, aleluia!*)

E assim por diante. Não dava mais pra entendê o que o pregador falava, por causa dos grito e da choradeira. Tinha gente que levantava no meio do povo e abria caminho, na base da força, até o banco dos que choram, com as lágrima escorrendo pela cara, e quando os que chorava chegava nos primeiro banco no meio do povaréu, eles cantava e gritava, e se atirava na palha, tudo doido e possuído.

Bom, quando eu vi, o rei já tinha endoidado, e dava pra escutá ele por cima de todo mundo; e depois ele avançou na direção da plataforma, e o pregador implorou pra ele falá pro povo, e ele falou. Disse que era um pirata — fazia trinta ano que ele era pirata, lá no oceano Índico, e que o bando dele tinha diminuído muito, na primavera, por causa de uma batalha, e que ele tinha voltado agora pra levá novos recruta, e graças a Deus ele tinha sido robado na noite passada e tinha desembarcado de um vapor sem um centavo, e ele tava bem contente, a coisa mais abençoada que já aconteceu com ele, porque agora ele era um outro homem, e tava feliz pela primeira vez na vida; e mesmo pobre daquele jeito, ele ia começá do zero e trabalhá até conseguí voltá pro oceano Índico e passá o resto da vida tentando levá os pirata pro caminho da verdade, pois ele podia fazê isso melhor que ninguém, porque conhecia tudo o que era bando de pirata daquele oceano; e mesmo que demorasse muito tempo até ele chegá lá sem dinheiro, ele ia chegá de qualquer jeito, e toda vez que convertesse um pirata ele ia dizê "Não agradeça a mim; não me dê nenhum crédito; tudo se deve àquele povo querido do culto campal em Pokeville, irmãos e benfeitores da raça — e àquele querido pregador que tava lá, o amigo mais verdadeiro que um pirata já teve!".

E daí ele se debulhou em lágrima, e todo mundo também. Então alguém gritou:

— Vamo arrecadá um dinheiro pra ele, vamo arrecadá um dinheiro!

Bom, uma meia dúzia pulou pra fazê a coleta, mas alguém gritou:

— Deixa *ele* passá o chapéu!

Daí todo mundo concordou, o pregador também.

Então o rei passou o chapéu pela multidão, enxugando os ólho, e abençoando e louvando e agradecendo o povo por eles ser tão bom pros pirata de longe; e o tempo todo as moça mais linda, com as lágrima escorrendo pelas bochecha, levantava e perguntava se ele deixava elas beijá ele, pra elas se lembrá sempre dele; e algumas ele abraçou e beijou até umas cinco ou seis vez — e ele foi convidado pra ficá lá uma semana, e todo mundo queria que ele fosse morá na casa deles, e dizia que era uma honra; mas ele falou que como aquele era o último dia do culto campal, não adiantava ele ficá, e além disso ele tinha pressa de chegá logo no oceano Índico, pra começá o trabalho com os pirata.

Quando nós voltamo pra balsa e o rei fez a contagem, ele descobriu que tinha ajuntado oitenta e sete dólar e setenta e cinco centavo. E tinha trazido também uma jarra de três galão de uísque, que ele achou debaixo de uma carroça no caminho de casa pela mata. O rei disse que, considerando tudo, aquele dia ganhava de qualquer outro no trabalho dele de missionário. Ele disse que não tinha conversa fiada, que pagão nem se comparava com pirata, pra tirá vantage de um culto campal.

O duque pensava que *ele* tinha saído muito bem, até que o rei apareceu se mostrando, mas depois disso ele mudou de ideia. Ele tinha montado e imprimido na tipografia dois servicinho pra uns fazendeiro — cartaz de cavalo — e recebeu o dinheiro, quatro dólar. E tinha vendido dez dólar em anúncio pro jornal, que ele ia publicá por quatro dólar, se eles pagasse adiantado — daí eles pagaram. O preço do jornal era dois dólar por ano, mas ele vendeu três assinatura por meio dólar cada, pra pagamento adiantado; eles ia pagá com lenha e cebola, como sempre, mas o duque disse que tinha acabado de comprá o negócio e baixado o preço no máximo, e que tinha que rodá por dinheiro. Ele montou um poeminha que ele mesmo fez, da cabeça dele — três verso — meio meloso e triste — e o nome era "Sim, esmaga, mundo cruel, este coração partido". E ele deixou tudo montado e pronto pra ser imprimido no jornal, e nem cobrou nada. Bom, ele conseguiu nove dólar e meio e falou que aquilo era o ganho de um dia inteiro de trabalho honesto.

Daí ele mostrou outro trabalho que ele tinha imprimido sem cobrá nada, porque era pra nós. Era a imagem de um preto foragido, com uma troxa amarrada na ponta de uma vara apoiada no ombro e "Recompensa $200" escrito debaixo. As palavra era tudo sobre o Jim, e falava dele direitinho. Dizia que ele fugiu da fazenda Saint Jacques, sessenta e cinco quilômetro pra baixo de Nova Orleans, no inverno passado, e que ele devia ter ido pro Norte, e quem pegasse e devolvesse ele ia ganhá a recompensa e o custeio das despesa.

— Agora — disse o duque —, depois dessa noite, nós vamo podê navegá de dia, se a gente quisé. Sempre que alguém se aproximá, nós podemo amarrá as mãos e os pés do Jim com uma corda e deitá ele na tenda e mostrá esse cartaz e dizê que nós pegamo ele rio pra cima, e que somo pobre demais pra viajá de vapor, daí compramo essa balsa fiado de uns amigos e tamo indo pegá a recompensa. Algema e corrente ia ficá ainda melhor no Jim, mas não ia combiná com a história da gente ser pobre. Parece demais com joia. Corda é a coisa certa... precisamo preservá as unidades, como se diz no teatro.

Nós falamo que o duque era bastante esperto e que não ia ter problema de navegá de dia. Calculamo que dava pra navegá a distância necessária naquela mesma noite pra escapá da confusão que o trabalho do duque na tipografia ia causá no vilarejo — então nós podia tocá em frente, mais que ligeiro, se a gente quisesse.

Ficamo parado e quieto, e só partimo quando já era quase dez hora; daí passamo bem longe do vilarejo, e só dependuramo a lamparina quando nós já tava fora do alcance da vista deles.

Quando o Jim me chamou pra pegá a vigia das quatro da manhã, ele falou:

— Huck, tu acha que nós inda vai dá de cara com outros rei nessa viage?

— Não — eu falei. — Acho que não.

— Bão — ele falou —, tá bem, então. Eu num incomodo com um ou dois rei, mas já chega. Esse aí tá pra lá de bêbado, e o duque num tá muito melhó.

Fiquei sabendo que o Jim tinha insistido pra ele falá francês, pra ouví como é que era, mas o rei disse que tava no nosso país fazia tanto tempo, e passou tanto aperto, que esqueceu tudo.

21

O SOL JÁ TINHA RAIADO, agora, mas nós tocamo em frente, e não atracamo. O rei e o duque apareceram logo, logo, com as cara meio amassada, mas depois de pulá da balsa e dá umas braçada, eles ficaram bem mais animado. Depois do café, o rei, ele sentou num canto da balsa, e tirou as bota e arregaçou as calça, e deixou as perna roçando na água, pra relaxá, e acendeu o cachimbo e começou a decorá as fala dele no *Romeu e Julieta*. Quando decorou bem, ele e o duque começaram a ensaiá junto. O duque teve que ensiná pra ele, várias vez, como dizê cada fala; e fez ele suspirá, e levá a mão no coração, e depois de um tempo disse que ele tava indo muito bem.

— Só que — ele disse — o senhor não pode urrá *Romeu!* desse jeito, como que nem touro... o senhor deve falá manso, e sofrido, e meio molenga, assim *R-o-o-meu!* A ideia é essa, porque a Julieta é só uma mocinha querida e meiga, sabe, e ela não zurra que nem um burro.

Bom, depois eles pegaram duas espada que o duque tinha feito com umas ripa de carvalho e começaram a treiná a tal luta — o duque dizia que era o Ricardo III, e o jeito que eles lutava e saltitava pela balsa era bom de se vê. Mas o rei acabou tropeçando e caindo fora da balsa, e depois disso eles descansaram um pouco, e conversaram sobre tudo que era aventura que eles tinha vivido em outros tempo no rio.

Depois do almoço, o duque falou:

— Bom, Capeto, nós vamo querê um espetáculo de primeira categoria, sabe; então eu acho que vamo acrescentá alguma coisinha. Nós precisamo de alguma coisa pra atendê os pedidos de bis.

— O que é bis, Bilgewater?

O duque falou pra ele, e depois disse:

— Eu vou apresentá a dança da Alta Escócia ou a dança da gaita do marinheiro, e o senhor... bom, deixa eu vê... ah, o senhor pode fazê o solilóquio do Hamlet.

— O quê do Hamlet?

— O solilóquio do Hamlet, sabe, a coisa mais famosa de Shakespeare. Ah, é sublime, sublime! Sempre empolga a plateia. Eu não tenho ele no meu livro... só tenho um volume... mas acho que consigo juntá tudo de memória. Vou só andá pra lá e pra cá um pouco, e vê se consigo chamá ele de volta dos confins da memória.

Então ele deu de marchá pra lá e pra cá, pensando e franzindo a testa, às vez; daí ele levantava as sombrancelha, e depois apertava a mão na testa e cambaleava pra trás e meio que gemia; depois suspirava, e depois fingia uma lágrima. Era uma beleza vê ele. Em pouco tempo, lembrou de tudo. Pediu a nossa atenção. Daí fez uma pose das mais nobre, com uma perna pra frente, e os braço esticado pra cima, e a cabeça caída pra trás, olhando pro céu; e então começou a resmungá e sacudí e rangê os dente; e depois disso, do começo ao fim da fala, ele uivou, e se espalhou, e estufou o peito, e desbancou todas as representação que *eu* já vi na minha vida. Eis a fala — eu decorei, foi fácil, enquanto ele ensinava pro rei:

    Ser ou não ser; eis a ponta do punhal
    Que permite a desventura de uma vida tão longa;
    Quem carregaria fardos, até a floresta de Birman vir contra
        Dunsinane,
    Não fosse o medo do que vem depois da morte,
    Assassina do sono inocente,
    Segundo curso da grande natureza,
    E que nos faz aguentar as flechadas do destino infame
    Em vez de voar pra males que ignoramos.
    Eis o respeito que nos faz pausar:
    Acorda Duncan com tuas batidas! Quisera que pudesses;
    Pois quem suportaria os golpes e o desprezo do tempo,
    A afronta do opressor, o escárnio alheio,
    A lei tardia, e o descanso que sua dor teria,
    Na vastidão morta e na calada da noite, quando os cemité-
        rios bocejam
    Em trajes costumeiros de preto solene,
    Não fosse o país ignorado de onde viajante algum jamais
        voltou,
    Que bafeja contágio sobre o mundo,

E assim o matiz natural da decisão, como o pobre gato no
   adágio,
Definha com cuidados,
E todas as nuvens que descem sobre nossos telhados,
Portanto, desviam-se do curso da corrente,
E já não podem ser chamadas de ação.
Eis a consumação ardentemente desejável. Mas, silêncio, a
   bela Ofélia!
Não abras tuas fortes e marmóreas mandíbulas,
Mas vai pra um convento ou um bordel — vai!

Bom, o velho, ele gostou da fala, e logo decorou ela pra podê recitá muito bem. Parecia que ele nasceu pra dizê aquilo, e quando ele usava as mão e se empolgava, era uma beleza o jeito que ele gritava e gesticulava e se empinava todo na hora de falá.

Assim que deu jeito, o duque, ele imprimiu uns cartaz do espetáculo e, depois disso, durante dois ou três dia enquanto nós flutuava, a balsa foi um lugar dos mais animado, porque era só luta de espada e ensaio — como o duque falava — o tempo todo. Um dia de manhã, quando nós já descia longe no estado do Arkansas, avistamo uma cidadezinha de nada numa curvona; daí nós atracamo pouco mais de um quilômetro pra cima dela, na boca de um riacho igual um túnel fechado por uns cipreste, e todos nós, a não ser o Jim, pegamo a canoa e fomo até lá pra vê se tinha chance de fazê um espetáculo ali.

Demo muita sorte; ia ter um circo lá naquela tarde mesmo, e o povo do lugar tava começando a chegá, em todo tipo de carroça velha e desmantelada, e de cavalo. O circo ia embora antes de anoitecê, então o nosso espetáculo tinha uma chance das boa. O duque, ele alugou o prédio do tribunal, e nós saímo dependurando cartaz. Nele dizia assim:

NOVO ESPETÁCULO SHAKSPIRIANO!!!
Maravilhosa atração!

Somente uma noite!

Os atores de renome mundial,
DAVID GARRICK, O JOVEM,
do Teatro Drury Lane, em Londres,
e
EDMUND KEAN, O VELHO,
do Teatro Real Haymarket, em White Chapel,
Pudding Lane, Piccadilly, em Londres, e dos Teatros Reais Europeus,
no sublime espetáculo shakspiriano intitulado

A CENA DO BALCÃO
de
ROMEU E JULIETA!!!

Romeu .... Sr. Garrick.
Julieta .... Sr. Kean.

Com o apoio de toda a companhia!
Novos figurinos, novo cenário, novos adereços!

TAMBÉM:
A emocionante, magistral e horripilante

LUTA DE ESPADA

DE RICARDO III!!!

Ricardo III .... Sr. Garrick.

Richmond .... Sr. Kean.

TAMBÉM:
[atendendo a um pedido]

O IMORTAL SOLILÓQUIO DE HAMLET!!!

Pelo ilustre Kean!
Recitado por ele 300 noites seguidas em Paris!

———

SOMENTE UMA NOITE,

devido a compromissos europeus inadiáveis!

———

Ingresso 25 centavos; crianças e criados, 10 centavos.

———

Depois nós saímo vadiando pela cidade. As casa e o comércio era quase tudo umas lojinha velha e desmantelada que nunca tinha sido pintada; era tudo construído a mais ou meno um metro pra cima do chão, sobre umas estaca, pra escapá da água quando o rio transbordava. As casa tinha uns jardinzinho em volta, mas parecia que ninguém plantava nada; era só mato e girassol, e montes de cinza e bota e sapato velho, e caco de garrafa, e trapo, e panela e lata velha. As cerca era de várias qualidade de madeira, pregada em épocas diferente, e as ripa tava tudo torta, e os portão não costumava ter mais que uma dobradiça — e de couro.

Algumas das cerca tinha sido caiada, um tempo atrás, mas o duque falou que tinha sido no tempo de Colombo, de certeza. Costumava ter porco nos jardim, e gente enxotando eles.

Todas as lojinha ficava numa rua só. Elas tinha uns toldo branco na frente, e as pessoa do lugar amarrava os cavalo nas estaca dos toldo. Debaixo dos toldo tinha uns caixote vazio, e os vagabundo ficava empoleirado neles o dia todo, descascando os caixote com canivete, e mascando tabaco e tagarelando e bocejando e espreguiçando — um bando dos mais ordinário. Eles usava uns chapéu de palha amarela, quase do tamanho de um guarda-chuva, mas não usava nem paletó nem colete; os nome deles era Bill, e Buck, e Hank, e Joe, e Andy, e todos falava devagar e arrastado, e cheio de palavrão. Tinha pelo meno um vagabundo encostado em cada estaca, quase sempre com as mão enfiada nos bolso das calça, a não ser quando eles tirava pra emprestá um pedaço de tabaco ou pra coçá. O que a gente ouvia no meio deles, o tempo todo, era:

— Me dá aí um naco de tabaco, Hank.

— Num posso... só sobrou um. Pede pro Bill.

Às vez o Bill dá um naco; às vez mente e diz que não tem mais. Alguns daqueles vagabundo nunca têm um tostão furado nesse mundo, nem um naco de fumo que seja deles mesmo. Todo tabaco que eles masca é emprestado — eles costuma dizê pra um sujeito:

— Eu queria que tu me desse um naco, Jack; dei nesse minuto o último naco que eu tinha pro Ben Thompson. — O que é mentira, quase sempre; isso não engana ninguém, só quem não é dali; mas o Jack é dali; então ele fala:

— *Tu* deu um naco pra ele, foi? E a vó do gato da tua irmã também deu. Pode me pagá os naco que tu já pegou emprestado de mim, Lafe Buckner, e aí eu te empresto uma ou duas tonelada de fumo, e num vou nem te cobrá juro passado.

— Bão, eu te *paguei* uns naco uma vez.

— É, pagou... uns seis naco. Tu pegou emprestado fumo de armazém e pagou com tabaco caseiro.

Fumo de armazém é o tolete processado, mas aqueles sujeito costumava mascá a folha natural retorcida em corda. Quando eles pega tabaco emprestado, eles não costuma cortá com faca; eles dão de fincá o tolete entre os dente e roê e puxá até partí o tolete em dois — e tem vez que o dono do tabaco olha com tristeza, quando o fumo é devolvido, e diz, com deboche:

— Olha aqui, pode me dá o *naco* e ficá com o *tolete*.

Todas as rua e beco era lama pura; não tinha mais nada *a não ser* lama — uma lama preta que nem piche, e com quase trinta centímetro de fundura em alguns lugar, e quase dez centímetro em *tudo* que era lugar. Os porco vagava e grunhia por todo lado. A gente via uma porca lamacenta e uma ninhada de bacorinho descendo a rua, cheios de moleza, e ela chafurdava bem no meio do caminho, e as pessoa tinha que desviá dela, e ela espreguiçava, e fechava os ólho, e abanava as orelha, enquanto os bacorinho mamava, e ela contente como se tivesse recebendo salário. E pouco depois a gente ouvia um vagabundo gritá "Ei! Vem, menino! Pega, Tigre!", e lá ia a porca, dando uns guincho medonho, com um cachorro ou dois dependurado em cada orelha, e mais três ou quatro dúzia seguindo atrás; e daí a gente via os vagabundo levantá e ficá olhando, até a coisa sumí da vista, tudo rindo da diversão e sastifeito com a barulheira. Então eles sentava de novo, até ter uma briga de cachorro. Nada animava e fazia eles mais feliz que uma briga de cachorro — a não ser encharcá um vira-lata com querosene e tacá fogo nele, ou amarrá uma panela no rabo dele e vê ele corrê até morrê.

Na beira do rio algumas casa saía pra fora da margem, inclinada e torta, e pronta pra tombá. Quem morava lá tinha se mudado. A margem tinha desabado debaixo do canto de outras casa, e esses canto tava dependurado. Ainda tinha gente morando nelas, mas era perigoso, porque às vez um pedaço de terra da largura de uma casa desabava de uma vez só. Tinha vez que um pedaço de terra com quatrocentos metro de largo começava a desabá e desabá e desabava até caí tudo no rio num único verão. Uma cidadezinha como aquela tem sempre que recuá, e recuá, e recuá, porque o rio tá sempre roendo ela.

Naquele dia, quanto mais pra perto do meio-dia, era maior o movimento de carroça e cavalo nas rua, e mais e mais gente chegava o tempo todo. As família trazia o almoço de casa e comia nas carroça. Tinha bastante uísque, e eu vi três briga. Logo, logo alguém gritou:

— Olha aí o velho Boggs! Chegando da roça pra bebedeira mensal... olha ele aí, rapaziada!

Todos os vagabundo ficaram contente — achei que eles tava acostumado a se divertí com o Boggs. Um deles falou:

— Quem será que ele vai querê matá dessa vez? Se matasse todos os homem que ele disse que ia matá nos últimos vinte ano, ele ia ter uma baita fama hoje em dia.

Outro disse:

— Eu queria vê o velho Boggs me ameaçá, porque aí eu ia sabê que num ia morrê nos próximo mil ano.

O Boggs chegou galopando no lombo do cavalo, esbravejando e esgoelando que nem um índio, e alardeando:

— Abre caminho aí. Eu tô na trilha da guerra, e o preço dos caixão vai subí!

Ele tava bêbado, balançando na sela; tinha mais de cinquenta ano e a cara toda vermelha. Todo mundo gritava e ria dele, e xingava ele, e ele xingava de volta, e falava que ia cuidá deles e acabá com eles depois, mas que não podia pará agora, porque veio até a cidade pra matá o velho coronel Sherburn, e o lema dele era "primeiro a janta, despois a sobremesa".

Ele me viu e cavalgou até aonde eu tava e disse:

— De onde tu veio, garoto? Tá pronto pra morrê?

Daí ele tocou em frente. Eu fiquei com medo, mas um homem disse:

— Ele não tá falando sério; sempre faz isso, quando tá de cara cheia. É o velho bobão mais gente boa em todo o Arkansas... nunca fez mal pra ninguém, nem bêbado nem sóbrio.

O Boggs cavalgou até a maior lojinha da cidade e baixou a cabeça, pra vê debaixo da cortina do toldo, e gritou:

— Sai pra fora, Sherburn! Sai pra fora e vem encará o homi que tu enganou. Tu é o cão que eu procuro, e eu vou te pegá!

E assim ele continuou, xingando o Sherburn de tudo que alguém pode imaginá, e a rua apinhada de gente escutando e rindo e se divertindo. Logo, logo um homem com um jeito orgulhoso, com seus cinquenta e cinco ano — e que era, de longe, o homem mais bem-vestido da cidade — saiu da lojinha, e a gentarada abriu caminho pra deixá ele passá. Ele disse pro Boggs, com toda calma e devagar; ele disse:

— Estou farto disso, mas vou aturar mais uma hora. Só uma hora, preste atenção... não mais que isso. Se você abrir a boca contra mim, uma vez sequer, depois dessa hora, por mais longe que você vá, eu vou te encontrar.

Então ele deu meia-volta e entrou pra dentro. A multidão ficou bem séria; ninguém se mexeu, e não teve mais risada. O Boggs saiu galopando e achincalhando o Sherburn, o mais gritado que podia, até o fim da rua, mas logo depois voltou e parou na frente da lojinha, ainda gritando. Alguns homem cercaram ele e tentaram fazê ele calá a boca, mas ele não calava; disseram pra ele que já ia dá uma hora, dali a quinze minuto, e por isso ele *tinha* que ir pra casa — ele tinha que ir logo. Mas não adiantou nada. Ele continuou xingando, a plenos pulmão, e jogou o chapéu na lama e passou por cima dele com o cavalo, e logo desceu a rua de novo, aos palavrão, com os cabelo grisalho voando. Quem conseguia chegá perto tentava convencê ele de desmontá do cavalo, pra ser preso até ficá sóbrio, mas não adiantava nada — ele subia a rua galopando de novo e xingava o Sherburn. Logo, logo alguém falou:

— Vão chamá a filha dele! Depressa, vão chamá a filha dele; tem vez que ele escuta ela. Se alguém consegue convencê ele, é ela.

Daí alguém saiu correndo. Eu desci a rua um pouco e parei. Uns cinco ou dez minuto depois, lá veio o Boggs de novo — mas não de cavalo. Ele atravessou a rua, cambaleando na minha direção, sem chapéu, com um amigo de cada lado segurando ele pelos braço e levando ele embora, mais que depressa. Ele tava quieto e parecia preocupado, e parecia também cheio de pressa. Alguém gritou:

— Boggs!

Olhei pra vê quem tinha gritado, e era o tal coronel Sherburn. Ele tava parado no meio da rua, e tinha uma pistola levantada na mão direita — sem mirá, só segurando, e com o cano apontado pro céu. No mesmo instante eu vi uma mocinha correndo, e dois homem com ela. O Boggs e os homem viraram, pra vê quem tinha chamado ele e, quando viram a pistola, os homem pularam pro lado, e o cano da pistola baixou devagar e firme — os dois cano já engatilhado. O Boggs levantou as duas mão e disse:

— Ah, meu Deus! Num atira!

Bang! Foi o primeiro tiro, e ele cambaleou pra trás unhando o ar — bang! Foi o segundo, e ele caiu de costa no chão, pesado e duro, com os braço aberto. A mocinha gritou e veio correndo, e se atirou em cima do pai, chorando e dizendo:

— Ah, ele matou ele, ele matou ele!

A gentarada cercou eles, empurrando e acotovelando, de pescoço espichado, tentando vê, e quem tava no meio empurrava de volta, gritando:

— Pra trás, pra trás! Deixa ele respirá, deixa ele respirá!

O coronel Sherburn, ele jogou a pistola no chão, deu meia-volta e saiu andando.

Eles levaram o Boggs pra dentro de uma farmácia, a gentarada ainda acotovelando, igual antes, e a cidade toda seguindo atrás, e eu corri pra pegá um lugar bom na vitrine, aonde eu fiquei perto dele e dava pra vê lá dentro. Deitaram ele no chão e botaram uma Bíblia grande debaixo da cabeça dele, e abriram outra em cima do peito dele — mas primeiro rasgaram a camisa dele, e eu vi aonde uma das bala tinha furado. Ele deu mais ou menos uma dúzia de arfada bem longa, o peito levantando a Bíblia quando ele puxava o ar pra dentro, e baixando ela quando ele botava o ar pra fora — e depois disso ele ficou quieto; tava morto. Então afastaram a filha de perto dele, que tava gritando e chorando, e levaram ela embora. Ela tinha uns dezesseis ano, e parecia bem meiga e boazinha, mas tava muito pálida e apavorada.

Bom, em pouco tempo a cidade inteira tava lá, espremendo e empurrando e atropelando e esmagando pra chegá na vitrine e dá uma espiada, mas quem tava ali não queria saí do lugar, e quem tava por detrás não parava de dizê "Escuta, vocês já espiaram bastante, pessoal; não é certo e não é justo vocês ficá aí o tempo todo e não dá chance pra ninguém; outras pessoa têm os direito delas, que nem vocês".

Teve muito bate-boca; então eu escapuli, pensando que talvez ia ter encrenca. As rua tava apinhada e todo mundo tava agitado. Todo mundo que viu os tiro tava contando como a coisa aconteceu, e tinha um monte de gente em volta de cada uma dessas pessoa, espichando o pescoço e escutando. Um sujeito alto e magro, de cabelo cumprido e cartola de pele branca no cocuruto da cabeça e bengala de cabo torto, marcou no chão os lugar aonde o Boggs tava e aonde o Sherburn tava, e o povo foi atrás dele, de um lugar até o outro, prestando atenção em tudo que ele fazia, sacudindo a cabeça pra mostrá que tava entendendo, e se curvando um pouco e apoiando as mão nas coxa pra vê ele marcá os lugar no chão com a bengala; e daí ele se empertigou e parou no lugar aonde o Sherburn tava, franzindo a testa e com a aba do chapéu cobrindo os ólho, e gritou:

— Boggs! — E daí ele esticou a bengala numa certa altura e falou: "Bang!", cambaleou pra trás, falou "Bang!" de novo e caiu duro de costa. Quem tinha visto a coisa disse que ele fez tudo perfeito; disseram que foi bem daquele jeito que tudo aconteceu. Então umas doze pessoa pegaram suas garrafa e ofereceram uns gole pra ele.

Bom, logo, logo alguém falou que o Sherburn tinha que ser linchado. Num minuto, todo mundo tava falando isso; então eles foram, enlouquecido e berrando, e agarrando tudo que era corda de dependurá ropa que encontraram no caminho, pra enforcá ele.

22

ELES SUBIRAM A RUA como um enxame de abelha, na direção da casa do Sherburn, guinchando e esgoelando e enfurecido igual um bando de índio, e tudo tinha que saí do caminho pra não ser atropelado e pisado até virá uma papa, e foi horrível de vê. A criançada ia na frente do povaréu, berrando e tentando saí do caminho, e todas as janela da rua tava cheia de cabeça de mulher, e tinha pretinho trepado em tudo que era árvore, e jovens escravo e escrava espiando por detrás de tudo que era cerca; e quando o povaréu chegava perto, eles afastava e saía fora. Muitas mulher e menina tava chorando e tremelicando, quase mortas de medo.

Eles ficaram zumbindo na frente das estaca da cerca do Sherburn e amontoaram o mais que puderam, e a algazarra era tanta que a gente não ouvia nem o próprio pensamento. Era um terreninho de uns seis metro. Alguém gritou:

— Vamo derrubá a cerca! Vamo derrubá a cerca!

Daí teve uma barulheira de coisa quebrando e lascando e esmagando, e lá foi a cerca abaixo, e a fileira da frente da multidão começou a avançá que nem uma onda.

Bem naquele momento o Sherburn apareceu no telhado da pequena varanda da frente, com uma espingarda de dois cano na mão, e marcou a posição dele, muito calmo e decidido, sem falá uma palavra. A barulheira parou, e a onda recuou.

O Sherburn não disse nem uma palavra sequé — só ficou parado, olhando pra baixo. O silêncio era muito assustador e incômodo. O Sherburn correu os ólho devagar pela multidão, e aonde o olhar dele parava, a pessoa tentava encará ele, mas não conseguia, e baixava a vista com um ar esperto. Então, dali a pouco o Sherburn deu uma risadinha; não foi do tipo alegre, mas do tipo que a gente dá quando come pão com areia dentro.

Daí ele falou, devagar e com desdém:

— Que ideia... *vocês* quererem linchar alguém! É divertido. Que ideia... vocês terem peito suficiente pra linchar um *homem*! Porque vocês têm coragem pra besuntar de piche e penas mulheres pobres, excluídas e desamparadas que aparecem por aqui, isso faz vocês pensarem que têm bravura suficiente pra encostar as mãos num *homem*? Ora! Um *homem* estará salvo nas mãos de dez mil da laia de vocês... desde que seja dia e vocês não venham por detrás dele.

"Eu não conheço vocês? Eu conheço vocês muito bem. Nasci e me criei no Sul, e vivi no Norte; portanto, conheço o homem comum. O homem comum é covarde. No Norte, ele deixa passar por cima dele qualquer um que quiser, e vai pra casa e ora por um espírito humilde pra suportar a situação. No Sul, um sujeito, sozinho, parou uma carruagem cheia de homem, de dia, e assaltou todos. Os seus jornais chamam vocês tantas vezes de valentes que vocês pensam que *são* mais valentes que as outras pessoas... mas vocês são *tão* valentes quanto todo mundo, e não mais valentes. Por que os seus jurados não enforcam assassinos? Porque têm medo que os amigos do sujeito vão atirar neles pelas costas, no escuro... e é exatamente o que *fariam*.

"Daí eles sempre absolvem; e então um *homem* sai à noite, com uma centena de covardes mascarados atrás de si, e lincha o pilantra. O erro de vocês foi não terem trazido um homem junto; esse foi um erro, e o outro foi que vocês não vieram no escuro, e não vieram com máscaras. Vocês trouxeram um *projeto* de homem... o Buck Harness, ali... e se não tivessem ele para incitá-los, vocês seriam apenas fogo de palha.

"Vocês não queriam vir. O homem comum não gosta de encrenca e perigo. *Vocês* não gostam de encrenca e perigo. Mas basta *meio* homem... como o Buck Harness, ali... gritar 'Vamos linchá-lo, vamos linchá-lo!', e vocês têm medo de recuar... medo de revelar aquilo que de fato são... *covardes*... então vocês fazem uma algazarra, e se penduram no rabo da casaca de um meio homem, e vêm até aqui enfurecidos, vociferando as proezas que vão realizar. A coisa mais patética que existe é uma turba; é isso que constitui um exército... uma turba; eles não lutam com a coragem que com eles nasce, mas com a coragem emprestada da massa e dos oficiais. Ocorre que uma turba sem um *homem* no comando é *menos* que patética. Agora, o que *vocês* devem fazer é pôr o rabo entre as pernas e voltar pra casa e se enfiar num buraco. Se vai haver um autêntico linchamento, será no escuro, à moda do Sul, e quando vierem, usarão máscaras, e trarão junto um *homem*. Agora, *vão embora*... e levem consigo o seu meio homem", e ele ergueu a espingarda sobre o braço esquerdo, e engatilhou ela, quando disse isso.

A multidão recuou de repente, e então dispersou e saiu correndo pra todo lado, e o Buck Harness, ele enfiou os pé atrás dos outro, com uma cara miserável. Eu podia ficá, se quisesse, mas não quis.

Fui até o circo, e rondei pelos fundo até o vigia passá, e então mergulhei por debaixo da lona. Eu tinha a minha moeda de ouro de vinte dólar e mais algum dinheiro, mas achei melhor poupá, porque a gente nunca sabe quando vai precisá, longe de casa e no meio de estranho. Seguro morreu de velho. Não sou contra gastá dinheiro com circo, quando não tem outro jeito, mas não vale a pena *desperdiçá* dinheiro com circo.

Era um circo dos bom. Foi a visão mais espetacular do mundo, quando eles entraram, cavalgando, de dois em dois, um cavaleiro e uma dama, os homem só de ceroula e camiseta, e sem sapato e sem estribo, com as mão apoiada nas coxa, calmo e sossegado — devia ter uns vinte deles — e as dama de pele bonita, e todas linda, e parecendo um bando de rainha de verdade, e vestindo ropa que custava milhões de dólar, e coberta de diamante. Era uma visão e tanto; nunca vi coisa mais linda. E daí um por um eles levantaram e ficaram de pé em cima dos cavalo e trançaram uma volta pelo picadeiro, abanando as mão com muita graça, os homem parecendo bem alto e leve e aprumado, sacudindo a cabeça e deslizando, no alto, debaixo do toldo, e os vestido cor-de-rosa das dama voaçando sedoso nos quadril, e elas parecendo uns lindo guarda-sol.

E então, mais e mais ligeiro, eles correram, todos dançando, primeiro levantando um pé e depois o outro, os cavalo mais e mais inclinado, e o mestre de cerimônia dando volta no poste no meio do toldo, estalando o chicote e gritando "Vai! Vai!", e o palhaço fazendo piada por detrás dele; e logo, logo todas as mão soltaram as rédea, e todas as dama apoiaram as mãos nos quadril e todos os cavaleiro cruzaram os braço, e então como os cavalo inclinava e corria! E daí, um por um, eles pularam no picadeiro e fizeram a mesura mais elegante que eu vi na minha vida, e saíram saltitando, e todo mundo aplaudiu e quase ficou doido.

Bom, durante toda a apresentação do circo eles fizeram as coisa mais espantosa; e o tempo todo o palhaço fez das sua e quase matou o povo. O mestre de cerimônia mal abria a boca pra falá, e ele já respondia, depressa que nem uma piscadela, com as coisa mais engraçada que alguém já ouviu; e como ele *conseguia* pensá em tanta resposta, e tão depressa e tão direto — era o que eu não entendia, de jeito maneira. Ora! Eu não ia pensá naquelas resposta nem que levasse um ano. E logo, logo um bêbado quis entrá no picadeiro — falou que queria montá num cavalo; disse que sabia montá tão bem quanto qualquer um. Eles discutiram e tentaram segurá o homem, mas ele não quis sabê de nada, e o espetáculo teve que pará. Daí o povo começou a gritá com ele e a zombá dele, e ele ficou zangado, e começou a esbravejá e corrê; isso então irritou o povo, e muitos homem começaram a descê dos banco e avançá pro picadeiro, falando "Joga ele no chão! Bota ele pra fora!", e uma mulher ou duas começaram a gritá. Então o mestre de cerimônia, ele fez um discursinho e disse que contava que não ia ter nenhuma baderna, e que se o tal sujeito prometesse não criá causo, ele deixava ele montá, se ele achava que conseguia ficá no lombo do cavalo. Então todo mundo riu e concordou, e o homem montou. No instante que ele montou, o cavalo deu de impiná e saltá e corrê num círculo, com dois homem do circo dependurado nas rédea tentando segurá o bicho, e o bêbado agarrado no pescoço dele, com as perna voando no ar a cada pinote, e o povo todo de pé gritando e rindo até chorá. E no fim das conta, de certeza, por mais que os homem do circo tentasse, o cavalo soltou e saiu galopando a toda em volta do picadeiro, com aquele pinguço agarrado no pescoço dele, primeiro, com uma perna dependurada e quase encostando no chão, de um lado, e depois a outra, do outro lado, e o povo tudo doido. Mas não foi engraçado pra mim; fiquei tremendo todo de vê o perigo que ele tava passando. Mas logo ele conseguiu sentá direito e pegou as rédea, caindo pra um lado e pro outro, e um minuto depois ele firmou, largou as rédea e ficou de pé! E o cavalo correndo como o fogo corre numa casa em chama. E ele de pé em cima do bicho, dando volta no picadeiro, tranquilo e sossegado, como se ele nunca tivesse ficado bêbado na vida — e daí começou a tirá a ropa e jogá longe. Ele tirava as ropa tão ligeiro que a gente só via ropa voando pelo ar, e ao todo ele tirou dezessete muda de ropa. E então, lá tava ele, esbelto e bonitão, e vestido com a ropa mais berrante e linda que alguém já viu, e ele meteu o chicote no cavalo e fez o bicho corrê ainda mais — e, por fim, ele pulou fora, e fez uma mesura e saiu dançando pro camarim, e todo mundo uivando de sastifação e espanto.

O mestre de cerimônia, ele viu que tinha sido enganado, e ficou com a *pior* cara de mestre de cerimônia que alguém já viu, eu acho. Ora! Então era um dos artista do circo dele! O sujeito inventou aquela brincadeira na cabeça dele, sem contá pra ninguém. Bom, eu me senti um bobalhão de ser enrolado daquele jeito, mas eu não queria tá no lugar daquele mestre de cerimônia, nem por mil dólar. Sei lá; pode ter circo melhor que aquele, mas ainda não encontrei nenhum. Em todo causo, aquele foi muito bom pra *mim*, e quando eu encontrá de novo aquele circo, ele pode contá com a *minha* presença, toda vez.

Bom, naquela noite nós apresentamo o *nosso* espetáculo, mas não tinha mais que doze pessoa lá; só deu pra pagá as despesa. E elas riram o tempo todo, e isso fez raiva no duque, e, de qualquer jeito, todo mundo foi embora antes do fim, a não ser um garoto que tava dormindo. Então o duque falou que aqueles imbecil do Arkansas não tava à altura de

Shakspire: o que eles queria era comédia barata — e, quem sabe, até alguma coisa bem pior que comédia barata, ele calculava. Disse que ia dá conta do estilo deles. Daí na manhã seguinte ele pegou umas folha grande de papel de embrulho e um pouco de tinta preta e desenhou uns cartaz e pregou eles por todo o povoado. Os cartaz dizia:

NO PRÉDIO DO TRIBUNAL!
APENAS 3 NOITES!
Os Trágicos Mundialmente Famosos
DAVID GARRICK, O JOVEM!
E
EDMUND KEAN, O VELHO!
Dos Teatros de Londres e de toda a Europa,
na Emocionante Tragédia de
O CAMELOPARDO DO REI!!!
OU
A INCOMPARÁVEL REALEZA!!!
Ingressos a 50 centavos.

Então, na parte de baixo, vinha a informação mais importante de todas — que dizia:

PROIBIDA A ENTRADA DE SENHORAS E CRIANÇAS.

— Pronto — ele falou —, se essas palavras não pegá eles, eu não conheço o Arkansas!

23

BOM, o dia todo ele e o rei trabalharam duro, armando um palco, e uma cortina, e uma fileira de vela pra serví de luz pra cena; e naquela noite a casa ficou lotada de homem num instante. Quando não cabia mais ninguém, o duque, ele parou de cuidá da porta e deu a volta pelos fundo e subiu no palco e se pôs de pé na frente da cortina e fez um pequeno discurso, e elogiou a tragédia, e disse que era a mais emocionante de todos os tempo; e falou um monte, louvando a tragédia e o Edmund Kean o Velho, que ia fazê o papel principal, e por fim, quando já tinha atiçado as expectativa de todo mundo, ele levantou a cortina, e um minuto depois entrou o rei, de quatro, pelado, e todo pintado, com anéis e listras, de tudo que era cor, magnífico que nem um arco-íris. E — vamo deixá pra lá o resto do figurino dele, era uma doidice, mas muito engraçado. O povo quase morreu de rí, e quando o rei acabou de dá os salto dele, e saiu do palco pulando, eles gargalharam e bateram palma e gritaram até ele voltá e fazê tudo de novo; e depois disso, eles obrigaram ele a fazê tudo mais uma vez. Bom, até uma vaca ia rí com as palhaçada que aquele velho imbecil fez.

Então o duque, ele abaixou a cortina, e fez uma mesura pro povo, e falou que a grande tragédia só ia ser apresentada mais duas noite, por causa dos compromisso urgente em Londres, aonde os ingresso já tava tudo vendido no Drury Lane; então ele fez outra mesura, e disse que se conseguiu agradá e ensiná alguma coisa pra eles, ele ia ficá muito agradecido se eles falasse da tragédia pros amigo, pra eles vim vê.

Vinte pessoa gritaram:

— O quê? Já acabou? É só *isso*?

O duque disse que sim. Daí o tempo fechou. O povo todo gritou "Enganação!" e levantou, e já tava partindo pra cima do palco e dos ator. Mas um homem grande e elegante pulou num banco e gritou:

— Esperem! Só uma palavra, senhores. — Todo mundo parou pra escutá. — Fomos enganados... mais que enganados. Mas não queremos virar motivo de risada da cidade toda, eu acho, e nem ter que escutar uma falação sobre essa história pro resto da vida. *Não.* O que queremos é sair daqui bem quietos, e falar bem do espetáculo, e enganar o *resto* da cidade! Aí vamos todos estar no mesmo barco. Isso não tem sentido?

— Tem, sim! O juiz tá certo! — todo mundo gritou.

— Tudo bem, então... nem uma palavra sobre essa enganação. Voltem pra suas casas, e digam a todos que venham ver a tragédia.

No outro dia só se falava na cidade que o espetáculo era magnífico. A casa lotou de novo, naquela noite, e nós enganamo a multidão do mesmo jeito. Quando eu e o rei e o duque voltamo pra balsa, nós comemo uma ceia; logo, logo, lá pela meia-noite, eles mandaram o Jim e eu empurrá a balsa e descê ela pelo meio do rio e depois pegá e escondê ela uns três quilômetro pra baixo da cidade.

Na terceira noite, a casa encheu de novo — e dessa vez não era gente nova, mas o povo que tinha ido nas outra duas noite. Eu fiquei do lado do duque na porta, e vi que todo homem que entrava tinha os bolso estufado, ou alguma coisa enrolada debaixo do paletó — e vi que não era nada de perfume, nem de longe. Senti cheiro de ovo podre, e repolho estragado, e essas coisa; e se eu conheço sinal de gato morto, e conheço bem, tinha sessenta e quatro lá dentro. Eu espremi lá dentro, um minuto, mas tava fedido demais pra mim; não guentei. Bom, quando não cabia mais ninguém, o duque, ele deu uma moeda de vinte e cinco centavo pra um sujeito e falou pra ele cuidá da porta um instante, e foi dá a volta pra entrá no palco, e eu atrás dele; mas assim que nós dobramo por detrás do prédio e ficou escuro, ele disse:

— Caminha depressa, agora, até a gente passá das casas, e depois corre pra balsa como se o capeta tivesse atrás de você!

Foi o que eu fiz, e ele fez o mesmo. Chegamo junto na balsa, e em menos de dois segundo nós já tava deslizando na corrente, tudo escuro e quieto, e seguindo pro meio do rio, ninguém abrindo a boca. Eu calculei que o pobre do rei ia se estrepá com o público, mas nada disso: logo depois ele saiu de baixo da tenda e disse:

— Bom, como foi a velha jogada dessa vez, duque?

Ele nem tinha ido pra cidade.

Nós não acendemo luz nenhuma até chegá uns dezesseis quilômetro pra baixo do povoado. Daí acendemo uma e comemo uma janta, e o rei e o duque riram de chacoalhá, do jeito que eles tinha engrupido aquela gente. O duque falou:

— Principiantes, otários! Eu *sabia* que a primeira plateia ia calá o bico e deixá o resto da cidade ser enrolado; e sabia que eles ia querê pegá a gente na última noite, achando que agora era a vez *deles*. Bom, é a vez deles, e eu dava tudo pra vê a cara deles agora. Eles podem transformar a ocasião num piquenique, se quiserem... trouxeram bastante comida.

Aqueles pilantra faturaram quatrocentos e sessenta e cinco dólar nas três noite. Eu nunca tinha visto antes dinheiro chegá de carroça daquele jeito.

Logo, logo, quando eles tava dormindo e roncando, o Jim falou:

— Tu num fica espantado com o jeito que esses rei vive, Huck?

— Não — eu falei —, não fico.

— Por que não, Huck?

— Bom, não, porque isso tá no sangue deles. Acho que são tudo igual.

— Mas Huck, esses nossos rei são uns bom de uns pilantra; é isso que eles são; são uns bom de uns pilantra.

— Bom, é isso que eu tô dizendo; a maioria dos rei é tudo pilantra, até aonde eu sei.

— É mesmo?

— Lê sobre eles um dia... tu vai vê. Olha o Henrique VIII; esse nosso aí é professor de catecismo comparado com *ele*. Olha o Carlos II, e o Luís XIV, e o Luís XV, e o Jaime II, e o Eduardo II, e o Ricardo III, e outros quarenta mais; sem falá naquelas heptarquia saxã que saía arrasando tudo e pintava o sete antigamente. Ora! Tu tinha que vê a figura do velho Henrique VIII quando tava no auge. Ele *era* uma figura. Casava com uma esposa nova todo dia, e cortava fora a cabeça dela na manhã seguinte. E fazia isso com a calma de quem pedia um ovo pra comê. "Vai buscá a Nell Gwynn", ele falava. Eles buscava ela. Na manhã seguinte, "Corta fora a cabeça dela!". E eles cortava. "Vai buscá a Jane Shore", ele falava, e lá vinha ela. Na manhã seguinte, "Corta fora a cabeça dela"... e eles cortava. "Toca aí essa sineta pra Bela Rosamun." A Bela Rosamun vinha. Na manhã seguinte, "Corta fora a cabeça dela". E ele mandava cada uma delas contá uma história pra ele toda noite, e ele continuou até juntá mil e uma história daquele jeito, e daí botou elas todas num livro, e deu o título de Livro do Juízo Final... que era um título dos bom, e dizia bem o que o livro fazia. Tu não conhece os rei, Jim, mas eu conheço, e esse nosso velho safado é um dos mais limpo que eu já vi na história. Bom, o Henrique cismou de criá causo com o nosso país. O que ele fez... mandou algum aviso?... mandou algum sinal? Não. Sem mais nem meno, ele jogou no mar todo o chá que tava no porto de Boston, e tacou o pau na declaração de independência, e ainda chamou todo mundo pra briga. Era esse o jeito *dele*... nunca dava chance pra ninguém. Ele desconfiava do pai, o duque de Wellington. Bom, o que ele fez? Convidou ele pra uma visita? Não... afogou ele num barril de vinho, que nem um gato. Vamo imaginá que alguém esquecia algum dinheiro perto dele... o que ele fazia? Passava a mão no dinheiro. Vamo imaginá que tu contratava ele pra fazê alguma coisa, mas não sentava lá pra vê ele fazê a coisa... o que ele fazia? Sempre fazia uma outra coisa. Vamo imaginá que ele abria a boca... e daí? Se não fechasse ela bem depressa, deixava escapá uma mentira, toda vez. Esse era o tipo de sujeito que o Henrique foi, e, se ele tivesse aqui com a gente, em vez dos nossos rei, tinha enganado aquela cidade muito pior que os nosso. Não vou dizê que os nosso são cordeirinho, porque não são, quando a gente vê os fato, mas eles não são nadinha perto *daquele* velho bode. O que eu digo é que rei é rei, e a gente tem que dá um desconto. No fim das conta, são um bando bem ordinário. Isso tem a vê com o jeito que eles são criado.

— Mas esse aí *fede* que nem o diabo, Huck.

— Bom, todos eles fede, Jim. Não dá pra controlá o jeito que um rei fede; a História não ensina isso.

— Agora, o duque, ele até que é um homi bonzinho, em algumas coisa.

— É, um duque é diferente. Mas não muito. Esse aí é dos pior... pra ser duque. Quando ele tá de cara cheia, nem míope vai deixá de enxergá que ele é igual um rei.

— Bão, em todo causo, eu num quero mais sabê deles, Huck. Já guentei o que pude.

— Eu sinto a mesma coisa, Jim. Mas eles estão nas nossa mão, e nós temo que lembrá o que eles são, e dá um desconto. Tem vez que eu queria ouvi falá de algum país sem rei.

Do que adiantava contá pro Jim que eles não era nem rei nem duque de verdade? Não ia trazê nada de bom; e além disso, é como eu já falei, não dava pra sabê a diferença entre eles e os de verdade.

Fui dormí, e o Jim não me chamou na hora da minha vigia. Ele fazia muito isso. Quando acordei, bem na hora que o dia tava nascendo, ele tava sentado lá com a cabeça baixa no meio dos joelho, gemendo e choramingando. Fingi que não vi. Eu já sabia o que era. Ele tava pensando na mulher e nos filho, lá longe, e tava triste e com saudade de casa, porque nunca tinha ficado longe deles antes na vida; e eu acredito que ele gostava tanto da gente dele como os branco gosta da gente deles. Não parece que é natural, mas acho que é assim mesmo. Ele costumava ficá gemendo e choramingando, daquele jeito, de noite, quando achava que eu tava dormindo, e dizendo "Tadinha da Lizabeth! Tadinho do Johnny! É muito duro; eu acho que nunca mais vou vê vocês, nunca mais!". Ele era um preto muito bom, o Jim.

Mas daquela vez eu resolvi falá com ele sobre a mulher e os pequeno; e logo, logo ele disse:

— O que fez eu sentí mal dessa vez foi que eu ouvi alguma coisa lá na beira, que nem uma pancada, uma batida, faz pouco, e eu alembrei do dia que tratei a minha Lizbeth tão mal. Ela tava só com uns quatro ano, e pegou escralatina, e ficou muito ruim; mas ela melhorou e um dia ela tava sem fazê nada, e eu falei pra ela "Fecha a porta". Ela num fechou; só ficou lá, sorrino pra eu. Aquilo me deixou brabo; e eu falei de novo, gritano, eu falei "Tu num me ouviu? Fecha a porta!". Ela ficou do mesmo jeito, só sorrino. Eu fervi de raiva! Eu falei "Eu vou te *fazê* fechá... te cuida!". E com isso eu dei um tapão no lado da cabeça dela que mandou ela voano. Daí eu fui pro outro quarto e fiquei lá uns dez minuto; e quando eu voltei, lá tava aquela porta *inda aberta*, e a menina de pé no meio dela, olhano pra baixo e chorano, e as lágrima rolano. Não! Eu fiquei *doido*. Eu ia pegá a menina, mas bem naquele instante... a porta abria pra dentro... bem naquele instante, veio um vento e bateu a porta por detrás da menina, ca-*blam*!... e por Deus... a menina num mexeu! O meu fôlego quase faltou; e eu me senti tão... tão... nem sei *como* eu me senti. Saí queto, todo tremeno, e dei a volta e abri a porta, bem devagar, e cheguei com a cabeça por detrás da menina, manso e queto, e de repente eu falei *bum!* o mais alto que eu pude gritá. *Ela nem mexeu!* Ah, Huck, eu caí no choro, e agarrei ela nos braço e falei "Ah... tadinha! Ô Deus Todo Poderoso, perdoa o pobre véio Jim, porque ele nunca vai se perdoá enquanto vida ele tivé!". Ah, ela era surda e muda, Huck, surda e muda... e eu tratano ela daquele jeito!

24

NO OUTRO DIA, perto de anoitecê, nós atracamo numa croa coberta de chorão, no meio do rio, aonde tinha um povoado em cada margem, e o duque e o rei começaram a pensá num plano pra tapeá os dois vilarejo. O Jim, ele falou com o duque, e disse que esperava que a coisa não ia demorá mais que algumas hora, porque era muito pesado e penoso pra ele ter que passá o dia todo na tenda amarrado com a corda. Sabe, quando a gente deixava ele sozinho, a gente tinha que amarrá ele, porque se alguém chegasse e visse ele sozinho sem tá amarrado, ele não ia parecê um preto fujão, entende? Daí o duque disse que *era* mesmo meio difícil ficá amarrado o dia todo, e que ele ia descobrí um jeito de não precisá mais fazê aquilo.

Ele era muito esperto, o duque, e logo deu um jeito. Ele vestiu o Jim com a ropa do rei Lear — era uma túnica cumprida de morim de cortina e uma peruca branca e costeleta de crina de cavalo, e então ele pegou tinta de cenário e pintou a cara e as mão e as orelha e o pescoço do Jim de um azul fosco e escuro, que nem um homem afogado depois de nove dia. Eu que me dane, se ele não ficou a coisa mais medonha que eu já vi. Daí o duque pegou e escreveu numa placa, assim:

Árabe doente — mas inofensivo quando não está fora de si.

E ele pregou a placa numa ripa e fincou a ripa um metro ou um metro e meio na frente da tenda. O Jim ficou sastifeito. Ele disse que era muito melhor que ficá amarrado dois ano todo dia e se tremendo todo cada vez que ouvia um barulho. O duque disse pra ele ficá livre e sossegado e, se chegasse alguém pra xeretá, era pra ele pulá fora da tenda e fazê umas maluquice, e dá um ou dois uivo, igual uma fera selvage, e ele achava que eles ia caí fora e deixá ele em paz. O que era um palpite bem sensato, mas, se a gente pensá num homem qualquer, ele não ia esperá o Jim uivá. Ora! Ele não só parecia que tava morto, ele parecia bem pior que isso.

Aqueles pilantra queria tentá *A incomparável realeza* de novo, porque a coisa rendia muito dinheiro, mas concluíram que não ia ser seguro, porque talvez a notícia já tivesse chegado até aonde nós tava. Eles não conseguiram pensá num projeto que fosse dos bom; daí, no fim das conta, o duque falou que ia descansá e botá o célebro pra trabalhá uma ou duas hora e vê se não armava alguma pro povoado da margem do Arkansas, e o rei disse que ia dá uma chegada no outro povoado, sem plano nenhum, só confiando na Providência pra mostrá pra ele o caminho do lucro — querendo dizê confiando no capeta, eu acho. Nós tinha comprado ropa pronta na última parada, e agora o rei vestiu as dele, e mandou eu vestí as minha. Eu vesti, é claro. A beca do rei era toda preta, e ele ficou mesmo fino e engomado. Eu nunca tinha reparado como as ropa pode mudá alguém. Ué! Antes ele parecia o velho imbecil mais ordinário que já existiu, mas agora, quando tirava o chapéu branco novo, de pele de castor, e fazia uma mesura e sorria, ele parecia tão importante e bom e carola que dava pra dizê que ele tinha acabado de saí da arca, e que devia ser o próprio velho Levítico. O Jim ajeitou a canoa, e eu peguei o meu remo. Tinha um grande vapor atracado na margem, depois da ponta, uns cinco quilômetro pra cima do povoado — já tava lá tinha algumas hora — fazendo carregamento. O rei falou:

— Do jeito que eu tô vestido, acho melhor eu chegá de Saint Louis, ou Cincinnati, ou de algum outro lugar grande. Toca pro vapor, Huckleberry; nós vamo descê nele até o vilarejo.

Não precisei daquela ordem duas vez, pra passeá de vapor. Cheguei perto da margem uns oitocentos metro pra cima do vilarejo, e então toquei pelo remanso do lado da ribanceira. Em pouco tempo avistamo um jequinha inocente sentado num toco, enxugando o suor da cara, pois tava terrível de quente, e ele tinha duas malona de pano de tapete.

— Aponta pra beira — disse o rei. Eu fui. — Pra onde você vai, meu jovem?

— Pro vapor; indo pra Orleans.

— Sobe a bordo — disse o rei. — Espera um momento; meu criado vai te ajudá com essas mala. Pula fora e ajuda o cavalheiro, Adolfo — era eu, logo entendi.

Eu fiz o que ele mandou, e então nós três seguimo viage. O rapazinho ficou muito grato; falou que era duro carregá a bagage naquele calor. Ele perguntou pro rei aonde ele tava indo, e o rei disse que tinha descido o rio e desembarcado no outro vilarejo naquela manhã, e agora tava subindo uns quilômetro pra visitá um velho amigo numa fazenda lá pra cima. O rapazinho falou:

— Logo que eu vi o senhor, eu falei pra mim mesmo "É o sr. Wilks, de certeza, e ele quase chegou aqui a tempo". Mas aí eu falei "Não, acho que num é ele, porque ele num ia vim remando rio pra cima". O senhor *não é* ele, é?

— Não, meu nome é Blodgett... Elexander Blodgett... *Reverendo* Elexander Blodgett, acho que posso dizê, pois sou um dos pobres servos do Senhor. Mas, em todo caso, sinto muito que o sr. Wilks não tenha chegado a tempo, se ele perdeu alguma coisa pelo atraso... e espero que não tenha perdido.

— Bom, ele num perdeu nenhuma propriedade pelo atraso, porque vai recebê tudo, sem problema, mas perdeu de vê o irmão dele, o Peter, morrê... e talvez ele pouco se importa, quem pode sabê... mas o irmão dava tudo nesse mundo pra vê *ele* antes de morrê; num falou em outra coisa nessas última três semana; num via ele desde quando os dois era menino... e nunca viu o irmão William, nunquinha... aquele que é surdo e mudo... o William num tem mais que trinta ou trinta e cinco ano. O Peter e o George era os único que aparecia por aqui; o George era o irmão casado; ele e a esposa morreram os dois no ano passado. Agora, só sobrou o Harvey e o William e, como eu falei, eles num chegaram aqui a tempo.

— Alguém mandou algum aviso pra eles?

— Ah, sim, tem um ou dois mês, quando o Peter caiu doente, porque o Peter falou que achava que daquela vez num ia sará. Sabe, ele tava bem velho, e as filha do George era novinha demais pra fazê companhia pra ele, a num ser a Mary Jane, a ruiva; e daí ele ficou meio sozinho depois que o George e a mulher dele morreu, e ele parecia que num queria mais vivê. Ele tava desesperado pra vê o Harvey... e o William também, pra falá a verdade... porque ele era do tipo que num tem corage de fazê testamento. Deixou uma carta pro Harvey e disse que na carta ele falava aonde tava escondido o dinheiro dele, e como ele queria dividí a propriedade, pra que as filha do George ficasse bem... porque o George num deixou nada. E eles num conseguiram fazê ele escrevê mais nada, a num ser aquela carta.

— Por que você acha que o Harvey não veio? Aonde ele mora?

— Ah, ele mora na Inglaterra... Sheffield... é pregador lá... nunca veio aqui nesse país. Nunca teve muito tempo livre... e além disso, vai vê que nem recebeu a carta, sabe.

— Que pena, que pena que ele não viveu pra vê os irmãos, pobre alma. Você vai pra Orleans, é isso?

— Vou, mas isso num é mais que uma parte da viage. Vou pegá um navio, quarta-feira que vem, pro Rio Janero, aonde mora um tio meu.

— É uma viagem bem demorada. Mas vai ser muito lindo; quem me dera podê ir. A Mary Jane é a mais velha? Qual é a idade das outra?

— A Mary Jane tem dezenove, a Susan tem quinze, e a Joana tem uns catorze... essa é a que trabalha com obra de caridade e tem lábio leporino.

— Pobrezinhas! Sozinhas no mundo cruel, desse jeito.

— Bom, elas podia tá pior. O velho Peter tinha uns amigo, e eles num vai deixá nada de mau acontecê pra elas. Tem o Hobson, o pregador batista; o diácono Lot Hovey; e o Ben Rucker; e o Abner Shackleford; e o Levi Bell, o adevogado; e o dr. Robinson; e as esposa deles; e a viúva Bartley, e... bom, tem muito amigo; mas esses são os mais próximo do Peter, e ele falava neles, às vez, quando escrevia pra casa; daí o Harvey vai sabê aonde encontrá os amigo, quando ele chegá aqui.

Bom, o velho, ele continuou a fazê pergunta até quase esvaziá o rapaz. Eu que me dane, se ele não perguntou sobre todo mundo e tudo daquele bendito povoado, e quis sabê tudo sobre os Wilks, e sobre os negócio do Peter — que era curtidor; e sobre os do George — que era carpinteiro; e sobre os do Harvey — que era pregador dissidente, e tudo mais. Então ele falou:

— Por que você queria andá até aonde o vapor tá atracado?

— Porque é um barco grande, de Orleans, e eu fiquei com medo que ele num ia pará aqui. Quando estão muito carregado, eles num para pra nada. Barco que vem de Cincinnati para, mas esse vem de Saint Louis.

— Esse Peter Wilks era bem de vida?

— Ah, era, muito bem. Tinha casas e terra, e dizem que ele deixou três ou quatro mil em dinheiro escondido em algum lugar.

— Quando foi que você disse que ele morreu?

— Eu num disse; mas foi ontem de noite.

— Enterro amanhã, com certeza?

— É... lá pelo meio do dia.

— Bom, isso tudo é muito triste, mas todos temos que partí, mais cedo ou mais tarde. Daí precisamo tá preparado; daí, dá tudo certo.

— Sim, senhor, é o melhor jeito. A mãe sempre falava isso.

Quando chegamo no vapor, o carregamento tinha quase terminado, e pouco depois ele partiu. O rei não falou nada sobre embarcá; daí eu perdi a minha viage, no fim das conta. Depois que o vapor foi embora, o rei mandou eu remá um quilômetro e meio rio pra cima, até um lugar quieto, e então ele desembarcou da canoa e falou:

— Agora, volta lá, ligeiro, e traz o duque até aqui, e aquelas maletas novas. E se ele foi pro outro lado, vai lá e busca ele. E fala pra ele vim aqui, sem falta. Agora, vai depressa.

Eu logo vi o que *ele* tava armando, mas não disse nada, é claro. Quando voltei com o duque, nós escondemo a canoa, e os dois sentaram num toco, e o rei contou tudo pra ele, do jeitinho que o rapaz falou — palavra por palavra. E enquanto contava, ele tentava falá que nem um inglês, e falou muito bem, pra um vagabundo. Eu não consigo imitá ele, e então não vou nem tentá, falou muito bem mesmo. Então ele disse:

— Você é bom de surdo e mudo, Bilgewater?

O duque falou que ele podia deixá isso por conta dele; falou que já tinha feito papel de surdo e mudo no palco. Então ficaram esperando um vapor.

Lá pelo meio da tarde apareceu uns barquinho, mas eles não tava vindo de muito longe rio pra cima. No fim das conta, apareceu um grandão, e eles fizeram sinal. O vapor mandou o iole, e nós subimo a bordo, e o vapor era de Cincinnati; e quando eles descobriram que nós só queria viajá uns sete ou oito quilômetro eles ficaram furioso e xingaram a gente, e disseram que não ia desembarcá nós. Mas o rei ficou calmo. Ele falou:

— Se cavalheiros como nós podemo pagá um dólar por quilômetro, cada um, pra ser apanhado pelo iole, o vapor pode transportá nós, não pode?

Então eles amansaram e disseram que tava tudo bem, e quando chegamo no vilarejo, eles levaram nós de iole até a margem. Uns doze homem correram, quando viram o iole chegando, e quando o rei disse "Algum dos senhores cavalheiros pode me informá aonde que mora o sr. Peter Wilks?", eles trocaram uns olhar e mexeram com a cabeça, como quem tá dizendo "Eu num te falei?". Então um deles falou, com uma voz mansa e educada:

— Sinto muito, senhor, mas o melhor que podemo fazê é dizê pro senhor aonde que ele *morava* até ontem de noite.

Num piscá de olho, a criatura velha e ordinária desabou, e caiu por cima do sujeito, e encostou o queixo no ombro dele, e chorou nas costa dele, e disse:

— Ai de mim, ai de mim! Nosso pobre irmão... se foi, e nós nem conseguimo vê ele; ah, é duro demais, duro *demais*!

Então ele se virou, meio que babando, e fez um monte de sinal idiota pro duque, com as mão, e eu que me dane se o *duque* não largou a maleta no chão e abriu um berreiro. Ah, se aqueles dois não era os maior caloteiro, aqueles dois farsante, que eu vi na minha vida. Bom, os homem cercaram eles, e ficaram com pena deles, e disseram uma porção de coisa boa pra eles, e carregaram as maleta deles morro pra cima, e deixaram eles encostá neles pra chorá, e contaram pro rei tudo sobre os últimos momento do irmão, e o rei, ele contava tudo de novo com as mão pro duque, e os dois choraram pelo curtidor morto como se tivessem perdido os doze discípulo. Bom, se eu já vi alguma coisa parecida com aquilo, sou um preto. Dava pra gente sentí vergonha da raça humana.

25

A NOTÍCIA ESPALHOU pela cidade toda em dois minuto, e dava pra vê o povo correndo, de tudo quanto é lado, alguns vestindo os casaco enquanto corria. Logo, logo a gente tava no meio de uma multidão, e o barulho dos passos era que nem marcha de soldado. As janela e as soleira das porta tava tudo cheia, e cada minuto alguém falava, debruçado numa cerca:

— São *eles*?

E alguém, correndo junto com o povo, respondia:

— Pode sabê que sim.

Quando chegamo na casa, a rua na frente dela tava apinhada, e as três mocinha tava de pé na porta. A Mary Jane era *ruiva*, mas isso não tinha a menor importância; ela era muito linda, e o rosto e os ólho dela tava alumiado como na glória, de tão feliz que ela ficou que os tio chegaram. O rei, ele abriu os braço, e a Mary Jane pulou nos braço dele, e a lábio-leporino pulou no duque, e *como eles abraçaram*! E quase todo mundo, pelo meno as mulher, chorou de alegria vendo eles se encontrá, finalmente, e sentí tanta felicidade.

Então o rei cutucou o duque — eu vi ele fazê isso — e olhou em volta e viu o caixão, no canto, apoiado em duas cadeira; daí ele e o duque, um com uma das mão no ombro do outro, e com a outra mão tapando os ólho, caminharam devagar e com respeito até lá, e todo mundo afastou pra deixá eles passá e toda conversa e zoada parou, o povo dizendo "Shhh!", e os homem tiraram os chapéu e baixaram a cabeça, e dava pra ouví um alfinete caí no chão. E quando chegaram do lado do caixão, eles curvaram e espiaram lá dentro e, depois de uma espiada, abriram um berreiro tão grande que dava pra escutá eles em Orleans, quase; e daí eles deram um abraço e apoiaram os queixo um no ombro do outro; e então, durante três minuto, ou até quatro, eu nunca vi dois homem chorá daquele jeito. E, pode sabê, todo mundo fez a mesma coisa, e o lugar ficou tão encharcado que eu nunca vi nada igual. Daí um ficou de um lado do caixão, e o outro do outro, e ajoelharam e encostaram a testa no caixão, e fingiram que tava rezando, baixinho. Bom, com isso, a multidão ficou abalada de um jeito que ninguém nunca viu, e daí todo mundo caiu no choro e deu de soluçá alto — as pobre mocinha também; e uma por uma, todas as mulher, quase, foram até as mocinha, sem dizer uma palavra, e beijaram elas, com respeito, na testa, e passaram a mão na cabeça delas, e olharam pro céu, com as lágrima escorrendo, e então abriram um berreiro e saíram, soluçando e enxugando os ólho, pra dá chance pras mulher que vinha logo por detrás. Eu nunca vi nada tão nojento.

Bom, logo, logo o rei, ele levantou e deu uns passo pra frente, e ficou todo nervoso e balbuciou um discurso, que era só choradeira e baboseira sobre o sofrimento que era pra ele e pro coitado do irmão perdê o finado, e não vê o finado com vida, depois da longa viage de quase sete mil quilômetro, mas era um sofrimento amenizado e santificado por toda aquela solidariedade e aquelas santa lágrima, e então ele agradecia, do fundo do coração dele e do coração do irmão, porque da boca não dava, as palavra sendo fraca e fria demais, e todo esse tipo de baboseira melosa, até que a coisa ficou de embrulhá o estômago; e daí ele babou um amém carola e bonzinho, e deu um ataque e parecia que ia rebentá de chorá.

E no instante que essas palavra saíram da boca dele, alguém no meio da multidão entoou a doxologia, e todo mundo cantou, com toda força, e aquilo acalmou o povo e fez todo mundo sentí tão bem igual na saída da igreja. Música é coisa boa, e depois de toda aquela choradeira e lambança, nunca vi nada melhorá tanto as coisa, e fazê tudo parecê tão honesto e puro.

Então o rei começou a falá de novo, e disse que ele e as sobrinha ia ficá muito feliz se alguns dos amigo mais chegado da família pudesse ceá com eles naquela noite, e ajudá a velá os resto mortal do falecido, e falou que se o pobre irmão que ali jazia ainda pudesse falá, ele sabia os nome que o finado ia dizê, pois era tudo nome muito querido dele, e sempre citado nas carta; e então o rei ia dizê os mesmo nome, a sabê, assim: o reverendo Hobson, o diácono Lot Hovey, o sr. Ben Rucker, Abner Skackleford, Levi Bell, o dr. Robinson, e as esposa, e a viúva Bartley.

O reverendo Hobson e o dr. Robinson tava na outra ponta do vilarejo, caçando junto, ou seja, eu quero dizê que o doutor tava despachando um doente pro outro mundo, e o reverendo tava apontando pro tal sujeito o caminho certo. O adevogado Bell tava longe, em Louisville, por motivo de trabalho. Mas o resto tava por ali mesmo, e daí todos vieram apertá a mão do rei e agradecê ele e falá com ele; e apertaram a mão do duque, e não disseram nada, só ficaram rindo e balançando a cabeça que nem um bando de idiota, enquanto ele fazia uma porção de gesto com as mão e dizia "guu-guu... guu-guu-guu", o tempo todo, como um bebê que não sabe falá.

Daí o rei continuou a tagarelá e perguntou sobre quase todo mundo e tudo o que era cachorro do povoado, chamando eles pelos nome, e contou todo tipo de coisinha que tinha acontecido, em algum momento, no vilarejo, ou na família do George, ou do Peter; e sempre dizia que o Peter escreveu aquelas coisa pra ele, mas era mentira; ele arrancou cada bendita informação daquele rapazinho cabeça-oca que nós levamo na canoa até o vapor.

Então a Mary Jane, ela buscou a carta que o tio tinha deixado, e o rei, ele leu a carta em voz alta e chorou. A carta deixava a casa e três mil dólar, em ouro, pras mocinha; e deixava o curtume (que rendia um bom dinheiro) e mais outras casa e terra (valendo uns sete mil), e três mil dólar em ouro, pro Harvey e pro William, e dizia aonde os seis mil dólar tava escondido, no porão. Daí os dois caloteiro disseram que ia lá embaixo buscá e deixá tudo certo e às clara, e me mandaram ir junto com uma vela. Nós entramo no porão e fechamo a porta, e quando eles acharam o saco eles derramaram tudo no chão, e foi uma visão muito linda, todas aquelas moeda amarelinha. Meu Deus! Como os ólho do rei brilharam! Ele deu um tapa no ombro do duque e falou:

— Ah! Não tem melhor que *essa*! Ah, não, eu acho que não! Ora! Biljy, essa ganha da Realeza, *né*?

O duque concordou que ganhava. Eles pegaram as amarelinha, e escorreram elas pelos dedo e deixaram elas tilintá no chão; então o rei disse:

— Não tem discussão: ser irmão de morto rico e representante de herdeiros que sobraram no exterior é a nossa linha de negócio, Bilge. Tudo isso aconteceu por confiá na Providência. É o que tem de melhor, no longo prazo. Já tentei de tudo, e não tem nada melhor.

A maioria das pessoa ia ficá sastifeita com a pilha de moeda, e confiá no valor, mas não, eles tinha que contá. Daí eles contaram, e tava faltando quatrocentos e quinze dólar. Disse o rei:

— Maldito seja, o que será que ele fez com aqueles quatrocentos e quinze dólares?

Eles pensaram na questão, um tempo, e vasculharam tudo em volta. Então o duque disse:

— Bom, ele tava bem doente, e vai vê que se enganou... acho que foi isso. É melhor deixá pra lá, e não falá nada. Não vai fazê falta pra nós.

— Ah, droga! É, não vai fazê falta pra nós. Eu não vou preocupá com isso... eu tô pensando é na *conta*. Nós precisamo ter tudo certinho e às clara, aqui, sabe. Nós precisamo levá esse saco de moeda lá pra cima e contá na frente de todo mundo... pra não levantá nenhuma suspeita. Mas se o morto falou que tinha seis mil dólares, sabe, nós não queremo...

— Espera — disse o duque. — Vamo cobrí o déficite. — E começou a tirá moeda de ouro do bolso.

— É uma ideia brilhante, duque... você tem mesmo uma cabeça danada de esperta — disse o rei. — Ah, se não é uma benção que a velha Realeza tá ajudando nós de novo! — E *ele* começou a tirá moeda do bolso e empilhá elas.

O acerto quase arrombou eles, mas eles conseguiram inteirar os seis mil direitinho.

— Escuta só — disse o duque —, eu tenho uma ideia. Vamo lá pra cima contá esse dinheiro, e então vamo pegá e *dá tudo pras mocinhas.*

— Bom Deus, duque, deixa eu te abraçá! É a ideia mais sensacional que um homem já teve. Você tem mesmo a cabeça mais impressionante que eu já vi. Ah, esse é a melhor das tramoias, sem dúvida. Eles que venha agora com as suspeitas deles, se quiserem... isso vai acabá com elas todas.

Quando chegamo lá em cima, todo mundo juntou em volta da mesa, e o rei, ele contou e empilhou as moeda, trezentos dólar em cada pilha — vinte pilhazinha elegante.

Todo mundo olhou com fome, e lambeu os beiço. Então eles enfiaram tudo de novo no saco, e eu vi que o rei tava começando a inchá pra fazê outro discurso. Ele falou:

— Meus amigos, meu pobre irmão que ali jaz estirado foi muito generoso com aqueles que ficaram pra trás nesse vale de lágrimas. Ele foi generoso com essas ovelhinhas que ele amou e amparou, e que ficaram sem pai nem mãe. Sim, e nós, que conhecia ele, sabemo que ele ia ser *ainda mais* generoso se não tivesse receio de magoá o querido William e eu. Agora, ele não *ia*? Não resta dúvida sobre isso na *minha* mente. Bom, então... que tipo de irmão ia querê atrapalhá os planos dele, numa hora dessa? E que tipo de tio ia querê robá... sim, *robá*... essas pobres ovelhinhas tão mansas e que ele tanto amava, numa hora dessa? Se eu conheço o William... *e acho* que conheço... ele... bom, eu vou perguntá pra ele.

Ele virou e começou a fazê uma porção de sinal pro duque com as mão, e o duque, ele olhou pra ele, com cara de imbecil e cabeça-dura, algum tempo, e então, de repente, fez que entendeu tudo e pulou em cima do rei, gritando guu-guu e todo feliz, e abraçou ele umas quinze vez antes de largá. Daí o rei falou:

— Eu sabia; eu calculo que *isso* vai convencê qualquer um sobre o que *ele* acha. Aqui, Mary Jane, Susan, Joana, peguem o dinheiro... peguem *tudo*. É presente daquele que jaz ali, frio, mas feliz.

A Mary Jane pulou nele, a Susan e a lábio-leporino pularam no duque, e aí eu nunca vi tanto abraço e tanto beijo. E todo mundo amontoou, com lágrimas nos ólho, e a maiora apertou a mão daqueles caloteiro, dizendo, o tempo todo:

— Queridos, que almas *boa*! Que *beleza*! Que *gesto*!

Bom, logo depois todo mundo começou a falá de novo no finado, e como ele era bom, e que grande perda tinha sido, e tudo isso; logo, logo um homem grandalhão de queixo quadrado se espremeu e conseguiu entrá e ficou escutando e olhando, sem falá nada, e ninguém falava nada pra ele também, porque o rei tava falando e eles tava tudo escutando. O rei tava no meio de uma coisa que ele tinha começado a dizê...

— ... eles sendo grandes amigos do falecido. É por isso que foram convidados a comparecê aqui essa noite; mas amanhã nós queremo que *todos* compareçam... todo mundo, pois ele respeitava todo mundo, e gostava de todo mundo, e então é justo que as orgias fúnebres sejam públicas.

E daí ele continuou matraqueando, sastifeito de ouví a própria voz, e às vez lá vinha ele com as orgia fúnebre de novo, até que o duque, ele não guentou mais; então ele escreveu num pedacinho de papel *"exéquias*, seu velho imbecil", dobrou o papel e saiu dizendo guu-guu e tentando entregá o papel por cima da cabeça do povo. O rei, ele leu o papel, e enfiou no bolso e disse:

— Pobre William, mesmo sofrendo desse jeito, o *coração* dele tá sempre certo. Ele tá me pedindo pra convidá todo mundo pro enterro... quer que eu dê boas-vindas a todos. Mas ele não precisa preocupá... era isso mesmo que eu tava fazendo.

Então ele pegou o fio da meada de novo, bem tranquilo, e continuou a falá nas orgia fúnebre dele, às vez, igual tinha feito antes. E quando falou pela terceira vez, ele disse:

— Eu digo orgias, não porque é o termo comum, porque não é... exéquias é o termo usado... mas porque orgias é o termo correto. Exéquias não é mais usado na Inglaterra, agora... saiu de moda. Agora, na Inglaterra, nós dizemo orgias. Orgias é melhor, porque significa o que a gente qué; é mais exato. É uma palavra que vem do grego, *orgo*, fora, aberto, exterior e do hebraico, *jisam*, plantar, cobrir, enterrar. Então, vejam bem, orgias é um enterro aberto ao público.

Ele foi o *pior* que eu encontrei na minha vida. Bom, o sujeito de queixo quadrado riu na cara dele. Todo mundo ficou espantado. Todo mundo disse "Ora, *doutor*!", e o Abner Shackleford falou:

— Ué, Robinson, você não soube da notícia? Esse aí é o Harvey Wilks.

O rei, ele sorriu, ansioso, e esticou a mão, e disse:

— *É o querido amigo e médico do meu pobre irmão? Eu...*

— Não toque em mim! — disse o médico. — *Você* fala igual um inglês, né? É a pior imitação que eu já ouvi. *Você...* irmão do Peter Wilks. Você é um caloteiro, é isso que você é!

Bom, e a reação deles! Cercaram o médico e tentaram acalmá ele, e tentaram explicá tudo pra ele, e dizê que o Harvey deu quarenta prova que *era* o Harvey, que ele conhecia todo mundo pelo nome, e sabia até os nome dos cachorro, e imploraram e *imploraram* pra ele não magoá os sentimento do Harvey e os sentimento das pobre mocinha, e tudo isso. Mas não adiantou, ele ficou furioso e disse que qualquer homem que quisesse passá por inglês e não sabia imitá a língua melhor que ele era um caloteiro e um mentiroso. As pobre mocinha penduraram no rei, chorando, e de repente o médico virou pra *elas*. Ele falou:

— Eu fui amigo do pai de vocês, e sou amigo de vocês. E aviso, *como* amigo, e amigo sincero, que pretende proteger e livrar vocês de prejuízos e encrencas: virem as costas pra esse pilantra, e não façam nenhum negócio com ele, esse vagabundo ignorante, com as asneiras que ele diz ser grego e hebraico. É o tipo mais baixo de impostor... chegou aqui com um monte de nomes e fatos vazios, que aprendeu em algum lugar, e vocês consideram isso *provas* e estão sendo ajudadas no embuste por esses amigos tolos, que deveriam saber no que vocês estão se metendo. Mary Jane Wilks, você sabe que sou seu amigo, e amigo desinteressado. Agora, me escute: mande embora esse canalha miserável... Eu te *imploro*. Você vai fazer isso?

A Mary Jane se empertigou e, meu Deus, como era bonita! Ela disse:

— *Eis* a minha resposta. — Ela pegou o saco com o dinheiro e entregou nas mão do rei, e disse: — Pegue esses seis mil dólares e pode investir pra mim e pras minhas irmãs do jeito que o senhor quiser, e não precisa me dar recibo.

Daí ela passou o braço em volta do rei, de um lado, e a Susan e a lábio-leporino fizeram o mesmo do outro lado. Todo mundo bateu palma e o pé no chão, que nem uma verdadeira tempestade, enquanto o rei levantava a cabeça e sorria orgulhoso. O médico falou:

— Tudo bem, eu lavo as *minhas* mãos nessa história. Mas aviso a todos que vai chegar um momento em que vocês vão sentir o estômago embrulhar quando se lembrarem desse dia. — E foi embora.

— Tá bem, doutor — disse o rei, meio que debochando dele —, a gente manda chamá o senhor. — O que fez todo mundo rí e dizê que tinha sido uma tirada das boa.

26

BOM, quando eles foram embora, o rei, ele perguntou pra Mary Jane qual era a situação de quarto vago na casa, e ela disse que tinha um, que era pro tio William, e que ela ia cedê o dela, que era um pouco maior, pro tio Harvey, e ela ia ficá no quarto com as irmã e dormí numa cama de lona, e no sótão tinha um quartinho, com um colchão de palha. O rei falou que o quartinho podia ser pro criado dele — qué dizê, eu.

Então a Mary Jane levou nós pra cima, e mostrou os quarto deles, que era simples, mas bom. Ela disse que ia mandá tirá do quarto os vestido e um monte de coisa dela, se tava estrovando o tio Harvey, mas ele disse que não tava. Os vestido tava dependurado pela parede, e na frente deles tinha uma cortina de morim que ia até o chão. Tinha um baú velho que virava cômoda num canto, e uma caixa de violão no outro, e todo tipo de buginganga e badulaque por todo lado, do jeito que moça costuma fazê pra embelezá um quarto. O rei disse que o quarto ficava mais caseiro e mais agradável por causa daqueles enfeite, e então não era pra tirá eles. O quarto do duque era bem pequeno, mas bem bom, e o meu quartinho também era.

Naquela noite, eles tiveram uma baita ceia, e todos aqueles homem e mulher foram lá, e eu fiquei por detrás das cadeira do rei e do duque e servi eles, e os preto serviram os outro. A Mary Jane, ela sentou na cabeceira da mesa, com a Susan do lado, e disse que as broa tava ruim, e que as conserva tava medíocre, e que a galinha frita tava sem graça e dura... e todo esse tipo de baboseira, que nem mulher sempre faz pra ganhá elogio; todo mundo sabia que tava tudo muito bom, e foram logo falando — eles disseram *"Como é* que você faz pras broa ficá tão corada?" e *"Aonde*, pelo amor de Deus, você consegue esse picles tão gostoso?" e todo tipo de conversinha fiada, do jeito que o povo sempre faz numa janta, sabe.

E quando tudo acabou, eu e a lábio-leporino jantamo as sobra na cozinha, enquanto os outro ajudava os preto a limpá tudo. A lábio-leporino ficou me azucrinando sobre a Inglaterra, e Deus que me perdoe, se eu não achei que teve hora que a coisa tava ficando complicada. Ela disse:

— Você já viu o rei?

— Quem? O Guilherme IV? Bom, se já vi!... Ele frequenta a nossa igreja. — Eu sabia que ele tava morto tinha anos, mas não dei a entendê. Então quando eu falei que ele frequentava a nossa igreja, ela disse:

— O quê... sempre?

— É... sempre. O banco dele fica bem na linha do nosso... do outro lado do púlpito.

— Mas ele não mora em Londres?

— Bom, mora. Aonde é que ele *ia* morá?

— Mas vocês não moram em *Sheffield*?

Eu vi que tava num beco sem saída. Tive que fingí que engasguei com um osso de galinha, pra ter tempo de pensá como é que eu ia saí daquela. Então eu falei:

— Eu quis dizê que ele sempre frequenta a nossa igreja quando tá em Sheffield. Isso é só no verão, quando ele vai tomá banho de mar.

— Ué, você fala cada coisa... Sheffield não fica no mar.

— Bom, e quem falou que ficava?

— Ué, você falou.

— Não falei, *não*.

— Falou!

— Não falei.

— Falou.

— Não falei nada disso.

— Bom, então o que *foi* que você falou?

— Eu falei quando ele vai tomá banho de mar... foi isso que eu falei.

— Bom, então!... Como é que ele vai tomar banho de mar, se não fica no mar?

— Olha aqui — eu disse —; você já viu água mineral Congress?

— Já.

— Bom, e você teve que ir até Congress pra vê?

— Ué, não!

— Bom, e o Guilherme IV não precisa ir até o mar pra tomá banho de mar.

— Como é que ele faz, então?

— Faz do mesmo jeito como o povo daqui toma água Congress... em barril. Lá no palácio, em Sheffield, tem fornalha, e ele gosta da água dele quente. Não dá pra fervê aquele tantão de água no mar. Eles não têm as instalação pra isso.

— Ah, entendi, agora. Você podia dizer isso logo, pra poupar tempo.

Quando ela disse isso, eu vi que tinha me safado, e então fiquei sossegado e contente. Depois, ela disse:

— Você também vai à igreja?

— Vou... sempre.

— Onde você senta?

— Ué! No nosso banco.

— No banco *de quem*?

— Ué! No *nosso*... do teu tio Harvey.

— No dele? Pra que *ele* ia querer um banco?

— Pra sentá. Pra que você acha que ele ia querê?

— Ué! Pensei que ele ia ficar no púlpito.

Ele que se dane! Esqueci que era pregador. Vi que tava num beco sem saída de novo; então engasguei com mais um osso de galinha e pensei um pouco. Daí eu falei:

— Droga! Você acha que só tem um pregador numa igreja?

— Ué! Pra que eles iam querer mais?

— Como!... Pra pregá diante do rei! Nunca vi uma garota que nem você. Eles não têm menos que dezessete.

— Dezessete! Meu Deus! Ué... eu não ia sentar pra ouvir uma fila dessas, nem que eu *nunca* alcançasse a glória. Deve demorar uma semana.

— Ora! Eles não prega *todos* no mesmo dia... só *um* deles.

— Bom, então, o que é que os outros fazem?

— Ah, não muita coisa. Eles fica por lá, e passa o chapéu... uma coisa ou outra. Mas, de modo geral, eles não faz nada.

— Bom, então, pra que eles *servem*?

— Ué! Eles serve pra fazê *vista*. Você não sabe nada?

— Bom, eu *não quero* saber dessas bobajadas. Como é que os criados são tratados na Inglaterra? Eles tratam os criados melhor do que nós tratamos os nossos pretos?

— *Não!* Criado não é ninguém lá. Eles trata criado pior que cachorro.

— Eles não têm feriados, como nós temos, Natal, e a semana do Ano-novo, e o Quatro de Julho?

— Ah, escuta só! Dá pra vê que *você* nunca teve na Inglaterra. Ué, lábio-le... ué, Joana, eles nunca têm feriado, entra ano e sai ano, eles nunca vai no circo, nem no teatro, nem nas apresentação dos preto, nem em lugar nenhum.

— Nem na igreja?

— Nem na igreja.

— Mas *você* sempre vai na igreja.

Bom, lá tava eu num beco sem saída de novo. Esqueci que era criado do velho. Mas um minuto depois desfiei uma explicação que um criado particular era diferente de um empregado comum e *tinha* que ir na igreja, querendo ou não, e tinha que sentá com a família, porque tava na lei. Mas não fui muito bem, e quando acabei vi que ela não tava sastifeita. Ela falou:

— Agora, jura, você não tá me contando um monte de mentiras?

— Juro que não — eu falei.

— Nenhuma mesmo?

— Nenhuma mesmo. Não tem mentira nenhuma — eu falei.

— Bota a mão nesse livro e jura.

Eu vi que era só um dicionário, daí eu botei a mão no livro e jurei. Então ela pareceu que tava um pouco mais sastifeita, e disse:

— Bom, então eu acredito em algumas coisas, mas Deus me defenda se vou acreditar no resto.

— No que você não vai acreditar, Joana? — disse a Mary Jane, entrando, com a Susan por detrás dela. — Não é certo nem gentil falar com ele desse jeito, e ele um forasteiro e tão longe da gente dele. Você ia gostar de ser tratada assim?

— Esse é sempre o seu jeito, mana... sempre chegando pra ajudar alguém antes que a pessoa seja magoada. Eu não fiz nada pra ele. Ele andou contando umas lorotas, eu acho, e eu falei que não ia engolir tudo, e foi só isso que *eu falei*, tim-tim por tim-tim. Eu acho que ele pode aguentar uma coisinha dessas, né?

— Não me interessa se foi coisinha ou coisona; ele tá aqui na nossa casa e é um forasteiro, e você fez mal em dizer a-quilo. Se você estivesse no lugar dele, uma coisa dessas ia te envergonhar; então você não deve falar pra uma pessoa uma coisa que vai fazer *ela* sentir vergonha.

— Ué! Mana, ele falou...

— Não interessa o que ele *falou*... não é essa a questão. A questão é você tratar ele *bem* e não ficar falando coisa pra lembrar que ele não tá no país dele nem com a gente dele.

Eu falei pra mim mesmo, *essa* é a moça que eu tô deixando aquele velho réptil robá!

Então a Susan, *ela* entrou na dança e, acredite se quisé, ela passou o maior sabão na lábio-leporino!

Eu falei pra mim mesmo, e essa é a *outra* que eu tô deixando ele robá!

Então a Mary Jane, ela voltou à carga, e foi toda meiga e boazinha — que era o jeito dela —, mas quando ela acabou, não sobrou quase nada da pobre lábio-leporino. Daí ela abriu um berreiro.

— Tudo bem, então — disseram as outra moça —, é só você pedir desculpa pra ele.

E ela pediu. E ela pediu de um jeito lindo. Ela pediu de um jeito tão lindo que foi bom de escutá, e eu queria contá mil mentira, pra ela fazê aquilo de novo.

Eu falei pra mim mesmo, *essa* é a outra que eu tô deixando ele robá. E quando ela acabou, as três fizeram de tudo pra mim sentí em casa e sabê que tava no meio de amigo. Eu me senti tão ordinário e baixo e malvado, que falei pra mim mesmo, tô decidido: se eu não entregá aquele dinheiro pra elas, eu que me dane.

Então eu saí fora — pra cama, eu falei, querendo dizê que ia, mais cedo ou mais tarde. Quando fiquei sozinho, comecei a pensá na coisa. Eu falei pra mim mesmo, será que devo procurá aquele médico, em particular, e entregá aqueles caloteiro? Não... isso não dá. Ele pode dizê quem contou pra ele, e então o rei e o duque ia esquentá a coisa pro meu lado. Será que devo contá pra Mary Jane, em particular? Não... eu não posso arriscá. A cara dela ia mostrá tudo pra eles, de certeza; eles estão com o dinheiro, e eles ia escapulí na mesma da hora e carregá o dinheiro. Se ela pedisse socorro, eu ia acabá me metendo na confusão, eu pensei. Não, só tinha mesmo um jeito bom: eu tinha que robá aquele dinheiro, de algum modo. E eu tinha que robá de um jeito que eles não ia desconfiá que fui eu. A coisa lá tava boa pra eles, e eles não ia embora enquanto não enganasse aquela família e aquela cidade até não podê mais; daí eu tinha tempo pra esperá uma chance das boa. Vou robá e escondê o dinheiro, e logo, logo, quando eu tivé longe, rio pra baixo, eu escrevo uma carta e falo pra Mary Jane aonde que o dinheiro tá escondido. Mas é melhor eu pegá o dinheiro hoje de noite, se pudé, porque vai vê que o médico ainda não desistiu do causo, como ele deu entendê, e pode assustá e enxotá eles daqui.

Então, eu pensei, vou vasculhá aqueles quarto. Lá em cima, o corredor tava escuro, mas eu achei o quarto do duque e comecei a tateá, mas lembrei que o rei não ia deixá ninguém mais cuidá daquele dinheiro, a não ser ele mesmo; daí fui até o quarto dele e dei de tateá por lá. Mas vi que não dava pra fazê nada sem vela, e eu não ia arriscá de acendê uma, é claro. Então pensei que tinha que fazê outra coisa — espiá e escutá sem que eles visse. Naquele momento, escutei os passo deles, e já ia me enfiá debaixo da cama; estiquei a mão, só que a cama não tava aonde eu pensei, mas encostei na cortina que cobria os vestido da Mary Jane; então pulei atrás da cortina e me enfiei no meio dos vestido, e fiquei lá paradinho.

Eles entraram e fecharam a porta, e a primeira coisa que o duque fez foi olhá debaixo da cama. Então fiquei feliz que eu não achei a cama. É que é natural a gente escondê debaixo da cama quando qué fazê alguma coisa escondido. Eles sentaram, daí, e o rei falou:

— Bom, o que é? E encurta a coisa, porque é melhor pra nós ficá lá embaixo, chorando de luto, que aqui em cima, dando chance pra eles falá de nós.

— Bom, é o seguinte, Capeto. Não tá tranquilo; não tô sossegado. Aquele médico não sai da minha cabeça. Eu quero sabê dos teus planos. Eu tenho uma ideia, e acho que é boa.

— Qual é, duque?

— Que é melhor caí fora daqui, antes das três da madrugada, e dá no pé rio abaixo com o que a gente já tem. Ainda mais que conseguimo tudo com tanta facilidade... *devolvido* pra nós, jogado na nossa cara, pro modo de dizê, e isso quando a gente tinha planejado robá o dinheiro de volta. Acho que devemo pará por aqui e dá o fora.

Aquilo fez eu sentí bem mal. Uma ou duas hora antes tinha sido um pouco diferente, mas agora eu me senti mal e inconformado. O rei zangou e disse:

— Como! E não vendê o resto da propriedade? Ir embora que nem um bando de bobo e deixá oito ou nove mil dólares em propriedade por aí, esperando pra ser recolhido?... E tudo coisa boa e vendável.

O duque, ele resmungou; disse que o saco de ouro já bastava, e que não queria ir mais fundo — não queria robá as órfã de *tudo* que elas tinha.

— Ué, você fala cada coisa! — disse o rei. — Nós não vamo robá mais nada delas, só esse dinheiro. As pessoas que *comprá* a propriedade é que vai sofrê, porque assim que descobrirem que nós não somos os donos... o que não vai demorá, depois que a gente fugí... a venda não vai ter validade, e a propriedade vai voltá pra posse delas. Essas órfãs vão ter a casa delas de volta, e isso já basta pra *elas*: elas são jovens, e espertas, e podem ganhá fácil um sustento. *Elas* não vão sofrê. Ora! Pensa bem... tem milhares e milhares que não são tão bem de vida como elas. Deus abençoe, elas não têm do que reclamá.

Bom, o rei falou tanto que convenceu ele; daí, no fim das conta, ele desistiu, e disse tá bem, mas falou que acreditava que era uma maldita tolice ficá lá, e aquele médico em cima deles. Mas o rei disse:

— Que se dane o médico! Por que você vai se incomodá com *ele*? Ele não fez todos os idiotas do vilarejo ficá do nosso lado? E isso não é uma bela maioria em qualquer cidade?

Então eles já ia descê lá pra baixo de novo. O duque falou:

— Eu acho que a gente não guardou o dinheiro num bom lugar.

Isso me animou. Eu tinha começado a pensá que não ia conseguí nenhuma dica pra me ajudá. O rei falou:

— Por quê?

— Porque a Mary Jane vai tá de luto a partir de agora, e a primeira coisa vai ser a preta que arruma os quartos recebê ordem pra encaixotá e guardá esses trapos, e você acha que uma preta vai esbarrá com dinheiro e não pegá algum?

— Tua cabeça tá boa de novo, duque — disse o rei, e ele veio apalpá por debaixo da cortina mais ou menos um metro de onde eu tava. Eu grudei na parede e fiquei bem quieto, só que tremendo; fiquei pensando no que aqueles sujeito ia me dizê, se eles me pegasse, e tentei pensá no que eu ia fazê se eles me pegasse mesmo. Mas o rei agarrou o saco antes de eu podê pensá mais que meio pensamento, e nem desconfiou que eu tava ali. Eles pegaram e enfiaram o saco por um rasgo no colchão de palha que ficava debaixo do colchão de pena, uns trinta ou sessenta centímetro pra dentro da palha, e falaram que agora tava bom, porque a preta só arrumava o colchão de pena, e só virava o colchão de palha umas duas vez por ano, e daí o saco não corria perigo de ser robado agora.

Mas eu não ia arriscá. Eu tirei o saco de lá antes que eles chegasse no meio da escada. Fui tateando até o meu quartinho e escondi o saco lá, até eu ter uma chance de fazê alguma coisa melhor. Pensei que era melhor escondê ele em algum lugar fora da casa, porque, se eles desse falta, eles ia revirá a casa toda, disso eu sabia muito bem. Então fui dormí, de ropa e tudo, mas não consegui pegá no sono, mesmo que eu quisesse, porque eu tava aflito pra acabá logo a tarefa. Pouco depois escutei o rei e o duque subindo; então pulei fora da cama e deitei no chão, com o queixo apoiado no degrau de cima da escada, esperando pra vê se alguma coisa ia acontecê. Mas não aconteceu nada.

Então guentei firme, até que os barulho da noite tivesse parado e os da manhã ainda não tivesse começado, e daí desci a escada.

27

ENGATINHEI ATÉ AS PORTA deles e apurei os ouvido; eles tava roncando; então segui na ponta dos pé e desci a escada, sem problema. Não tinha barulho em lugar nenhum. Espiei por uma fresta da porta da sala de jantar e vi que os homem que vigiava o corpo tava dormindo ferrado nas cadeira deles. A porta que dava pra sala de visita, aonde jazia o corpo, tava aberta e tinha uma vela em cada uma das duas sala. Passei por ali, e a porta da sala de visita tava aberta, e eu vi que lá dentro não tinha ninguém, só os resto do Peter; daí toquei em frente, mas a porta da rua tava trancada, e a chave não tava lá. Naquele instante escutei alguém descendo a escada, por detrás de mim. Corri pra sala de visita e olhei em volta, e o único lugar que vi pra escondê o saco foi dentro do caixão. A tampa tava aberta uns trinta centímetro, e dava pra vê a cara do morto lá dentro, coberta com um pano molhado e mais a mortalha. Enfiei o saco de dinheiro debaixo da tampa, mais pra baixo de onde as mão dele tava cruzadas, o que fez eu arrepiá, elas tava muito fria, e daí atravessei a sala correndo e escondi por detrás da porta.

A pessoa que tava vindo era a Mary Jane. Ela foi até o caixão, pisando de leve, e ajoelhou e espiou lá dentro; então ela pegou o lenço, e eu vi que ela começou a chorá, só que não dava pra escutá, porque ela tava de costa pra mim. Saí de mansinho e, quando passei pela sala de jantar, achei melhor garantí que os camarada que tava vigiando o corpo não tinha me visto; então espiei pela fresta, e tava tudo bem. Eles não tinha se mexido.

Fui pra cama, sentindo meio triste, porque a coisa tinha aconticido daquele jeito, depois de eu ter tanto trabalho e arriscá tanto. Eu falei pra mim mesmo, se o saco pudé ficá aonde tá, tudo bem; quando nós descesse o rio uns cento e sessenta quilômetro, eu podia escrevê pra Mary Jane, e ela podia desenterrá ele e pegá o dinheiro, mas não era isso que ia acontecê; o que ia acontecê era que o dinheiro ia ser encontrado quando eles viesse aparafusá a tampa. Daí o rei ia pegá o dinheiro de novo, e ia demorá um tempão até ele dá outra chance pra alguém surrupiá ele. É claro que eu *queria* descê lá, quietinho, e tirá o saco, mas eu não podia arriscá. Agora, cada minuto que passava ficava mais perto de amanhecê, e logo, logo um daqueles vigia ia começá a se mexê, e eu podia ser pego — pego com seis mil dólar nas mão, que ninguém tinha contratado pra mim cuidá. Eu não quero me metê num negócio desse, eu falei pra mim mesmo.

Quando desci lá embaixo, de manhã, a sala de visita tava fechada, e os vigia tinha ido embora. Não tinha ninguém na casa, só a família, a viúva Bartley e a nossa tribo. Olhei na cara deles, pra vê se alguma coisa tinha acontecido, mas não dava pra sabê.

Perto do meio do dia, chegou o papa-defunto, com o empregado dele, e eles colocaram o caixão no centro da sala, apoiado em duas cadeira, e então arrumaram as outra cadeira da casa em fileira, e pegaram mais outras com os vizinho, até enchê o corredor e a sala de visita e a sala de jantar. Eu vi que a tampa do caixão tava do mesmo jeito que antes, mas não arrisquei de espiá debaixo dela, com aquela gente toda em volta.

Então o povo começou a chegá, e os pilantra e as moça sentaram na fileira da frente, na cabeceira do caixão, e durante meia hora as pessoa passaram, devagar e fazendo fila, e olharam pra cara do defunto um minuto, e teve gente que deixou caí uma lágrima, e ficou tudo muito solene e quieto, só as moça e os pilantra segurando o lenço nos ólho, de cabeça baixa, e soluçando um pouquinho. Não tinha outro barulho a não ser pé arrastando no assoalho e gente assoando nariz — porque o povo assoa mais nariz em enterro que em qualquer outro lugar, a não ser na igreja.

Quando ficou apinhado, o papa-defunto, ele passou com suas luva preta e aquele jeito manso e consolador, dando os último retoque e deixando o povo e as coisa tudo nos trinque, e fazendo menos barulho que um gato. Ele nunca falava; trocava gente de lugar, arrumava cadeira pros atrasado, abria caminho, e fazia tudo só mexendo com a cabeça e as mão. Depois foi pro lugar dele, junto da parede. Aquele foi o sujeito mais manso, mais suave, mais calmo que eu vi na minha vida, e nele ninguém via mais sorriso que num presunto.

Eles tinha pedido emprestado um acordeão — todo ferrado — e quando tudo tava pronto, uma moça sentou e tocou um pouco, e o som arranhava e gemia, mas todo mundo cantou junto, e o Peter era o único bom naquela história, na minha opinião. Daí o reverendo Hobson começou, devagar e solene, e deu de falá; na mesma da hora, estourou no porão o maior escarcéu que alguém já ouviu na vida; era só um cachorro, mas ele fez uma tremenda barulheira, e não tinha jeito de pará; o pregador, ele teve que ficá quieto, na frente do caixão, e esperá — não dava pra gente ouví nem os próprio pensamento. Foi muito chato, e ninguém sabia direito o que fazê. Mas logo, logo todo mundo viu o papa-defunto de perna cumprida fazê um sinal pro pregador, querendo dizê "Não se preocupe... pode confiá em mim". Daí ele abaixou e deslizou perto da parede, só os ombro aparecendo por cima da cabeça do povo. Lá foi ele deslizando, e a balbúdia e a zoada cada vez mais escandalosa; no fim das conta, depois de percorrê dois lado da sala, ele sumiu pra dentro do porão. Daí, em dois segundo, nós escutamo uma paulada, rematada por um ou dois uivo medonho do cachorro, e depois um silêncio mortal, e o pregador começou de novo a pregação solene, do ponto aonde tinha parado. Um ou dois minuto depois, lá veio as costa e os ombro do papa-defunto deslizando de novo pelas parede, e ele deslizou e deslizou, por três parede da sala, e então se empertigou, e cobriu a boca com as mão, e espichou o pescoço pro lado do pregador, por cima da cabeça do povo, e falou, num cochicho meio rouco:

— *Ele pegou um rato!*

Daí ele se abaixou de novo e deslizou de volta até o lugar dele. Dava pra vê a grande sastifação do povo, porque eles queria sabê o que era. Uma coisinha como aquela não custa nada, e são essas coisinha que faz um homem ser admirado e querido. Não tinha homem mais famoso naquela cidade que aquele papa-defunto.

O sermão do enterro foi muito bom, mas cumprido de morrê e cansativo, e daí o rei, ele se meteu no meio e desfiou um pouco das baboseira dele, e, no fim das conta, o trabalho acabou, e o papa-defunto começou a esgueirá em volta do caixão com a chave de fenda. Eu dei de suá, então, e fiquei de olho nele. Mas ele não xeretou nada; só empurrou a tampa, manso como um cordeiro, aparafusou ela firme e forte. Que situação a minha! Eu não sabia se o dinheiro tava lá dentro ou não. Daí eu falei pra mim mesmo, será que alguém passou a mão naquele saco, na surdina? Agora, como é que *eu* vou sabê se devo escrevê pra Mary Jane ou não? Imagina se ela desenterrá ele e não encontrá nada — o que ela vai pensá de mim? Eu que me dane, eu falei, eu posso até ser caçado e preso; era melhor eu ficá quieto e fora dessa, e não escrevê nada; a coisa tá toda enrolada, agora; tentando melhorá, eu piorei tudo cem vez mais, e eu devia era deixá a coisa quieta, o diacho que carregue!

Eles enterraram ele, e nós voltamo pra casa, e eu fiquei assuntando a cara deles de novo — eu não conseguia deixá de fazê isso, e não conseguia ficá sossegado. Mas não descobri nada; a cara deles não me dizia nada.

O rei, ele foi fazê umas visitinha de noite, e adoçou todo mundo, e foi muito amável; e espalhou a ideia que a congregação dele na Inglaterra tava preocupada, e então ele precisava resolvê logo a questão do espólio, e voltá pra casa. Ele lamentava muito ter que ir embora logo, e todo mundo também; eles queria que ele ficasse mais tempo, mas disseram que dava pra vê que não era possível. E ele falou que, é claro, ele e o William ia levá as moça com eles, e isso agradou todo mundo também, porque aí as mocinha ia ficá bem, e junto da parentada; e agradou as moça também — elas ficaram tão animada que até esqueceram todos os problema que tinha na vida; e disseram pra ele vendê tudo na hora que quisesse, que elas ia tá pronta. Aquelas coitadinha ficaram tão alegre e feliz que o meu coração doeu de vê elas sendo tão enganada e trapaceada daquele jeito, mas eu não via nenhum jeito seguro de me metê e mudá o rumo das coisa.

Bom, eu que me dane se o rei não anunciou a casa e os preto e toda a propriedade pra um leilão urgente — dois dia depois do enterro, mas qualquer pessoa que quisesse podia comprá antes.

Daí um dia depois do enterro, lá pelo meio-dia, a felicidade das moça recebeu o primeiro solavanco: chegaram uns traficante de preto, e o rei vendeu os preto por um preço bom, com promissória pra três dia, como eles dizia, e lá foram eles — os dois filho rio pra cima, pra Memphis, e a mãe rio pra baixo, pra Orleans. Eu pensei que os coração das pobre mocinha e dos preto ia explodí de tristeza; eles choraram junto, e ficaram de um jeito que meu estômago quase embrulhou só de vê. As moça disseram que nunca nem sonharam de vê a família separada e vendida pra longe da cidade. Eu nunca vou conseguí tirá da lembrança a visão daquelas mocinha coitada e infeliz e dos preto, dependurado uns nos pescoço dos outro e chorando, e acho que eu não ia guentá vê aquilo, e ia dedurá a nossa gangue, se eu não soubesse que a venda não ia valê e que os preto ia tá de volta em casa depois de uma ou duas semana.

A coisa provocou um baita rebuliço no vilarejo, e muita gente fincou o pé e disse que era escandaloso separá a mãe dos filho daquele jeito. Aquilo pesou contra os dois tratante um pouco, mas o velho imbecil, ele guentou firme, apesar de tudo que o duque podia falá ou fazê, e eu posso dizê que o duque ficou bastante abalado.

No outro dia foi o leilão. Já tava dia claro, quando o rei e o duque subiram no sótão e me acordaram, e eu vi na cara deles que tinha alguma encrenca. O rei falou:

— Você teve no meu quarto anteontem de noite?

— Não, Majestade — que era como eu sempre chamava ele, quando não tinha ninguém em volta, só a nossa gangue.

— Você teve lá ontem de dia ou de noite?

— Não, Majestade.

— Palavra de honra, agora... sem mentira.

— Palavra de honra, Majestade. Eu tô falando a verdade. Não tive no quarto do senhor desde quando a Mary Jane levou o senhor e o duque e mostrou o quarto.

O duque falou:

— Você viu alguém entrá lá?

— Não, Vossa Senhoria, não que eu lembre, eu acho.

— Pensa bem.

Pensei um pouco, e vi a minha chance; daí eu disse:

— Bom, eu vi os preto entrá lá muitas das vez.

Os dois estremeceram, primeiro parecendo que nunca tinha esperado aquilo, e depois que *tinha*. Então o duque falou:

— Como! *Todos* eles?

— Não... pelo meno, não todos ao mesmo tempo. Qué dizê, eu acho que vi eles todos *saindo* junto de lá só uma vez.

— Então... quando foi isso?

— Foi no dia que a gente teve o enterro. De manhã. Não foi cedo, porque eu acordei tarde. Eu tava descendo a escada, e vi eles.

— Bom, vai, *continua*... o que eles tava fazendo? Como é que eles tava se comportando?

— Eles não tava fazendo nada. E não tava se comportando de nenhum jeito esquisito, até aonde eu pude vê. Eles saíram na ponta dos pé; daí eu vi logo que eles tinha entrado lá pra arrumá o quarto de Vossa Majestade, ou alguma coisa assim, achando que o senhor tava acordado, e viram que o senhor *não tava* acordado, e daí eles queria caí fora sem acordá o senhor, se é que já não tinha acordado.

— Que diacho! Deve ser *isso*! — disse o rei, e os dois ficaram com cara de doente, e de idiota também. Eles deram de pensá e coçá a cabeça, um minuto, e então o duque, ele deu uma risadinha rouca e falou:

— Essa foi a melhor, como os preto representaram bem! Eles fingiram que tava *triste* de ir embora daqui! E eu acreditei que eles *tava* triste. E o senhor também, e todo mundo. Que ninguém nunca venha falá pra *mim* que preto não tem talento pra teatro. Ora! O jeito como eles representaram enganava *qualquer um*. Na minha opinião, dá pra fazê fortuna com eles. Se eu tivesse capital e um teatro, não ia querê um elenco melhor que aquele... e nós ainda vendemo eles por uma ninharia. É... e ainda nem tivemo o previlégio de passá a mão na ninharia. Me fala aí uma coisa, *cadê* aquela ninharia... a promissória?

— No banco, pra ser cobrada. Aonde é que ela *ia está*?

— Bom, *tudo bem*, então, graças a Deus.

Eu falei, meio acanhado:

— Deu alguma coisa errado?

O rei virou pra mim e gritou:

— Não é da tua conta! Fica quieto e só se mete com o que é do teu interesse... se você tem algum. Enquanto você tivé nessa cidade, não esquece *isso*, ouviu? — Daí ele disse pro duque: — Nós temo que engolí essa e não falá nada: bico calado, *nós dois*.

No que eles descia a escada, o duque, ele deu outra risadinha e falou:

— Venda rápida *e* lucro pequeno! É um bom negócio... é mesmo.

O rei rosnou pra ele e disse:

— Eu tava querendo fazê o melhor, vendendo eles logo. Se não vai ter lucro nenhum, ou pouco, a culpa vai ser mais minha que tua?

— Bom, *eles* ainda ia tá nesta casa, e *nós* não, se o meu conselho fosse ouvido.

O rei deu uma resposta malcriada, dentro do possível naquela situação, e então virou e veio pra cima de *mim* de novo. Me deu uma bronca porque eu não *contei* pra ele que os preto tinha saído do quarto dele daquele jeito — falou que qualquer idiota ia *sabê* que tava acontecendo alguma coisa. E daí ele pegou e se xingou um tantão, e falou que tudo aconteceu porque ele não dormiu até tarde e não descansou como sempre naquela manhã, e que ia se daná se fizesse aquilo de novo. Então eles continuaram batendo boca, e me senti muito bem porque consegui empurrá tudo pra cima dos preto, mas não tinha feito nada de mau contra eles.

28

LOGO, logo tava na hora de levantá; então desci a escada pra ir lá pra baixo, mas, quando passei pelo quarto das moça, a porta tava aberta e vi a Mary Jane sentada de frente pro velho baú, que tava aberto, e ela arrumando ele — aprontando pra ir embora pra Inglaterra. Mas ela tinha parado, agora, e tava com um vestido dobrado no colo, e o rosto apoiado nas mão, chorando. Eu me senti muito mal de vê aquilo, é claro, qualquer pessoa ia sentí. Entrei lá dentro e falei:

— Srta. Mary Jane, a senhorita não guenta vê gente sofrendo, e *eu* também não guento... quase nunca. Me conta o que foi.

Então ela contou. E era os preto — como eu já esperava. Ela falou que a viage tão linda pra Inglaterra tava estragada pra ela; ela não sabia *como* ia ser feliz lá, sabendo que a mãe e os filho nunca mais ia se vê de novo — e então caiu num choro mais doído que nunca, e levantou as mão e disse:

— Ah, meu Deus, meu Deus, e pensar que eles *nunca mais* vão se ver de novo!

— Mas eles *vai*... e daqui duas semana... e eu *sei* disso! — eu disse.

Deus do céu! A coisa saiu sem eu pensá! E antes que eu pudesse me mexê, ela atirou os braço no meu pescoço e disse pra mim falá aquilo *de novo*, fala isso *de novo*, fala isso *de novo*!

Eu vi que tinha falado sem pensá, e falado demais, e fiquei num aperto. Pedi pra ela deixá eu pensá um minuto, e ela esperou sentada, muito aflita e animada e bonita, e parecia meio que feliz e aliviada, como alguém que acabou de arrancá um dente. Daí eu pensei na coisa. Eu falei pra mim mesmo, eu acho que alguém que vai e fala a verdade quando tá num aperto corre um baita risco, só que eu não tinha experiência com isso, e não sabia de certeza — mas era o que eu pensava, em todo causo. Mas aquela era uma situação aonde, Deus me abençoe, eu achava que a verdade era melhor, e até *mais garantida*, que a mentira. Eu precisava ficá com aquilo na cabeça e pensá bem por um momento, porque aquilo era muito esquisito e fora do comum. Nunca vi nada parecido. Bom, eu falei pra mim mesmo, no fim das conta, vou arriscá; vou falá a verdade dessa vez, mesmo que fosse que nem sentá num barril de pólvora e detoná ele, só pra vê aonde a coisa ia pará. Então eu falei:

— Srta. Mary Jane, tem algum lugar perto da cidade aonde a senhorita pode ficá uns três ou quatro dia?

— Tem... na casa do sr. Lothrop. Por quê?

— Não vem ao causo por quê, ainda. Se eu contá como eu sei que os preto vai se vê de novo... daqui duas semana... aqui nessa casa... e *prová* que eu sei isso... a senhorita vai pra casa do sr. Lothrop e fica lá quatro dia?

— Quatro dias! — ela disse. — Eu fico lá um ano!

— Tá bem — eu disse —, da *senhorita* eu não quero mais nada, só a sua palavra... eu prefiro a sua palavra que qualquer sujeito beijando a Bíblia. — Ela sorriu e corou, muito meiga, e eu disse: — Se a senhorita permití, eu vou fechá a porta... e trancá.

Daí eu voltei e sentei de novo, e disse:

— Não vai gritá. Fica aí sentada, quietinha, e guenta o tranco que nem um homem. Eu tenho que falá a verdade, e a senhorita tem que se prepará, srta. Mary, porque é coisa ruim, e vai ser difícil de escutá, mas não tem outro jeito. Esses tio da senhorita não são tio nenhum... são dois trapaceiro... dois caloteiro. Pronto, agora já passamo do pior... a senhorita vai guentá o resto, bem fácil.

Aquilo sacudiu ela, é claro, mas agora eu já tinha passado do banco de areia, então toquei em frente — os ólho dela faiscando mais e mais, o tempo todo — e contei pra ela a maldita história, desde quando nós encontramo aquele rapazinho idiota que tava indo pro vapor, até quando ela se atirou no peito do rei, na porta da rua, e ele beijou ela dezesseis ou dezessete vez — e daí ela deu um pulo, com a cara ardendo igual o pôr do sol, e disse:

— A besta! Vamos... não podemos perder um minuto... nem um *segundo*... vamos besuntar eles de piche e penas, e atirar eles dentro do rio!

Eu disse:

— De certeza. Mas a senhorita qué dizê *antes* de ir pra casa do sr. Lothrop ou...

— Ah — ela disse —, o que eu estava *pensando*! — ela disse, e sentou de novo. — Esquece o que eu falei... por favor... você *vai esquecer*, agora, *não vai*? — E botou a mão sedosa em cima da minha, de um jeito que eu falei que preferia morrê do que não fazê a vontade dela. — Eu falei sem pensar; fiquei muito exaltada — ela disse. — Agora, pode continuar, que eu não vou mais fazer aquilo. Você me diz o que fazer, e o que você disser, eu faço.

— Bom — eu disse —, é uma gangue braba, aqueles dois caloteiro, e eu tenho que viajá com eles mais um pouco, querendo ou não... prefiro não dizê pra senhorita por quê... e se a senhorita entregá eles, a cidade vai me livrá das garra deles, e *comigo* ia ficá tudo bem, mas tem uma outra pessoa, que a senhorita não conhece, que ia ficá na maior enrascada. Bom, nós temo que salvá *essa pessoa*, não temo? É claro. Bom, daí nós não vamo entregá eles.

Dizê aquelas palavra me deu uma boa ideia. Eu vi um jeito de, quem sabe, livrá o Jim e eu daqueles caloteiro: mandá eles pra cadeia, ali mesmo, e então ir embora. Mas eu não queria viajá na balsa de dia, sem ninguém mais nela pra respondê qualquer pergunta... só eu; daí eu não queria vê o plano começá a funcioná até que fosse bem tarde naquela noite. Eu falei:

— Srta. Mary Jane, vou dizê o que nós vamo fazê... e a senhorita nem vai precisá ficá na casa do sr. Lothrop muito tempo. Qual é distância daqui até lá?

— Um pouco menos de sete quilômetros... lá na zona rural, pro interior.

— Bom, tá certo. Então, a senhorita pode ir pra lá, e ficá quietinha, até nove ou nove e meia, hoje de noite, e daí a senhorita pede pra eles trazê a senhorita de volta pra casa... diz pra eles que a senhorita lembrou de alguma coisa. Se a senhorita chegá de volta antes das onze, bota uma vela nessa janela aqui e, se eu não aparecê, espera *até* onze; *então* se eu não aparecê até onze hora, é porque escapuli, dei no pé, e tô seguro. Então a senhorita pode saí e espalhá a notícia, e mandá esses vagabundo pra cadeia.

— Bom — ela disse. — Vou fazer isso.

— E se acontecê de eu não escapá, e se me pegarem junto com eles, a senhorita precisa dizê que eu contei tudo antes, e precisa ficá do meu lado o mais que pudé.

— Ficar do seu lado, com certeza, vou fazer isso. Eles não vão encostar num fio do seu cabelo! — ela disse, e eu vi as narina dela abrí e os ólho arregalá, quando ela falou.

— Se eu escapulí, não vou tá aqui — eu disse — pra prová que esses pilantra não são seus tio, e eu não ia podê prová, nem que *tivesse* aqui. Eu podia jurá que eles são vagabundo e vadio, só isso, ainda que isso já ia ser alguma coisa. Bom, tem gente que pode prová melhor que eu... e é gente que não vai levantá dúvida igual eu ia levantá. E vou dizê como a senhorita pode encontrá eles. Me dá um lápis e um papel. Pronto... "Incomparável Realeza, Bricksville". Guarda isso, e não perde. Quando o tribunal quisé descobrí alguma coisa sobre esses dois camarada, é só mandá alguém até Bricksville pra dizê que acharam os homem que representaram *A incomparável realeza*, e pedí umas testemunha... Ora! A cidade toda vai tá aqui, antes da senhorita piscá os ólho, srta. Mary. E eles vai vim fumegando.

Eu calculei que tudo já tava combinado, agora. Então eu falei:

— Deixa o leilão acontecê, e não preocupa com isso. O povo só tem que pagá pelo que comprá um dia inteiro depois que acaba o leilão, por causa da pressa que o leilão vai ser feito, e eles não vai embora enquanto não recebê o dinheiro... e do jeito que a gente fez a coisa, as venda não vai valê, e eles *não vai* recebê dinheiro nenhum. É do jeito que foi com os preto... a venda não valeu, e os preto vai tá logo de volta. Ora! Eles ainda não pode recebê o dinheiro da venda dos preto... eles estão no pior dos aperto, srta. Mary.

— Bom — ela falou —, eu vou descer pro café, agora mesmo, e depois vou direto pra casa do sr. Lothrop.

— Não, srta. Mary Jane, assim não dá — eu disse —, de jeito nenhum; a senhorita tem que ir *antes* do café.

— Por quê?

— Por que a senhorita acha que eu pedi pra senhorita ir pra lá, srta. Mary?

— Bom, eu nem cheguei a... e, pensando bem, não sei. Por quê?

— Ué, porque a senhorita não é uma dessas cara de pau que têm por aí. Eu não conheço livro melhor que a cara da senhorita. A gente pode lê a cara da senhorita como letra de forma. A senhorita acha que pode encará seus tio, quando eles chegá pra beijá a senhorita e desejá bom dia, e não...

— Chega, chega, não! Sim, eu vou antes do café... vou com prazer. E vou deixar as minhas irmãs com eles?

— Sim... não preocupa com elas. Elas têm que guentá ainda algum tempo. Eles pode desconfiá de qualquer coisa, se vocês todas for embora. Eu não quero que a senhorita veja eles, nem as suas irmã, nem ninguém na cidade; se algum vizinho perguntá como vai seus tio hoje de manhã, a sua cara ia dizê alguma coisa. Não, pode ir, agorinha mesmo, srta. Mary Jane, e eu dou um jeito neles tudo. Vou falá pra srta. Susan dizê que a senhorita mandou um abraço pros tio e que saiu algumas hora, só pra descansá e mudá de ambiente um pouco, ou pra visitá uma amiga, e que vai voltá de noite, ou amanhã cedo.

— Que fui visitar uma amiga, tudo bem, mas não vou mandar abraço pra eles.

— Bom, então deixa pra lá.

Bastava dizê isso pra *ela* — não tinha nenhum mal. Era uma mentirinha de nada, sem problema, e são essas mentirinha de nada que costuma amenizá o caminho das pessoa aqui; isso ia deixá a Mary Jane sossegada, e não custava nada. Então eu falei:

— Tem mais uma coisa... o saco de dinheiro.

— Bom, o saco tá com eles, e eu me sinto muito tola, quando penso *como* o saco foi parar nas mãos deles.

— Não, a senhorita tá enganada nisso. O saco não tá com eles.

— Ué! Com quem tá o saco?

— Eu queria sabê, mas não sei. *Eu* tava com ele, porque robei deles, e robei pra dá pra senhorita; e sei aonde escondi, mas acho que não tá mais lá. Eu sinto muito, srta. Mary Jane; sinto demais mesmo, mas eu fiz o que pude; fiz, sim, eu juro. Cheguei perto de ser pego, e precisei enfiá o saco no primeiro lugar que encontrei, e saí correndo... e não foi um bom lugar.

— Ah, pare de se culpar... isso faz mal, e não posso permitir... você não teve outra saída; não foi tua culpa. Onde você escondeu o saco?

Eu não queria fazê ela pensá nos problema de novo, e não consegui abrí a boca pra contá pra ela uma coisa que ia fazê ela imaginá aquele defunto dentro do caixão com o saco de dinheiro na barriga. Daí, um minuto, não disse nada — então eu disse:

— Eu prefiro não contá pra *senhorita* aonde eu escondi o saco, srta. Mary Jane, se a senhorita não se incomodá, mas eu escrevo num papel, e a senhorita pode lê o papel no caminho pra casa do sr. Lothrop, se quisé. A senhorita concorda?

— Ah, sim.

Então eu escrevi: "Eu botei ele dentro do caixão. Ele tava lá dentro quando a senhorita tava chorando lá, no meio da noite. Eu tava por detrás da porta, e fiquei com muita pena da senhorita, srta. Mary Jane".

Isso fez meus ólho enchê de lágrima, de lembrá dela chorando lá, sozinha, de noite, e aqueles demônio dormindo debaixo do teto dela, fazendo ela de boba e robando ela, e quando dobrei o papel e entreguei ele pra ela, eu vi que os ólho dela também tava que era só lágrima, e ela apertou a minha mão, com força, e falou:

— *Adeus...* vou fazer tudo como você disse, e se eu não voltar a te ver, nunca mais vou esquecer de você, e vou pensar em você, muitas e muitas vezes, e vou *orar* por você, também. — E foi embora.

Orá por mim! Eu acho que, se ela me conhecesse, ela ia escolhê um trabalho menos pesado. Mas aposto que orou, de qualquer modo — o jeito dela era esse mesmo. Aquela tinha corage pra orá até por Judas, se resolvesse — aquela ali não desistia, eu acho. Você pode dizê o que quisé, mas, na minha opinião, ela tinha mais garra que qualquer outra moça que eu conheci na vida; na minha opinião, ela esbanjava garra. Pode parecê bajulação, mas não é bajulação. E pensando em beleza — e bondade também —, ela ganha de todas. Nunca mais vi ela, desde aquela vez que ela saiu por aquela porta; não, nunca mais vi ela, mas acho que já pensei nela muitas e muitas milhões de vez, e nela dizendo que ia orá por mim, e se um dia eu achá que vai fazê algum bem eu orá por *ela*, eu que me dane se eu não orá ou morrê.

Bom, a Mary Jane deu no pé pelos fundo, eu acho, porque ninguém viu ela saí. Quando encontrei a Susan e a lábio-leporino, eu disse:

— Como é o nome daquela gente do outro lado do rio que vocês visita às vez?

Elas disseram:

— Tem muita gente, mas costuma ser a família Proctor.

— É esse nome mesmo — eu disse. — Eu quase esqueci. Bom, a srta. Mary Jane, ela me falou pra dizê pra vocês que ela foi até lá, na maior das pressa... um deles tá doente.

— Quem?

— Não sei; ou então eu meio que esqueci, mas acho que é...

— Pelo amor de Deus! Tomara que não seja a *Hanner*?

— Sinto muito informá — eu falei —, mas é a Hanner mesmo.

— Meu Deus! E ela tava tão bem na semana passada! Ela tá muito mal?

— Tá pior que mal. Eles passaram a noite toda do lado dela, a srta. Mary Jane disse, e estão achando que ela não vai durá muitas hora.

— Imagina uma coisa dessas! O que ela tem?

Não consegui pensá em nada razoável, assim, de supetão, daí eu falei:

— Caxumba!

— Caxumba é a vovozinha! Ninguém passa a noite toda do lado de alguém que tá com caxumba.

— Não passa, é? Pode apostá que passa, com *essa* caxumba. Essa caxumba é diferente. É um novo tipo, a srta. Mary Jane que falou.

— Como assim, um novo tipo?

— Porque vem misturada com outras coisa.

— Que outras coisas?

— Bom, sarampo, e coqueluche, e inrisipela, e tísica, e incteriça, e miningite, e sei lá mais o quê.

— Meu Deus! E estão chamando isso de *caxumba*!

— Foi o que a srta. Mary Jane falou.

— Bom, por que diacho estão chamando isso de *caxumba*?

— Ué! Porque é caxumba. É assim que a coisa começa.

— Bom, isso não tem sentido. Se uma pessoa dá uma topada, e bebe veneno, e cai dentro do poço, e quebra o pescoço, e estoura os miolos, e aparece alguém e pergunta o que matou a pessoa, e algum bobalhão vai e diz "Ué! Ele deu uma *topada*", isso ia ter sentido? *Não.* E *isso* aí também não tem sentido. Essa coisa pega?

— Se *pega*? Ora! Mas que pergunta! Um *ancinho* não *pega* folha? E até no escuro? Se a pessoa escapá de um dos dente, vai ficá presa em outro, né? E não dá pra se livrá daquele dente sem arrastá o ancinho inteiro, né? Bom, esse tipo de caxumba é como um ancinho, pro modo de dizê… e não é nenhum ancinho vagabundo, não; ele pega e pega bem.

— Bom, é um horror, *eu* acho — disse a lábio-leporino. — Vou falar com o tio Harvey e...

— Ah, sim — eu disse —, eu *falava*. É claro que falava. Eu não ia perdê tempo.

— Bom, por que não?

— Pensa um minuto e, quem sabe, você percebe. Os tio de vocês não têm que voltá pra Inglaterra o mais depressa possível? E você acha que eles são malvado a ponto de ir embora e deixá vocês fazê a viage toda sozinha? *Você* sabe que eles ia esperá vocês. Até aqui, tudo bem. O tio Harvey de vocês é pregador, né? Muito bem, será que um *pregador* vai enganá um empregado do vapor? Será que vai enganá um *empregado do navio*... pra fazê ele deixá a srta. Mary Jane embarcá? Agora, *você* sabe que ele não vai fazê isso. O que ele *vai* fazê, então? Ué! Ele vai dizê "Sinto muito, mas os problema da minha igreja vai ter que esperá, porque minha sobrinha teve contato com a terrível caxumba *pluribus-unum*, e então é meu dever ficá aqui os três mês que leva pra vê se ela pegou a doença". Mas, deixa pra lá, se você acha melhor contá pro seu tio Harvey...

— Droga! E ficar de bobeira por aqui, esperando pra ver se a Mary Jane pegou a tal doença, quando a gente podia tá se divertindo na Inglaterra? Ora! Você fala como um bobão.

— Bom, em todo causo, quem sabe, é melhor avisá alguns vizinho.

— Escuta só! Você ganhou o prêmio de estupidez natural. Você não *percebe* que *eles* iam contar tudo? Não tem outro jeito mesmo, a não ser não contar pra *ninguém*.

— Bom, vai vê que você tá certa... é, eu acho que você *tá* certa.

— Mas eu acho que devemos contar pro tio Harvey que ela saiu, em todo causo, pra ele não ficar preocupado com ela, né?

— Sim, a srta. Mary Jane, ela quis que vocês fizesse isso. Ela disse "Fala pra elas que eu mando um abraço e um beijo pro tio Harvey e pro William, e diz que fui correndo até o outro lado do rio pra ver o senhor... o senhor..." como é mesmo o nome daquela família rica que o tio Peter gostava tanto? Eu quero dizê, a família que...

— Ora! Você deve estar falando dos Apthorp, né?

— É claro; uma amolação esses nome, a gente nunca consegue lembrá deles, na metade das vez, pelo meno. É, ela disse pra mim falá que ela correu pra convidá os Apthorp pra não deixá de vim pro leilão e comprá essa casa, porque ela sabe que o tio Peter ia querê que eles comprasse a casa, mais que ninguém; e ela vai ficá por lá até eles dizê que vai vim; e daí, se não tivé muito cansada, ela vai voltá pra casa; e se tivé, ela vai voltá de manhã, de qualquer jeito. Ela disse pra não falá nos Proctor, mas só nos Apthorp... o que é a pura verdade, porque ela *vai* lá pra falá pra eles comprá a casa; eu sei disso, porque ela mesma falou.

— Tá bem — elas disseram, e saíram pra procurá os tio, e dá o abraço e o beijo, e passá o recado.

Tava tudo bem agora. As moça não ia falá nada, porque elas queria ir pra Inglaterra, e o rei e o duque ia preferí vê a

Mary Jane trabalhando pro leilão do que por ali, ao alcance do dr. Robinson. Eu me senti muito bem; achei que tinha feito tudo certinho — achei que nem o Tom Sawyer ia fazê tudo mais certo. É claro que ele ia fazê a coisa com mais estilo, mas eu não sou muito bom nisso, não fui criado assim.

Bom, eles fizeram o leilão, na praça pública, lá pelo fim da tarde, e demorou, e demorou, e o velho, ele ficou por perto, com a cara mais santa possível, do lado do leiloeiro, e salpicando um pouco de Escritura, às vez, ou algum ditadozinho dos bom, e o duque ficou por lá, com seus guu-guu, conquistando simpatia do jeito que ele bem sabe, e só se espalhando.

Mas logo, logo a coisa chegou no final, e tudo foi vendido. Tudo a não ser um terreninho velho no cemitério. Então eles tinha que vendê *aquilo* — eu nunca vi uma girafa que nem o rei, pra querê engoli *tudo*. Bom, no que eles tava nessa função, atracou um vapor, e dali a uns dois minuto subiu uma gentarada uivando e gritando e rindo e fazendo barulho, e anunciando:

— *Eis aqui* a oposição! Temos aqui os dois time de herdeiro do velho Peter Wilks... é só pagá e fazê a escolha!

29

ELES TAVA TRAZENDO um cavaleiro idoso bem elegante, e outro mais moço, também elegante, com o braço direito numa tipoia. E, pelas alma! Como o povo gritava, e ria, e fazia barulho. Mas eu não vi graça nenhuma, e calculei que o duque e o rei também ia ter dificuldade pra vê. Achei que eles ia ficá pálido. Mas, não, eles *nunca* ficava pálido. O duque, ele não deu a entendê que desconfiava o que era aquilo, e continuou só com os guu-guu dele, alegre e sastifeito, que nem uma jarra entornando leite sem nata; e, da parte do rei, ele ficou olhando e olhando com tristeza pros recém-chegado, como se ele tivesse com dor de barriga no coração, só de pensá que existia caloteiro e pilantra como aqueles no mundo. Ah, ele fingiu muito bem. Um montão de gente boa juntou em volta do rei, pra ele vê que elas tava do lado dele. O cavaleiro idoso que acabava de chegá parecia completamente atrapalhado. Daí a pouco ele começou a falá, e eu vi logo que ele pronunciava *igual* inglês, não do jeito do rei, e olha que o jeito do rei era bom, pra uma imitação. Eu não consigo repetí as palavra do cavaleiro idoso, e não consigo imitá ele, mas ele virou pra multidão e falou, mais ou meno, assim:

— Isso é uma surpresa pra mim, que eu não esperava, e admito, bem sincero e franco, que não sei direito como enfrentar e explicar a coisa, pois meu irmão e eu passamos uns maus pedaços: ele quebrou o braço, e a nossa bagagem foi desembarcada numa cidade antes daqui, ontem de noite, por engano. Eu sou o Harvey, irmão do Peter Wilks, e esse aqui é o irmão dele, William, que não ouve nem fala… e nem pode fazer sinais pra falar, agora que só pode mexer uma das mãos. Nós somos quem dizemos que somos, e daqui a um ou dois dias, quando a nossa bagagem chegar, eu posso provar. Mas, até lá, não vou falar mais nada; vou pro hotel esperar.

Então ele e o novo mudinho foram embora, e o rei, ele riu e disparou:

— Quebrou o braço… *até parece*, né? E vem bem a calhá, pra um caloteiro que precisa fazê sinal com as mãos e não sabe como. Perderam a bagage! Isso é *muito* bom! E muito esperto… nas atuais *circunstâncias*!

Então ele riu de novo, e todo mundo também, a não ser uns três ou quatro, ou, quem sabe, uma meia dúzia. Um deles era aquele médico; o outro era um senhor distinto, com uma maleta antiga, feita de pano de tapete, que tinha acabado de desembarcá do vapor e tava conversando com o médico, em voz baixa, e olhando pro rei, às vez, e os dois balançando a cabeça — era o Levi Bell, o adevogado que tava em Louisville; e outro era um grandalhão mal-encarado que chegou e ficou escutando o que o cavaleiro idoso disse, e agora tava

escutando o que o rei dizia. E quando o rei acabou, esse mal-
-encarado foi e falou:

— Me fala uma coisa, olha aqui... se o senhor é o Harvey Wilks, quando foi que o senhor chegou aqui na cidade?

— Um dia antes do enterro, amigo — disse o rei.

— Mas a que hora do dia?

— No fim da tarde... mais ou menos uma ou duas horas antes do sol se pôr.

— *Como* o senhor veio?

— Eu vim no vapor *Susan Powell*, de Cincinnati.

— Bom, então como é que o senhor tava lá na Ponta, de *manhã*... numa canoa?

— Eu não tava na Ponta de manhã.

— É mentira.

Muita gente foi pra cima dele e pediu pra ele não falá daquele jeito com um senhor que era pregador.

— Pregador de uma figa! Ele é um caloteiro e um mentiroso. Ele tava lá na Ponta, naquela manhã. Eu moro lá, não moro? Bom, eu tava lá, e ele tava lá. Eu *vi* ele lá. Ele chegou de canoa, junto com o Tim Collins e um menino.

O médico foi e disse:

— Você saberia reconhecer o menino, se visse ele de novo, Hines?

— Acho que sim, mas não sei. Ué! Olha ele bem ali. Eu reconheço ele, fácil.

Foi pra mim que ele apontou. O médico disse:

— Vizinhos, eu não sei se a nova dupla é de caloteiros ou não, mas se *esses* dois não são caloteiros, eu sou um idiota, só isso. Eu acho que é nosso dever não permitir que eles saiam daqui até esclarecermos essa coisa toda. Venha, Hines; venham, todos vocês. Vamos levar esses sujeitos até a taberna e deixar eles cara a cara com a outra dupla, e calculo que vamos descobrir *alguma coisa* antes de chegar ao fim dessa história toda.

Isso fez a multidão ficá alucinada, a não ser talvez os amigo do rei; então nós saímo em marcha. O sol tava quase se pondo. E o médico, ele me levou pela mão, e foi até bem bonzinho, mas *não largou* da minha mão.

Nós entramo num salão da taberna e acendemo umas vela, e chamamo a nova dupla.

Primeiro, o médico falou:

— Eu não quero ser duro demais com esses dois homens, mas *acho* que são caloteiros, e podem ter comparsas que desconhecemos. Se tiverem, será que os comparsas não vão fugir com o saco de ouro que o Peter Wilks deixou? Não é improvável. Se esses homens não forem caloteiros, não vão se recusar a mandar buscar o dinheiro e deixar o dinheiro conosco até provarem que são corretos... não é mesmo?

Todo mundo concordou com isso. Então eu vi que eles tinha encurralado a nossa gangue, logo de saída. Mas o rei só fez cara de triste e falou:

— Senhores, eu ia gostá se o dinheiro tava lá, pois não tenho nenhuma intenção de atrapalhá uma investigação justa, aberta e completa desse negócio infeliz, mas, ai de mim! O dinheiro não tá lá; os senhores pode mandá alguém vê, se quisé.

— Cadê ele, então?

— Bom, quando a minha sobrinha me deu o dinheiro pra guardá pra ela, eu peguei e escondi ele no colchão de palha da minha cama, pois não queria depositá no banco só por alguns dias, e eu achava que a cama era um lugar seguro, pois nós não estamo acostumado com pretos, e achamo que eles era honestos, como os criados na Inglaterra. Os pretos robaram o dinheiro logo na manhã seguinte, depois que eu desci, e, quando vendi eles, eu ainda não tinha dado falta do dinheiro; daí eles conseguiram fugí com o dinheiro. Meu criado, aqui, pode confirmá tudo pros senhores.

O médico e vários outro disseram "Droga!", e eu vi que ninguém tava acreditando nele. Um homem me perguntou se eu vi os preto robá o dinheiro. Eu disse que não, mas que vi eles saindo apressado do quarto, e não desconfiei de nada, só calculei que eles tava com medo de ter acordado o meu patrão e que eles tava escapulindo antes que ele desse uma bronca neles. Isso foi tudo que eles me perguntaram. Então o médico virou pra mim e falou:

— *Você* é inglês, também?

Eu disse que sim, e ele e alguns outro deu de rí, e disseram "Lorota!".

Daí eles embarcaram numa baita investigação, e nós ficamo ali, pra lá e pra cá, horas e horas, e ninguém falava nada da janta, nem parecia pensá nisso — e eles continuaram, e continuaram, e foi a coisa *mais enrolada* que alguém já viu. Fizeram o rei contá a história dele, e fizeram o cavaleiro idoso contá a dele, e qualquer um, a não ser um monte de cabeçudo tacanho, *ia vê* que o cavaleiro idoso tava falando a verdade e o outro mentira. E logo, logo eles me chamaram pra contá o que eu sabia. O rei, ele me olhou enviesado, e então eu sabia que tinha que falá tudo direitinho. Comecei a falá de Sheffield, e como a gente vivia lá, e tudo sobre os Wilks da Inglaterra, e mais não sei o quê, mas não cheguei muito longe, até que o médico caiu na risada, e o Levi Bell, o adevogado, falou:

— Senta aí, meu garoto; eu não ia me esforçar tanto, se eu fosse você. Acho que você não tá acostumado a mentir; não te parece fácil; você precisa de prática. Você mente de um jeito muito estranho.

Não gostei nada do elogio, mas fiquei aliviado de escapá, em todo causo.

O médico, ele começou a falá uma coisa, e virou e disse:

— Se você estivesse na cidade antes, Levi Bell...

O rei interrompeu e esticou a mão e disse:

— Ora! Esse é o velho amigo do meu pobre finado irmão, de quem ele me escreveu tantas vezes?

O adevogado e ele trocaram um aperto de mão, e o adevogado sorriu, e pareceu que tava sastifeito, e eles conversaram um pouco, e daí foram pra um canto e conversaram mais, em voz baixa, e no fim das conta o adevogado levantou a voz e disse:

— Isso vai acertar tudo. Eu pego e envio a ordem, junto com a do seu irmão, e então eles vão saber que tá tudo certo.

Então eles pegaram um papel e uma pena, e o rei sentou e inclinou a cabeça pro lado, e mordeu a ponta da língua, e rabiscou alguma coisa; daí eles deram a pena pro duque — e então, pela primeira vez, o duque pareceu que tava pálido. Mas ele pegou a pena e escreveu. Daí o adevogado virou pro novo cavaleiro idoso e falou:

— O senhor e o seu irmão, por favor, escrevam uma linha ou duas e assinem o seu nome.

O cavaleiro idoso escreveu, mas ninguém conseguiu ler. O adevogado pareceu muito espantado, e disse:

— Bom, essa *me pegou...* — e pescou do bolso um maço de carta velha, e examinou elas, e então examinou a letra do idoso, e então *as cartas* de novo, e disse: — Essas cartas velhas são do Harvey Wilks; e aqui temos a caligrafia *dos dois*, e qualquer um pode ver que não foram escritas por *eles* (o rei e o duque ficaram com cara de vendido e de bobo, vou te contá, vendo como o adevogado tinha pegado eles), e temos aqui a caligrafia *desse cavalheiro*, e qualquer um pode ver, com facilidade, que as cartas não foram escritas por *ele...* o fato é que os rabiscos que ele fez não podem ser chamados de *escrita*, de jeito nenhum. Agora, temos aqui algumas cartas do...

O cavaleiro idoso disse:

— Por gentileza, deixa eu explicar. Ninguém entende a minha letra, só esse meu irmão aí... então ele copia pra mim. É a letra *dele* que tá aí, não a minha.

— *Bom!* — disse o adevogado. — Isso é *bastante* estranho. Eu tenho algumas cartas do William, também; então se o senhor pedir pra ele escrever umas linhas, nós podemos comp...

— Ele *não consegue* escrever com a mão esquerda — disse o cavaleiro idoso. — Se ele pudesse usar a mão direita, o senhor ia ver que ele escreveu as cartas dele e as minhas. Examina as dele e as minhas, por favor... é a mesma letra.

O adevogado fez isso, e disse:

— Acredito que seja mesmo... e se não for, a semelhança é muito maior do que eu reparei antes, em todo caso. Bom, bom, bom! Pensei que a gente tava no caminho certo pra uma solução, mas demos com os burros n'água, em parte. Mas, em todo caso, *uma coisa* está provada... *esses dois*, nem um nem o outro, não são Wilks. — E ele virou a cabeça na direção do rei e do duque.

Bom, o que você acha? Aquele velho imbecil, cabeça de mula, *não desistiu*! De fato, ele não ia desistí. Disse que a prova não era justa. Disse que o irmão dele William era o brincalhão mais condenado do mundo, e que não escreveu *pra valê... ele* viu que o William ia fazê uma das brincadeira dele no instante que encostou a pena no papel. Então ele se animou e deu de tagarelá e tagarelá, até que já tava começando a acreditá no que *ele mesmo* tava falando — mas logo depois o cavaleiro idoso se meteu e disse:

— Eu pensei numa coisa. Tem alguém aqui que ajudou a preparar o corpo do meu irm... ajudou a preparar o corpo do falecido Peter Wilks pra ser enterrado?

— Tem — alguém disse. — Eu e o Ab Turner preparamo o corpo. Nós dois tamo aqui.

Daí o idoso virou pro rei e falou:

— Será que esse cavalheiro pode me dizer o que está tatuado no peito dele?

Eu que me dane, se o rei não teve que reagí bem depressa, senão ele ia desabá que nem um barranco cavado pelo rio, de tão de repente que a coisa pegou ele — e, pode sabê, era uma coisa calculada pra fazê *qualquer um* desabá, se vê de cara com uma situação daquela, e sem aviso — porque *como* ele ia sabê o que tava tatuado no homem? Ele ficou meio branco; não tinha como evitá; e tudo ficou muito quieto lá dentro, e todo mundo chegando um pouco pra frente e encarando ele. Eu falei pra mim mesmo: *agora* ele vai jogá a toalha — não adianta mais. Bom, ele jogou? É difícil acreditá, mas ele não jogou. Eu acho que ele queria vencê aquele povo pelo cansaço, pra todo mundo ir embora e ele e o duque podê se safá e fugí. Em todo causo, ele ficou lá, sentado, e pouco depois começou a sorrí e disse:

— Humpf! É uma pergunta *muito* difícil, né? *Sim*, senhor, eu posso dizê pro senhor o que tá tatuado no peito dele. É só uma setinha azul, fininha... é isso, e se a pessoa não olhá de perto não consegue vê. *Agora*, o que o senhor me diz... hein?

Bom, eu *nunca vi* nada como aquele velho babão, em termo de cara de pau.

O cavaleiro idoso virou de supetão pro Ab Turner e pro parceiro dele, e os ólho dele brilharam porque ele achava que tinha pegado o rei *daquela* vez, e falou:

— Pronto... vocês ouviram o que ele disse! Tinha uma marca dessa no peito do Peter Wilks?

Os dois levantaram a voz e falaram:

— Nós não vimo nada disso.

— Bom! — disse o cavaleiro idoso. — Agora, o que vocês *viram* no peito dele foi um pequeno P, meio apagado, um B (inicial que ele parou de usar quando era jovem) e um W, separados por tracinhos, assim: P-B-W —, e ele escreveu as letras num pedaço de papel. — Vamos... não foi isso que vocês viram?

Os dois levantaram a voz de novo e disseram:

— Não, *não vimo*. Nós não vimo marca nenhuma.

Bom, agora todo mundo ficou alvoroçado, e eles gritaram:

— A corja toda é de caloteiro! Vamo lambuzá eles de piche e pena! Vamo afogá eles! Vamo malhá eles! — E todo mundo deu de berrá ao mesmo tempo, e o banzé foi dos grande. Mas o adevogado pulou em cima da mesa e gritou:

— Cavalheiros... *cavalheiros*! Ouçam uma palavra... só *uma* palavra... POR FAVOR! Ainda tem um jeito... vamos desenterrar o defunto e olhar.

Isso fez eles calá a boca.

— Hurra! — todos berraram, e eles já tava saindo em marcha, mas o adevogado e o médico gritaram:

— Esperem, esperem! Peguem esses quatro homens e o menino, e levem *eles* junto com vocês!

— Isso mesmo! — todos gritaram. — E se a gente não encontrá as tal marca, vamo linchá a gangue toda!

Agora, eu *tava* com medo, vou te contá. Mas não tinha como fugí, sabe. Eles agarraram nós e fizeram nós marchá direto pro cemitério, que ficava uns dois quilômetro rio pra baixo, e o vilarejo inteiro nos nosso calcanhar, porque a balbúdia era grande, e só era nove da noite.

Quando passamo pela nossa casa, eu arrependi de ter mandado a Mary Jane saí da cidade, porque, agora, se eu piscasse o olho, ela vinha e me salvava, e dedurava os vagabundo.

Bom, nós descemo pela estrada do rio que nem um enxame, parecendo um bando de gato selvage, e pra coisa ficá ainda mais assustadora, o céu foi ficando escuro, e os raio começou a piscá e vibrá, e o vento a tremê no meio das folha. Aquela foi a encrenca mais terrível e mais perigosa que entrei na minha vida, e fiquei meio zonzo, tudo saindo tão diferente do que eu pensei: em vez de ficá sossegado, se eu quisesse, só assistindo e me divertindo, com a Mary Jane por detrás pra me salvá e me livrá na hora H, agora não tinha nada no mundo me separando de uma morte imediata, só aquelas marca de tatuage. Se eles não encontrasse elas...

Eu mal podia pensá na situação, mas, de algum jeito, não conseguia pensá em nada mais. Foi ficando mais escuro e mais escuro, e tava uma hora boa pra escapulí daquela gentarada, mas aquele grandalhão — o Hines — tava agarrado no meu pulso, e era como querê escapá do Golia. Ele me arrastava, todo empolgado, e eu tinha que corrê pra acompanhá os passo dele.

Quando chegaram lá, eles invadiram o cemitério, inundando tudo igual uma enxurrada. E quando chegaram na cova, eles viram que tinha cem pás a mais do que precisava, mas ninguém lembrou de trazê uma lamparina. Mas começaram a cavá, assim mesmo, alumiado pelos relâmpago, e mandaram um homem até a casa mais perto, uns oitocentos metro, pra pegá uma lamparina emprestada.

Daí eles cavaram e cavaram, e ficou bem escuro, e começou a chovê, e o vento sussurrava e assoviava, e os relâmpago ficou cada vez mais forte, e os trovão ribombava, mas aquele povo não dava conta de nada, tão interessado que eles tava naquele negócio. Num minuto dava pra vê tudo e todos na multidão, e as pazada de terra voando pra fora da cova, e um segundo depois a escuridão apagava tudo, e não dava pra vê nadinha.

No final, eles tiraram o caixão pra fora, e começaram a desparafusá a tampa, e daí um povaréu igual aquele, e um empurra-empurra igual aquele, e os encontrão pra chegá perto e espiá, ninguém nunca viu — e na escuridão, daquele jeito, foi medonho. O Hines tava machucando demais o meu pulso, puxando e dando tranco, e acho que até esqueceu que eu tava no mundo, de tão agitado e ofegante que ele tava.

De repente, o relâmpago mandou um facho perfeito de luz branca, e alguém gritou:

— Por Deus! Olha o saco de ouro no peito dele!

O Hines soltou um guincho, e todo mundo fez o mesmo, e largou o meu pulso e avançou pra abrí caminho e espiá, e o jeito que eu dei no pé e saí correndo pela estrada, na escuridão, ninguém pode imaginá.

Só tinha eu na estrada, e eu quase voei — ainda mais que só tinha eu, e a escuridão fechada, e às vez um clarão, e o chiado da chuva, e a batida do vento, e o estrondo do trovão, e você pode ter certeza, como um dia você vai morrê, que eu meti o pé naquela estrada!

Quando cheguei no povoado, vi que não tinha ninguém do lado de fora, na tempestade, daí nem procurei ruela nenhuma, mas corri direto pela rua principal, e, quando fui chegando perto da nossa casa, firmei a vista e olhei bem. Não tinha luz, a casa tava toda escura — o que me fez ficá triste e desanimado, eu nem sabia por quê. Mas, no fim das conta, bem na hora que eu tava passando, *flash* — luz na janela da Mary Jane! E meu coração inchou, de repente, perto de explodí, e no mesmo segundo a casa e tudo ficou pra trás de mim, no escuro, e nunca mais ia aparecê na minha frente nesse mundo. Ela *foi* a melhor garota que eu conheci, e a que tinha mais garra.

Assim que me afastei bem do povoado e vi que dava pra chegá até a croa, comecei a procurá um bote pra pegá emprestado, e na primeira vez que um relâmpago me mostrou um que não tava acorrentado, eu peguei ele e empurrei. Era uma canoa, e não tava amarrada com nada, só uma corda. A croa ficava bastante longe, lá no meiozão do rio, mas eu não perdi tempo, e quando, por fim, cheguei na balsa, eu tava tão pregado que ia deitá pra recuperá o fôlego, se desse. Mas não dava. Assim que pulei a bordo, eu gritei:

— Sai daí, Jim, e solta essa balsa! Glória a Deus! Nós se livramo deles!

O Jim apareceu, e veio pra cima de mim com os braço aberto, de tanta alegria, mas, quando eu vi ele no relâmpago, meu coração quase saiu pela boca, e dei uma cambalhota pra trás e caí dentro do rio; eu tinha esquecido que ele era o velho rei Lear e um árabe afogado, ao mesmo tempo, e quase morri de medo. Mas o Jim me pescou, e já ia me abraçá e me abençoá, e tudo mais, de tão contente que ele tava que eu voltei e nós tinha se livrado do rei e do duque, mas eu falei:

— Agora não... deixa pro café da manhã, deixa pro café da manhã! Solta essa balsa e deixa ela deslizá!

Então, dois segundo depois, nós já tava indo, deslizando rio pra baixo, e foi *tão bom* ficá livre de novo, e só nós dois naquele riozão e ninguém pra incomodá nós. Eu tinha que saltitá um pouco, e batê os calcanhar algumas vez, não pude evitá. Mas lá pelo terceiro salto, reparei um som bastante conhecido — prendi a respiração, e apurei os ouvido, e fiquei esperando — e, de certeza, quando mais um *flash* espocou na água, lá vinha eles! E metendo as mão nos remo e fazendo o bote zuní! Era o rei e o duque.

Daí eu desabei nas tora da balsa e murchei, e foi tudo o que consegui fazê pra não chorá.

30

QUANDO ELES SUBIRAM a bordo, o rei veio pra cima de mim, e me sacudiu pelo colarinho, e disse:

— Queria se livrá de nós, né, seu pirralho! Cansado da nossa companhia... hein?

Eu disse:

— Não, Majestade, nós não... *por favor*, não faz isso, Majestade!

— Depressa, então, e fala pra nós qual foi a tua ideia, ou eu vou te sacudí até te virá pelo avesso!

— Juro, eu vou contá tudo, do jeito que aconteceu, Majestade. O homem que tava me segurando foi muito bonzinho pra mim, e ficou falando que tinha um menino mais ou meno do meu tamanho, que morreu no ano passado, e ele tava com pena de vê um menino numa enrascada perigosa que nem aquela; e quando eles ficaram surpreso de achá o ouro e avançaram pra cima do caixão, ele me largou e falou, baixinho: "Cai fora, já, porque senão eles vão te enforcá, de certeza!", e eu dei no pé. Não adiantava nada *eu* ficá... *eu* não podia fazê nada, e não queria ser enforcado, se dava pra fugí. Daí só parei de corrê quando achei a canoa; e quando cheguei aqui, falei pro Jim apressá, porque senão eles ainda ia me pegá e me enforcá, e falei que tava com medo que o senhor e o duque já não tava mais vivo, e senti muita pena, e o Jim também, e fiquei muito contente quando vi vocês vindo; pode perguntá pro Jim, se eu não fiquei.

O Jim disse que foi isso mesmo, mas o rei mandou ele calá a boca, e falou:

— Ah, é, deve ter sido *isso mesmo*! — E me sacudiu de novo, e falou que tava querendo me afogá. Mas o duque disse:

— Solta o menino, seu velho imbecil! *Você* ia fazê diferente? Você quis sabê o paradeiro *dele*, quando escapou? *Eu* não lembro disso.

Então o rei me largou e deu de xingá aquele vilarejo, e todo mundo de lá. Mas o duque falou:

— Você deve xingá é *você mesmo*, pois você é que mais merece. Você nunca fez nada, desde o começo, que se aproveitasse, a não ser aquela tirada safa e metida da tal setinha azul. *Aquela* foi esperta... foi das boa, e foi o que salvou nós. Porque se não fosse aquilo, eles ia metê nós na cadeia até a bagage dos ingleses chegá, e então... pra penitenciária, pode apostá! Mas aquela tramoia levou eles até o cemitério, e o ouro fez pra nós um favor maior ainda, pois, se aqueles imbecis endoidados não largasse tudo pra corrê pra espiá, nós hoje ia dormí de gravata... e gravata garantida pra durá... mais tempo que o necessário.

Eles ficaram quieto um minuto — pensando —, daí o rei falou, como se tivesse meio distraído:

— Humpf! E nós pensamo que os *preto* tinha robado!

Isso fez eu contorcê!

— Foi — falou o duque, meio devagar, e de propósito, e maldoso. — *Nós* pensamo.

Depois de meio minuto, o rei falou, arrastado:

— Pelo menos... *eu* pensei.

O duque falou, do mesmo jeito:

— Ao contrário... *eu* pensei.

O rei ficou meio irritado, e disse:

— Olha aqui, Bilgewater, do que é que tu tá falando?

O duque disse, bem grosso:

— Se é assim, quem sabe, tu vai deixá eu perguntá: do que é que *tu* tá falando?

— Ora bolas! — disse o rei, bem maldoso. — Mas *eu* sei lá... vai vê que tu tava dormindo e não sabia o que tava fazendo.

O duque encrespou todo, agora, e falou:

— Ah, *deixa* de asneira... tu acha que eu sou algum maldito imbecil? Tu não acha que *eu* sei quem escondeu o dinheiro dentro daquele caixão?

— *Sim*, senhor! Eu sei que *tu* sabe... porque foi tu mesmo que escondeu!

— É mentira! — E o duque partiu pra cima dele. O rei gritou:

— Tira a mão de mim! Solta a minha garganta! Eu retiro o que eu falei!

O duque disse:

— Bom, mas primeiro você tem que admití que foi *você* que escondeu o dinheiro lá, querendo se livrá de mim, qualquer dia desses, e voltá lá e desenterrá a grana, e ficá com tudo.

— Espera só um minuto, duque... me responde uma pergunta, com sinceridade e franqueza: se você não pôs o dinheiro lá, diz, e eu vou acreditá, e retirá tudo o que eu falei.

— Seu velho pilantra, eu não fiz isso, e você sabe que não. Pronto!

— Bom, eu acredito. Mas me responde só mais essa... agora, *não vai zangá*: você *nem pensou* em fisgá o dinheiro e escondê?

O duque não falou nada, durante algum tempo; então ele disse:

— Bom... não interessa se eu *pensei*; eu não peguei, de qualquer jeito. Mas você não só pensou, como *pegou*.

— Que eu nunca descanse em paz, se eu fiz isso, duque, e isso é sincero. Não vou falá que eu *não ia* fazê, porque eu *ia*, mas você... quero dizê, alguém... passou na minha frente.

— É mentira! Foi você que escondeu o dinheiro, e vai ter que *dizê* que foi, senão...

O rei choramingou, e então desembuchou:

— Chega! *Eu admito!*

Fiquei muito contente de ouví ele dizê aquilo, e me senti bem mais sossegado que antes. Daí o duque tirou as mão de cima do rei, e falou:

— Se você negá isso de novo, eu te afogo. Você *tem mesmo* é que ficá aí choramingando que nem um bebê... você merece, depois do jeito que você se comportou. Nunca vi um velho avestruz igual você, pra querê engolí tudo... e eu confiando em você o tempo todo, como se você fosse o meu próprio pai. Você devia se envergonhá de ficá quieto e ouví a culpa ser empurrada pra cima de um bando de preto miserável, sem dizê uma palavra pra defendê eles. Eu me sinto ridículo, quando penso que fui tão mole a ponto de *caí* nessa esparrela. Seu condenado! Agora eu vejo por que você tava tão aflito pra cobrí o déficite... você queria pegá o dinheiro que eu ganhei com a Realeza e outras coisas, e surrupiá *tudo*!

O rei falou, abatido e ainda fungando:

— Ué, duque, foi você que disse pra cobrí o déficite, e não eu.

— Cala essa boca! Não quero ouví mais nada *de você*! — disse o duque. — E *agora* vê só o que *você* conseguiu. Elas ficaram com todo o dinheiro delas de volta, e *ainda* com todo o *nosso*, menos uma moeda ou duas. Vai dormí... e nunca mais *na tua vida* vem pro meu lado com conversa de cobrí déficite!

Então o rei se enfiou na tenda, e se valeu da garrafa pra consolo; e logo depois o duque pegou a garrafa *dele*; e daí, depois de uma meia hora, eles já tava que era unha e carne de novo, e quanto mais bêbado, mais carinhoso eles ficaram, e acabaram roncando nos braço um do outro. Os dois ficaram bem chumbado, mas eu reparei que o rei não ficou tão chumbado pra esquecê de lembrá de não negá que tinha escondido o saco de dinheiro — de novo. Aquilo fez eu ficá sossegado e sastifeito. É claro que, quando eles começaram a roncá, nós batemo um longo papo, e eu contei tudo pro Jim.

31

NÓS NÃO SE ARRISCAMO de pará de novo em nenhuma cidade, durante vários dia; tocamo em frente descendo pelo rio. Nós agora tava bem no Sul, e o tempo tava quente, e nós bem longe de casa. Começamo a vê árvore com barba-de-
-velho dependurada nos galho, cumprida e grisalha. Foi a primeira vez que eu vi aquele musgo crescendo, e ele fazia a mata parecê solene e triste. Então os caloteiro calcularam que tava fora de perigo, e começaram a explorá os povoado de novo.

Primeiro deram uma palestra sobre abistinência, mas não ganharam dinheiro que desse nem pros dois enchê a cara. Daí, num outro vilarejo, abriram uma escola de dança, mas eles era pior que canguru pra dançá; então nos primeiros passo que deram, o povo pulou em cima deles e dançou com os dois pra fora da cidade. Numa outra vez tentaram ensiná loucução, mas não chegaram a loucucioná muito, até o povo revoltá e xingá eles um monte e corrê com eles de lá. Se meteram com trabalho missionário e com hipnose, e com medicina, e vidência, e um pouco de tudo, mas parecia que eles não tinha sorte. Daí, no fim das conta, ficaram na maior dureza, e deitaram na balsa, enquanto ela flutuava rio pra baixo, e eles pensando e pensando, e sem falá nada, metade do dia, e muito triste e desesperado.

No fim das conta, mudaram de atitude e deram de juntá as cabeça dentro da tenda e de falá baixo e secreto duas ou três hora a fio. O Jim e eu ficamo preocupado. Nós não tava gostando do jeito da coisa. Calculamo que eles tava maquinando alguma diabrura pior que nunca. Conversamo um monte sobre a coisa, e calculamo que eles ia arrombá a casa ou o comércio de alguém, ou ia entrá pro ramo do dinheiro falso, ou qualquer coisa assim. Então ficamo com muito medo e combinamo que a gente não ia ter nada nesse mundo a vê com esses ato e, se eles metesse a gente no rolo, a gente ia pulá fora, dá no pé, e deixá eles pra trás. Bom, um dia, de manhãzinha, nós escondemo a balsa num lugar bom e garantido, uns três quilômetro pra baixo de uma cidadezinha falida, chamada Pikesville, e o rei, ele desembarcou e disse pra gente ficá escondido, no que ele ia até a cidade farejá pra vê se alguém já tinha ouvido falá da *Incomparável realeza* por lá. ("Vai é arrombá alguma casa, é isso", eu falei pra mim mesmo, "e quando acabá de robá, o senhor vai voltá aqui e querê sabê o que aconteceu comigo e com o Jim e a balsa... e vai ter que passá o resto da vida querendo sabê.") E ele falou que, se não voltasse até o meio-dia, o duque e eu ia sabê que tava tudo bem, e era pra nós ir pra lá.

Daí a gente ficou aonde tava. O duque ficou todo agitado e suando, e no humor mais azedo. Dava bronca em nós por qualquer coisa, e nada que a gente fazia tava certo; reclamava de tudo. Alguma coisa tava sendo tramada, de certeza. Fiquei aliviado e contente quando deu meio-dia e nada do rei aparecê; ia ter alguma novidade pra nós, em todo causo — e, quem sabe, alguma chance pra uma *baita* novidade, ainda por cima. Então eu e o duque fomo até a tal cidadezinha e saímo catando o rei, e logo, logo encontramo ele na sala dos fundo de uma espelunca, pra lá de bêbado, e um bando de vagabundo se divertindo às custa dele, e ele esbravejando e ameaçando o mais que podia, e tão bêbado que nem conseguia andá, e nem tinha condição de enfrentá eles. O duque, ele começou a xingá ele de velho imbecil, e o rei deu de xingá de volta; e quando eles já tava quase se socando, eu caí fora, e meti sebo nas canela, e corri pela estrada do rio que nem uma lebre — pois vi a nossa chance, e decidi que ia demorá um tempão, até eles vê o Jim e eu de novo. Cheguei lá embaixo sem fôlego, mas só alegria, e gritei:

— Solta essa balsa, Jim, nós tamo safo agora!

Mas não tive resposta, e ninguém saiu de dentro da tenda. O Jim tinha sumido! Eu dei um grito pra chamá ele — e depois outro — e depois mais outro, e corri pra lá e pra cá pelo mato, chamando e gritando, mas não adiantou — o velho Jim tinha sumido. Daí eu sentei e chorei; não pude evitá. Mas eu não podia ficá sentado muito tempo. Logo, logo saí pela estrada, tentando decidí o que era melhor fazê, e dei de cara com um menino andando, e perguntei se ele tinha visto um preto desconhecido, vestido assim e assim, e ele falou:

— Vi.

— Aonde? — disse eu.

— Lá embaixo, pra banda da casa do Silas Phelps, uns três quilômetro daqui. É um preto fujão, e eles pegaram ele. Tu tava caçando ele?

— Pode sabê que não! Eu esbarrei com ele na mata tem uma ou duas hora, e ele falou que, se eu gritasse, ele ia cortá meu fígado fora... e mandou eu deitá e ficá aonde eu tava, e eu fiz o que ele mandou. Fiquei lá esse tempo todo, com medo de saí.

— Bom — ele disse —, tu não precisa mais ter medo, porque eles pegaram ele. Fugiu do Sul, de algum lugar.

— Que bom que pegaram ele.

— É, eu *acho*! Tem duzentos dólar de recompensa pra quem pegá ele. É como colhê dinheiro em árvore.

— É mesmo... e *eu* podia ter ficado com a recompensa, se fosse grande; eu vi ele *primeiro*. Quem pegou ele?

— Foi um velho... um forasteiro... e ele vendeu a boa sorte dele por quarenta dólar, porque ele tinha que subí o rio e não podia esperá. Olha só! Pode sabê que *eu* ia esperá, nem que fosse sete ano.

— Eu também, pra sempre — disse eu. — Mas vai vê que a sorte dele não valia mais que isso, se ele vendeu tão barato. Vai vê que tem alguma coisa que não tá certo.

— Mas *tá*... tá tudo certo. Eu mesmo vi o cartaz. Fala tudo sobre ele, direitinho... e o desenho era como um quadro dele, e diz o nome da plantação dele, pra baixo de Orleans. Não, meu senhor, não tem nada errado com *aquilo*, pode sabê.

Me fala uma coisa, tu não tem aí um tabaquinho pra mim mascá?

Eu não tinha; daí ele foi embora. Fui pra balsa e sentei na tenda, pra pensá. Mas não cheguei a nenhuma conclusão. Pensei até ficá com dor de cabeça, mas não consegui achá uma saída pra enrascada. Depois de toda aquela viage, e depois do que nós fizemo por aqueles pilantra, pra tudo dá em nada, tudo arrombado e arruinado, porque eles tiveram a corage de fazê uma sujeira daquela com o Jim, e fazê dele um escravo de novo pro resto da vida, e no meio de um bando de estranho, por quarenta dólar imundo.

Teve uma hora que eu falei pra mim mesmo que ia ser mil vez melhor pro Jim ser escravo em casa, aonde a família dele tava, já que ele *tinha* que ser escravo, e então era melhor eu escrevê uma carta pro Tom Sawyer e dizê pra ele contá pra srta. Watson aonde o Jim tava. Mas logo desisti, por causa de duas coisa: ela ia ficá zangada e enojada com a pilantragem e a ingratidão dele por abandoná ela, e então ela ia vendê ele de novo rio pra baixo; e se ela não vendesse, todo mundo despreza um preto ingrato, é natural, e eles ia fazê ele sentí isso o tempo todo, e ele ia ficá humilhado e infeliz. E agora pensa em *mim*! Ia corrê que o Huck Finn ajudou a libertá um preto e, se um dia eu visse alguém da cidade de novo, eu ia ter que me abaixá e lambê as bota do sujeito, de tanta vergonha. É assim mesmo: a gente faz uma coisa errada e não qué guentá as consequência. A gente pensa que, enquanto consegue escondê a coisa, não tem nada de mau. Esse era exatamente o meu aperto. Quanto mais eu pensava na coisa, mais a minha consciência apertava, e mais ruim, e ordinário e chué eu me sentia. E no fim das conta, quando percebi de repente que era a simples mão da Providência batendo na minha cara e mostrando que a minha ruindade tava sendo vista o tempo todo, lá de cima no céu, enquanto eu robava o preto de uma pobre velha que nunca fez mal pra mim, e agora mostrava que tem Alguém sempre vigiando, e que não deixa essas coisa infeliz acontecê muito tempo, eu quase caí duro, de tanto medo. Bom, eu tentei o mais que pude amenizá a coisa pro meu lado, falando que fui criado de um jeito ruim, então a culpa não era muito minha. Mas alguma coisa dentro de mim continuava falando: "Tinha as aula de catecismo; você podia ter ido naquelas aula, e se tivesse ido, eles tinha te ensinado que gente que faz com aquele preto o que eu tava fazendo acaba no fogo eterno".

Eu arrepiei todo. E quase resolvi orá, pra vê se não dava pra mim pará de ser o tipo de menino que eu era, e melhorá. Então ajoelhei. Mas as palavra não vinha. Por que elas não vinha? Não adiantava tentá escondê d'Ele. E nem de *mim mesmo.* Eu sabia muito bem por que elas não vinha. Era porque meu coração não tava certo; era porque eu não tava sendo sincero; era porque eu tava fazendo jogo duplo. Eu tava *fingindo* renunciá o pecado, mas lá dentro de mim eu tava agarrado no maior de todos. Eu tava tentando obrigá a minha boca a *dizê* que eu ia fazê a coisa certa e a coisa boa, que eu ia escrevê pra dona daquele preto e contá aonde ele tava, mas lá no fundo eu sabia que era mentira — e Ele sabia. Não dá pra orá uma mentira — foi o que eu descobri.

Daí eu tava que era só problema, até não podê mais, e não sabia o que fazê. No fim das conta, tive uma ideia, e falei pra mim mesmo: vou escrevê a carta — e *então* vê se consigo rezá. Ora! Foi impressionante como eu me senti leve que nem uma pluma, logo de cara, e todos os meus problema sumiram. Daí peguei um papel e um lápis, todo feliz e animado, e escrevi:

> Srta. Watson, o preto foragido Jim da senhorita tá aqui três quilômetro pra baixo de Pikesville, e o sr. Phelps pegou ele e vai entregá ele pela recompensa se a senhorita mandá. Huck Finn.

Eu me senti bem e livre de pecado pela primeira vez na vida, e sabia que ia podê orá agora. Mas não orei logo de cara; botei o papel de lado e fiquei ali pensando, pensando como era bom que tudo aconteceu daquele jeito, e como eu tinha chegado perto de me perdê e ir pro inferno. E continuei a pensá. E daí pensei na nossa viage rio pra baixo; e vi o Jim na minha frente, o tempo todo, de dia e de noite, às vez lua, às vez tempestade, e nós flutuando, conversando, e cantando, e rindo. Mas eu não conseguia achá um jeito de endurecê com ele, ao contrário. Eu via ele emendando o turno da vigia dele com o meu, em vez de me chamá — pra mim podê continuá dormindo; e via como ele ficou contente quando eu voltei do nevoeiro, e quando eu apareci pra ele de novo, no brejo, lá aonde aquelas família tava brigando, e tantas outras vez, e ele sempre me chamando de meu menino, e me mimando, e fazendo tudo que podia por mim, e como ele era sempre bom; e, no fim das conta, pensei naquela vez que salvei ele, dizendo pra aqueles homem que nós tava com varíola na balsa, e ele ficou tão grato, e falou que eu era o melhor amigo que o velho Jim teve no mundo, e o único que ele tinha agora; daí olhei pro lado e vi aquele papel.

Era um beco sem saída. Peguei o papel e fiquei com ele na mão. Eu tava tremendo, porque eu tinha que decidí, pra sempre, entre duas coisa, e sabia disso. Pensei um minuto, meio que prendendo a respiração, e aí eu falei pra mim mesmo:

— Tá bem, então, eu *vou* pro inferno. — E rasguei o papel.

Era uns pensamento terrível, e umas palavra terrível, mas foi o que eu falei. E deixei tudo falado; e nunca mais pensei em ficá bonzinho. Tirei a coisa toda da cabeça, e disse que ia voltá a ser ruim, que era o meu feitio, sendo criado do jeito que fui, e o outro jeito não era eu. E pra começá, eu ia trabalhá pra libertá o Jim da escravidão de novo; e se eu pudesse pensá coisa pior, eu ia fazê coisa pior também, porque já que eu tava perdido, e perdido pra sempre, era melhor ir até o fim.

Então comecei a pensá como é que eu ia fazê, e revirei uma porção de ideia na cabeça, e no fim das conta montei um plano que eu gostei. Achei uma ilha cheia de árvore um pouco mais pra baixo no rio e, assim que ficou escuro, arrastei a balsa e toquei pra lá, e escondi a balsa lá, e daí caí no sono. Dormi a noite toda, levantei antes do dia clareá, e tomei café, e vesti minhas ropa boa, e fiz uma troxa com outras ropa e uma coisa ou outra, e peguei a canoa e fui pra margem. Atraquei pra baixo do lugar aonde eu achava que era a casa do Phelps, e escondi a troxa no mato, e então enchi a canoa de água e de pedra e afundei ela aonde eu podia encontrá ela de novo, quando eu quisesse, uns quatrocentos metro pra baixo de uma pequena serraria a vapor que ficava na beira do rio.

Daí peguei a estrada e, quando passei pela serraria, vi uma placa que dizia "Serraria do Phelps"; quando cheguei nas casa da fazendola, duzentos ou trezentos metro pra frente, fiquei de olho vivo, mas não vi ninguém por lá, e olha que o dia já tava bem claro, naquela hora. Mas não me importei, porque eu não queria vê ninguém ainda — eu só queria fazê o reconhecimento da área. De acordo com o meu plano, eu ia aparecê vindo do vilarejo, e não de lá de baixo. Então, dei uma espiada e toquei em frente, direto pro povoado. Bom, o primeiro sujeito que vi, quando cheguei lá, foi o duque. Ele tava pregando um cartaz da *Incomparável realeza* — três noite de apresentação, igual da outra vez. Que cara de pau, daqueles caloteiro! Eu esbarrei de frente com ele, e não deu pra esquivá. Ele ficou espantado, e disse:

— A-lô! De onde você saiu? — Daí ele disse, meio que sastifeito, e ansioso: — Cadê a balsa? Ela tá num bom lugar?

Eu disse:

— Ué! Era isso mesmo que eu ia perguntá pra Vossa Senhoria.

Então ele pareceu menos contente, e disse:

— Por que você queria perguntá pra *mim*? — ele disse.

— Bom — eu falei —, quando vi o rei naquela espelunca ontem, eu falei pra mim mesmo, nós não vamo conseguí levá ele pra casa durante várias hora, até ele ficá sóbrio; daí saí vadiando pela cidade pra fazê hora, e esperá. Apareceu um homem que me ofereceu dez centavo pra mim ajudá ele a atravessá o rio num bote pra buscá um carneiro, e então eu fui; mas, quando nós tava arrastando o bicho pro bote, e o sujeito me deixou segurando a corda e foi por detrás do bicho pra empurrá, o bicho foi mais forte que eu, e deu um solavanco e soltou e saiu correndo, e nós atrás dele. Nós não tinha cachorro; daí tivemo que corrê atrás dele por toda a região, até ele cansá. Só pegamo ele quando já tava escuro; daí trouxemo ele de volta, e eu fui pegá a balsa. Quando cheguei lá e vi que ela tinha sumido, eu falei pra mim mesmo "Eles se meteram em alguma encrenca e tiveram que caí fora, e levaram o meu preto, que é o único preto que eu tenho no mundo, e agora eu tô num lugar estranho e não tenho mais nenhuma posse, nem nada, e não tenho como ganhá a vida"; daí eu sentei e chorei. Dormi a noite toda no mato. Mas *o que* aconteceu com a balsa, então? E o Jim, coitado do Jim!

— Eu que me dane, se *eu* é que sei... quero dizê, o que aconteceu com a balsa. Aquele velho imbecil fez um negócio e ganhou quarenta dólares, e, quando encontramo ele na espelunca, aqueles vagabundos tinham jogado cara ou coroa com moeda de meio dólar com ele, e arrancado cada centavo, a não ser o que ele tinha gastado com uísque; e quando levei ele pra casa ontem, tarde da noite, e vi que a balsa tinha sumido, nós falamo "Aquele pilantrinha robou a nossa balsa, abandonou nós e deu no pé rio pra baixo".

— Eu não ia abandoná o meu *preto*, ia? O único preto que eu tenho no mundo, e a minha única posse.

— A gente nem pensou nisso. O fato é que eu acho que nós começamo a achá que ele era *nosso*; é, a gente achava isso... só Deus sabe quanta encrenca ele causou pra nós. Então, quando vimo que a balsa tinha sumido, e a gente na maior dureza, não tinha outro jeito senão tentá a *Incomparável realeza* outra vez. E eu tenho corrido atrás disso esse tempo todo, sem tomá um trago sequer. Cadê os dez centavos? Passa eles pra cá.

Eu tinha bastante dinheiro, então dei pra ele dez centavo, mas pedi pra ele gastá com alguma coisa pra comê, e me dá um pouco, porque era todo o meu dinheiro, e eu não tinha comido nada desde ontem. Ele não falou nada. Um minuto depois, ele virou pra mim e disse:

— Você acha que aquele preto ia ser capaz de entregá nós? A gente esfola ele, se ele fizé isso!

— Como é que ele ia entregá? Ele não fugiu?

— Não! Aquele velho imbecil vendeu ele, e não dividiu comigo, e o dinheiro se foi.

— *Vendeu* ele? — eu falei, e comecei a chorá. — Ué! O preto era *meu*, e aquele dinheiro era meu. Cadê ele? Eu quero o meu preto.

— Bom, você não *pode* ter o teu preto de volta, e pronto... então para de se debulhá. Olha aqui... *você* vai se atrevê a entregá nós? Eu que me dane, se confio em você. Ora! Se você *resolvê* entregá nós...

Ele parou, mas nunca vi o duque com um olhar tão feio antes. Continuei choramingando, e falei:

— Eu não quero dedurá ninguém, e nem tenho tempo pra ficá dedurando ninguém. Eu tenho é que ir atrás do meu preto.

Ele pareceu meio que incomodado, e ficou ali parado, com os cartaz batendo no vento debaixo do braço, pensando e enrugando a testa. No fim das conta, ele falou:

— Eu vou te dizê uma coisa. Nós temo que ficá aqui três dias. Se você prometê que não vai dedurá, e que não vai deixá o preto dedurá, eu te falo aonde você pode encontrá ele.

Então eu prometi, e ele falou:

— Um fazendeiro chamado Silas Ph... — e então parou.

Sabe, ele começou a falá a verdade, mas, quando parou daquele jeito e deu de pensá de novo, eu calculei que tava mudando de ideia. E tava mesmo. Ele não confiava em mim; queria me tirá do caminho nos próximo três dia. Daí, logo depois ele falou:

— O homem que comprou ele chama Abram Foster... Abram G. Foster... e ele mora sessenta e cinco quilômetros pra dentro daqui, na estrada pra Lafayette.

— Tá bem — eu disse. — Eu chego lá de a pé em três dia. E vou saí hoje de tarde.

— Não, não vai, não; você vai saí é *agora*; e vê se não perde tempo, e nem vai ficá de conversa fiada pelo caminho. É só ficá de bico calado e seguí em frente, e assim você não vai se encrencá com *nós*, tá ouvindo?

Aquela era a ordem que eu queria, e foi pra recebê aquela ordem que eu tinha armado tudo. Eu queria ficá livre pra cuidá dos meus plano.

— Então cai fora — ele falou. — E pode dizê pro sr. Foster o que você quisé. Quem sabe você consegue convencê ele que o preto Jim é teu... tem uns idiotas que não exige documentos... pelo menos, ouvi dizê que tem uns assim aqui no Sul. E quando você contá que o cartaz e a recompensa são falsos, quem sabe ele acredita, se você explicá pra ele qual foi a ideia de fazê aquelas coisas? Agora, vai, e conta pra ele o que você quisé, mas cuida pra não dá com a língua nos dentes *pelo caminho*.

Então eu fui, e rumei pro interior. Não olhei pra trás, mas eu sentia que ele tava me vigiando. Só que eu sabia que podia cansá ele. Toquei em frente pelo campo um quilômetro e meio, antes de pará; daí voltei pela mata, na direção da casa do Phelps. Achei melhor pôr logo o meu plano em ação, sem dá bobeira, porque eu queria calá a boca do Jim, até aqueles dois ir embora. Eu não queria encrenca com gente daquela laia. Já tava farto deles, e queria me livrá deles pra sempre.

32

QUANDO CHEGUEI LÁ, tava tudo calmo que nem domingo, e quente e ensolarado — os lavrador tinha ido pra roça, e tinha aqueles zumbido fraquinho de inseto e mosca no ar que faz o lugar parecê solitário e como se todo mundo morreu e sumiu; e se uma brisa abana e sacode as folha, a gente fica triste, porque parece que são os espírito cochichando — espírito que morreu já fazem muitos ano — e a gente sempre pensa que eles estão falando de *nós*. Em geral, isso faz a *própria pessoa* querê tá morta, e com tudo acabado.

A fazendola do Phelps era uma daquelas pobre plantaçãozinha de algodão, e elas são todas parecida. Uma cerca em volta de um quintal de dois acre; uma escada com degrau de tora serrada, a parte cortada virada pra cima, que nem uns barril de cumprimento diferente, pra gente passá por cima da cerca, e pra mulher subí quando qué montá num cavalo; uns trecho de relva rala espalhado pelo quintal, na maior parte pelado e liso, que nem um chapéu velho e gasto; duas casa geminada e grande, feita de tora, pros branco — tora lascada, com as fresta tapada com barro ou argamassa, e as faixa de barro caiada uma vez ou outra; uma cozinha redonda, feita de tora, com uma passagem larga e aberta, mas coberta, até a casa; um defumadouro, feito de tora, por detrás da cozinha; três cabaninha de tora, enfileirada, pros preto, do outro lado do defumadouro; uma cabaninha isolada, encostada lá na cerca do fundo, e umas dependência mais pra baixo, do outro lado; uma tina pra guardá cinza e uma chaleira pra fervê sabão, perto da cabaninha; um banco do lado da porta da cozinha, e mais um balde de água e uma cuia; um cachorro dormindo ali, no sol; outros cachorro dormindo, espalhado; umas três árvore pra dá sombra, num canto; uns arbusto de groselha e framboesa perto da cerca; do outro lado da cerca, uma horta e um canteiro de melancia; daí começa os campo de algodão; e pra lá dos campo, a mata.

Eu dei a volta e subi a escada que passava por cima da cerca, do lado da tina de cinza, e rumei pra cozinha. Quando avancei um pouco, escutei o zumbido abafado de uma roca, gemendo pra cima e pra baixo, e então eu tive certeza que queria tá morto — pois aquele é mesmo o som mais solitário que tem no mundo.

Toquei em frente, sem ter nenhum plano especial, mas só confiando na Providência pra botá as palavra certa na minha boca na hora certa, porque eu tinha reparado que a Providência sempre botava as palavra certa na minha boca, se eu deixasse por conta dela.

Quando cheguei na metade do caminho, primeiro um cachorro e depois outro partiu pra cima de mim, e é claro que eu parei e encarei eles, e fiquei quieto. E que zoada eles fizeram! Em quinze segundo, eu parecia o eixo de uma roda, pro modo de dizê — os cachorro eram os aro —, uma roda de quinze amontoado em volta de mim, com os pescoço e os focinho espichado e virado pra mim, latindo e uivando; e tinha mais cachorro chegando; dava pra vê eles voando por cima das cerca e saindo de tudo que era canto.

Uma preta veio correndo da cozinha, com um rolo de pastel na mão, gritando:

— Passa fora! *Tu mesmo*, Tigre! Tu, Spot! Passa, passa! — E ela deu um safanão, primeiro num e depois no outro, e eles saíram ganindo, e então o resto foi atrás deles. E meio segundo depois, a metade deles voltou, abanando o rabo em volta de mim e ficando meus amigo. Cachorro não faz mal pra ninguém, de jeito maneira.

E por detrás da mulher veio uma pretinha e dois pretinho, vestindo só umas camisola de linho tosco, e agarraram na saia da mãe, e ficaram por detrás dela, me espiando, encabulado, como eles sempre faz. E depois veio uma mulher branca, correndo de dentro de casa, com uns quarenta e cinco ou cinquenta ano, de cabeça descoberta, segurando um fuso de fiá, e por detrás dela veio as criança branca, se comportando do mesmo jeito que os pretinho. A mulher tava sorrindo tanto que parecia que ia ter um troço — ela disse:

— É *você*, finalmente!... *né?*

Eu saí com um "Sim, senhora", antes de pensá.

Ela me agarrou e me abraçou com força; e depois me pegou pelas duas mão e me sacudiu e me sacudiu, e as lágrima brotaram nos ólho dela, e entornaram; e ela não parava de me abraçá e me sacudí, e repetia:

— Você não parece com a tua mãe, do jeito que eu imaginava, mas, pelo amor de Deus, eu não importo; eu tô *tão* feliz de te vê! Meu querido, meu querido, eu vou te esmagá de tanto abraço! Criançada, é o primo de vocês, o Tom!... Fala oi pra ele!

Mas as criança baixaram a cabeça, e enfiaram o dedo na boca, e esconderam por detrás dela. Daí ela falou mais:

— Lize, corre e prepara um café da manhã quentinho pra ele, agora mesmo... ou você já tomou café no barco?

Eu disse que tinha tomado no barco. Daí ela entrou pra dentro de casa, me levando pela mão, e as criança por detrás. Quando entramo, ela fez eu sentá numa cadeira com assento de ripa de madeira, e sentou numa banqueta na minha frente, segurando as minhas duas mão, e disse:

— Agora eu vou olhá *bem* pra você; meu Deus! Quantas vez eu quis fazê isso, todos esses longos ano, e chegou a hora, finalmente! A gente tava te esperando uns dias atrás. Por que você demorou?... O barco encalhou?

— Sim, senhora... ele...

— Não precisa dizer "sim, senhora"... pode me chamá de tia Sally. Aonde foi que o barco encalhou?

Eu não sabia direito o que falá, porque não sabia se o barco vinha subindo ou descendo o rio. Mas eu sigo muito o meu instinto, e o meu instinto dizia que ele vinha subindo, lá de baixo, pra banda de Orleans. Mas isso não me ajudou muito, pois eu não sabia os nome das croa lá pra baixo. Eu vi que tinha que inventá uma croa, ou esquecê o nome da croa em que nós tinha encalhado... ou... daí eu tive uma ideia, e botei ela pra fora:

— Não foi o encalhe... o encalhe só atrasou nós um pouco. Foi a cabeça de um cilindro que estourou.

— Deus do céu! Alguém se machucou?

— Não, senhora. Só matou um preto.

— Bom, que sorte, porque às vez alguém se machuca. No último Natal fez dois ano que o teu tio Silas tava voltando de Nova Orleans no velho *Lally Rook*, e a cabeça de um cilindro estourou e alejou um homem. E acho até que ele acabou morrendo. Ele era batista. Teu tio Silas conhecia uma família de Baton Rouge que conhecia bem a gente dele. É, eu tô lembrando agora, ele *morreu* sim. Deu grangrena nele, e tiveram que amputá. Mas não teve jeito. É, foi grangrena... foi isso mesmo. Ele ficou todo roxo, e morreu na esperança de uma gloriosa ressurreição. Falaram que ele ficou medonho de vê. O teu tio tem ido até a cidade todo dia, pra te esperá. E foi de novo; não faz nem uma hora; mas já vai tá de volta a qualquer minuto. Você deve ter passado por ele na estrada, não passou? Um senhor de idade, com um...

— Não, eu não vi ninguém, tia Sally. O barco atracou quando o dia tava clareando, e eu deixei a minha mala no cais flutuante e dei uma voltinha pela cidade e pelo campo, pra fazê hora e não chegá aqui cedo demais; daí eu vim pelo outro lado.

— Com quem você deixou a tua mala?

— Com ninguém.

— Ué! Menino, ela vai ser robada!

— Não aonde eu *escondi* ela; acho que não vai, não — falei.

— Como foi que você tomou café tão cedo no barco?

A coisa tava ficando complicada, mas eu falei:

— O capitão me viu por lá, de bobeira, e disse que era melhor eu comê alguma coisa, antes de desembarcá; daí ele me levou até a cabine da tripulação, e deixou eu comê tudo o que eu queria.

Eu tava ficando tão nervoso que já nem escutava direito. Eu pensava nas criança o tempo todo; eu queria levá elas pro lado, e cutucá elas um pouco, pra descobrí quem eu era. Mas eu não conseguia, porque a sra. Phelps não parava de falá. Logo, logo ela fez um calafrio descê pelas minhas costa, porque ela disse:

— Mas a gente não parou de falá, e você ainda não me falou nada sobre a mana, e nem ninguém. Agora eu vou pará com a minha falação, um pouco, e você começa com a tua; conta *tudo*... conta tudo sobre todo mundo... cada um, e como eles vão, e o que eles estão fazendo, e o que eles mandaram você me contá; e tudo o que você pudé lembrá.

Bom, eu vi que tava num beco sem saída — e sem saída mesmo. A Providência tinha ficado do meu lado até aquele momento, tudo bem, mas agora eu tava mesmo enrascado. Vi que não adiantava nada querê insistí — eu *tinha* que botá as carta na mesa. Então eu falei pra mim mesmo, eu vou ter que, mais uma vez, arriscá a verdade. Abri a boca pra começá, mas a sra. Phelps me agarrou e me empurrou pra detrás da cama, e falou:

— Lá vem ele! Baixa mais a cabeça aí... isso, tá bom assim; agora ele não vai te vê. Não deixa ele vê que você tá aqui. Eu vou pregá uma peça nele. Criançada, bico calado.

Eu vi que agora eu tava no maior aperto. Mas não adiantava preocupá; não tinha o que fazê, a não ser guentá o tranco e tentá se pepará pra quando o raio caísse.

Dei só uma espiada no velho, quando ele entrou, e então a cama escondeu ele. A sra. Phelps pulou pro lado dele e disse:

— Ele chegou?

— Não — disse o marido.

— Deus *do céu*! — ela disse. — O que *será* que aconteceu com ele?

— Não faço a menor ideia — disse o velho. — E vou dizê... tô ficando bem preocupado.

— Preocupado! — ela disse. — Eu já tô ficando é doida! Ele *deve* ter chegado, e você não viu ele na estrada. Eu *sei* disso... alguma coisa tá me *dizendo*.

— Ora, Sally! Eu *não ia* deixá de vê ele na estrada... você *sabe* disso.

— Mas, ah... meu Deus, meu Deus, o que a mana *vai dizê*? Ele já deve ter chegado! Você não viu ele. Ele...

— Ah, não azucrina mais do que eu já tô azucrinado. Eu não tenho ideia do que pode ter acontecido. Nem sei mais o que pensá, e tenho que confessá que tô morrendo de medo.

Mas não tenho esperança que ele chegou, porque *não tinha jeito* dele chegá e eu não vê. Sally, é horrível... é horrível... alguma coisa aconteceu com aquele barco, de certeza!

— Ué, Silas! Olha lá!... lá na estrada!... não tem alguém vindo ali?

Ele pulou pra janela, na cabeceira da cama, e isso deu à sra. Phelps a chance que ela queria. Ela se abaixou depressa no pé da cama, e me deu um puxão, e eu apareci; quando ele virou da janela, ela tava lá, brilhando e sorrindo que nem uma casa pegando fogo, e eu todo meigo e suado do lado dela. O velho me encarou e disse:

— Ué! Quem é esse aí?

— Quem você acha que é?

— Não tenho a menor ideia. Quem é?

— É o *Tom Sawyer*!

Puxa vida! Eu quase afundei no chão. Mas não tive tempo pra mudá de tática; o velho agarrou a minha mão e deu de sacudí ela, e não parava de sacudí; e o tempo todo, como a mulher dançava e ria e chorava! E então, como eles dois danaram de fazê pergunta sobre o Sid, e a Mary, e o resto da tribo!

Mas se eles tava radiante, não era nada perto do que eu tava, porque foi como nascê de novo, de tão feliz que eu fiquei de descobrí quem eu era. Bom, eles me pegaram por duas hora; e, no fim das conta, quando meu queixo já tava tão cansado que eu mal conseguia mexê mais ele, eu já tinha contado mais coisa da minha família — bem dizê, da família

Sawyer — do que tinha acontecido com seis família Sawyer. E eu expliquei que tinha estourado um cilindro na foz do rio White e que demorou três dia pra fazê o conserto. O que tava certo, e funcionou direitinho, porque *eles* não sabia que demorava três dia pra consertá um cilindro. Se eu tivesse dito que era a cabeça de um parafuso, tinha dado no mesmo.

Agora eu tava muito tranquilo, de um lado, e muito tenso, do outro. Se fazê de Tom Sawyer era fácil e tranquilo, e tudo foi fácil e tranquilo até que dali a pouco eu escutei um vapor bufando rio pra baixo — então eu falei pra mim mesmo, imagina se o Tom Sawyer tá vindo nesse barco? E imagina se ele entra aqui, a qualquer minuto, e grita o meu nome antes de eu podê piscá pra ele ficá quieto? Bom, não *podia* ser assim — não ia dá de jeito nenhum. Eu tinha que subí a estrada e pegá ele de surpresa. Daí eu falei pra eles que eu ia até o povoado buscá a minha mala. O velho queria ir comigo, mas eu falei que não, que eu podia cavalgá sozinho, e que não era pra ele incomodá comigo.

33

ENTÃO RUMEI PRO VILAREJO, na carroça, e quando tava no meio do caminho, vi uma carroça vindo, e pode sabê, era o Tom Sawyer, e eu parei e esperei até ele chegá perto. Eu falei:

— Alto lá! — E a carroça parou pro lado, e a boca dele abriu que nem um baú, e ficou aberta; e ele engoliu duas ou três vez, igual quem tá com a garganta seca, e então disse:

— Eu nunca te fiz mal nenhum. Tu sabe disso. Então, por que tu voltou pra assombrá logo *eu*?

Eu falei:

— Eu não voltei... e não *fui*.

Quando ouviu a minha voz, ele acalmou um pouco, mas ainda não ficou sastifeito. Ele falou:

— Não vem me pregá peça, porque eu não ia fazê isso contigo. Palavra de honra, agora, tu não é um fantasma?

— Palavra de honra, não sou — eu falei.

— Bom... eu... eu... bom, sendo assim, tudo bem, é claro; mas eu não tô entendendo, de jeito maneira. Olha aqui, tu não foi *assassinado*?

— Não. Eu nunca fui assassinado... eu enganei eles. Vem cá e toca em mim, se tu não acredita.

E foi o que ele fez, e ficou sastifeito; e ficou tão contente de me vê de novo que nem sabia o que fazê. E quis logo sabê tudo que aconteceu, porque era uma aventura e tanto, e misteriosa, e então tocava fundo nele. Mas eu falei, deixa isso pra lá, por enquanto, e falei pro carroceiro dele esperá, e avançamo um pouco mais pra frente com a carroça, e eu contei pra ele a enrascada que eu tava metido, e o que ele achava que a gente podia fazê? Ele falou pra deixá ele sozinho um minuto, e não pertubá ele. Daí ele pensou e pensou, e pouco depois ele disse:

— Tá bem, já sei. Leva o meu baú na tua carroça e diz que é teu; dá meia-volta e segue devagar, pra chegá na casa na hora que era pra tu chegá; eu volto até perto do vilarejo, e pego de novo a estrada, e chego lá na casa uns quinze minuto ou meia hora depois de tu; e não precisa me reconhecê logo de cara.

Eu falei:

— Tá bem, mas espera um minuto. Tem mais uma coisa... uma coisa que *ninguém* sabe, só eu. É que tem um preto aqui que eu tô tentando libertá da escravidão... o nome dele é *Jim*... o Jim da velha srta. Watson.

Ele falou:

— O quê! Ué, o Jim tá...

Ele parou, e deu de pensá. Eu falei:

— *Eu sei* o que tu vai dizê. Tu vai dizê que é um negócio ordinário e sujo, mas e daí que seja? *Eu* sou ordinário; e vou libertá ele, e quero que tu fique de bico calado. Tu vai ficá?

Os ólho dele brilharam, e ele falou:

— Eu vou te *ajudá* a libertá ele!

Bom, aí eu bambeei, como se tivesse levado um tiro. Foi a fala mais espantosa que ouvi na vida — e sou obrigado a dizê que o Tom Sawyer despencou no meu conceito. Eu nem podia acreditá. Tom Sawyer um *ladrão de preto*!

— Ah, essa não — eu disse —, tu tá brincando.

— Não tô brincando, não.

— Bom, então — eu disse —, brincando ou não brincando, se tu escutá qualquer coisa sobre um preto foragido, não esquece de lembrá que tu não sabe nada dele, e que *eu* não sei nada dele.

Daí nós pegamo o baú e botamo na minha carroça, e ele seguiu pelo caminho dele, e eu segui pelo meu. Mas é claro que eu esqueci de ir devagar, porque tava muito feliz e cheio de ideia; daí cheguei em casa ligeiro demais pra uma viage daquela lonjura. O velho tava na porta, e falou:

— Ora! Que maravilha! Quem podia imaginá que essa égua ia fazê uma coisa dessa! Quem dera a gente tivesse marcado o tempo. E ela não tá nem suada... nem um fio do pelo. Que maravilha! Ora! Eu não aceito nem cem dólar por esse cavalo agora; não aceito, sério; e olha que eu vendia por quinze, antes, achando que era tudo o que o bicho valia.

Foi só o que ele falou. Aquela foi a alma velha mais inocente que eu vi na minha vida. Mas não era surpresa, porque ele não era só fazendeiro, era pregador, também, e tinha uma igrejinha de tora no fundo da fazendola, que ele mesmo construiu com o dinheiro dele, pra serví de igreja e escola, e nunca cobrava nada pela pregação, e era uma pregação das boa. Tinha muitos outro fazendeiro-pregador igual a ele que fazia a mesma coisa, lá no Sul.

Mais ou menos meia hora depois, a carroça do Tom chegou até a escada da cerca, e a tia Sally, ela viu a carroça pela janela — porque era só uns cinquenta metro — e ela disse:

— Ué! Tem alguém vindo ali! Quem será? Ué! Eu acho que é um forasteiro, Jimmy (que era uma das criança). Corre lá e fala pra Lize botá mais um prato na mesa.

Todo mundo correu pra porta da frente — porque, é claro, forasteiro não aparecia *todo ano*, e então, quando um aparecia, chamava mais atenção que a febre amarela. O Tom subiu pela escada da cerca e veio pro lado da casa; a carroça pegou a estrada na direção do vilarejo, e nós se amontoamo na porta da frente. O Tom tava usando as ropa de domingo e tinha uma plateia — e isso era sempre uma doidera pro Tom Sawyer. Numa situação que nem aquela, não era problema nenhum pra ele esbanjá estilo. Ele não era menino de subí pelo quintal todo humilde igual um cordeiro; não, ele veio todo seguro e importante, que nem um carneiro chifrudo. Quando chegou na nossa frente, ele tirou o chapéu, todo charmoso e elegante, como se fosse a tampa de uma caixa cheia de borboleta dormindo, e ele não quisesse pertubá elas, e falou:

— Sr. Archibald Nichols, eu suponho?

— Não, meu menino — disse o velho. — Lamento dizê que o teu carroceiro te enganou; a casa do Nichols fica uns cinco quilômetro mais pra frente. Entra, entra.

O Tom, ele olhou pra trás, por cima do ombro, e disse:

— Tarde demais... já nem dá pra vê ele.

— É; ele já foi, meu filho, e você deve entrá e almoçá com a gente; e então a gente pega a carroça e te leva até lá na casa do Nichols.

— Ah, eu *não posso* dá tanto trabalho pro senhor; não posso nem pensá numa coisa dessa. Eu vou de a pé... não importo com a distância.

— Mas a gente *não vai deixá* você ir de a pé... isso não combina com a hospitalidade do Sul. Pode entrá.

— Ah, sim — disse a tia Sally. — Não é trabalho nenhum pra nós, nenhum mesmo. A gente *insiste* pra você ficá. São cinco longos quilômetro de poeira, e a gente *não pode deixá* você ir de a pé. E além disso, eu já mandei botá outro prato, quando te vi chegando; então você não pode fazê essa desfeita. Entra, a casa é sua.

Daí o Tom, ele agradeceu, de coração e cheio de estilo, e concordou e entrou pra dentro; depois que entrou, ele disse que era um forasteiro de Hicksville, em Ohio, e que o nome dele era William Thompson — e fez mais uma mesura.

Bom, ele falou, e falou, e falou, inventando todo tipo de coisa sobre Hicksville e o povo de lá, e eu tava ficando meio nervoso, e imaginando como aquilo ia ajudá eu saí da minha enrascada; no fim das conta, sem pará de falá, ele espichou e deu um beijo bem na boca da tia Sally, e acomodou de novo na cadeira, todo sossegado, e ia continuá falando; mas ela deu um pulo e limpou a boca, com as costa da mão, e falou:

— Seu pirralho atrevido!

Ele pareceu meio magoado, e disse:

— Eu tô surpreso com a sua reação, senhora.

— Você tá surp... Ora! Como é que você acha que *eu* tô? Eu tô com vontade de... me fala, o que você tá querendo com esse negócio de me beijá?

Ele fez uma cara meio humilde, e disse:

— Eu não tô querendo nada, não, senhora. Não fiz por mal. Eu... eu... pensei que a senhora ia gostá.

— Ora! Seu tolo! — Ela pegou o fuso, e parecia pronta pra dá uma cacetada nele. — Por que você achou que eu ia gostá?

— Bom, não sei. É só que, eles... eles... me falaram que a senhora ia gostá.

— *Eles* falaram que eu ia gostá! Quem te falou isso é *outro* doido. Eu nunca ouvi falá nisso. Quem são *eles*?

— Ué... todo mundo. Todo mundo falou, senhora.

Ela mal conseguiu se contê, e os ólho dela esbugalharam, e os dedo dela encresparam como se ela quisesse unhá ele, e ela disse:

— Quem é "todo mundo"? Desembucha os nome deles... senão vai ter um idiota a menos nesse mundo.

Ele levantou e fingiu que tava aflito, e apalpou o chapéu, e disse:

— Desculpe, eu não esperava isso. Eles me falaram. Todo mundo falou. Todo mundo falou "beija ela", e falaram "ela vai gostá". Todo mundo falou... cada um deles. Mas, desculpe, madame, não vou mais fazê isso... não vou, não, é sério.

— Não vai, né? Bom, pois eu *acho* que não vai mesmo!

— Não, senhora, tô falando sério; não vou mais fazê isso. Até a senhora me pedí.

— Até eu te *pedí*! Bom, eu nunca ouvi falá numa coisa dessa na minha vida! Eu digo que você vai ser o Matusalém mais palerma da criação antes de *eu* pedí pra você... ou pra alguém que nem você... uma coisa dessa.

— Bom — ele disse —, eu tô muito surpreso. Não tô entendendo nada. Eles falaram que a senhora ia gostá, e eu pensei que a senhora ia... mas...

Ele parou e olhou em volta, devagar, como se quisesse encontrá em algum lugar um olhar amigo, e fisgou o olhar do velho, e disse:

— *O senhor* não achava que ela ia gostá que eu beijasse ela?

— Ué! Não, eu... eu... bom, não, acho que não.

Daí ele olhou em volta, de novo, parou em mim, e disse:

— Tom, *você* não achava que a tia Sally ia abrí os braço e dizê "Sid Sawyer"...

— Deus do céu! — ela disse, interrompendo e pulando em cima dele. — Seu fedelho insolente, enganando uma pessoa desse jeito... — E já ia abraçá ele, mas ele empurrou ela, e falou:

— Não, a senhora tem que me pedí, primeiro.

Daí ela não perdeu tempo, e pediu; depois abraçou e beijou ele, muitas vez, e então passou ele pro velho, e o velho pegou o que sobrou. E quando eles sossegaram de novo, ela disse:

— Ora! Nunca vi tamanha surpresa. A gente não tava esperando *você*, de jeito maneira, só o Tom. A mana não escreveu que vinha mais alguém, só ele.

— É porque *não era* pra nenhum de nós vim, só o Tom — ele falou. — Mas eu implorei e implorei, e no último minuto ela deixou eu vim também; daí, descendo o rio, eu e o Tom pensamo que ia ser uma bela surpresa ele chegá aqui primeiro, e eu chegá um pouco depois e fingí que era um forasteiro. Mas foi um erro, tia Sally. Isso aqui não é um lugar saudável pra forasteiro.

— Não... não pra pirralhos insolente, Sid. Você merecia uns tapa na boca; nem sei há quanto tempo eu não me irritava tanto. Mas eu não importo, eu não incomodo com a brincadeira... eu guentava mil brincadeira dessa só pra ter você aqui. Bom, mas que encenação! Não vou negá; fiquei putrificada de espanto quando você me deu aquela beijoca.

Nós almoçamo do lado de fora, naquela passagem aberta que ficava entre a casa e a cozinha, e tinha tanta coisa na mesa que dava pra sete família — e tudo quentinho, e nada daquelas carne murcha e dura que passou a noite no armário de um porão úmido e que de manhã tem gosto de um bocado de canibal velho e frio. O tio Silas, ele fez uma oração demorada, dando graça pela comida, mas valeu a pena; e a comida nem esfriou, como eu já vi acontecê com essas interrupção, tantas vez.

Teve muita conversa, a tarde toda, e eu e o Tom ficamo o tempo todo de olho vivo, mas não adiantou; eles não disseram nada sobre o preto foragido, e nós ficamo com medo de tocá no assunto. Mas na janta, de noite, um dos menino falou:

— Pai, o Tom, o Sid e eu não podemo ir na apresentação?

— Não — disse o velho. — E acho que não vai ter apresentação coisa nenhuma; e vocês não ia podê ir, mesmo que tivesse, porque o preto foragido contou pro Burton e pra mim tudo sobre aquela apresentação vergonhosa, e o Burton falou que ia contá pro povo; então acho que a essa hora eles já expulsaram da cidade aqueles vadio atrevido.

Então, era isso! E *eu* não podia ajudá. O Tom e eu ia dormí no mesmo quarto e na mesma cama; daí, já cansado, nós demo boa noite e subimo pra dormí, logo depois da janta, e saímo pela janela e descemo pelo cabo do para-raio, e se mandamo pra cidade. Eu achava que ninguém ia avisá o rei e o duque; daí, se eu não corresse pra avisá, eles ia se encrencá todo, de certeza.

No caminho, o Tom, ele me contou como todo mundo pensava que eu tinha sido assassinado, e como o meu pai tinha sumido, logo depois, e nunca mais voltou, e do alvoroço que foi quando o Jim fugiu; e eu contei tudo pro Tom sobre os nossos pilantra da *Incomparável realeza*, e o que deu tempo pra contá sobre a viage na balsa; e quando nós entramo no povoado e subimo pelo meio da rua — já era umas oito e meia da noite —, lá veio uma multidão enfurecida, com as tocha, e uma zoada e uma gritaria medonha, e batendo panela e soprando corneta; e nós pulamo de lado pra deixá eles passá; e quando eles passaram, eu vi que eles tava levando o rei e o duque amarrado num pau — qué dizê, eu sei que *era* o rei e o duque, só que eles tava coberto de piche e pena, e nem parecia gente; parecia dois penacho de soldado, imenso e monstruoso. Bom, vê aquilo fez o meu estômago revirá, e tive dó daqueles dois canalha desgraçado; pelo jeito, eu nunca nesse mundo ia sentí raiva deles. Foi uma coisa horrível de vê. Os seres humano *pode ser* medonho de cruel uns com os outro.

A gente viu que chegou tarde demais — não dava pra fazê mais nada. Perguntamo a uns atrasado o que aconteceu, e eles falaram que todo mundo foi pra apresentação com cara de inocente, e ficaram quieto e apagado até que o pobre do velho rei tava no meio das palhaçada no palco; daí alguém deu um sinal, e a plateia levantou e partiu pra cima deles.

Então nós voltamo pra casa, devagar, e eu não tava me sentindo todo prosa, como antes, mas meio ordinário, e desanimado, e culpado, de algum jeito — mesmo que *eu* não fiz nada. Mas é sempre assim: não tem diferença se a gente faz certo ou errado; a consciência aparece de surpresa, e vem pra cima da gente *do mesmo jeito.* Se eu fosse o dono de um cachorro fajuto que tivesse consciência que nem uma pessoa, eu envenenava ele. A consciência toma mais espaço que todo o resto das entranha da gente, e ainda assim não serve pra nada. O Tom Sawyer, ele fala a mesma coisa.

34

NÓS PARAMO DE FALÁ e começamo a pensá. Logo, logo o Tom disse:

— Olha só, Huck, que bobos nós somo, de não pensá nisso antes! Aposto que sei aonde o Jim tá.

— Não! Aonde?

— Naquela cabana perto da tina de cinza, ué! Olha só. Quando a gente tava almoçando, tu não viu um preto entrá lá dentro com comida?

— Vi.

— Pra quem tu pensou que era a comida?

— Pra um cachorro.

— Eu também pensei. Bom, não era pra cachorro nenhum.

— Por quê?

— Porque tinha melancia.

— Tinha mesmo... eu reparei. Bom, essa é a maior... que eu não pensei que cachorro não come melancia. Isso mostra que a gente pode vê e não vê, ao mesmo tempo.

— Bom, o preto destrancou o cadeado, quando entrou, e trancou outra vez, quando saiu. Ele trouxe uma chave pro tio, quando a gente levantou da mesa... a mesma chave, eu aposto. Melancia qué dizê homem, cadeado qué dizê prisioneiro, e não é provável ter dois prisioneiro nesse sitiozinho, aonde as pessoa são tão querida e tão boa. O prisioneiro é o Jim. Tá bem... fico feliz que nós descobrimo igual detetive; eu não ia dá bola pra nenhuma outra maneira. Agora, bota a cabeça pra funcioná, e pensá num plano pra robá o Jim, e eu vou pensá num também; e nós vamo ficá com o que a gente gostá mais.

Que cabeça pra um menino! Se eu tivesse a cabeça do Tom Sawyer, eu não trocava nem pra ser duque, nem mestre de barco a vapor, nem palhaço de circo, nem nada que eu pense. Comecei a imaginá um plano, mas só pra me ocupá de alguma coisa; eu sabia muito bem de onde ia saí o plano certo. Logo, logo o Tom falou:

— Pronto?

— Pronto — eu falei.

— Tá bem... desembucha.

— O meu plano é o seguinte — eu disse. — É fácil descobrí se é o Jim que tá lá dentro. Daí nós pegamo a minha canoa, amanhã de noite, e trazemo a minha balsa, lá da ilha. Então na primeira noite escura, nós robamo a chave das calça do velho, depois que ele for dormí, e se mandamo rio pra baixo na balsa, com o Jim, escondendo de dia e navegando de noite, que nem eu e o Jim fizemo antes. Esse plano não ia dá certo?

— *Dá certo?* Ora! De certeza que ia dá certo, tão certo como fazê dois rato brigá. Mas é simples demais; não tem *nada.* Qual é a vantage de um plano que não arruma nenhuma encrenca? É muito sopa. Ora, Huck! Isso não ia dá mais falatório que arrombá uma fábrica de sabão.

Eu não disse nada, porque não esperava nada diferente, e sabia muito bem que, quando ele tivesse o plano *dele* pronto, nenhuma dessas ideia contrária ia ter cabimento.

E não teve. Ele me contou o que era, e eu vi num minuto que valia quinze dos meu, em termos de estilo, e ia fazê do Jim um homem livre, igualzinho o meu plano, e ainda ia achá um jeito de matá nós tudo. Então eu fiquei sastifeito e falei que ia ser a maior moleza. Não preciso contá o que era, aqui, porque eu sabia que não ia ficá daquele jeito. Eu sabia que ele ia mudá o plano, toda hora, enquanto a gente prosseguia, e que ia inventá coisa nova, sempre que uma oportunidade aparecia. E foi isso mesmo que ele fez.

Bom, uma coisa era certa: o Tom Sawyer tava falando sério e ia mesmo ajudá a libertá aquele preto da escravidão. Isso é que era demais pra mim. Ali tava um menino de respeito e bem-criado, e que tinha um caráter pra perdê; e uma família dentro de casa que tinha caráter; e era inteligente, em vez de bronco; e sabido, em vez de ingnorante; e não era malvado, mas bonzinho; e assim mesmo, sem qualquer compustura, ou justeza, ou sentimento, ele ia se rebaixá num negócio daquele, e trazê vergonha pra ele, e vergonha pra família dele, na frente de todo mundo. Eu *não conseguia* entendê aquilo, de jeito maneira. Era um escândalo, e eu sabia que devia dizê isso na cara dele, e assim ser um amigo de verdade, e fazê ele largá mão da coisa, naquele ponto, e se salvá. E *comecei* a falá, mas ele calou a minha boca, e disse:

— Tu não acha que eu sei o que tô fazendo? Eu não costumo sabê o que tô fazendo?

— Costuma.

— Eu já não *falei* que ia ajudá a libertá o preto?

— Falou.

— *Então...*

Foi tudo o que ele disse, e foi tudo o que eu disse. Não adiantava falá mais nada, porque, quando ele falava que ia fazê uma coisa, ele sempre fazia. Mas *eu* não entendia como é que ele tava disposto a se metê numa coisa daquela; daí deixei pra lá, e não esquentei mais. Se ele tava decidido, *eu* não ia podê evitá.

Quando chegamo em casa, tava tudo escuro e quieto; então fomo até a cabana do lado da tina de cinza, pra dá uma espiada. Atravessamo o quintal, só pra vê o que a cachorrada ia fazê. Eles conhecia nós, e não fizeram mais barulho que cachorro faz no mato quando alguma coisa passa perto de noite. Quando chegamo na cabana, olhamo a frente e os dois lado, e do lado que eu ainda não conhecia — virado pro norte — nós vimo um buraco quadrado de uma janela, bem no alto, tapado só com uma tábua pregada. Eu falei:

— A jogada é a seguinte. Dá pro Jim saí por esse buraco, se nós arrancá a tábua.

O Tom falou:

— É simples que nem jogo da velha, três na mesma linha, e fácil como matá aula. Eu *espero* que a gente seja capaz de descobrí um jeito um pouco mais complicado que *esse*, Huck Finn.

— Bom, então — eu disse —, que tal serrá as tábua e tirá ele fora, que nem eu fiz, antes de ser assassinado daquela vez?

— Isso é *melhor* — ele disse. — É bem misterioso, e trabalhoso, e bom — ele disse —, mas eu aposto que a gente acha um jeito que vai demorá o dobro. Não tem pressa; vamo continuá olhando.

Entre a cabana e a cerca, no lado dos fundo, tinha um puxado que ajuntava no beiral da cabana, feito de prancha de madeira. Era do mesmo cumprimento da cabana, mas estreito — só com mais ou menos um metro e oitenta de largo. A porta ficava do lado sul, e tava trancada com cadeado. O Tom, ele foi até o tacho de fazê sabão, procurou por ali, e trouxe aquela coisa de ferro que eles usa pra levantá a tampa do tacho; com aquilo ele arrancou um dos elo, e a corrente caiu, e nós abrimo a porta e entramo, e fechamo a porta, e acendemo um fósforo, e vimo que construíram o puxado pegado com a cabana, mas não tinha ligação com ela; e o puxado não tinha piso, e lá dentro só tinha umas enxada, e umas pá, e umas picareta velha e enferrujada, e um arado todo estropiado. O fósforo apagou e nós saímo, e enfiamo o elo de volta, e a porta ficou trancada como sempre. O Tom ficou todo contente. Ele disse:

— Agora nós tamo bem. Vamo *cavá* pra tirá ele pra fora. Vai levá mais ou meno uma semana!

Daí nós voltamo até a casa, e eu entrei pela porta dos fundo — é só puxá um ferrolho de couro; eles não tranca as porta —, mas aquilo não era romântico pro Tom Sawyer; não tinha outro jeito pra ele, senão subí pelo cabo do para--raio. Mas depois de subí até a metade três vez, e o tiro saí pela culatra toda vez, e da última vez quase rebentá os miolo, ele pensou que ia ser obrigado a desistí; mas depois de descansá, ele resolveu dá mais uma chance pra sorte, e dessa vez conseguiu.

De manhã, nós levantamo quando o dia clareou, e descemo até as cabana dos preto pra acarinhá os cachorro e fazê amizade com o preto que levava comida pro Jim — se é que era mesmo *pro Jim* que ele levava comida. Os preto tava acabando de tomá café e seguindo pra roça, e o preto que cuidava do Jim tava amontoando pão e carne e essas coisa numa panela de latão; e no que os outro saía, a chave veio lá da casa.

O preto tinha uma cara boa e meio lerda, e usava o cabelo amarrado em pequenos tufo com linha. Era pra espantá bruxa. Ele disse que as bruxa tava atazanando ele demais, nas últimas noite, e fazendo ele vê tudo que era coisa esquisita, e ouví tudo que era palavra esquisita e barulho esquisito, e ele achava que nunca foi enfeitiçado daquele jeito antes na vida dele. Ficou tão nervoso e tagarelou tanto sobre os problema dele, que esqueceu o que ia fazê. Daí o Tom falou:

— Pra quem é essa comida? Vai levá pros cachorro?

O preto meio que abriu um sorriso aos pouco na cara, igual quando a gente atira um caco de tijolo numa poça de lama, e disse:

— Vou, patrão Sid, pra um *cachorro*. Um cachorro esquisito. O senhor qué dá uma espiada nele?

— Quero.

Eu puxei o Tom pro lado e cochichei:

— Tu vai lá na luz do dia? *Esse* não era o plano.

— Não, não era... mas é o plano *agora*.

Então, que se dane, nós fomo, mas eu não gostei muito. Quando entramo, quase não dava pra enxergá nada, de tão escuro, mas o Jim tava lá, de certeza, e viu a gente; e ele gritou:

— Ué! *Huck!* E meu bom Deus! Num é o patrãozinho Tom?

Eu sabia como ia ser; eu já esperava. *Eu* não sabia o que fazê; e mesmo que soubesse, não ia podê fazê, porque o preto se meteu e falou:

— Ué! Pelo amor de Deus! Ele conhece os senhor?

A gente tava enxergando bem, agora. O Tom, ele olhou pro preto, firme e meio curioso, e falou:

— *Quem* conhece nós?

— Ué! Esse preto fujão aí.

— Eu acho que não; mas quem que enfiou isso na tua cabeça?

— Quem que *enfiou*? Ele num gritou nesse minuto que conhecia os senhor?

O Tom falou, de um jeito meio atrapalhado:

— Bom, isso é muito estranho. *Quem* gritou? *Quando* ele gritou? *O que* ele gritou? — E virou pra mim, com a maior calma, e falou: — *Tu* escutou alguém gritá?

É claro que não tinha nada pra se falá, só uma coisa; daí eu falei:

— Não; *eu* não escutei ninguém falá nada.

Daí ele virou pro Jim, e olhou pra ele de cima a baixo, como se nunca tivesse visto ele antes, e disse:

— Tu gritou?

— Não, senhor — disse o Jim. — *Eu* num falei nada.

— Nem uma palavra?

— Não, senhor, eu num falei nem uma palavra.

— Tu já viu nós antes?

— Não, senhor; não que *eu* sei.

Daí o Tom virou pro preto, que tava com uma cara de doido e confuso, e falou, meio zangado:

— Qual é o teu problema, hein? O que te fez pensá que alguém gritou?

— Ah, é as maldita das bruxa, senhor, e eu queria tá morto, queria mesmo. Elas tão sempre em cima, senhor, e elas quase me mata, de tanto que elas me assombra. Por favor, num conta isso pra ninguém, senhor, senão o véio senhor Silas vai brigá com eu, porque ele fala que *num tem* bruxa. Eu só queria que ele tava aqui agora... *daí* o que ele ia falá! Aposto que ele num ia arrumá um jeito de escapá *dessa vez*. Mas é sempre assim; quem é *tanso* morre tanso; eles num qué vê pra descobrí as coisa sozinho, e quando *a gente* descobre e conta pra eles, eles num acredita.

O Tom deu uma moeda de dez centavo pra ele, e falou que a gente não ia contá pra ninguém; e mandou ele comprá mais linha pra amarrá no cabelo; daí ele olhou pro Jim e falou:

— Eu queria sabê se o tio Silas vai enforcá esse preto. Se eu pegasse um preto tão ingrato que chegou a fugí, *eu* não entregava ele; eu enforcava ele. — E no que o preto foi até a porta pra olhá pra moeda e mordê ela pra sabê se era verdadeira, ele cochichou pro Jim:

— Não deixa escapá que tu conhece a gente. E se tu ouví barulho de cavação de noite, é a gente; nós vamo te libertá.

O Jim só teve tempo de pegá e apertá as nossas mão, pois o preto voltou, e nós dissemo que a gente ia voltá, se ele quisesse, e ele disse que ia querê, mas no escuro, porque as bruxa costumava vim pra cima dele no escuro, e era bom ter gente perto.

35

AINDA FALTAVA QUASE uma hora pro café, daí nós saímo e se embrenhamo na mata, porque o Tom disse que a gente tinha que ter *alguma* luz pra podê cavá, e a luz da lamparina era forte demais e podia causá problema pra nós; o que a gente precisava era um monte daquelas lasca podre que o povo chama de fogo-fátuo e que dá um brilho fraco quando a gente leva pra um lugar escuro. Nós catamo uma braçada e escondemo no mato, e sentamo pra descansá, e o Tom disse, meio insastifeito:

— Danação, essa coisa toda não podia tá mais fácil e sem graça do que já tá. E daí fica pra lá de difícil armá um plano difícil. Não tem vigia pra gente drogá... agora, *tinha* que ter um vigia. Não tem nem cachorro pra gente dá uma mistura pra ele pegá no sono. E tem o Jim acorrentado numa perna, com uma corrente de três metro, no pé da cama dele. Ora! É só levantá a cabeceira da cama e puxá a corrente. E o tio Silas, ele confia em todo mundo; ele manda entregá a chave pra aquele preto cabeça-oca, e não manda ninguém vigiá o preto. O Jim já podia ter saído por aquele buraco, só que não ia adiantá querê fugí com uma corrente de três metro presa na perna. Ora! Que se dane, Huck! É o esquema mais bobo que eu já vi na vida. A gente tem que inventá *todas* as dificuldade. Bom, não tem jeito, nós precisamo fazê o melhor possível com o material que temo na mão. Em todo causo, tem uma coisa... é mais nobre libertá ele enfrentando uma montoera de contratempo e perigo se nenhum deles foi criado pelas pessoa que tinha o dever de inventá eles, e a gente tem que tramá tudo na nossa cabeça. Agora, vê só essa coisa da lamparina. Analisando os fato, nós simplesmente tivemo que *fingí* que usá lamparina é arriscado demais. Ora! A gente podia trabalhá com uma procissão carregando tocha, se a gente quisesse; é o que *eu* acho. Agora, pensando bem, a gente tem que procurá alguma coisa pra fazê uma serra, assim que a gente pudé.

— Pra que a gente qué uma serra?

— Pra *que* a gente qué uma serra? Nós não temo que serrá a perna da cama do Jim, pra soltá a corrente?

— Ué! Tu acabou de falá que a gente pode levantá a cabeceira da cama e puxá a corrente.

— Bom, tu não tem jeito mesmo, Huck Finn. Tu é capaz de pensá no modo mais pirralho de fazê uma coisa. Ora! Tu nunca leu nenhum livro, não? Nem do barão Trenck, nem do Casanova, nem do Benvenuto Celene, nem do Henrique IV, nem de herói nenhum? Quem já ouviu falá em soltá um prisioneiro desse jeito de velhota? Não; o jeito das maior autoridade é serrá a perna da cama no meio, deixá assim mesmo, e engolí a serragem pra ninguém não achá ela, e esfregá um pouco de sujeira e graxa no lugar que foi serrado, pra nem o mordomo mais esperto percebê que alguém serrou ali, e pra pensá que o pé da cama tá perfeito. Daí, na noite que a gente ficá pronto, a gente dá um chute no pé da cama e ela desaba, e a gente solta a corrente, e deu. É só dependurá a corda nas ameia, descê por ela, quebrá a perna no fosso... porque a corda é seis metro mais curta que a distância até o fosso, sabe... e lá estão os cavalo e os servo de confiança, e eles pega a gente e joga em cima da sela e leva nós pra nossa terra natal, Langudoque, ou Navarra, ou seja lá pra onde for. É o máximo, Huck! Eu queria que tivesse um fosso em volta dessa cabana. Se dé tempo, na noite da fuga a gente cava um.

Eu falei:

— Pra que a gente qué um fosso, se nós vamo tirá ele fora por debaixo da cabana?

Mas ele nem me escutou. Tinha esquecido de mim e do resto. Tava com o queixo apoiado na mão, pensando. Logo, logo suspirou e sacudiu a cabeça; então suspirou de novo, e falou:

— Não, não ia prestá... não tem tanta necessidade assim.

— Do quê? — disse eu.

— Ué! De serrá fora a perna do Jim.

— Deus do céu! — eu disse. — Ora! Não tem *nenhuma* necessidade disso. E pra que tu ia querê serrá fora a perna dele, em todo causo?

— Bom, algumas das maior autoridade já fizeram isso. Eles não conseguia arrancá a corrente; daí eles cortava fora a mão e fugia. E perna era melhor ainda. Mas vamo ter que deixá isso pra lá. Não tem tanta necessidade nesse causo; e além disso, o Jim é um preto que não ia entendê os motivo... é que esse é o costume na Europa; daí vamo deixá pra lá. Mas tem uma coisa... ele pode usá uma corda; nós podemo rasgá os nossos lençol e fazê uma corda pra ele, bem fácil. E a gente pode mandá a corda pra ele dentro de um empadão; quase sempre se faz assim. E eu já comi empadão pior.

— Ué, Tom Sawyer! Tu fala cada coisa! — eu disse. — O Jim não tem precisão de uma corda.

— Ele *tem* precisão. *Tu* é que fala cada coisa, é melhor dizê; tu não sabe de nada. Ele *tem* que usá uma corda; todos eles usa.

— Que diacho ele *vai fazê* com ela?

— *Fazê* com ela? Ele pode escondê ela na cama dele, não pode? É isso que todos eles faz; e *ele* tem que fazê isso também. Huck, tu nunca qué fazê a coisa do jeito normal; tu qué inventá novidade o tempo todo. Vamo imaginá que ele *não vai fazê* nada com ela. Ela não vai ficá lá, na cama dele, servindo de pista, depois que ele fugí? E tu não acha que eles vai querê pista? É claro que vai. E tu não qué deixá nenhuma pra eles? Isso ia ser uma *belezura* de um oi, *não ia*? Nunca ouvi falá numa coisa dessa.

— Bom — eu disse —, se tá no regulamento, e ele tem que ter uma corda, tudo bem, ele que tenha, porque eu não quero desobedecê o regulamento; mas tem uma coisa, Tom Sawyer... se nós vamo rasgá os nossos lençol pra fazê uma corda pro Jim, nós vamo se encrencá com a tia Sally, isso é tão certo quanto tu ter nascido. Agora, no meu modo de vê, uma escada de lasca de árvore não custa nada, e não estraga nada, e serve tão bem pra recheá um empadão e pra escondê dentro de um colchão de palha igual uma corda de trapo; e quanto ao Jim, ele não tem experiência, e daí *ele* pouco importa que tipo de...

— Ah, droga, Huck Finn! Se eu fosse ingnorante como tu, eu ia ficá quieto... é isso o que *eu* ia fazê. Quem já ouviu falá de um prisioneiro do Estado fugindo com escada de lasca de árvore? Ora! Isso é totalmente ridículo.

— Bom, tá bem, Tom, faz do teu jeito; mas, se quisé o meu conselho, deixa eu pegá emprestado um lençol do varal.

Ele disse que isso podia ser. E aquilo deu outra ideia pra ele, e ele falou:

— Pega emprestado uma camisa também.

— Pra que a gente qué uma camisa, Tom?

— Nós queremo pro Jim escrevê um diário nela.

— Diário é a vovozinha... o *Jim* não sabe escrevê.

— Vamo imaginá que ele *não sabe* escrevê... ele pode fazê umas marca na camisa, não pode, se a gente fizé pra ele uma caneta com uma colher velha, de estanho, ou com um pedaço de aro de barril?

— Ué, Tom! A gente pode arrancá a pena de um ganso e fazê pra ele uma melhor, e mais ligeiro também.

— *Prisioneiros* não têm ganso correndo pela masmorra, pra arrancá pena, seu bobalhão. Eles *sempre* faz caneta com o castiçal de latão mais duro, mais resistente, mais complicado que eles encontra, e eles leva semanas e semanas, e meses e meses pra limar a peça, porque eles tem que trabalhá esfregando na parede. *Eles* não ia usá pena de ganso, nem que eles tivesse. Não é normal.

— Bom, então com o que nós vamo fazê tinta pra ele?

— Muitos faz com ferrugem e lágrima, mas quem faz isso é só a ralé e mulher; as maior autoridade usa o próprio sangue. O Jim pode fazê isso, e quando ele quisé mandá uma mensagenzinha simples e banal e misteriosa, pro mundo sabê aonde ele tá preso, ele pode escrevê no fundo de um prato de latão, com um garfo, e atirá pela janela. O Máscara de Ferro sempre fazia isso, e é um jeito muito do bom.

— O Jim não tem prato de latão. Eles dão comida pra ele numa panela.

— Isso não é nada; a gente pode arrumá uns pra ele.

— Ninguém vai podê *lê* os prato dele.

— Isso não tem nada *a vê*, Huck Finn. *Ele* só tem que escrevê no prato e atirá pela janela. A gente *não tem* que lê. Ora! Na metade das vez a gente não consegue lê nada que um prisioneiro escreve num prato de latão, nem em qualquer outro lugar.

— Bom, então, pra que desperdiçá os prato?

— Ora! Que se dane! Os prato não são dos *prisioneiro*.

— Mas são de *alguém*, não são?

— Bom, e mesmo que seja? O que interessa pro *prisioneiro* de quem...

Então ele parou, porque nós escutamo o toque pro café da manhã. Daí nós fomo pra dentro de casa.

Mais tarde naquela manhã mesmo eu peguei emprestado um lençol e uma camisa branca do varal, e achei um saco velho pra enfiá essas coisa, e nós descemo e pegamo o fogo-fátuo e botamo dentro do saco também. Eu chamava de empréstimo porque era assim que o pai chamava, mas o Tom falou que não era empréstimo, era robo. Ele falou que a gente tava fazendo as vez de prisioneiro, e que prisioneiro não importava com o jeito que conseguia uma coisa, desde que conseguisse, e que ninguém culpava eles por isso. Não é crime prisioneiro afaná uma coisa que ele precisa pra fugí, o Tom disse; é direito dele; e daí, como a gente tava fazendo as vez de prisioneiro, a gente tinha todo o direito de afaná qualquer coisa ali que tivesse a menor serventia, pra escapá da prisão. Ele disse que, se a gente não fosse prisioneiro, a coisa ia ser muito diferente, e só mesmo alguém ruim e ordinário robava se não era prisioneiro. Daí nós resolvemo afaná tudo que fosse útil. Mesmo assim ele fez o maior banzé, um dia, depois disso, quando eu robei uma melancia do canteiro dos preto e comi; e ele me fez dá uma moeda de dez centavo pros preto, sem falá pra eles o porquê. O Tom falou que ele queria dizê que a gente podia afaná qualquer coisa que a gente *precisasse*. Bom, eu falei que precisava da melancia. Mas ele falou que eu não precisava dela pra escapá da prisão, e aí tava a diferença. Ele disse que se eu quisesse ela pra escondê uma faca lá dentro e mandá a faca pro Jim podê matá o mordomo, aí tudo bem. Então eu deixei a coisa pra lá, se bem que eu não via vantage nenhuma em fazê as vez de prisioneiro, se eu tinha que pará e me encafifá com essas minúcia toda vez que eu via uma chance de passá a mão numa melancia.

Bom, como eu tava dizendo, nós esperamo naquela manhã até todo mundo ficá ocupado e não ter ninguém à vista no quintal; daí o Tom, ele levou o saco até o puxado, enquanto eu fiquei de longe vigiando. Logo, logo ele saiu, e nós fomo sentá na pilha de lenha, pra conversá. Ele disse:

— Tá tudo certo agora, a não ser as ferramenta: e isso é fácil de arrumá.

— As ferramenta? — eu disse.

— É.

— Ferramenta pra quê?

— Ué! Pra cavá. Nós não vamo *roê* pra tirá ele de lá, vamo?

— Aquelas picareta velha e os outro treco que estão lá dentro não serve pra cavá um buraco e tirá um preto? — eu falei.

Ele olhou pra mim com um olhar de tanta dó que dava pra fazê uma pessoa chorá, e disse:

— Huck Finn, tu *já ouviu* falá de algum prisioneiro que tinha pá e picareta, e tudo que é utensílio moderno no guarda-roupa dele pra cavá um buraco e fugí? Agora eu te pergunto... se é que tu tem um pingo de bom senso... que tipo de demonstração de heroísmo *uma coisa dessa* ia sê pra ele? Ora! Era até melhor eles dá a chave pra ele, e ponto final. Pá e picareta... Ora! Eles não dava isso nem pra um rei.

— Bom, então — eu disse —, se a gente não qué pá e picareta, o que a gente qué?

— Duas faca de cozinha.

— Pra cavá a fundação daquela cabana?

— É.

— Caramba! Isso é bobeira, Tom.

— Não interessa se é bobeira; é o jeito *certo*... e é o jeito normal. E não tem *outro* jeito que *eu* ouvi falá, e eu já li todos os livro que têm informação sobre essas coisa. Eles sempre cava com uma faca de cozinha... e não é chão de terra, pode sabê; em geral é pura rocha. E eles leva semanas e semanas e semanas, e uma eternidade, uma eternidade. Ora! Vê só... um daqueles prisioneiro, na masmorra do Castelo Dif, no porto de Marselha, cavou um túnel desse jeito; quanto tempo tu acha que *ele* levou cavando?

— Não sei.

— Bom, dá um palpite.

— Não sei. Um mês e meio?

— *Trinta e sete ano*... e ele saiu na China. *Assim* é que se faz. Eu queria que o chão dessa fortaleza fosse pura rocha.

— O *Jim* não conhece ninguém na China.

— O *que* isso tem a vê? O tal sujeito também não conhecia. Mas tu tá sempre desviando do assunto. Por que tu não consegue ficá no ponto principal?

— Tá bem... *eu* não importo aonde ele vai saí, desde que ele saia; e o Jim também não importa, eu acho. Mas tem uma coisa, em todo causo... o Jim tá velho demais pra gente cavá um túnel com faca de cozinha. Ele não vai durá.

— Vai, ele vai durá. Tu não acha que vai levá trinta e sete ano pra cavá num chão de *terra*, acha?

— Quanto tempo vai levá, Tom?

— Bom, nós não podemo arriscá demorá o tempo que devia, porque talvez não vai demorá muito pro tio Silas recebê notícia lá de Nova Orleans. Ele vai ficá sabendo que o Jim não é de lá. Então ele vai logo anunciá o Jim, ou qualquer coisa assim. Daí nós não podemo arriscá demorá o tempo que a gente devia gastá pra cavá. Pelo certo, eu acho que a gente devia levar uns dois ano, mas não podemo. Do jeito que as coisa estão incerta, o que eu recomendo é o seguinte: a gente começa logo a cavá, o mais ligeiro possível, e depois vamo *fingí*, pra nós mesmo, que demoramo trinta e sete ano. Daí nós podemo pegá e corrê com ele daqui, assim que derem o primeiro alarme. É, acho que é o melhor jeito.

— Agora, *isso* tem sentido — eu disse. — Fingí não custa nada; fingí não é problema; e se tivé algum rolo, eu não importo de fingí que nós demoramo cento e cinquenta ano. Isso não ia me apoquentá nada, depois que a coisa tivesse feita. Daí eu vou dá uma voltinha agora, e afaná duas faca de cozinha.

— Afana três — ele falou. — Nós precisamo de uma pra fazê uma serra.

— Tom, se não é fora do natural e fora do religioso sugerí — eu falei —, tem uma lâmina de serra enferrujada e velha fincada nas tábua do forro nos fundo do defumadouro.

Ele me olhou meio aborrecido e desanimado, e falou:

— Não adianta querê te ensiná nada, Huck. Corre e vai afaná as faca... três.

Daí eu peguei e fui.

36

NAQUELA NOITE, na hora que a gente achou que tava todo mundo dormindo, nós descemo pelo cabo do para-raio, e se trancamo dentro do puxado, e pegamo a nossa pilha de fogo-fátuo, e metemo a mão na massa. Abrimo um espaço de mais ou menos um metro e meio na tábua central do piso. O Tom disse que a gente tava bem por detrás da cama do Jim, e a gente ia cavá debaixo dela, e, quando a gente acabasse, ninguém na cabana ia sabê que ali tinha um buraco, porque a colcha do Jim ia quase até o chão, e precisava levantá a colcha e olhá debaixo dela, pra vê o buraco. Daí nós cavamo e cavamo, com as faca de cozinha, até perto de meia-noite, e então ficamo moído, com as mão cheia de bolha, e mesmo assim quase não dava pra vê que a gente tinha feito alguma coisa. No fim das conta, eu falei:

— Isso não é trabalho pra trinta e sete ano; isso é trabalho pra trinta e oito ano, Tom Sawyer.

Ele não falou nada. Só suspirou, e logo depois parou de cavá, e daí, durante um bom tempo, eu sabia que ele tava pensando. Então ele falou:

— Não adianta, Huck; não vai dá certo. Se a gente fosse prisioneiro, dava. Porque então a gente ia ter os ano que a gente precisava, e sem pressa; e não ia ter mais que alguns minuto por dia pra cavá, enquanto eles trocava a guarda, e daí as nossas mão não ia ficá cheia de bolha, e a gente podia continuá, ano depois de ano, e ia fazê a coisa certa, como tem que ser. Mas *nós* não podemo ficá de bobeira; nós temo pressa; nós não temo tempo a perdê. Se a gente trabalhá mais uma noite desse jeito, a gente vai ter que ficá de molho uma semana, pra nossas mão sará... não ia dá pra encostá numa faca de cozinha antes disso.

— Bom, então o que nós vamo fazê, Tom?

— Eu vou te falá. Não é certo, e não é moral, e eu não quero que ninguém fique sabendo... mas só tem mesmo um jeito; nós temo que cavá com as picareta, e *fingí* que é faca.

— *Agora* tu tá falando *coisa com coisa*! — eu disse. — A tua cabeça tá ficando cada vez mais atinada, Tom Sawyer — eu disse. — As picareta é o negócio, moral ou não moral; e, por mim, não dou a menor bola pra moral da coisa, de jeito maneira. Quando resolvo libertá um preto ou robá uma melancia, ou um livro de catecismo, não tenho frescura com o jeito que a coisa é feita, desde que seja feita. O que eu quero é o meu preto; ou o que eu quero é a minha melancia; ou o que eu quero é o meu livro de catecismo; e se uma picareta é a coisa mais útil, é com ela que eu vou cavá pra pegá o preto ou a melancia ou o livro de catecismo, e tô pouco me lixando pro que as autoridade pensa.

— Bom — ele disse —, nós temo desculpa pra usá picareta e fingí, num causo como esse; se não fosse assim, eu não concordava, e nem ia ficá parado, vendo as regra sendo desrespeitada... porque certo é certo, e errado é errado, e a gente não deve fazê a coisa errada, quando a gente não é ingnorante e sabe. *Tu* pode cavá pra libertá o Jim com uma picareta, *sem* fingí, porque tu não sabe nada, mas eu não posso, porque eu sei das coisa. Me passa aí a faca.

Ele tava com a faca dele bem do lado, mas eu entreguei a minha. Ele jogou ela no chão, e disse:

— Me dá uma *faca de cozinha*.

Eu não sabia bem o que fazê — mas então eu pensei. Remexi no meio das velha ferramenta, e peguei uma picareta e dei pra ele, e ele pegou ela e começou a trabalhá, e não disse nada.

Ele era sempre muito exigente. Cheio de princípio.

Daí eu peguei uma pá, e então a gente cavava com a picareta e tirava a terra com a pá, e virava e jogava a terra de lado. Nós trabalhamo mais ou menos meia hora, que foi o máximo que a gente guentou, mas agora a gente tinha cavado um buraco dos bom. Quando voltei pro quarto, espiei pela janela e vi o Tom fazendo de tudo pra subí pelo cabo do para-raio, mas não conseguiu, de tão doída que tava as mão dele. No fim das conta, ele falou:

— Não adianta; não vai dá. O que tu acha melhor eu fazê? Tu não consegue pensá em nada?

— Consigo — eu disse —, mas acho que não é normal. Sobe pela escada, e finge que é o cabo do para-raio.

Daí ele pegou e fez isso.

Um dia depois o Tom robou da casa uma colher de estanho e um castiçal de latão, pra fazê umas caneta pro Jim, e seis vela de sebo; e eu rondei as cabana dos preto, e aproveitei uma chance, e robei três prato. O Tom falou que não era suficiente, mas eu falei que ninguém ia vê os prato que o Jim jogasse fora, porque eles ia caí no meio do funcho-de--cachorro e do estramônio que ficava debaixo da janela — então a gente podia recolhê os prato e ele podia usá eles de novo. Daí o Tom ficou sastifeito. Então ele disse:

— Agora, a coisa pra pensá é como fazê essas coisa chegá no Jim.

— Vamo levá elas pelo buraco — eu disse —, quando a gente terminá de cavá.

Ele só olhou com desprezo, e disse alguma coisa como, ninguém nunca ouviu uma ideia tão idiota, e então deu de pensá. Logo, logo ele falou que tinha bolado duas ou três maneira, mas que ainda não tinha necessidade de escolhê uma delas. Ele disse que a gente tinha que avisá o Jim primeiro.

Naquela noite, nós descemo pelo cabo do para-raio, um pouco depois das dez, e levamo uma das vela, e ficamo escutando debaixo da janela, e ouvimo o Jim roncando; então nós jogamo as coisa lá pra dentro, e o barulho não acordou ele. Daí nós demo de cavá com a picareta e a pá, e, mais ou menos em duas hora e meia, o trabalho tava acabado. Nós rastejamo até debaixo da cama do Jim e entramo na cabana, e tateamo por lá e achamo a vela e acendemo ela, e ficamo olhando pro Jim, e vimo que ele tava forte e saudável, e então acordamo ele, com calma e devagar. Ele ficou tão contente de vê nós que quase chorou, e chamou nós de querido, e de tudo que era nome carinhoso que vinha na cabeça dele, e queria que a gente achasse um cinzel pra limá a corrente da perna dele, na mesma da hora, e se mandá dali sem perdê tempo. Mas o Tom, ele explicou pra ele que aquilo não ia ser normal, e sentou e contou pra ele os nossos plano, e como a gente podia mudá os plano, num minuto, se desse algum alarme, e disse pra ele não ter medo nenhum, porque a gente ia libertá ele, *de certeza*. Daí o Jim, ele disse que tudo bem, e nós ficamo conversando sobre os velho tempo, e então o Tom fez um monte de pergunta, e, quando o Jim contou pra ele que o tio Silas ia lá todo dia, ou cada dois dia, pra orá com ele, e que a tia Sally vinha pra vê se ele tava bem e tinha bastante comida, e que os dois era muito bom, o Tom falou:

— *Agora* eu já sei. Nós vamo mandá umas coisa pra tu por eles.

Eu falei:

— Não faz uma coisa dessa; é a ideia mais boba que eu já ouvi. — Mas ele não prestou a menor atenção em mim, e continuou. Era o jeito dele, quando os plano já tava resolvido.

Daí ele explicou pro Jim que a gente ia mandá o empadão com a corda e as coisa grande pelo Nat, o preto que trazia comida pra ele, e que ele tinha que ficá de olho vivo, e não era pra mostrá surpresa, e não era pra deixá o Nat vê ele abrí as coisa; e a gente ia enfiá umas coisa pequena nos bolso do paletó do tio Silas, pra ele robá; e a gente ia amarrá umas coisa nas fita do avental da tia, ou enfiá nos bolso do avental, se desse uma chance; e falou pra ele o que era essas coisa, e pra que elas prestava. E disse pra ele como escrevê um diário na camisa, com sangue, e tudo mais. O Tom disse tudo pra ele. O Jim, ele não viu muito sentido na maioria daquelas coisa, mas concordou que a gente era branco e sabia mais que ele; daí ficou sastifeito, e falou que ia fazê tudo do jeito que o Tom mandou.

O Jim tinha uma porção de cachimbo de sabugo de milho e fumo também; daí nós se divertimo pra valê; depois nós rastejamo pelo buraco, e fomo pra casa e caímo na cama, com as mão que parecia ter sido mastigada. O Tom tava no melhor dos humor. Ele disse que foi o melhor divertimento que teve na vida, e o mais intelectual, e disse que, se descobrisse um jeito, a gente ia continuá com aquilo pro resto da vida e deixá o Jim como um legado pros nossos filho libertá, pois ele acreditava que o Jim ia gostá cada vez mais daquilo, quando acostumasse. Ele falou que daquele jeito a coisa podia esticá por uns oitenta ano, e ia ser o melhor dos divertimento já registrado. E falou que quem tinha participado daquilo tudo ia ficá muito famoso.

De manhã, nós fomo até a pilha de lenha e rachamo o castiçal em pedacinho, e o Tom botou os pedacinho e a colher de estanho no bolso. Então fomo até as cabana dos preto e, no que eu desviei a atenção do Nat, o Tom enfiou um pedaço do castiçal dentro de uma broa de milho que tava na panela do Jim, e nós fomo junto com o Nat, pra vê como ia funcioná, e funcionou muito bem; quando o Jim mordeu o pão, ele quase perdeu todos os dente, e nada podia ter funcionado melhor. O Tom mesmo falou. O Jim não disse nada, mas que era só uma pedrinha, ou qualquer dessas coisa que sempre vem dentro das broa, sabe; mas depois disso ele nunca mais mordeu nada, sem primeiro fincá o garfo em dois ou três lugar.

E no que a gente tava lá, meio que na penumbra, lá veio dois cachorro, saindo debaixo da cama do Jim, e não parou de amontoá cachorro, até ter onze, e quase não tinha lugar lá dentro pra gente respirá. Que diacho! A gente esqueceu de fechá a porta do puxado. O preto Nat, ele só gritou "as bruxa!", uma vez, e tombou no chão no meio da cachorrada e deu de gemê como se tivesse nas última. O Tom escancarou a porta e jogou um pedaço de carne que tava na panela do Jim, e os cachorro correram atrás, e em dois segundo ele também saiu e voltou e fechou a porta, e eu já sabia que ele tinha ido fechá a outra porta. Então ele convenceu o preto, passando uma conversa e acalmando ele, e perguntando se ele tava imaginando coisa de novo. Ele levantou, e piscou os ólho em volta, e falou:

— Patrão Sid, o senhor vai dizê que eu sô um bobão, mas se eu num acredito que vi um milhão de cachorro, ou de diabo, ou qualquer troço desse, eu quero morrê aqui mesmo. Eu vi, com toda certeza. Patrão Sid, eu *senti* eles... eu *senti* eles, meu senhor; eles tava tudo em cima de mim. Foi isso;

eu só queria botá a mão numa daquelas bruxa uma vezinha... só uma vezinha... é tudo que *eu* peço. Mas eu queria mesmo é que elas me deixava em paz, eu queria.

O Tom disse:

— Bom, vou te falá o que *eu* penso. Por que elas vêm aqui bem na hora do café desse preto foragido? É porque elas estão com fome; essa é a razão. Tu precisa fazê pra elas um empadão de bruxa; é *isso* que tu tem que fazê.

— Mas, meu Deus, patrão Sid, como é que *eu* vô fazê um empadão de bruxa? Eu num sei fazê isso. Eu nunca escutei falá numa coisa dessa inté agora.

— Bom, então eu mesmo vou ter que fazê.

— O senhor vai fazê isso, meu querido? Vai mesmo? Eu vô beijá o chão que o senhor pisá; eu vô!

— Tá bem, eu vou fazê, porque é pra tu, e tu foi bom pra gente e mostrou pra nós o preto foragido. Mas tu vai tê que tomá muito cuidado. Quando a gente chegá, tu vai virá de costa e, então, seja lá o que a gente botá dentro da panela, tu tem que fingí que não viu. E não olha quando o Jim esvaziá a panela... pode acontecê alguma coisa, sei lá o quê. E, mais que tudo, não *toca* nas coisa das bruxa.

— *Tocá* nelas, patrão Sid? O que o senhor *tá falano*? Eu num ia encostá o peso de um dedo meu nelas, nem por dez cem mil bilhão de dólar, eu não!

37

TAVA TUDO ACERTADO. Daí nós saímo e fomo até o monte de entulho no fundo do quintal, aonde eles jogava fora bota velha, e trapo, e caco de garrafa, e lata velha, e vasculhamo e achamo uma bacia velha de lata pra assá o empadão, e tapamo os buraco que tinha nela, do jeito que deu, e levamo ela até o porão e robamo farinha que dava pra enchê ela; depois seguimo pro café, e encontramo dois prego que o Tom disse que ia prestá pra um prisioneiro rabiscá o nome e as tristeza nas parede da masmorra, e enfiamo um deles no bolso do avental da tia Sally, que tava dependurado numa cadeira, e o outro nós metemo na faixa do chapéu do tio Silas, que tava em cima da escrivaninha, porque nós escutamo as criança dizê que o pai e a mãe ia até a casa do preto fujão naquela manhã, e daí fomo tomá café, e o Tom enfiou a colher de estanho no bolso do paletó do tio Silas, e a tia Sally ainda não tinha chego, daí a gente teve que esperá um pouco.

E ela, quando chegou, tava suada, e vermelha, e zangada, e mal pôde esperá pela prece; e então ela começou serví café, com uma mão, e dá uns cascudo na criança que tava mais perto, com o dedal, na outra mão, e falou:

— Eu já revirei tudo, de cima a baixo, e não consigo atiná *o que* aconteceu com a tua outra camisa.

Meu coração afundou pelo meio dos pulmão e do fígado e de outras coisa, e uma migalha dura de broa de milho afundou junto, pela minha goela abaixo, e encontrou no caminho com um engasgo que fez ela voá pela mesa e acertá uma das criança no olho, e contorceu que nem uma minhoca num anzol, e soltou um uivo que nem um grito de guerra, e o Tom ficou meio pálido no pescoço, e foi uma baita confusão durante quase uns quinze segundo, e eu dava tudo pra tá bem longe dali. Mas depois todo mundo ficou bem de novo — foi a surpresa que nocauteou nós daquele jeito. O tio Silas disse:

— Isso é mais que estranho e curioso; não consigo entendê. Eu sei muito bem que eu *tirei* ela, porque...

— Porque você só veste *uma* de cada vez. *Escuta só* esse homem! Eu *sei* que você tirou ela, e sei disso de um jeito melhor que essa tua memória fiapenta, porque ela tava no varal ontem... eu mesma vi a camisa lá. Mas sumiu... é só isso, e você vai ter que usá a de flanela vermelha, até eu arrumá tempo pra fazê outra. E vai ser a terceira que eu faço em três ano; não é fácil ficá fazendo camisa pra você; e seja lá o que você consegue *fazê* com todas elas, *eu* é que não vou sabê. Era de esperá que o senhor já tivesse *aprendido* a cuidá delas, a essa altura da sua vida.

— Eu sei, Sally, e eu tento fazê o melhor que posso. Mas a culpa não é só minha, porque você sabe que eu não vejo elas, e nem encosto a mão nelas, a não ser quando tô usando uma delas, e acho que nunca perdi uma delas *enquanto tava usando*.

— Bom, a culpa não é *tua*, se você nunca perdeu nenhuma desse jeito, Silas... mas você ia perdê, se pudesse, eu acho. E a camisa não é a única coisa que sumiu. Uma colher sumiu, e *ainda tem* mais. Tinha dez, e agora só tem nove. O bezerro comeu a camisa, eu acho, mas o bezerro não pegou a colher, *isso* é certo.

— Ué! O que mais que sumiu, Sally?

— Seis *vela* sumiram... é isso. Os rato pode ter levado as vela, e acho que levaram; eu me pergunto como é que eles não leva a casa toda, do jeito que você sempre diz que vai tapá os buraco das toca dele e nunca tapa; e se eles não fosse bobo, eles ia dormí enroscado no teu cabelo, Silas... *você* nunca ia descobrí; mas você não vai conseguí culpá os rato pela *colher*, disso eu *sei*.

— Bom, Sally, eu tenho culpa, e admito; fui relapso; mas amanhã mesmo vou tapá aquele buraco.

— Ah, não tem pressa; pode deixá pro ano que vem. Matilda Angelina Araminta *Phelps*!

Lá veio o dedal, e a menina tirou as garra do açucareiro, sem pestanejá. Naquele momento, a preta entrou pela passagem que dava pra cozinha e falou:

— Senhora, um lençol tá sumido.

— Um *lençol* sumiu! Bom, pelo amor de Deus!

— Eu vou tapá aqueles buraco *hoje* — disse o tio Silas, com uma cara triste.

— Ah, *cala* essa boca! Nós vamo acreditá que os rato levaram o *lençol*? *Aonde* ele foi pará, Lize?

— Deus do céu! Eu num sei, não, srta. Sally. Ele tava no varal inté ontem, mas sumiu; num tá mais lá agora.

— Eu acho que *tá chegando* o fim do mundo. *Nunca* vi nada igual na minha vida. Uma camisa, e um lençol, e uma colher, e seis ve...

— Senhora — apareceu uma mulatinha —, tem um castiçal de latão que sumiu.

— Some da minha frente, sua desaforada, ou eu te bato com a frigideira!

Bom, ela tava mesmo fervendo. Comecei esperá uma chance; eu queria caí fora e ficá na mata até o tempo melhorá. Ela continuou a zangá, comandando sozinha uma rebelião, e todo mundo bem manso e quieto, e no fim das conta o tio Silas, com cara meio de bobo, tirou aquela colher do bolso. Ela parou, com a boca aberta e as mão levantada; e, por mim, eu queria tá em Jerusalém, ou algum outro lugar. Mas a coisa não demorou muito, porque ela falou:

— É *bem* o que eu esperava. Então você tava com ela no bolso o tempo todo, e aposto que tá comas outra coisa também. Como ela foi pará aí?

— Eu não sei, Sally — ele disse, meio que se desculpando —, senão você sabe que eu falava. Eu tava estudando o meu texto, em Atos 17, antes do café, e acho que enfiei a colher no bolso, em vez de enfiá o meu Novo Testamento, e deve ser isso, porque o Novo Testamento não tá aqui; mas eu vou vê, e, se o Novo Testamento tá aonde eu deixei, vou sabê que não guardei ele no bolso, e isso vai prová que eu deixei o Novo Testamento e peguei a colher, e...

— Ah, pelo amor de Deus! Me dá um descanso! Some daqui, agora, todos vocês, e não chega perto de mim de novo até eu recuperá a minha paz de espírito.

Eu tinha escutado isso até que ela tivesse falado com ela mesma, ainda mais falando alto, e eu tinha levantado e obedecido ela nem que eu tivesse morto. Quando a gente tava passando pela sala de visita, o velho, ele pegou o chapéu e o prego caiu no chão, e ele só pegou o prego e pôs ele no consolo da lareira, e não falou nada, e saiu. O Tom viu ele fazê aquilo, e lembrou da colher e disse:

— Bom, não adianta mandá coisa por *ele*; não dá pra confiá. — Então ele disse: — Mas ele ajudou nós com a colher, em todo causo, sem sabê; e então nós vamo ajudá ele, sem *ele* sabê... vamo tapá as toca de rato.

Tinha um montão delas, lá embaixo no porão, e nós demoramo uma hora, mas fizemo o trabalho direitinho, e com qualidade. Então ouvimo uns passo na escada, e sopramo a vela, e se escondemo; e lá veio o velho, com uma vela numa mão e uma montoera de coisa na outra, com a cara mais distraída desse mundo. Ele saiu bestando, primeiro indo até uma toca de rato, e depois até outra, até passá por todas. Daí ficou parado uns cinco minuto, tirando gotinha de sebo da vela e pensando. Então virou devagar e com cara de sonhador, na direção da escada, dizendo:

— Bom, eu não tenho a menor lembrança de quando fiz isso. Eu posso prová pra ela agora que não tenho culpa por causa dos rato. Mas não importa... deixa pra lá. Acho que não ia adiantá nada.

E daí ele subiu a escada murmurando, e então nós fomo embora. Ele era um velho muito bom. E ainda é.

O Tom ficou bem chateado com a falta da colher, e disse que a gente precisava de uma; daí ele deu de pensá. Quando resolveu a coisa, ele me falou o que a gente ia fazê; daí nós ficamo esperando perto da cesta aonde as colher ficava guardada, até que a gente viu a tia Sally chegando, e então o Tom começou a contá as colher e botá elas uma do lado da outra, e eu enfiei uma na minha manga, e o Tom disse:

— Ué! Tia Sally, só tem nove colher, *ainda*.

Ela disse:

— Vão brincá, e não incomodem. Eu sei muito bem; eu mesma contei.

— Bom, eu contei duas vez, tiazinha, e *eu* só chego até nove.

Ela pareceu perdê toda a paciência, mas é claro que foi contá... qualquer pessoa ia.

— Vou dizê, meu Deus do céu! *Só tem* nove! — ela falou. — Ora! Que diacho... a peste *que carregue* essas coisa; vou contá de novo.

Daí eu devolvi a que tava comigo, e, quando acabou de contá, ela falou:

— Vamo pará com essa besteirada; tem *dez*, agora! — E parecia que tava ofendida, e também chateada. Mas o Tom disse:

— Ué, tiazinha! *Eu* acho que não tem dez.

— Seu bobalhão, você não me viu *contá* elas?

— Eu sei, mas...

— Bom, vou contá *de novo*.

Daí eu afanei uma, e a conta foi nove, igual da outra vez. Bom, ela ficou *alucinada* — tremendo toda, de tanta raiva. Mas ela contou e contou, até ficá tão atrapalhada que começou a contá a *cesta* como se fosse colher; e daí, três vez ela contou certo, e três vez contou errado. Então ela pegou a cesta e tacou ela pra longe, e acertou o gato, que deu uma cambalhota, e depois ela mandou a gente sumí e dá um pouco de paz pra ela, e se a gente voltasse pra atazaná ela de novo até a hora do almoço, ela ia esfolá nós. Daí nós conseguimo a colher que faltava, e enfiamo a colher no bolso do avental dela, enquanto ela dava a nossa ordem de retirada, e o Jim recebeu a colher sem problema, junto com o prego, antes do meio-dia. Nós ficamo bem sastisfeito com o negócio, e o Tom falou que valeu o dobro do trabalho que deu, porque *agora* ela nunca mais ia conseguí contá aquelas colher duas vez igual, nem que fosse pra salvá a vida dela, e ela nunca ia acreditá que tinha contado certo, mesmo que *contasse*; e ele disse que, depois que ela contasse até perdê a cabeça nos próximo três dia, ele achava que ela ia desistí e querê matá qualquer pessoa que pedisse pra ela contá aquelas colher de novo.

Daí nós botamo o lençol de volta no varal, naquela noite, e robamo outro do armário dela, e continuamo devolvendo e robando durante alguns dia, até que ela não sabia mais quantos lençol tinha, e disse que *não importava*, e que não ia condená o resto da alma dela por causa daquilo, e que não ia contá de novo nem que fosse pra salvá a própria vida; ela preferia morrê primeiro.

Daí ficou tudo bem pra nós agora, com a camisa e o lençol e a colher e as vela, por causa da ajuda do bezerro e dos rato e da contagem atrapalhada; e o castiçal não ia trazê grande consequência; ia ser esquecido logo, logo.

Mas o empadão deu uma trabalheira; os nossos problema com o tal empadão não teve fim. Nós montamo ele no meio do mato, e assamo ele lá; e conseguimo acabá, no fim das conta, e muito bem até, mas não fizemo tudo no mesmo dia; e tivemo que usá três bacia cheia de farinha, e ficamo todo queimado, em vários lugar, e com os ólho cego de fumaça, porque, sabe, a gente só precisava de uma crosta, e não conseguia firmá ela, e ela sempre afundava. Mas é claro que pensamo num jeito que deu certo, no fim das conta, que foi assá com a corda junto, dentro do empadão. Daí passamo a segunda noite na cabana com o Jim, e rasgamo o lençol em tira, e enroscamo as tira junto, e bem antes do sol raiá a gente já tinha uma corda das boa, que dava pra enforcá qualquer um. Fingimo que tinha demorado nove mês pra fazê ela.

E de tarde nós levamo a corda pro mato, mas ela não cabia dentro do empadão. Feita daquele jeito, com um lençol inteiro, a corda podia cabê em quarenta empadão, se a gente precisasse, e ainda ia sobrá pra fazê sopa, ou linguiça, ou qualquer outra coisa que a gente quisesse. Dava pra prepará uma janta inteira.

Mas a gente não precisava de tanto. A gente só precisava de um pedaço pra cabê dentro do empadão, e daí jogamo o resto fora. Não assamo nenhum empadão dentro da bacia, com medo de derretê a solda, mas o tio Silas, ele tinha uma boa panela pra esquentá cama, que ele gostava muito, porque tinha um cabo cumprido de madeira e foi de um antepassado dele que veio da Inglaterra junto com William o Conquistador, no *Mayflower*, ou num dos primeiro navio, e ficava escondida lá em cima no sótão, junto com um monte de panela velha e buginganga valiosa, não por ser valiosa, porque não era, mas por ser uma relíquia, sabe, e nós afanamo a panela, na surdina, e levamo ela pra mata, mas ela falhou nos primeiro empadão, porque a gente não sabia fazê, mas deu muito certo no último. Nós pegamo e forramo a panela com a massa, e botamo ela na brasa, e recheamo ela com a corda de trapo, e cobrimo com massa, e fechamo a tampa, e colocamo brasa em cima, e ficamo um metro e meio de distante, segurando no cabo cumprido, e nem sentimo calor e ficamo bem sossegado, e em quinze minuto ela assou um empadão que era uma sastifação de vê. Mas a pessoa que ia comê aquele empadão ia precisá de algumas caixa de palito, e se aquela corda não baixasse a crista do sujeito, eu não sei nada do que eu tô falando, e ainda ia causá a maior dor de barriga do mundo também.

O Nat não olhou, quando a gente botou o empadão de bruxa na panela do Jim, e nós colocamo os três prato de latão no fundo da panela, debaixo da comida; e daí o Jim recebeu tudo certinho e, assim que ficou sozinho, ele esfacelou o empadão e escondeu a corda dentro do colchão de palha, e rabiscou umas coisa no prato de latão e jogou ele pela janela.

38

FAZÊ AQUELAS CANETA foi um trabalho dos mais penoso, e foi o mesmo com a serra, e o Jim achava que a inscrição ia ser mais difícil ainda. Era do tipo daquelas que o prisioneiro tem que rabiscá na parede. Mas a gente precisava de uma inscrição; o Tom disse que a gente *tinha* que ter uma; não existia nenhum causo de prisioneiro do Estado não deixá uma inscrição, e o seu brasão.

— Olha a lady Jane Grey — ele falou —; olha o Gilford Dudley; olha o velho Northumberland! Ora, Huck! E *daí* que vai dá muito trabalho? Como é que tu vai fazê? Como é que tu vai se virá? O Jim *tem* que fazê a inscrição e o brasão. Todo mundo faz.

O Jim falou:

— Ué, patrãozinho, eu num tenho brasão nenhum; eu num tenho nada, só essa camisa véia aqui, e o senhor sabe que eu tenho que usá ela pra fazê o diário.

— Ah, tu não entendeu, Jim; um brasão é bem diferente.

— Bom — eu falei —, o Jim tá certo, em todo causo, quando ele diz que não tem brasão, porque ele não tem mesmo.

— Eu acho que *já sei* disso — o Tom falou —, mas pode apostá que ele vai ter um, antes de saí dessa... porque ele vai saí do jeito *certinho*, e não vai ter nenhum deslize na história dele.

Daí, no que eu e o Jim limamo as caneta com um caco de tijolo, um trabalhando de cada vez, o Jim fazendo a caneta dele com o latão e eu a minha com a colher, o Tom ficou bolando o brasão. Logo, logo ele disse que pensou em tantos que era bom, que nem sabia qual escolhê, mas tinha um que ele achava o melhor. Ele disse:

— No escudo, *ou* na base destra, nós vamo ter uma banda, e uma cruz diagonal escarlate numa faixa atravessante, com um cão deitado, mas de cabeça erguida, pra serví de base, e debaixo das pata dele uma corrente de ameia, representando a escravidão, com uma asna *vert* num chefe recortado, e três linha em semicírculo num campo *azure*, com os ponto central rampante numa linha em zigue-zague distanciada das margem; o timbre, um preto foragido, *sable*, com uma troxa no ombro numa barra sinistra; e duas figura encarnada de suporte, tu e eu; o lema: *Maggiore fretta, minore atto.* Achei num livro... qué dizê: mais pressa, menos rapidez.

— Puxa vida! — eu falei. — Mas o que é que o resto qué dizê?

— Nós não temo tempo pra preocupá com isso — ele disse. — Nós temo que tacá ficha nessas coisa, e depressa.

— Bom, mas de qualquer jeito — eu disse —, o que significa *algumas dessas coisa*? O que é faixa atravessante?

— Faixa atravessante... faixa atravessante é... tu não precisa sabê o que é faixa atravessante. Vou mostrá pra ele como é que se faz, quando chegá a hora.

— Droga, Tom! — eu falei. — Eu acho que tu podia explicá pra alguém. O que é barra sinistra?

— Ah, sei lá *eu*! Mas ele tem que ter uma. A nobreza toda tem.

Esse era bem o jeito dele. Se não interessava pra ele explicá uma coisa pra gente, ele não explicava. A gente podia cutucá ele uma semana, que não ia fazê nenhuma diferença.

Ele resolveu todo o negócio do brasão, daí agora ele começou a querê logo acabá com o resto da tarefa, que era pensá numa inscrição triste — ele falou que o Jim tinha que ter uma desse tipo, igual a todos eles. Ele inventou muitas e escreveu elas num papel, e leu elas em voz alta, assim:

1. Aqui se partiu o coração de um cativo.
2. Aqui um pobre prisioneiro, esquecido pelo mundo e pelos amigo, padeceu da sua vida triste.
3. Aqui se partiu um coração solitário, e um espírito cansado descansou, depois de trinta e sete ano de cativeiro solitário.
4. Aqui, sem lar e sem amigo, depois de trinta e sete ano de amargo cativeiro, morreu um ilustre desconhecido, filho natural de Luís XIV.

A voz do Tom tremeu enquanto ele leu essas inscrição, e ele quase abriu um berreiro. Quando acabou de inventá elas, ele não conseguiu, de jeito maneira, decidí qual o Jim ia rabiscá na parede, de tão boa que elas era; mas, no fim das conta, ele resolveu que o Jim ia rabiscá todas. O Jim disse que ia demorá um ano pra rabiscá aquele troço todo nas tora com um prego, e que ele não sabia fazê letra, além disso; mas o Tom disse que ia escrevê em letra de forma, e que então ele não ia ter que fazê nada, só seguí as linha. Daí, logo, logo ele falou:

— Pensando bem, as tora não vai prestá; não tem parede de tora nas masmorra: nós temo que gravá as inscrição é numa pedra. Vamo arrumá uma pedra.

O Jim falou que pedra era pior que tora; ele disse que ia demorá tanto tempo pra gravá as inscrição numa pedra, que ele nunca mais ia saí. Mas o Tom falou que ia deixá eu ajudá ele. Daí ele deu uma espiada, pra vê como eu e o Jim tava se saindo com as caneta. Era um trabalho muito chato e duro e demorado, e aquilo não tava ajudando as minhas mão sará, e a gente não tava avançando quase nada. Daí o Tom falou:

— Eu sei como dá um jeito nisso. Nós temo que ter uma pedra pro brasão e pras inscrição, e nós podemo matá dois coelho com a mesma pedra. Tem uma baita pedra de moê lá embaixo no moinho; vamo afaná ela e gravá tudo nela, e vamo limá as caneta e a serra nela também.

A ideia não era moleza, e a pedra de moê também não era moleza, mas a gente resolveu enfrentá. Ainda não era bem meia-noite, daí nós rumamo pro moinho, e deixamo o Jim trabalhando. Nós afanamo a pedra, e começamo a rolá ela até em casa, mas foi uma trabalheira desgramada. Tinha hora que, por mais que a gente esforçava, não dava pra impedí ela de tombá, e ela quase esmagava nós, toda vez. O Tom falou que ela ia pegá um de nós, de certeza, antes da gente terminá. Nós levamo ela só até o meio do caminho, e já ficamo esfalfado, e quase afogado de suor. Vimo que não adiantava, e que a gente tinha que buscá o Jim. Daí ele levantou a cama e puxou a corrente que tava presa no pé da cama, e enrolou ela toda em volta do pescoço, e nós saímo rastejando pelo buraco e fomo até lá embaixo, e o Jim e eu pegamo aquela pedra e rolamo ela como se não fosse nada; e o Tom de superintendente. Ele podia superintendê melhor que qualquer menino que eu conheci na minha vida. Ele sabia fazê tudo.

O buraco que nós cavamo era dos grande, mas não dava pra passá a pedra; mas o Jim, ele pegou a picareta e logo abriu mais o buraco. Então o Tom marcou as coisa com o prego, e mandou o Jim trabalhá nelas, fazendo o prego de cinzel e um pino de ferro, achado lá nos entulho do puxado, de martelo, e disse pra ele ficá trabalhando até a vela acabá, e então ele podia ir pra cama, e escondê a pedra debaixo do colchão de palha, pra dormí em cima dela. Daí nós ajudamo ele botá a corrente de volta no pé da cama, e a gente já querendo caí na cama também. Mas o Tom pensou numa coisa, e falou:

— Tu tem aranha aí dentro, Jim?

— Não, senhor, graças a Deus, num tenho, patrãozinho.

— Tá bem, a gente te consegue umas aranha.

— Bendito seja o senhor, meu querido! Eu num quero aranha nenhuma. Eu tenho medo delas. Eu inté prefiro tê cascavel por perto.

O Tom pensou um minuto ou dois, e falou:

— É uma boa ideia. E acho que isso já foi feito. Já *deve* ter sido feito; tem sentido. É... é uma ótima ideia. Aonde tu pode criá ela?

— Criá o quê, patrãozinho?

— Ué, uma cascavel!

— Meu bom Deus, patrãozinho! Ué! Se uma cascavel entrá aqui dentro, eu saio daqui e rebento essa parede de tora, rebento mesmo, com a minha cabeça.

— Ora, Jim! Tu não ia ter medo dela, depois de um tempinho. Tu podia domesticá ela.

— *Domesticá ela!*

— É... bem fácil. Todo bicho fica agradecido se recebê bondade e carinho, e eles não ia nem *pensá* em ferí uma pessoa que dá carinho pra eles. Qualquer livro vai te ensiná isso. Tenta... é só o que eu te peço; é só tentá, dois ou três dia. Ora! Tu pode deixá ela de um jeito, em pouco tempo, que ela vai te adorá; e vai dormí contigo, e não vai se afastá de tu nem um minutinho; e vai te deixá enrolá ela no teu pescoço e enfiá a cabeça dela dentro da tua boca.

— *Por favor*, patrãozinho... num fala *assim*! Eu num *guento*! Ela ia *deixá* eu enfiá a cabeça dela dentro da minha boca... como um favorzinho, né? Eu acho que ela ia tê que esperá um tempão até eu *pedí* isso pra ela. E tem mais, eu *num quero* ela dormino com eu.

— Jim, deixa de besteira. Um prisioneiro *tem* que ter um bicho de estimação, e se ninguém nunca tentou com uma cascavel, ué, tu vai conquistá mais glória sendo o primeiro do que de qualquer outro jeito que tu pudé pensá, nem que fosse a tua vida que tava em jogo.

— Ué, patrãozinho, eu *num quero* essa glória. Se a cobra arrancá fora o queixo do Jim, daí, *cadê* a glória? Não, senhor, eu num quero nada dessas coisa.

— Que se dane! Tu não pode nem *tentá*? Eu só *quero* que tu faça uma tentativa... não precisa continuá, se não dá certo.

— Mas o pobrema todo vai acabá, se a cobra me mordê quando eu tivé tentano. Patrãozinho, eu tô pronto pra enfrentá quase qualquer coisa que num seja doidice, mas se o senhor e o Huck trazê uma cascavel aqui pra mim domesticá, eu vô embora, isso é *certo*.

— Bom, então deixa pra lá, deixa pra lá, se tu é tão teimoso. A gente pode te arrumá umas cobra de jardim e tu pode amarrá uns botão na ponta dos rabo delas e fingí que é cascavel, e acho que isso resolve.

— *Essas* eu guento, patrãozinho, mas se eu num combiná com elas, eu falo pro senhor. Eu num sabia da aporrinhação e da encrenca que é sê prisioneiro.

— Bom, *sempre* é, quando a coisa é feita do jeito certo. Tu tem rato aqui?

— Não, senhor, eu num vi nenhum.

— Bom, a gente vai te arrumá uns rato.

— Ué, patrãozinho! Eu num *quero* nenhum rato. São as criatura mais desgramada que eu já vi, pra atazaná a gente, e subí na gente, e mordê os pé da gente, quando a gente tá quereno dormí. Não, senhor, me dá as cobra de jardim, se num tem jeito, mas num me dá rato; eu num tenho serventia pra eles, num tenho mesmo.

— Mas Jim, tu *tem* que ter rato... todos eles têm. Daí, larga a mão de criá dificuldade. Prisioneiro nunca fica sem rato. Não tem nenhum causo assim. E eles treina os rato, e faz carinho neles, e ensina truque pra eles, e eles fica bonzinho que nem mosca. Mas tu tem que tocá música pra eles. Tu tem alguma coisa pra tocá música?

— Eu num tenho nada, só um pente de dente largo e um pedaço de papel, e uma harpinha de judeu; mas acho que eles num ia dá bola pra harpa de judeu.

— Eles ia, sim. Eles *não importa* que tipo de música que é. Harpa de judeu é mais que boa pra rato. Tudo que é bicho gosta de música... na prisão eles adora. Ainda mais se é música triste; e harpa de judeu não toca nenhum outro tipo de música. Os bicho sempre gosta; eles sai pra vê qual é o problema com a gente. É, vai tá tudo certo contigo; tu vai se dá muito bem. Senta na cama, de noite, antes de dormí, e de manhã cedo, e toca a tua harpa de judeu; toca "Quebrou-se o último elo"... essa atrai rato mais depressa que qualquer outra coisa; e depois que tu tocá uns dois minuto, tu vai vê tudo que é rato, e cobra, e aranha, e eles vai ficá preocupado contigo, e aparecê. E eles vai amontoá em cima de você, e se divertí muito.

— É, *eles* vai, eu acho, patrãozinho, mas será que o *Jim* vai se divertí? Deus te abençoe, se eu tô entendeno a coisa. Mas eu faço, se tenho que fazê. Acho melhó mantê os bicho sastifeito, pra não tê pobrema dentro de casa.

O Tom esperou pra pensá no assunto, e vê se não tava faltando nada, e pouco depois ele disse:

— Ah... tem uma coisa que eu esqueci. Tu acha que dá pra cultivá uma flor aqui dentro?

— Eu num sei, mas vai vê que dá, patrãozinho; mas é muito escuro aqui dentro, e eu num tenho precisão de flor nenhuma, e ela ia me dá uma trabalheira desgramada.

— Bom, tu pode tentá, em todo causo. Já teve prisioneiro que fez isso.

— Vai vê que um daqueles talo de verbasco que parece rabo de gato ia crescê aqui dentro, patrãozinho, mas num ia valê nem a metade da trabaieira que ia dá.

— Não pensa nisso. A gente arranja uma muda das pequena pra você, e então tu planta ela naquele canto ali, e cuida dela. E não chama de verbasco, chama de Pichiola... que é o nome certo, quando ela tá numa prisão. E tu tem que regá ela com tuas lágrima.

— Ué! Eu tenho bastante água da fonte, patrãozinho.

— Tu *não precisa* de água da fonte; tu vai molhá ela com as tuas lágrima. É assim que eles sempre faz.

— Ué, patrãozinho! Eu aposto que posso criá um daqueles talo de verbasco duas vez com água da fonte, no que um outro homi ia tá começano a criá um com lágrima.

— Não é por aí. Tu *tem* que fazê a coisa com lágrima.

— Ela vai morrê na minha mão, patrãozinho, de certeza, porque eu quase nunca choro.

Daí o Tom ficou atordoado. Mas ele pensou na coisa, e então falou que o Jim ia ter que se virá com uma cebola. Ele prometeu que ia até a cabana dos preto pra botá uma, escondido, no bule de café do Jim, de manhã. O Jim disse que "preferia tabaco no café", e viu tanto problema com aquilo, e com a trabalheira e a aporrinhação de cultivá verbasco, e tocá harpa de judeu pros rato, e acarinhá e puxá o saco de cobra e aranha e essas coisa, sem falá no trabalhão que ia ter com as caneta, e as inscrição, e o diário e essas coisa, e disse que aquilo tudo dava mais dor de cabeça e preocupação e obrigação pra um prisioneiro que qualquer outra coisa que ele tinha feito na vida, que o Tom quase perdeu a paciência com ele, e falou que ele tava mais atolado de chance de ficá famoso que qualquer outro prisioneiro no mundo, e que ele não sabia dá o devido valor, e que as chance tava sendo desperdiçada nele. Daí o Jim, ele pediu desculpa, e falou que não ia mais se comportá daquele jeito, e então eu e o Tom fomo dormí.

39

DE MANHÃ NÓS SUBIMO até o vilarejo e compramo uma ratoeira daquelas de gaiola e levamo ela lá pra baixo, e abrimo a melhor toca de rato, e depois de mais ou menos uma hora a gente tinha quinze dos mais forte, e daí nós guardamo eles num lugar seguro, debaixo da cama da tia Sally. Mas, no que nós saímo pra procurá aranha, o pequeno Thomas Franklin Benjamin Jefferson Elexander Phelps achou a ratoeira e abriu a porta pra vê se os rato ia saí, e eles saíram; a tia Sally entrou lá e, quando nós voltamo, ela tava trepada em cima da cama, desesperada, e os rato fazendo de tudo pra acabá com a chatice da vida dela. Daí ela pegou e sovou nós com a vara de marmelo, e nós levamo duas hora pra pegá outros quinze ou dezesseis; moleque condenado e enxerido, e os outro nem era dos mais bonito, não, porque a primeira leva tinha sido a nata da ninhada. Nunca vi um bando de rato mais bonito que aquela primeira leva.

A gente conseguiu um belo estoque de vários tipo de aranha, e besouro, e sapo, e largata, e essas coisa, e a gente queria um ninho de vespa, mas não pegamo. A família tava lá dentro. Nós não desistimo de cara, e ficamo perto delas até não guentá mais, porque a gente achava que ia vencê

elas pelo cansaço, ou elas ia vencê nós, e elas venceram.
Então nós pegamo ínula e esfregamo nas picada, e ficamo
quase bom de novo, só não dava pra sentá direito. E daí nós
saímo atrás de cobra, e pegamo duas dúzia de cobra de
jardim, e enfiamo elas dentro de um saco, e guardamo
o saco no nosso quarto, e aí já tava na hora da janta, e tinha sido um dia de trabalho honesto pra lá de bom, e a
gente com fome? Ah, não, essa não! E não tinha nenhuma
bendita cobra lá em cima, quando nós voltamo — a gente
não amarrou o saco direito, e elas saíram, de algum jeito,
e foram embora. Mas não teve muita importância, porque elas ainda tava por ali por perto, em algum lugar. Daí
a gente calculou que podia pegá algumas delas de novo.
Não, não faltou cobra pela casa durante um bom tempo.
A gente via elas caindo das viga e de outros lugar, às vez, e
elas costumava caí no prato da gente, ou descê pela nossa
nuca, e na maioria das vez nos lugar que a gente não queria.
Bom, elas era bonita, e listrada, e não tinha nada de mau com
um milhão delas, mas isso nunca fazia diferença pra tia
Sally; ela tinha pavor de cobra, fosse da raça que fosse, e não
tolerava cobra de jeito nenhum, e toda vez que uma caía em
cima dela, não importa o que ela tava fazendo, ela largava o
trabalho e dava no pé. Nunca vi uma mulher que nem aquela.
E a gente ouvia ela berrando até os cafundó. A gente não
conseguia fazê ela pegá uma cobra nem com a tenaz. E se ela
virava e encontrava uma na cama, ela pulava fora e soltava
um uivo que a gente pensava que a casa tava pegando fogo.

Ela pertubava tanto o velho, que ele dizia que quase desejava que as cobra não fosse parte da criação. Ora! Depois que a última das cobra tinha ido embora da casa já fazia uma semana, a tia Sally ainda não tinha superado a coisa; não tava nem perto de esquecê. Quando ela tava sentada pensando em alguma coisa, a gente não podia roçá na nuca dela com uma pena, que ela dava um pulo e quase batia a cabeça no teto. Era muito esquisito. Mas o Tom falou que toda mulher era daquele jeito. Ele falou que elas foram feita assim, por algum motivo.

A gente levava uma coça toda vez que uma cobra cruzava o caminho dela, e ela disse que aquelas coça não era nada, perto do que ela ia fazê se a gente entulhasse a casa de novo com elas. Eu não importei com as coça, porque elas não era nada, mas eu importei com a trabalheira que deu pra pegá outro tanto. Mas nós conseguimo pegá elas, e as outra coisa também, e ninguém nunca viu uma cabana tão alegre igual à do Jim, quando tudo aquilo amontoava pra escutá música e subí em cima dele. O Jim não gostava de aranha, e as aranha não gostava dele, e daí elas partia pra cima e a coisa esquentava pro lado dele. E ele disse que ajuntando os rato, as cobra, e a pedra de moer, quase não tinha lugar na cama pra ele e, quando tinha, não dava pra dormí, de tão animado, e ficava sempre animado, ele falou, porque *eles* nunca dormia na mesma hora, mas em turno; daí, quando as cobra dormia, os rato saía pro tombadilho e, quando os rato entrava, as cobra assumia a vigia; então ele sempre tinha um bando debaixo dele, e outro bando se esbaldando em cima dele, e se ele levantava pra procurá outro lugar, as aranha avançava quando ele tava passando. Ele falou que, se escapasse daquela vez, nunca mais ia ser prisioneiro de novo, nem por um salário.

Bom, no fim de três semana, tava tudo nos trinque. A camisa foi logo mandada dentro de um empadão, e toda vez que um rato mordia o Jim, ele levantava e fazia uma marca no diário enquanto a tinta ainda tava fresca; as caneta tavam pronta, as inscrição e tudo tava gravado na pedra; a perna da cama tava serrada no meio, e nós comemo a serragem, o que deu uma baita dor de barriga na gente. Nós pensamo que ia tudo morrê, mas não morremo. Foi a serragem mais endigesta que eu já vi, e o Tom disse o mesmo. Mas, como eu tava falando, todo o trabalho agora tava feito, no fim das conta, e nós ficamo exausto, ainda mais o Jim. O velho escreveu algumas vez pra fazenda pra baixo de Orleans, pra eles vim buscá o preto foragido deles, mas não teve resposta, porque a tal fazenda não existia; daí ele resolveu anunciá o Jim nos jornal de Saint Louis e Nova Orleans e, quando ele falou nos de Saint Louis, aquilo me deu uns calafrio, e eu vi que a gente não tinha tempo pra perdê. Daí o Tom disse que tava na hora das carta nônima.

— O que é isso? — eu disse.

— Um aviso pra alguém que alguma coisa tá pra acontecê. Tem vez que é feito de um jeito, tem vez que é feito de outro. Mas sempre tem alguém espiando, e avisa o governador do castelo. Quando o Luís XVI ia dá no pé das Tulería, uma criada avisou. É um jeito muito bom, e as carta nônima também. Nós vamo usá todos dois. E é comum a mãe do prisioneiro trocá de roupa com ele; ela fica, e ele escapa com as roupa dela. Vamo fazê isso também.

— Mas olha aqui, Tom, pra que a gente qué *avisá* que alguma coisa tá pra acontecê? Deixa eles descobrí sozinho... a vigia é deles.

— É, eu sei, mas a gente não pode dependê deles. Eles foram desse jeito desde o começo... deixaram *tudo* pra nós fazê. Eles são tão ingênuo e cabeça de bagre, que eles não desconfia de nada. Daí se a gente *não avisá*, não vai ter ninguém nem nada pra atrapalhá nós, e daí, depois de toda a trabalheira e todas as encrenca, a nossa fuga não vai ter a menor graça, não vai ser nada... não vai *ter* nada.

— Bom, por mim, Tom, é desse jeito mesmo que eu gosto.

— Droga! — ele falou, e fez uma cara de nojo.

Daí eu falei:

— Mas eu não vou reclamá. O que tá bom pra tu tá bom pra mim. O que tu vai fazê como esse negócio da criada?

— Tu vai ser ela. Tu entra lá, no meio da noite, e afana o vestido da mulatinha.

— Ué, Tom! Isso vai causá a maior encrenca de manhã, porque é claro que ela só deve ter aquele vestido.

— Eu sei, mas tu só vai precisá dele uns quinze minuto, pra levá a carta nônima e enfiá ela por debaixo da porta da frente.

— Tá bem, então, eu faço isso, mas eu podia levá a carta com a mesma facilidade usando os meus trapo.

— Tu não ia parecê uma criada, ia?

— Não, mas não vai ter ninguém pra vê o que eu pareço, *de qualquer jeito*.

— Isso não tem nada a vê com a coisa. Nós só temo que cumprí o nosso *dever*, e não preocupá se alguém *vê* nós ou não. Tu não tem nenhum princípio?

— Tá bem, não vou falá nada; eu sou a criada. Quem é a mãe do Jim?

— Eu sou a mãe dele. Vou afaná um vestido da tia Sally.

— Bom, então tu vai ter que ficá na cabana, enquanto eu e Jim vamo embora.

— Nada disso. Eu vou enchê as roupa do Jim com palha e deixá na cama dele, pra disfarçá que é a mãe, e o Jim vai tirá de mim o vestido da preta e vai usá ele, e nós vamo todos se evadí junto. Quando um prisioneiro de estilo foge, chama evasão. Sempre chama assim, quando um rei foge, por exemplo. E a mesma coisa com o filho de um rei; não faz nenhuma diferença se é filho natural ou não natural.

Daí o Tom, ele escreveu a carta nônima, e eu afanei o vestido da mulatinha, naquela noite, e vesti ele, e enfiei a carta debaixo da porta da frente, como o Tom mandou. Ela dizia:

Cuidado. Encrenca pela frente. Olho vivo.
UM AMIGO DESCONHECIDO.

Uma noite depois, nós pregamo na porta da frente um desenho que o Tom fez, com sangue, de uma caveira com os osso cruzado; e uma noite depois, o de um caixão, na porta dos fundo. Nunca vi uma família num nervoso tão grande. Eles não ia ficá com mais medo se o lugar tivesse que era só fantasma tocaiando eles por detrás de tudo e debaixo das cama e voando pelo ar. Se uma porta batia, a tia Sally, ela dava um pulo e dizia "ai!"; se alguma coisa caía, ela pulava e dizia "ai!"; se a gente encostava nela, quando ela tava distraída, ela fazia a mesma coisa; ela não ficava olhando pra nenhum lugar por muito tempo, porque toda vez ela dizia que tinha alguma coisa atrás dela — daí ela ficava sempre dando meia-volta, de repente, e dizendo "ai!", e antes de completá a volta, ela virava de novo, e dizia "ai!" de novo; e tinha medo de ir dormí, mas não tinha corage de ficá acordada. Então a coisa tava funcionando muito bem, o Tom disse; ele falou que nunca viu uma coisa funcioná melhor. Ele falou que era sinal que tudo tava sendo feito do jeito certo.

Daí ele disse, agora o esquema final! Então logo na manhã seguinte, quando o dia tava raiando, nós preparamo mais uma carta, e ficamo pensando no melhor jeito de entregá ela, porque nós escutamo eles dizê, na janta, que eles ia deixá um preto de vigia em cada porta a noite toda. O Tom, ele desceu pelo cabo do para-raio pra espiá, e o preto na porta dos fundo tava dormindo, e ele enfiou a carta pela nuca dele e voltou. A carta dizia:

Não vão me entregá, quero ser amigo de vocês. Tem um bando de degolador desesperado que veio do Território Indígeno que vai robá o preto foragido de vocês hoje de noite, e eles vêm tentando assustá vocês, pra vocês ficá dentro de casa e não atrapalhá eles. Eu sou do bando, mas tenho riligião, e quero saí dele e vivê uma vida honesta de novo, e vou contá o plano diabólico. Eles vai chegá do norte, pelo lado da cerca, meia-noite em ponto, com a cópia da chave, e eles vai entrá na cabana do preto, pra pegá ele. Eu tenho que ficá meio de longe e tocá uma corneta, se eu vê algum perigo; mas em vez disso, eu vou berrá que nem um carneiro, assim que eles entrá, e não vou tocá corneta nenhuma; daí, no que eles solta a corrente dele, vocês vão até lá e tranca eles lá dentro, e pode matá eles sossegado. Não vão vocês fazê nada diferente do que eu tô mandando; se vocês fizé, eles vão desconfiá de alguma coisa e armá o maior banzé. Eu não quero nenhuma recompensa, mas só sabê que fiz a coisa certa.

UM AMIGO DESCONHECIDO.

40

A GENTE TAVA MUITO CONTENTE, depois do café, e pegamo a minha canoa e fomo pro rio pescá, levando um lanche, e se divertimo pra valê, e demo uma boa espiada na balsa e vimo que ela tava em bom estado, e voltamo pra casa tarde, pra janta, e encontramo eles tão nervoso e preocupado, que eles nem sabia o que fazê, e eles mandaram nós pra cama no mesmo minuto que acabou a janta, e eles não queria contá pra nós qual era o problema, e não disseram nem uma palavra sobre a última carta, mas nem precisava, porque a gente sabia de tudo, e, assim que a gente chegou no meio da escada e a tia Sally virou de costa, nós descemo até o armário do porão e empacotamo um lanche dos bom e levamo pro nosso quarto e fomo pra cama, e levantamo mais ou menos onze e meia, e o Tom se enfiou no vestido da tia Sally que ele tinha robado e já ia começá o lanche, mas falou:

— Cadê a manteiga?

— Eu botei um tantão — eu disse — num pedaço de broa de milho.

— Bom, tu botou e *deixou* lá, então... não tá aqui.

— Nós podemo se virá sem manteiga — eu falei.

— Nós podemo se virá também *com* manteiga — ele falou.
— É só tu descê lá no porão e buscá. E depois escorregá pelo cabo do para-raio e saí. Eu vou enfiá a palha nas roupa do Jim, pra parecê que é a mãe dele, e me prepará pra *berrá* que nem um carneiro e caí fora, assim que tu chegá lá.

Daí ele saiu, e eu desci até o porão. O tantão de manteiga, do tamanho do punho de uma pessoa, tava aonde eu tinha deixado; daí eu peguei o pedaço de broa de milho junto, e apaguei a minha vela, e comecei a subí a escada, com todo cuidado, e cheguei no térreo muito bem, mas lá veio a tia Sally com uma vela, e eu enfiei o troço no meu chapéu, e enfiei o chapéu na cabeça, um segundo depois ela me viu, e disse:

— Você tava lá embaixo no porão?
— Tava, sim, senhora.
— O que você tava fazendo lá embaixo?
— Nada.
— *Nada?*
— Não, senhora.
— Bom, então o que deu em você, pra descê lá embaixo a essa hora da noite?
— Eu não sei, não, senhora.
— Você *não sabe*? Não me responde desse jeito, Tom, eu quero sabê... o que você tava *fazendo* lá embaixo?
— Eu não tava fazendo coisa nenhuma, tia Sally, eu juro por Deus que não tava.

Eu calculei que ela ia deixá eu ir embora e, em geral, ela ia, mas eu acho que tinha tanta coisa esquisita acontecendo, que ela ficava pra lá de nervosa com qualquer coisinha que não tava em ordem; daí ela falou, resolvida:

— Vai pra sala de visita e fica lá até eu chegá. Você tá se metendo com alguma coisa que não é da tua conta, e eu aposto que vou descobrí o que é, antes de te *dispensá*.

Daí ela saiu de perto, enquanto eu abria a porta e entrava na sala. Meu Deus! Tinha uma gentarada lá dentro! Quinze fazendeiro, e cada um com uma arma. Eu fiquei zonzo, e desabei numa cadeira. Eles tava sentado, alguns conversando um pouco, em voz baixa, e todos agitado e ansioso, mas fingindo que não, mas eu sabia que eles tava, porque eles ficava tirando e botando o chapéu, e coçando a cabeça, e mudando de lugar, e mexendo nos botão. Eu também não tava sossegado, mas mesmo assim não tirei o chapéu.

Eu queria que a tia Sally chegasse logo, pra me dispensá, e me sová, se ela quisesse, e deixá eu ir embora pra contá logo pro Tom que a gente tinha exagerado a coisa, e tinha se metido num baita ninho de vespa, e pra gente pará de besteira agora mesmo, e caí fora com o Jim, antes daqueles vagabundo perdê a paciência e corrê atrás de nós.

No fim das conta, ela chegou, e começou a me fazê pergunta, mas eu *não conseguia* respondê direito; eu não sabia aonde tava com a cabeça, porque aqueles homem tava tão nervoso agora, que alguns queria sair *logo* e tocaiá os ladrão, dizendo que faltava poucos minuto pra meia-noite; e outros tava tentando segurá eles e esperá o sinal do carneiro, e ainda vinha a tia Sally me cutucando com aquelas pergunta, e eu tremendo todo e pronto pra afundá no chão, de tão assustado; e o lugar ficando cada vez mais quente; e a manteiga começando a derretê e escorrê pelo meu pescoço e por detrás das minhas orelha; e logo, logo, quando um deles falou:

— *Eu* acho melhor entrá na cabana *primeiro*, e *agora*, e pegá eles quando eles chegá.

Eu quase caí duro, e um fio de manteiga desceu pela minha testa, e a tia Sally, ela viu, e ficou branca que nem um lençol, e disse:

— Pelo amor de Deus! Qual é o problema com essa criança! Ele tá com menigite, vocês pode ter certeza disso, e os miolo estão derretendo!

E todo mundo correu pra vê, e ela arrancou o meu chapéu, e lá veio o pão e o que sobrou da manteiga, e ela me agarrou e me abraçou, e disse:

— Ah, mas que susto você me deu! E como eu tô feliz e grata que não aconteceu o pior, pois a sorte tá contra nós, e uma desgraça nunca vem sozinha, e quando eu vi aquela coisa, pensei que a gente tinha te perdido, pois eu sabia, pela cor e tudo, que era do jeito que os teus miolo devia ser... querido, querido, por que você não *me disse* que foi por isso que você foi lá embaixo? Eu *não ia* importá. Agora vai já pra cama, e eu não quero mais te vê até de manhã!

Eu cheguei lá em cima num segundo, e desci pelo cabo do para-raio num segundo também, e meti o sebo nas canela, no escuro, até o puxado. Eu mal conseguia falá, de tão aflito, mas eu falei pro Tom, o mais ligeiro que pude, que a gente tinha que dá o bote agora, e não perdê nem um minuto — a casa cheia de homem, lá, com muitas arma!

Os ólho dele só brilharam, e ele falou:

— Não! É mesmo? Isso é bom *demais*! Ora, Huck! Se a gente fosse fazê tudo isso de novo, aposto que ajuntava uns duzentos! Se a gente pudesse adiá até...

— Depressa! *Depressa!* — eu disse. — Cadê o Jim?

— Do lado do teu cotovelo; se esticá o braço, tu pode tocá nele. Ele já tá vestido, e tá tudo pronto. Agora nós vamo caí fora e dá o sinal do carneiro.

Mas então nós escutamo os passo dos homem chegando na porta, e escutamo eles começando a mexê no cadeado, e um homem disse:

— Eu *falei* pra vocês que tava cedo demais; eles ainda não chegaram... a porta tá trancada. Olha, eu vou trancá alguns de vocês dentro da cabana, e vocês espera eles no escuro e mata eles, assim que eles chegá, e o resto se espalha por aí, e vê se consegue ouví eles vindo.

Daí eles entraram, mas não viram a gente no escuro, e quase pisaram na gente, enquanto a gente se espremia pra se metê debaixo da cama. Mas nós conseguimo, e saímo pelo buraco, depressa e quieto — o Jim primeiro, depois eu, e o Tom por último, de acordo com as ordem do Tom. Agora a gente tava dentro do puxado, e escutamo uns passo pertinho, do lado de fora. Daí nós rastejamo até a porta, e o Tom mandou a gente pará, e encostou o olho na fresta, mas não conseguia vê nada, de tão escuro, e cochichou que ia escutá o barulho dos passo afastando, e quando ele cutucasse, era pro Jim escapulí primeiro, e ele por último. Daí ele encostou a orelha na fresta e ficou escutando, e escutando, e os passo arrastando em volta, lá fora, o tempo todo; e no fim das conta, ele cutucou nós, e a gente saiu manso, abaixado, prendendo a respiração, e sem fazê o menor barulho, e seguimo quietinho na direção da cerca, em fila indiana, e chegamo lá, tudo bem, e eu e o Jim pulamo a cerca, mas as calça do Tom agarrou numa lasca da última ripa, e então ele escutou os passo chegando, e daí ele teve que puxá pra se soltá, e isso fez a lasca estalá, e quando ele caiu do nosso lado e começou a corrê, alguém gritou:

— Quem tá aí? Responde, ou meto bala!

Mas nós não respondemo; nós só enfiamo o pé e se mandamo. Então teve um alvoroço, e *bang, bang, bang*! E as bala zuniram em volta de nós! A gente escutou eles gritando:

— Eles estão aqui! Fugiram pro rio! Atrás deles, rapazes! E soltem os cachorro!

Daí eles vieram, a toda. A gente escutava tudo, porque eles usava bota, e gritava, mas a gente não usava bota, nem gritava. Nós tava seguindo na direção do moinho e, quando eles chegaram bem perto, nós se enfiamo no matagal e deixamo eles passá, e seguimo atrás deles. Eles tinha mandado prendê os cachorro, pra não espantá os ladrão, mas agora alguém tinha soltado a cachorrada, e lá vinha eles, numa zoada como se fosse um milhão, mas era os nossos cachorro; daí nós paramo, até eles alcançá nós, e quando eles viram que não era ninguém, só nós, e que a coisa não ia ter nenhuma emoção, eles só disseram oi e correram direto na direção da gritaria e da barulheira; daí nós aceleramo de novo e voamo atrás deles, até chegá perto do moinho, e então se embrenhamo pelo matagal até aonde a minha canoa tava amarrada, e pulamo dentro e zarpamo pra salvá nossas vida, pro meio do rio, e fizemo o mínimo de barulho. Então rumamo, com calma e sossegado, pra ilha aonde tava a minha balsa, e a gente escutava eles gritando e berrando uns com os outro, pra cima e pra baixo na margem, até que a gente já tava tão longe que o som ficou abafado e sumiu. E quando nós embarcamo na balsa, eu falei:

— *Agora*, velho Jim, tu é um homem livre *de novo*, e aposto que tu não vai ser escravo nunca mais.

— E que trabaio bonito que foi, Huck. Foi planejado de um jeito lindo, e foi *feito* de um jeito lindo, e *ninguém* vai podê bolá um plano mais enrolado e bão que esse.

A gente não podia tá mais feliz, mas o Tom era o mais feliz de todos, porque ele tava com uma bala na batata da perna.

Quando eu e o Jim ouvimo isso, a gente ficou menos exibido que antes. Ele tava com bastante dor, e sangrando; daí nós deitamo ele dentro da tenda e rasgamo uma das camisa do duque, pra serví de atadura, mas ele disse:

— Me dá essas tira; eu mesmo faço isso. Não vamos pará agora; não vamos ficá de bobeira aqui, com a evasão indo bem do jeito que tá; cuidem dos remo, e soltem a balsa! Rapazes, nós fizemo a coisa com estilo! Fizemo, sim. Quem dera se *a gente* tivesse cuidado do Luís XVI; não ia ter nada de "Filho de São Luís, ascendei aos céus!" escrito na biografia *dele*; não, senhor, a gente tinha escapado com ele pela *fronteira*... é isso que a gente ia fazê com *ele*... e ia fazê a coisa com uma baita classe, como se não fosse nada de mais. Cuidem dos remo... cuidem dos remo!

Mas eu e o Jim trocamo uma ideia — e ficamo pensando. E depois que a gente pensou um minuto, eu disse:

— Fala, Jim.

Daí ele falou:

— Bão, então, é assim que eu vejo a coisa, Huck. Se fosse *ele* que tava seno libertado, e se um dos menino levou um tiro, será que ele ia falá "Vamo salvá eu, e nada de médico pra salvá esse daí"? Isso combina com o patrãozinho Tom Sawyer? Ele ia falá uma coisa dessa? Pode *apostá* que num ia! *Bão*, então, o *Jim* vai falá isso? Não, senhor... eu num vou arredá o pé daqui, sem um médico; nem que demorá quarenta ano!

Eu sabia que ele era branco por dentro, e eu achava que ele ia falá o que ele falou — daí tava tudo bem agora, e eu disse pro Tom que eu ia buscá um médico. Ele fez o maior escarcéu, mas eu e o Jim fincamo o pé; daí ele quis se arrastá e soltá a balsa sozinho, mas nós não deixamo. Então ele escrachou com nós, mas não adiantou nada.

Daí quando ele me viu preparando a canoa, ele falou:

— Bom, então, se tu vai mesmo, eu vou dizê o que tu tem que fazê, quando chegá no vilarejo. Fecha a porta, e veda bem os ólho do médico, e faz ele jurá que vai ficá calado que nem um túmulo, e bota uma bolsa cheia de ouro na mão dele, e então pega e leva ele pelos beco, no escuro, e então traz ele aqui na canoa, dando um monte de volta pelo meio das ilha, e revista ele e tira o giz dele, e só devolve depois que tu levá ele de volta pro vilarejo, senão ele vai marcá a balsa, pra depois encontrá ela. É assim que eles sempre faz.

Daí eu disse que ia fazê desse jeito, e fui embora, e o Jim ia escondê no mato quando visse o médico chegando, até ele ir embora de novo.

41

O MÉDICO ERA um senhor de idade, um homem muito gentil, e apareceu com uma cara amiga, quando eu acordei ele. Eu contei pra ele que eu e o meu irmão, a gente tava lá na ilha Spanish caçando, ontem de tarde, e fomo dormí num resto de balsa que a gente encontrou, e por volta da meia-noite ele deve ter chutado a espingarda, num sonho, pois ela disparou e acertou a perna dele, e a gente queria que ele fosse lá dá um jeito, e não falá nada pra ninguém, nem deixá ninguém sabê, porque a gente queria chegá em casa naquela noite e fazê uma surpresa pra nossa família.

— Quem é a família de vocês? — ele disse.

— Os Phelps, lá embaixo.

— Ah, sim — ele falou. E um minuto depois, ele falou: — Como é que você disse que ele foi atingido?

— Ele teve um sonho — eu falei —, e levou um tiro.

— Sonho estranho — ele disse.

Daí ele acendeu a lamparina e pegou o alforje, e nós partimo. Mas, quando ele viu a canoa, não gostou do jeito dela — disse que, pra mim, sozinho, ela dava, mas que não parecia muito segura pra dois. Eu falei:

— Ah, o senhor não precisa ter medo; ela guentou nós três fácil, fácil.

— Que três?

— Ué! Eu e o Sid, e... e... e *as arma*; foi isso que eu quis dizê.

— Ah — ele disse.

Mas ele encostou o pé na beirada e balançou ela, e sacudiu a cabeça, e disse que achava que ia procurá em volta uma maior. Mas as outra tava todas com cadeado e corrente; daí ele pegou a minha canoa, e falou pra mim esperá até ele voltá, ou pra mim procurá mais um pouco, ou quem sabe não era melhor eu ir pra casa e prepará eles pra surpresa, se eu quisesse. Mas eu disse que não queria; daí eu falei pra ele como achá a balsa, e então ele foi.

Eu tive uma ideia, pouco depois. Eu falei pra mim mesmo: vamo imaginá que ele não consegue dá um jeito naquela perna num piscá de olho, como se diz? Vamo imaginá que demora três ou quatro dia? O que a gente vai fazê? Ficá esperando até ele dá com a língua nos dente? Não, senhor, eu já sei o que *eu* vou fazê. Vou esperá e se, quando ele voltá, ele falá que vai ter que fazê mais coisa lá, eu vou até lá, nem que seja nadando, e a gente pega e amarra ele, e prende ele, e se manda rio pra baixo; e quando o Tom não precisá mais dele, a gente paga o que deve, ou entrega tudo que a gente tem, e então deixa ele ir pra margem.

Então eu me enfiei no meio de uma pilha de lenha pra dormí um pouco e, quando acordei, o sol tava alto, em cima da minha cabeça! Corri até a casa do médico, mas me falaram que ele tinha saído de noite; eles não sabia direito que hora foi essa, e não tinha voltado ainda. Bom, eu pensei, a coisa deve tá bem feia pro lado do Tom, e eu vou me mandá pra ilha, agora mesmo. Daí eu meti o pé, e dobrei a esquina, e quase entrei de cabeça na barriga do tio Silas! Ele disse:

— Ué, *Tom*! Aonde você se meteu, esse tempo todo, seu pilantra?

— *Eu* não me meti em lugar nenhum — eu falei. — Eu só tava caçando o preto foragido... eu e o Sid.

— Ué! Aonde vocês foram? — ele falou. — A tia de vocês tá muito preocupada.

— Ela não precisa ficá preocupada — eu disse —, porque tá tudo bem com nós. A gente seguiu os homem e a cachorrada, mas eles correram demais, e nós perdemo eles; daí a gente achou que tava ouvindo eles na água, e pegamo uma canoa e saímo atrás, e atravessamo, mas não encontramo ninguém deles; daí a gente subiu pela margem até que ficamo meio cansado e sem força, e amarramo a canoa e fomo dormí, e só acordamo faz mais ou menos uma hora, e remamo até aqui pra sabê notícia, e o Sid tá lá no correio, pra vê se descobre alguma coisa, e eu saí pra pegá alguma coisa pra gente comê, e depois nós vamo pra casa.

Daí nós fomo até o correio, pra encontrá o "Sid", mas, como eu já desconfiava, ele não tava lá; então o velho, ele pegou uma carta que tinha lá pra ele, e nós esperamo mais um pouco, mas o Sid não apareceu; daí o velho me disse vamo embora, e vamo deixá lá o Sid ir de a pé pra casa, ou de canoa, quando ele acabá de ficá à toa por aí — mas a gente ia de cavalo. Eu não consegui convencê ele a me deixá pra trás e esperá o Sid; ele falou que não tinha necessidade, e que eu tinha que ir junto, pra mostrá pra tia Sally que tava tudo bem com nós.

Quando nós chegamo em casa, a tia Sally ficou tão contente de me vê, que riu e chorou ao mesmo tempo, e me abraçou, e me deu uma daquelas sova dela que não são grande coisa, e disse que ia tratá o Sid do mesmo jeito, quando ele chegasse.

E lá tava apinhado de fazendeiro e mulher de fazendeiro, pra almoçá, e o falatório que tava ninguém nunca ouviu igual. A velha sra. Hotchkiss era a pior; a língua dela não parava. Ela disse:

— Bom, irmã Phelps, eu já vasculhei a cabana todinha, e acho que aquele preto era doido. Eu falei pra irmã Damrell... não falei, irmã Damrell? Eu falei, ele é doido, eu falei... foram essas as palavra que eu falei. Vocês todos pode me escutá: ele é doido, eu tô falando; é o que tudo indica, eu tô falando. Olha só aquela pedra de moê, eu tô falando; alguém vai querê falá *pra mim* que uma criatura que tem a cabeça no lugar vai rabiscá aquela coisarada doida numa pedra? Eu tô falando. Aqui fulano de tal partiu o coração; e aqui beltrano padeceu trinta e sete ano, e toda aquela coisa... filho natural de Luís não sei das quanta, e toda aquela bobajada sem fim. Ele é doido de pedra, eu tô falando; é o que eu falo no começo, é o que eu falo no meio, e é o que eu falo no fim e o tempo todo... o preto é doido... doido que nem Nabucodonozô, eu tô falando.

— E olha só aquela corda feita de trapo, irmã Hotchkiss — disse a velha sra. Damrell. — O que, em nome de Deus, ele *ia querê* com...

— Foram essas as palavra que eu tava falando nesse minuto pra irmã Utterback, e ela mesma pode confirmá isso pra vocês. Ela olhou pra aquela corda de trapo, ela olhou, e falou; é, *olha* só pra aquilo, eu falei... o que ele *ia querê* com aquilo, eu falei. Ela falou, irmã Hotchkiss, ela...

— Mas como é que eles conseguiram levá aquela pedra de moê lá *pra dentro*, em *todo causo*? E quem cavou aquele *buraco*? E quem...

— Foram as *minhas* palavra, irmão Penrod! Eu tava falando... me passa esse prato de melado, por favor? Eu tava falando pra irmã Dunlap, nesse minuto, como é que eles *conseguiram* levá aquela pedra lá pra dentro, eu falei. Sem *ajuda*, imagina só... sem *ajuda*! É *isso* que eu quero sabê. Não vem falá uma coisa dessa pra *mim*, eu falei; ele *teve* ajuda, eu falei; e teve *muita* ajuda, eu falei; teve *uma dúzia* de gente ajudando aquele preto, e eu esfolava todos os preto desse lugar, mas eu *ia* descobrí quem ajudou, eu falei; e tem mais, eu falei...

— Uma dúzia é o que *a senhora* tá falando! *Quarenta* não ia fazê tudo aquilo. Olha só aquelas faca de cozinha e a serra, o cuidado com que foram feita; olha aquele pé de cama serrado com elas, trabalho de uma semana pra seis homem; olha aquele preto feito de palha deitado naquela cama; e olha aquel...

— É *isso*, irmão Hightower! É como eu tava acabando de falá aqui pro irmão Phelps, pra ele mesmo. Ele falou, o que *a senhora* tá achando disso tudo, irmã Hotchkiss?, ele falou. Achando do quê, irmão Phelps?, eu falei. Daquele pé de cama serrado daquele jeito, ele falou. *Achando?*, eu falei. Eu aposto que ele não se serrou *sozinho*, eu falei... alguém *serrou* ele, eu falei; é a minha opinião, é pegá ou largá, pode não valê nada, eu falei, mas, em todo causo, é a minha opinião, eu falei; se alguém aparecê com alguma melhor, eu tô falando, pode falá, eu tô falando, só isso. Eu falei pra irmã Dunlap, eu falei...

— Ora, eu que me dane! Deve ter tido um monte de preto lá dentro, toda noite, durante quatro semana, pra fazê todo aquele trabalho, irmã Phelps. Olha aquela camisa... cada centímetro dela tá garranchada com uns escrito secreto africano feito com sangue! Deve ter tido uma balsa cheia deles trabalhando naquilo, o tempo todo, ou quase. Ora! Eu dava dois dólar pra alguém lê aquilo pra mim; e os preto que escreveram aquilo, eu tô falando que eu açoitava eles até...

— *Ajuda* pra ele, irmão Marples! Bom, eu penso que o senhor *ia achá* isso mesmo, se tivesse chegado nessa casa um tempo atrás. Ora! Eles robaram tudo que tava no alcance deles... e nós vigiando, o tempo todo, pode sabê. Robaram a camisa direto do varal! E o lençol que eles usaram pra fazê a corda de trapo não tem como dizê que eles *não* robaram; e a farinha, e as vela, e os castiçal, e as colher, e a velha panela de aquecê cama, e mais mil coisa que eu não lembro agora, e o meu vestido novo de chita; e eu, e o Silas, e o meu Sid e o meu Tom vigiando, dia *e* noite, como eu tava falando pra vocês, e a gente não pegou nadinha, nem vimo nem escutamo nada deles; e daí, no último minuto, vê só, eles passa bem na nossa cara e engana a gente, e não engana só *a gente*, mas os ladrão do Território Indígeno também, e conseguem *fugí* com aquele preto, são e salvo, e isso com dezesseis homem e vinte e dois cachorro nos calcanhar deles! Vou contá uma coisa pra vocês, isso desbanca tudo que eu já *ouvi falá*. Ora! Os espírito não ia podê fazê melhor, e nem ia ser mais esperto. E acho que eles *era* espírito... porque, *vocês* conhece os nossos cachorro, e não tem melhor; bom, os cachorro não acharam a *pista* deles, nem uma vez! Explica *isso* pra mim, quem pudé! *Qualquer um* de vocês!

— Bom, essa não dá mesmo...
— Deus do céu, eu nunca...
— Deus me ajude, eu não...
— Ladrão *dentro de casa* e ainda...
— Pelo amor de Deus, eu ia ter medo de *morá* numa...
— Medo de *morá*! Ué! Eu tava com tanto medo que não tinha corage de dormí, nem de levantá, nem de deitá, nem de *sentá*, irmã Ridgeway. Ué! Eles ia robá até... ué, Deus do céu!

Vocês pode imaginá o nervoso que *eu* tava quando deu meia-noite, ontem. Por Deus! Se eu não tava com medo que eles ia robá alguém da família! Eu tava num ponto que já nem pensava mais. Parece meio bobo, *agora*, na luz do dia, mas eu falei pra mim mesma, os meus dois menino, dormindo, lá em cima, sozinho naquele quarto, e eu juro que fiquei tão aflita que subi lá em cima e tranquei eles lá dentro! *Tranquei* mesmo. E qualquer pessoa tinha trancado. Porque, vocês sabe, quando a gente fica com medo, daquele jeito, e a coisa não para, e vai piorando e piorando, o tempo todo, e a cabeça da gente vai ficando atrapalhada, e a gente começa a fazê um monte de doidice, e logo, logo a gente pensa, imagina se *eu* fosse aquele menino, lá em cima, e a porta não tava trancada, e a gente...

Ela parou, com cara de quem tava pensando, e daí virou a cabeça, devagar, e quando o olho dela bateu em mim — eu levantei e fui dar uma voltinha.

Eu falei pra mim mesmo, eu vou podê explicá melhor como é que a gente não tava no quarto de manhã, se eu saí pra dá uma voltinha e pensá um pouco. Daí eu fui. Mas não tive coragem pra ir longe, senão ela ia mandá alguém atrás de mim. E quando ficou tarde, o povaréu foi embora, e então eu voltei pra dentro e falei que o barulho e os tiro acordou eu e o "Sid", e que a porta tava trancada, e a gente queria vê a confusão, daí nós descemo pelo cabo do para-raio, e nós dois se machucamo um pouco, e a gente nunca mais ia fazê *aquilo*. E então eu falei pra ela tudo que eu tinha falado pro tio Silas antes, e então ela disse que perdoava nós, e que tava tudo bem, de qualquer jeito, e que aquilo era o que podia se esperá de dois menino, porque menino é mesmo um bando desenfreado, como ela bem sabia; e daí, já que não tinha acontecido nada de ruim, ela achava melhor agradecê que a gente tava vivo e tava bem, e ela ainda tinha nós, em vez de se amofiná com o que já aconteceu e acabou. Daí ela me beijou, e passou a mão na minha cabeça, e deu de pensá na vida; e logo depois, ela deu um pulo e falou:

— Ué! Deus misericordioso! Já tá quase de noite, e o Sid ainda não voltou! O que *foi feito* daquele menino?

Eu vi a minha chance; daí eu levantei e falei:

— Vou corrê lá na cidade e trazê ele — eu falei.

— Não, você não vai, não — ela disse. — Você vai ficá aí mesmo aonde você tá; já chega perdê *um* de cada vez. Se ele não chegá pra janta, teu tio vai atrás.

Bom, ele não chegou pra janta; daí, logo depois da janta, o tio foi atrás.

Ele voltou lá pelas dez, meio aflito; não achou o paradeiro do Tom. A tia Sally ficou *bastante* aflita, mas o tio Silas, ele falou que não tinha motivo pra ela ficá — menino é sempre assim, ele disse, e você vai vê ele chegá de manhã, são e salvo. Daí ela teve que se conformá. Mas ela disse que ia ficá acordada, esperando um pouco por ele, de qualquer jeito, e deixá uma vela acesa, pra ele podê vê.

E então, quando eu subi pra dormí, ela subiu comigo e levou a vela dela, e me botou na cama, e foi uma mãe pra mim, tão boa que eu senti vergonha, e não dava pra olhá na cara dela; e ela sentou na cama e conversou um tempão comigo, e falou que o Sid era um menino maravilhoso, e parecia que não ia mais pará de falá nele, e ficava me perguntando, às vez, se eu achava que ele tava perdido, ou machucado, ou, quem sabe, afogado, e se não tava estirado, naquele minuto, em algum lugar, sofrendo ou morto, e ela sem tá do lado dele, pra podê ajudá, e daí as lágrima escorreram, em silêncio, e eu disse pra ela que o Sid tava bem, e que ia voltá pra casa de manhã, de certeza, e ela apertou a minha mão, e até me beijou, e mandou eu dizê aquilo de novo, e de novo, porque tava fazendo bem pra ela, e ela tava tão aflita. E, quando tava indo embora, ela olhou nos meus ólho, de um jeito firme e gentil, e falou:

— A porta não vai ficá trancada, Tom; ali tá a janela e o para-raio, mas você vai se comportá, *não vai*? E não vai saí? Por *mim*.

Deus sabe que eu *queria* saí, e muito, pra sabê do Tom, e pensei em ir, mas, depois daquilo, eu não podia ir, nem por nenhum reino desse mundo.

Mas ela ficou na minha cabeça, e o Tom ficou na minha cabeça; daí eu dormí um sono agitado. E duas vez eu desci pelo para-raio, no meio da noite, e escapuli até lá na frente, e vi ela sentada, do lado da vela, na janela, com os ólho pregado na estrada, que era só lágrima, e eu queria podê fazê alguma coisa por ela, mas eu não podia, só podia jurá que nunca mais ia fazê ela sofrê. E na terceira vez, acordei quando tava amanhecendo, e desci pelo para-raio, e ela ainda tava lá, e a vela quase apagada, e a cabeça grisalha apoiada na mão, e ela dormindo.

42

O VELHO VOLTOU LÁ na cidade antes mesmo da hora do café da manhã, mas não encontrou nenhuma pista do Tom; e os dois sentaram na mesa, pensando, sem falá nada, e com cara de triste, e o café esfriando, e sem comê nada. E logo, logo o velho disse:

— Eu te dei a carta?
— Que carta?
— Aquela que eu peguei ontem no correio.
— Não, você não me deu carta nenhuma.
— Bom, vai vê que eu esqueci.

Daí ele revirou nos bolso, e então foi até o lugar aonde ele tinha deixado a carta, pegou a carta e deu pra ela. Ela disse:

— Ué! É de Saint Petersburg... é da mana.

Achei que mais uma voltinha ia me fazê bem, só que não consegui me mexê. Mas, antes de abrí a carta, ela largou ela e saiu correndo — porque tinha visto alguma coisa. E eu também. Era o Tom Sawyer em cima de um colchão, e o velho médico, e o Jim, com o vestido de chita dela, e as mão amarrada pra trás, e um monte de gente. Eu escondi a carta por detrás da primeira coisa que vi, e saí correndo. Ela se atirou em cima do Tom, chorando, e falou:

— Ah, ele tá morto, ele tá morto, eu sei que ele tá morto!

E o Tom, ele virou a cabeça um pouco, e murmurou alguma coisa que mostrou que ele tava meio zonzo; então ela levantou as mão, e disse:

— Ele tá vivo, graças a Deus! E isso já basta! — E ela deu um beijo nele, e voou pra dentro de casa, pra arrumá a cama, e saiu dando ordem, a torto e direito, pros preto e pra todo mundo, com a língua solta, a cada passo que dava.

Eu segui os homem pra vê o que eles ia fazê com o Jim, e o velho médico e o tio Silas seguiram o Tom pra dentro de casa. Os homem tava muito irritado, e alguns queria enforcá o Jim, pra serví de exemplo por outros preto dali, pra eles não tentá fugí, como o Jim tinha feito, causando tanta encrenca, e deixando uma família toda quase morta de medo vários dia e várias noite. Mas os outro disseram não faz isso, isso não vai resolvê nada, esse preto não é nosso, e o dono dele vai aparecê e fazê a gente pagá por ele, de certeza. Daí isso esfriou eles um pouco, porque o povo que tá sempre mais apressado pra enforcá um preto que faz alguma coisa errada é sempre o mesmo que não tem pressa de pagá por ele, depois que aprovaram a façanha.

Mas eles xingaram o Jim um monte, e deram um ou dois cachação nele, mas o Jim não falou nada, e não mostrou que me conhecia, e eles levaram ele de volta pra mesma cabana, e vestiram ele com as ropa dele, e acorrentaram ele de novo, e não no pé da cama, dessa vez, mas numa estaca fincada numa tora do chão, e acorrentaram as mão dele também, e as duas perna, e disseram que ele ia passá a pão e água, agora, até o dono dele chegá ou ele ser vendido num leilão, se o dono não viesse logo, e taparam o nosso buraco, e disseram que uns fazendeiro armado ia vigiá a cabana toda noite, e um buldogue ia ficá amarrado na porta de dia; bem naquela hora, quando eles tinha acabado o serviço e já ia embora, despedindo e praguejando, o velho médico chegou e deu uma espiada, e disse:

— Não sejam mais severos com ele que o necessário, porque ele não é um preto ruim. Quando eu cheguei lá no lugar onde encontrei o menino, vi que não ia poder tirar a bala sem ajuda, e não podia deixar o menino sozinho, e sair pra buscar ajuda, e ele foi piorando e piorando, e depois começou a delirar, e não deixava mais eu chegar perto, e dizia que, se eu marcasse a balsa com giz, ele ia me matar, e não tinha fim as bobagens que ele dizia, e eu vi que não ia conseguir fazer nada com ele; daí eu disse, eu preciso de *ajuda*, de qualquer jeito; e no instante que eu falei isso, esse preto apareceu de algum lugar, e disse que ia ajudar, e ajudou mesmo, e ajudou muito bem. É claro que eu calculei que devia ser um preto foragido, e vejam a minha *situação*! E tive que continuar ali, o dia todo, e a noite toda. Foi um apuro, digo a vocês! Eu tinha uns pacientes com gripe, e é claro que eu queria ir até a cidade pra visitar eles, mas eu não me atrevia, porque o preto podia escapar. E então a culpa ia ser minha. E nenhum bote passou perto, pra eu poder fazer sinal. Daí eu tive que aguentar firme, até o dia amanhecer, e nunca vi um preto que fosse um enfermeiro melhor ou mais dedicado, e ele tava arriscando a própria liberdade, e tava exausto, também, e vi muito bem que ele tinha pegado no pesado nos últimos tempos. Por isso, eu gostei do preto; digo aos senhores, cavalheiros, um preto como esse vale mil dólares... e merece bom tratamento também. Eu tive tudo que precisei, e o menino se recuperou tão bem lá como se estivesse em casa... até melhor, quem sabe, porque lá tava tudo calmo; e vejam a minha *situação*, com os dois nas minhas mãos; e tive que aguentar firme, até o dia amanhecer; então apareceram uns homens num bote e, por sorte, o preto tava sentado do lado do colchão, com a cabeça apoiada nos joelhos, ferrado no sono; daí eu fiz sinal pra eles, e eles surpreenderam ele, e pegaram e amarraram ele, antes que ele se desse conta do que tava acontecendo, e não tivemos o menor problema. E como o menino tava meio adormecido, a gente abafou o som dos remos e amarrou a balsa no bote, e rebocamos a balsa, muito bem e em silêncio, e o preto não criou o menor problema, nem falou uma palavra, desde o começo. Ele não é um preto ruim, cavalheiros; é isso o que eu acho dele.

Alguém falou:

— Bom, isso parece bom demais, doutor; eu tenho que dizê.

Então os outro esfriaram a cabeça um pouco, e eu fiquei muito grato ao velho médico por fazer aquela coisa boa pro Jim, e fiquei contente também porque aquilo combinou com o que eu pensava, porque eu achei que ele tinha um bom coração e era um homem bom, desde a primeira vez que eu vi ele. Então eles todos concordaram que o Jim tinha comportado muito bem e que merecia algum reconhecimento, e uma recompensa. Daí todos prometeram, com franqueza e sinceridade, que não ia mais xingá ele.

Daí eles saíram e deixaram ele trancado. Eu tava com esperança que eles ia dizê que ele podia ficá sem uma ou duas corrente, porque elas era danada de pesada, ou que ele podia comê carne e legume com o pão e a água, mas eles nem pensaram nisso, e eu achei melhor não me metê, mas pensei em fazê a história do médico chegá aos ouvido da tia Sally, de um jeito ou de outro, logo depois de desfazê o rolo que tava na minha frente. Eu tô falando das explicação de como eu esqueci de dizê que o Sid tinha levado um tiro, quando contei que ele e eu saímo naquela maldita noite, remando, pra caçá o preto fujão.

Mas eu tive tempo de sobra. A tia Sally, ela ficou no quarto do doente o dia todo e a noite toda, e toda vez que eu via o tio Silas andando por lá, eu esquivava dele.

Na manhã seguinte, ouvi falá que o Tom tava bem melhor, e falaram que a tia Sally foi tirá um cochilo. Daí eu entrei quieto no quarto do doente e, se ele tivesse acordado, eu achava que a gente podia inventá uma história pra engrupí a família toda. Mas ele tava dormindo, e dormindo um sono tranquilo, e tava pálido, não com a cara afogueada como tava quando chegou. Daí eu sentei e esperei ele acordá. Depois de mais ou menos meia hora, a tia Sally voltou, e lá tava eu, encrencado de novo! Ela fez sinal pra mim ficá quieto, e sentou do meu lado, e começou a cochichá, e falou que a gente podia ficá feliz agora, porque todos os sintoma tava de primeira linha, e ele tava dormindo daquele jeito fazia um tempão sem fim, e com a cara cada vez melhor e mais serena, e dez contra um que ele ia acordá bom da cabeça.

Daí nós ficamo lá, olhando, e logo, logo ele se mexeu um pouco, e abriu os ólho bem naturalmente, e deu uma espiada, e falou:

— Oi, ué! Eu tô em *casa*! Como é que pode? Cadê a balsa?

— Tá tudo bem — eu falei.

— E o *Jim*?

— Também — eu disse, mas não consegui falá muito animado. Mas ele não notou nada, e disse:

— Bom! Maravilhoso! *Agora* a gente tá são e salvo! Você já contou pra tia?

Eu ia falá que sim, mas ela entrou na conversa e disse:

— O quê, Sid?

— Ué! Como a coisa toda aconteceu.

— Que coisa toda?

— Ué! A coisa *toda*. Só tem uma; como a gente libertou o preto foragido... eu e o Tom.

— Deus do céu! Libertaram o... *Do que* essa criança tá falando? Deus, Deus, tá ruim da cabeça de novo!

— *Não*, eu não tô ruim da CABEÇA; eu sei tudo o que eu tô falando. A gente *libertou* ele... eu e o Tom. A gente planejou, e *conseguiu* fazê a coisa. E fizemo com estilo, também. — Ele deu de falá, e ela não interrompeu, só ficou sentada, olhando e olhando, e deixou ele tagarelá, e eu vi que não adiantava *eu* me metê. — Ora, tia! Deu uma trabalheira pra gente... semanas de trabalho... horas e horas, toda noite, enquanto vocês tava tudo dormindo. E a gente teve que robá as vela, e o lençol, e a camisa, e o vestido da senhora, e as colher, e os prato de latão, e as faca, e a panela de aquecê cama, e a pedra de moê, e a farinha, e coisa que não acabava mais, e a senhora nem imagina o trabalho que deu pra fazê a serra, e as caneta, as inscrição, e isso e aquilo, e a senhora nem imagina *como* foi divertido. E a gente teve que desenhá os caixão e as coisa, e escrevê as carta nônima dos ladrão, e subí e descê o para-raio, e cavá o buraco na cabana, e fazê a corda e mandá ela assada dentro do empadão, e mandá as colher e as coisa no bolso do avental da senhora...

— Deus misericordioso!

— ... e enchê a cabana de rato e cobra, e tudo, pra fazê companhia pro Jim, e então a senhora segurou o Tom tanto tempo aqui, com a manteiga dentro do chapéu dele, que quase estragou o negócio, porque os homem chegaram antes que a gente saiu da cabana, e nós tivemo que corrê, e eles ouviram e saíram atrás de nós, e eu me dei mal, e nós saímo do caminho e deixamo eles passá, e, quando os cachorro chegaram, eles não ligaram pra nós, e seguiram na direção da zoada, e nós pegamo a nossa canoa e fomo pra balsa, e se safamo, e o Jim virou um homem livre, e nós fizemo tudo sozinho, e *não foi* o máximo, tia?

— Bom, eu nunca ouvi nada parecido em toda a minha vida! Então foi *vocês*, seus pilantrinha, que criaram toda essa encrenca, e viraram a cabeça de todo mundo pelo avesso, e quase nos mataram de medo. Eu tô com vontade, como nunca tive na minha vida, de descê o braço em vocês, nesse minuto. Só de pensá, eu aqui, noite após noite, e... *deixa* você ficá bom, seu molequinho, que eu vou arrancá o velho capeta do couro de vocês dois!

Mas o Tom, ele tava *tão* orgulhoso e contente, que *não conseguia* segurá nada, e a língua dele não parava — ela interrompendo, e zangando, e os dois falando ao mesmo tempo, que nem uma convenção de gato, e ela disse:

— *Bom*, você pode ficá todo feliz *agora*, mas escuta o que eu vou te dizê, se eu te pegá se metendo com ele de novo...

— Se metendo com *quem*? — o Tom falou, parando de sorrí e com uma cara de surpresa.

— Com *quem*? Ué! Com o preto foragido, é claro. Em quem você tava pensando?

O Tom olhou pra mim bem sério, e disse:

— Tom, tu não acabou de me dizê que tava tudo bem? Ele não escapou?

— *Ele?* — disse a tia Sally. — O preto foragido? Não escapou, não. Eles trouxeram ele de volta, são e salvo, e ele tá lá dentro daquela cabana de novo, a pão e água, e cheio de corrente, até ser demandado ou vendido!

O Tom sentou na cama, com os ólho queimando, e as narina abrindo e fechando, que nem duas guelra, e gritou pra mim:

— Eles não têm *direito* de prendê ele! *Vai!* E não perde um minuto. Solta ele! Ele não é escravo; ele é tão livre como qualquer criatura que caminha sobre a face da Terra!

— O que essa criança *tá falando*?

— O que eu tô falando é isso mesmo, tia Sally, e se ninguém vai, *eu* vou. Eu conheço a vida dele toda, e o Tom também. A velha srta. Watson morreu já fazem dois mês, e ficou envergonhada de querê vendê ele rio pra baixo, e *disse* isso, e libertou ele no testamento dela.

— Então por que diacho *você queria* libertá ele, se ele já tava livre?

— Bom, é uma *pergunta das boa*, eu tenho que dizê, e *típica* de mulher! Ué! Eu queria a *aventura* da coisa, e eu tava disposto a nadá em sangue, até o pescoço, só pra... Deus do céu! TIA POLLY!

Se não era ela que tava parada bem ali, pro lado de cá da porta, toda meiga e sastifeita, que nem um anjo de barriga cheia, eu juro que nunca mais...!

A tia Sally pulou em cima dela, e quase arrancou a cabeça dela com um abraço, e chorou, e eu encontrei um lugar bem bom pra mim debaixo da cama, porque ali tava começando a ficá bastante abafado pra *nós*, eu achei. Espiei de lá debaixo, e logo, logo a tia Polly do Tom soltou do abraço e olhou pro

Tom, por cima dos óculo — meio que fuzilando ele, sabe. E então ela falou:

— Sim, é melhor você virá mesmo essa cara... eu ia fazê a mesma coisa, se fosse você, Tom.

— Ah, meu Deus! — disse a tia Sally. — Ele *mudou* tanto assim? Ué! Esse não é o *Tom*, é o Sid; o Tom... o Tom... ué! Cadê o Tom? Ele tava aqui um minuto atrás.

— Você qué dizê cadê o *Huck Finn*... é isso que você qué dizê! Eu acho que não criei um pilantra como o meu Tom, todos esses ano, pra não sabê *reconhecê* ele. Isso ia ser uma gracinha. Sai debaixo dessa cama, Huck Finn.

Daí eu saí. Mas não tava me sentindo seguro.

A tia Sally parecia uma das pessoa mais confusa que eu vi na minha vida, sem falá no tio Silas, quando ele entrou, e elas contaram tudo pra ele. A coisa deixou ele meio bêbado, pro modo de dizê, e ele ficou avoado o resto do dia, e pregou um sermão num encontro de oração naquela noite que fez a fama dele, porque nem o sujeito mais velho do mundo ia entendê o tal sermão. Daí a tia Polly do Tom, ela falou quem eu era, e tudo, e eu tive que contá que fiquei numa enrascada quando a sra. Phelps pensou que eu era o Tom Sawyer — ela interrompeu e disse "Ah, pode me chamá de tia Sally; já tô acostumada agora, e não precisa mudá" —, quando a tia Sally pensou que eu era o Tom Sawyer, eu tive que guentá firme — não tinha outro jeito, e eu sabia que ele não ia importá, porque ia ser o máximo pra ele, sendo um segredo, e ele ia transformá a coisa numa aventura e ficá muito sastifeito. E assim foi, e ele fingiu que era o Sid, e deixou a coisa mais tranquila que podia pra mim.

E a tia Polly dele, ela falou que o Tom tava certo, que a velha srta. Watson tinha libertado o Jim no testamento, e daí, de certeza, o Tom Sawyer tinha passado todo aquele trabalho e toda aquela incomodação pra libertá um preto que já tava livre! E eu nunca tinha entendido antes, até aquele minuto e aquela conversa, como é que *ele* ia ajudá alguém libertá um preto, com a criação que ele teve.

Bom, a tia Polly, ela disse que, quando a tia Sally escreveu pra ela que o Tom e o *Sid* tinha chegado, são e salvo, ela falou pra ela mesma:

— Olha só! Eu já devia contá com isso, deixando ele ir embora, daquele jeito, sem ninguém pra vigiá ele. Daí agora eu tenho que viajá rio pra baixo, quase mil e oitocentos quilômetro, e descobrí o que aquela criatura tá aprontando, *dessa* vez, porque eu não tava conseguindo uma resposta de vocês.

— Ué! Eu não recebi nada de você — disse a tia Sally.

— Bem, que coisa! Ué! Eu te escrevi duas vez, pra perguntar que história era aquela que o Sid tava aqui.

— Bem, eu nunca recebi as carta, mana.

A tia Polly virou, devagar e séria, e falou:

— Você, Tom!

— Bom... *o quê?* — ele disse, meio folgado.

— Não vem pra cima de mim com esse teu "o quê", seu insolente... passa pra cá aquelas carta.

— Que carta?

— *Aquelas* carta. Eu juro; se eu te pegar, eu vou...

— Elas estão dentro do baú. Pronto. E estão do jeito que tava quando eu peguei elas no correio. Eu não abri elas, e não toquei nelas. Mas eu sabia que elas ia causá problema, e pensei que, se a senhora não tava com pressa, eu ia...

— Bom, você *precisa mesmo* de uma sova; não tem a menor dúvida. E eu escrevi outra, pra dizê pra vocês que eu tava vindo, mas imagino que...

— Não, essa chegou ontem; eu ainda não li, mas *tudo bem*; essa tá comigo.

Eu queria oferecê de apostá dois dólar que ela não tava com a carta, mas achei mais seguro não fazê isso. Daí eu não falei nada.

ÚLTIMO CAPÍTULO

NA PRIMEIRA VEZ que peguei o Tom sozinho, eu perguntei qual era a ideia dele na hora da evasão? O que ele tinha planejado fazê, se a fuga desse certo e ele conseguisse libertá um preto que já tava livre? E ele disse que tinha planejado na cabeça dele, desde o começo, que, se a gente safasse o Jim com segurança, era pra nós descê o rio com ele, na balsa, e ter uma porção de aventura até chegá na foz do rio, e daí contá pra ele que ele tava livre, e levá ele de volta pra casa num vapor, com estilo, e pagá ele pelo tempo perdido, e escrevê pra lá e convocá todos os preto da redondeza, e fazê eles entrá dançando com ele na cidade, com procissão de tocha e banda de música, e então ele ia ser um herói, e nós também. Mas eu achei que já tava bom do jeito que tava.

A gente tirou o Jim das corrente sem demora, e quando a tia Polly e o tio Silas e a tia Sally descobriram como ele ajudou o médico a cuidá do Tom, eles bajularam ele um monte, e ajeitaram tudo pra ele, e deram pra ele tudo o que ele queria comê, e deixaram ele sossegado, e sem ter nada pra fazê. E nós levamo ele até o quarto do doente, e tivemo uma conversa das boa, e o Tom deu pro Jim quarenta dólar, porque ele foi um prisioneiro tão paciente pra nós, e porque ele fez tudo direitinho, e o Jim quase morreu de tanta sastifação, e desembuchou, e falou:

— *Pronto*, Huck, o que eu te falei? O que eu te falei lá na ilha Jackson? Eu te *falei* que tenho peito peludo, e que era um sinal; e eu te *falei* que já fui rico uma vez, e que ia sê rico *de novo*; e aconteceu; e tá *aí*! *Pronto*, agora! Num vem *me falá*... sinal é *sinal*, vou te contá; e eu sabia que ia ficá rico de novo, assim como eu sei que tô aqui nesse minuto!

E então o Tom deu de falá, e deu de falá, e disse, vamos nós três caí fora daqui, qualquer noite dessa, e arrumá uns apetrecho, e saí em busca de umas baita aventura no meio dos índio, lá no Território, por uma semana ou duas; e eu disse, tá bem, pra mim tá bom, mas eu não tenho dinheiro pra comprá os apetrecho, e acho que não vou conseguí nada lá em casa, porque o pai já deve ter voltado e pegado o dinheiro todo que tava com o juiz Thatcher, e gastado tudo com bebida.

— Não, ele não pegou — o Tom disse. — Tá tudo lá ainda... mais de seis mil dólar; e o teu pai nunca mais voltou. Não tinha voltado quando eu vim, pelo meno.

O Jim falou, meio que sério:

— Ele num vai mais voltá, Huck.

Eu disse:

— Por quê, Jim?

— Num importa por quê, Huck... ele num vai mais voltá.

Mas eu insisti com ele; daí, no fim das conta, ele falou:

— Tu num lembra daquela casa que desceu boiano no rio, e tinha um homi lá dentro, coberto, e eu entrei lá e descobri ele e num deixei tu entrá? Bão, então, tu pode pegá o teu dinheiro quando tu quisé, porque era ele.

O Tom tá quase bom agora, e anda com a bala dependurada em volta do pescoço, na corrente do relógio, e tá sempre vendo as hora, e daí não tem mais nada pra mim escrevê, e ainda bem, porque se eu soubesse a trabalheira que dá escrevê um livro, eu não tinha me metido com essa coisa, e nunca mais vou fazê isso. Mas acho que vou dá no pé pro Território, antes dos outro, porque a tia Sally vai me adotá e me sivilizá e eu não guento isso. Eu já sei como é.

FIM. SEMPRE SEU, HUCK FINN.

Cronologia

VIDA E OBRA DE SAMUEL CLEMENS (MARK TWAIN)

1835 | 30 nov.: Nasce na pequena cidade de Flórida, estado do Missouri, Estados Unidos, Samuel "Sam" Langhorne Clemens. Filho de John Marshall Clemens e Jane Lampton, é a sexta criança de uma família de sete irmãos.

1839: Os Clemens mudam-se para Hannibal, uma pacata cidade às margens do rio Mississippi. Hannibal mais tarde será inspiração para o autor em seus livros.

1847 | 24 mar.: Morte do pai. Diante das dificuldades financeiras enfrentadas pela família, Sam Clemens deixa a escola e trabalha como aprendiz de tipógrafo em uma gráfica local.

1851: Atua como tipógrafo no jornal *Western Union*.

1853 | Jun.: Muda-se para Nova York.

1854: Viaja para Washington.

1857-61: Trabalha como piloto de barco a vapor no rio Mississippi, realizando o trajeto entre Nova Orleans e Saint Louis.

1861: Eclosão da Guerra Civil americana. Torna-se soldado voluntário ao lado dos Confederados. Em seguida, muda-se para Nevada com o irmão, Orion, onde se envolverá com garimpo e extração de prata.

1862: Entra para o jornal *Territorial Enterprise*, em Virginia City.

1863 | 3 fev.: Adota o pseudônimo Mark Twain, com o qual fica mundialmente conhecido. Paralelamente ao trabalho no *Territorial Enterprise*, vira também correspondente em Nevada do *San Francisco Morning*.

1864 | 1 jun.: Muda-se para São Francisco.

1865 | 18 nov.: Publica no semanário *Saturday Press*, de Nova York, o conto "Jim Smiley and His Jumping Frog", que confere ao autor sucesso imediato.

1866: Viaja para o Havaí como correspondente do *Sacramento Union*.

1867 | Maio: Publica seu primeiro livro, *The Celebrated Jumping Frog of Calaveras County, and Other Sketches*. Viaja durante cinco meses pela Europa e Oriente Médio no vapor *Quaker City*. **| Dez.:** Conhece Olivia Langdon, sua futura esposa.

1869: Com relativa notoriedade, publica *The Innocents Abroad*, um relato bem-humorado baseado em suas viagens no *Quaker City*.

1870 | 2 fev.: Casa-se com a abastada e culta Olivia Langdon, em Elmira, estado de Nova York. **| 7 nov.:** Nascimento prematuro do primeiro filho do casal, Langdon.

1871: Samuel e Olivia mudam-se para Hartford, capital de Connecticut, onde viverão por aproximadamente vinte anos.

1872 | 19 mar.: Nascimento de Susy, primeira filha do casal. **| 2 jun.:** Morte do filho primogênito, Langdon. Lançamento de *Roughing It* na Inglaterra e Estados Unidos. Viaja a Londres.

1873: Segue com a família para uma temporada de cinco meses entre Inglaterra e Escócia. Publicação de *Gilded Age, A Tale of Today*, em coautoria com Charles Dudley Warner. Invenção da máquina de escrever.

1874 | Jan.: Retorna aos Estados Unidos. **| 8 jun.:** Nascimento da segunda filha do casal, Clara.

1875: Lançamento da coleção de breves histórias *Sketches New and Old*.

1876: Publica *As aventuras de Tom Sawyer*, um de seus maiores e mais influentes e conhecidos sucessos. Alexander Graham Bell inventa o telefone. O projeto de Bell foi apresentado a Clemens, que não se interessou em financiá-lo.

1878-9: Viaja com a família pela Europa.

1879: Invenção da lâmpada elétrica, por Thomas Edison.

1880: Publicação de mais um relato de viagens, *A Tramp Abroad*. **| 26 jul.:** Nascimento da terceira filha do casal, Jean.

1881: Profundo admirador das ciências e da tecnologia, financia a criação de uma máquina de composição tipográfica, a Paige Typesetter, desenvolvida pelo amigo e poeta James Paige. O investimento de cerca de 300 mil dólares, na época, foi um fracasso e consumiu parcela relevante do patrimônio de Clemens, incluindo parte da herança vultosa recebida por sua esposa.

1882: Lançamento de *O príncipe e o mendigo*, romance de época ambientado no reinado de Eduardo VI.

1883: Publicação da obra autobiográfica *Life on the Mississippi*.

1884: Funda a editora Charles L. Webster and Company com Charles L. Webster, marido de sua sobrinha. Lançamento em Londres de *Aventuras de Huckleberry Finn*, sua obra-prima, considerada o marco fundador do romance moderno norte-americano.

1885: Publicação nos Estados Unidos de *Aventuras de Huckleberry Finn*. Com enorme sucesso, lança as memórias pessoais do ex-presidente e general americano Ulysses S. Grant.

1888: Diante dos crescentes prejuízos da editora, rompe com Charles Webster, então diretor da empresa.

1889-1900: Endividado, muda-se com a família para a Europa, onde vive na França, Inglaterra, Alemanha, Suíça, Itália e Áustria. Viaja com relativa regularidade aos Estados Unidos, onde ainda mantém negócios. Publicação de *A Connecticut Yankee in King's Arthur Court* (1889).

1892: Publica, sem maior repercussão, *The American Claimant*, baseado em peça teatral sua e de William Dean Howell.

1894: Declara falência da Charles L. Webster and Company. É convidado pelo amigo, cientista e inventor Nikola Tesla para ingressar no Players Club, um clube social privado fundado em Nova York. A essa época, Clemens visita frequentemente o laboratório de Tesla, participando de alguns experimentos. Publicação de *Tom Sawyer Abroad* e de *The Tragedy of Pudd'nhead Wilson*.

1895-6 | Jul.: Acompanhado da família, sai em uma turnê de palestras por Nova Zelândia, Austrália, Índia e África do Sul. O principal motivo da viagem é angariar recursos para pagar suas dívidas, e a turnê é um sucesso.

1896 | 18 ago.: Susy morre de meningite. Logo em seguida, Jean é diagnosticada com epilepsia. Lançamento de *Tom Sawyer, Detective* e de *Personal Recollections of Joan of Arc*, um de seus livros favoritos, ao lado de *Huckleberry Finn*.

1897: Publica *Following the Equator*, relato da turnê internacional de palestras.

1898: Quita todas as dívidas com seus credores.

1900 | Out.: Retorna com a família aos Estados Unidos, estabelecendo-se em Nova York. Publica *The Man that Corrupted Hadleyburg*, que dá início a uma série de livros com um tom mais pessimista e amargo.

1903: Diante da saúde deteriorada de Olivia, segue com ela e a filha para Áustria e Itália. Clemens acreditava que o clima europeu seria benéfico para a esposa. Seus direitos de publicação são vendidos para a Harper and Brothers.

1904 | 5 jun.: Olivia morre em Florença, Itália. A família retorna a Nova York.

1907: Viaja para a Inglaterra e recebe o título de doutor honoris causa em letras pela Universidade de Oxford.

1909: Encontra-se com o inventor e empresário americano Thomas Edison. **| 24 dez.:** Morte de Jean Clemens.

1910 | 21 abr.: Vítima de um ataque cardíaco fulminante, morre aos 74 anos em Redding, Connecticut, deixando uma vasta obra de romances, contos, artigos e cartas.

ESTA OBRA FOI COMPOSTA POR MARI TABOADA EM GAUTHIER FY E
IMPRESSA EM OFSETE PELA GEOGRÁFICA SOBRE PAPEL PÓLEN NATURAL
DA SUZANO S.A. PARA A EDITORA SCHWARCZ EM AGOSTO DE 2024

A marca FSC® é a garantia de que a madeira utilizada na fabricação do papel deste livro provém de florestas que foram gerenciadas de maneira ambientalmente correta, socialmente justa e economicamente viável, além de outras fontes de origem controlada.

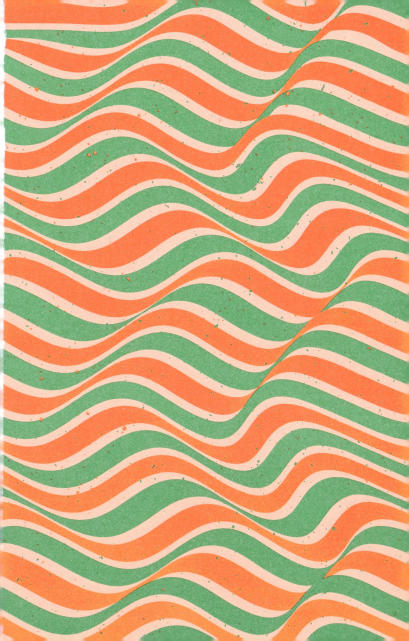